KB077898

오늘이 아닌 뉴스 2

특종을 보도합니다

뉴럭이 장편소설
특종을 보도합니다

오늘이 아닌 뉴스 2

팩토리나인

4장.

오픈 게임

"서 선배 오늘도 안 나왔어?"

급하게 시사국으로 들어오던 김 기자가 양 작가에게 물었다.

"네. 늦으신다고 연락 왔어요."

"그래? 와… 그럴 줄 알았음 걸어올 걸. 괜히 우사인 볼트처럼 뛰었네."

양 작가가 내민 생수병을 받아 든 김 기자가 숨을 헉헉대며 말했다.

"서 선배 말야, 왜 그렇게 바빠? 이상해, 냄새가 나."

"냄새요? 무슨 냄새?"

"뭘 묻냐? 안 봐도 뻔하잖아. 서 선배 매번 특종 터트리기 전에 혼자 밖으로 돌잖아. 그러다가 어느 순간 짠! 하고 특종 물어서 나타나고. 이번에도 패턴이 딱 그래."

009

"그런 거였나? 저는 남편분 문제 때문에 좀 방황하시는 것 같다고 생각했는데."

"방황한다고? 천하의 서정원이? 그 사람이 어디 남편 바람났다고 이불 뒤집어쓰고 누워 있을 위인이냐? 남편이 먼저 피 말라 죽을 거야."

온몸으로 강한 부정을 표현하던 김 기자가 눈을 감더니 몸을 부르르 떨었다.

"보인다. 보여."

"네? 보이긴 뭐가 보여요? 눈을 그렇게 감고."

우스꽝스러운 김 기자의 행동에 양 작가가 고개를 절레절레 흔들었다.

"거대한 특종이 밀려오는 게 보여. 조만간 권력의 피비린내가 날 정도의 쓰나미급 특종이 전국을 덮칠 거야."

"네, 네. 도사님, 어련하시겠습니까."

"난 이상하게 느낌이 잘 맞아. 나 신기 있나? 이참에 내림이나 받을까? 미남 도사 어때?"

"미남인지는 모르겠지만 확실히 김 기자보다는 김 도사가 더 어울리긴 하네요. 그런데 그렇게 미래를 잘 보는 분이 왜 자기 특종 한 번을 못 찾으실까."

"야! 양 작가! 너 지금 나 디스한 거지?"

"미래는 못 보셔도 눈치는 빠르시네요. 크크."

두 사람은 티격태격 장난을 멈출 줄 몰랐다.

"뭐야? 근데 왜 이렇게 썰렁해? 막내는? 갤러리가 없으니까 분위기가 덜 살잖아."

실없는 장난에 호응해 주는 목소리가 들리지 않자 김 기자가 시사국을 한번 둘러보고는 막내를 찾았다.

"오전에 병원 들렀다가 온대요."

"병원? 막내 어디 아파?"

"그건 아니라던데. 그냥 다녀온다고 하길래 더 안 물어보고 그러라고 했어요. 요즘 계속 야근한다고 이래저래 시간도 없었잖아요."

"피곤해서 그러나? 튼튼해 보이는데 은근히 약골이네."

김 기자가 막내의 자리를 힐끗 쳐다보며 혀를 쯧쯧 튕겼다.

"흉터 치료 땜에 병원 다니는 눈치던데요."

"막내 무슨 흉터가 있어?"

"김 기자님 모르셨어요? 막내 팔에 화상 흉터 있잖아요. 엄청 커요. 그거 치료하러 다니는 것 같던데요."

"그래? 그래서 여름에도 긴팔만 입고 다니는 거였구나. 난 또, 안 그래도 바른 놈이 더 바르게 보이려고 짧은 옷은 안 입는 줄 알았네."

"딱 봐도 오래된 상처예요. 하루 이틀 치료해서는 없어질 것 같지 않더라고요."

의자를 당겨 앉던 양 작가가 갑자기 생각난 듯 바퀴를 뒤로 밀어 김 기자 쪽으로 붙었다.

"아 참, 저 막내의 비밀 하나 알았어요."

"비밀? 뭔데? 뭐?"

양 작가의 말에 얼굴이 밝아진 김 기자도 그녀 가까이 얼굴을 내밀었다.

"걔, 진짜 바른 아이 맞아요."

"그건 또 뭔 말이야?"

"궁금해요?"

"답답해. 뜸 들이지 말고 빨리 말해."

"인사 경영 팀에서 확보한 고급 정본데요, 막내가 1년에 연봉만큼을 기부한대요."

"엥? 어디에?"

"걔 고향이 무언이잖아요. 무언시에 있는 복지시설에 기부한다던데?"

자극적인 비밀을 기대했던 김 기자의 얼굴에 실망한 기색이 역력했다.

"캬. 알면 알수록 미스터리하게 바른 놈일세."

＊

일주일 전, 형택은 자신의 사무실에서 신문을 읽고 있었다. 전화 벨 소리에 휴대폰을 들자 수상한 발신자 번호가 화면에 나타났다.

[07754234895135789]

"뭐야?"

형택은 귀찮은 듯 휴대폰을 책상에 던져버리고는 다시 신문으로 눈을 돌렸다. 전화벨이 한 번 더 울리자 시끄러운 벨 소리에 형택이 퉁명스럽게 전화를 받았다.

"뭐요?"

"모수린 씨 아버님 되십니까?"

"뭐?"

형택은 보이스 피싱이 틀림없는 번호여서 소리를 버럭 질러주고 전화를 끊어버리려 했으나 딸의 이름을 듣고는 그럴 수가 없었다.

"모수린 씨 아버님 되시지요?"

잠시 멈칫하는 형택에게 상대는 차분한 목소리로 다시 물었다.

"누구십니까?"

"서류를 하나 보내드리겠습니다. 따님께 꼭 필요한 자료가 될 겁니다."

"뭐요?"

"송 실장님 개인 차량에 실어두겠습니다."

뚝.

"뭐야, 이 미친놈."

질문에는 한마디도 대답하지 않은 채 전화가 일방적으로 끊기자 형택은 신경 쓰지 않겠다는 듯 다시 휴대폰을 책상 위로 던졌다. 시선을 신문으로 옮겼지만 그는 집중이 되지 않는지 이내 신문을 덮었다.

"들어와!"

책상으로 손을 뻗은 형택이 인터폰을 누르고는 짧게 말하자 곧바로 송 실장이 사무실 문을 열고 들어왔다.

"송 실장, 자네 차 어디 있나?"

"예?"

"자네 차 말이야. 차 안 가지고 다니잖아."

"제 차는 집에 있습니다."

"집? 자네 집 주차장? 그럼 나도 오늘은 이만 들어갈 테니까 자네는 집에 가서 자네 차에 서류 하나 있는지 확인해 봐."

"예? 무슨 말씀이신지…."

"전화가 왔어. 미친놈이 나한테 줄 서류를 자네 차에 넣어뒀다네."

"그럴 리가요. 제 차 키는 제가 가지고 있는데요."

"찝찝하니까 확인해 봐. 아무것도 없으면 그 길로 퇴근하고, 혹시 뭐 있으면 우리 집으로 가져와. 나는 오랜만에 일찍 들어가서 수린이랑 저녁이나 먹어야겠다."

"네. 알겠습니다."

수없이 걸려 오는 장난 전화에 이골이 난 형택이다. 특히나 검사 출신인 그가 이런 같잖은 보이스 피싱에 동요될 리 없었다. 그러나 전화기 너머에서 들려온 딸의 이름에 아비의 마음은 생각과는 다르게 움직였다.

수린과 저녁 식사를 마친 형택이 서재로 돌아왔다. 어두운 얼굴로 책상에 앉아 안경을 꺼내 쓴 그는 송 실장에게 받은 서류 봉투를 만지작거렸다. 서류를 건네던 송 실장의 표정으로 기분 나쁜 내용임을 짐작한 형택은 오랜만에 딸과 함께 하는 저녁 시간을 방해받고 싶지 않아 서류는 확인도 하지 않고 저녁부터 먹은 참이었다.

역시나 발신인은 노란 봉투 어디에서도 찾아볼 수 없었다. 형택이 천천히 봉투를 열었다.

봉투 속에는 일곱 장의 사진이 들어 있었다. 피를 흘리며 누워 있는 차은새와 사건 현장이 담긴 선명한 사진 여섯 장. 그리고 비스듬히 흐릿하게 찍힌 작은 사진 한 장. 사진 속에는 시신 앞에 휴대폰 카메라를 들이밀고 선 서정원이 있었다. 놀란 눈으로 다시 죽은 차은새의 사진을 집어 든 형택이 이내 의자를 뒤로 젖히며 머리를 기대고는 눈을 감았다. 책상엔 지나간 뮤지컬 티켓과 예쁜 쪽지가 봉투와 같이 놓여 있었다.

멋진 검사님♡ 제 첫 주연 뮤지컬이에요. 저의 은인이 꼭 보러 와주셨으면 좋겠어요. 2013년 11월. 은새 드림.

2003년, 형택은 무언 지검에서 근무하던 당시 은새를 처음 만났다. 아내와 사별한 후 수린을 미국으로 유학 보낸 그가 오로지 일에만 집중하던 시기였다. 매일 출근길에 버스 정류장 앞 노점 할머니에게서 산 김밥으로 아침을 때우던 형택은 그날따라 김밥 할머니를 만나지 못해 배가 고팠다.

"검사님!"

검찰청에 들어서던 형택은 자신을 부르는 어린 학생의 목소리에 고개를 돌렸다.

"모형택 검사님 맞으시죠?"

"누구니?"

"안녕하세요. 검사님. 저는 무언 여중 1학년 3반 차은새라고 합니다."

낡은 교복을 입은 학생이 또박또박 자기소개를 하더니 머리가 땅에 닿도록 허리를 숙여 인사했다.

"차은새?"

처음 보는 학생이었다. 물려 입은 교복인지 남색 재킷은 빛이 바래 번들거렸고 꾀죄죄한 셔츠에는 군데군데 얼룩이 가득했다. 시선을 아래로 내리자 열심히 빨래한 흔적은 있었지만 묵은 때가 남은 운동화가 보였다. 그마저도 사이즈가 맞지 않아 뒤꿈치가 한참 남아돌았다.

"네. 저는 차금새 오빠 동생이에요. 오토바이 절도죄로 조사받고 있는 차금새요."

은새가 조심스럽게 입을 열었다. 차금새는 어제 검찰로 넘어온 소년이었다. 오토바이를 훔쳐 타고 시내를 달리다 행인을 치어 중상을 입히고는 도망친 중학생. 절도와 학교 폭력으로 벌써 몇 번째 조사를 받은 적이 있는 문제아.

형택은 할머니와 여동생과 함께 산다고 기록된 차금새의 조서를 기억해 냈다. 백반집을 하던 할머니가 2000년 봉토공장 사건을 계기로 문을 닫았고, 그 이후에 생활이 더욱 힘들어지면서 문제를 일으키는 횟수가 늘어났다는 담임교사의 의견서도 떠올랐다.

"잘못했습니다. 검사님, 한번만 용서해 주세요. 정말 잘못했습니다."

은새는 다시 머리를 조아렸다.

"네가 뭘 잘못했니? 잘못은 네 오빠가 한 것 같은데?"

"그렇긴 하지만… 검사님, 우리 오빠 이제 어떻게 되는 거예요? 감옥… 가는 거예요?"

조막만 한 얼굴에 긴 머리를 단정하게 하나로 묶은 아이는 고개를 들고 형택을 바라보았다. 큰 눈은 당장이라도 눈물이 떨어질 것 같았지만 눈빛은 강단 있어 보였다.

"글쎄다. 조사를 해봐야 알겠지. 조사가 끝나면 구속될 수도 있지. 잘못을 했으니까…. 다친 사람도 있다는 말은 들었니?"

평소였다면 단호하게 돌아섰을 형택이지만 어린 학생의 간절함이 느껴져서 쉽게 등을 돌릴 수 없었다.

"잘못했습니다, 검사님. 제가 오빠 다시는 그런 짓 못 하게 할게요. 그러니까 한번만 봐주세요."

"은새라고 했니? 이렇게 네가 나한테 와서 얘기를 한다고 달라질 건 없단다. 그러니 돌아가서 기다리는 게 좋겠다."

돌아서려는 형택을 향해 은새가 울먹였다.

"검사님! 아침마다 무언역 앞 버스 정류장에서 김밥 사 드시죠? 그거 저랑 할머니가 새벽에 같이 만드는 거예요. 앞으로 제가 아침마다 검사님 김밥은 직접 배달해 드릴게요. 학교 가는 길에 가져다 드리고 갈 수 있어요. 그리고 오빠는 절대로, 다시는 나쁜 짓 못 하게 제가 잘 감시할게요. 오빠가 감옥 가면 우리 할머니 지금도 아프신데 정말 못 사실 거예요. 그러니까 검사님 다시 한번 부탁드립니다. 우리 할머니 좀 살려주세요."

'당찬 아이구나.'

울먹이는 은새를 보자 형택은 미국에서 유학 중인 자신의 딸 수린이 떠올랐다. 우리 수린이도 저렇게 꿋꿋하고 강하게 잘 적응하고 있으면 좋을 텐데. 그날 이후, 극구 사양하는 형택에게 은새는 오빠가 감옥에 가지 않은 것에 대한 고마운 마음이라며 6개월 동안 빠짐없이 김밥을 가져다주었다.

형택은 긴 시간 동안 은새를 후원한 이유가 무엇이었는지 그 자신도 알 수 없었다. 어린 나이에 가장이 되어버린 소녀를 동정했던 건지. 제 자식에게서 기대했던 당차고 강한 모습의 아이에게서 짐을 덜어주고 싶었던 건지. 네 오빠는 내가 감옥에 보내지 않은 게 아니라 촉법소년이라서 보호관찰 처분이 난 거라고, 그냥 법대로 된 거라고 말하지 않은 것에 대한 미안한 마음 때문이었던 건지.

아니, 그냥 무언역 버스 정류장 앞 할머니 김밥이 맛있어서였던 것 같다. 무언역 김밥이 조금만 덜 맛있었더라면, 그때 그 아이를 모른 척했더라면, 그랬다면 그 아이가 그렇게 죽지 않을 수 있었을까. 형택은 가슴 한편이 아려왔다.

*

호텔로 돌아온 정원은 옷장에서 여행 가방을 꺼냈다. 옷가지들과 화장품, 노트북을 가방에 구겨 넣는 그녀의 손놀림은 쫓기는 사람 같았다.

'설우재. 설우재. 설우재.'

일밖에 몰랐던 삭막한 인생에 찾아온 빛이라고 생각했던 남자,

우재는 정원의 삶을 도망갈 수 없는 캄캄한 궁지로 몰아넣고 있었다. 짐을 챙겨 체크아웃을 마친 정원은 곧바로 자동차에 시동을 걸었다. 조수석에는 울리지 않는 무전기가 덩그러니 놓여 있었다. 도움을 청할 곳도, 그럴 사람도 없다는 사실이 다시 한번 정원을 절망스럽게 했다.

"지저스, 이 개자식. 도대체 나한테 왜 이러는 거야!"

화가 머리끝까지 뻗친 정원이 달리는 차 안에서 고래고래 고함을 질렀다.

"너 없음 못 할 줄 알고? 네가 날 똥통에 처넣으면 내가 포기할 줄 알고? 두고 봐. 내가 무슨 수를 써서라도 너도 잡고! 한나리 범인도 잡고! 차은새 범인도 잡고! 방송도 잡고! 특종도 잡고! 내가 다 잡아버릴 거야."

씩씩거리는 정원을 실은 자동차는 도로를 무서운 속도로 내달렸다.

"김 경위님!"

경찰서로 들어선 정원이 태헌의 책상 앞에 바짝 붙어 섰다. 책상에 얼굴을 박고 김민철의 수사 자료를 검토하던 태헌은 불쑥 들어오는 검은 그림자에 깜짝 놀라 얼굴을 들었다.

"아이 깜짝이야. 또 뭡니까?"

"시간 되세요?"

"네, 지금은 뭐… 그날은 잘 들어가셨죠?"

만취해 정원의 부축을 받으며 집에 들어갔던 날 이후로 두 사람이 만난 건 처음이었다. 그날의 추태가 민망했던 태헌이 겸연쩍게 물었다.

"조용한 데 있어요? 잠깐 얘기 좀 하시죠."

"네? 왜 그럽니까? 무섭게. 암튼 이쪽으로 오세요."

질문엔 대꾸도 없이 다짜고짜 따지듯 말하는 정원을 회의실로 안내하며 태헌은 덜컥 겁이 났다.

'혹시 내가 그날 취해서 실수를 했나? 뭐 중요한 얘기 한 건 아니겠지? 하, 뭐지? 기억이 안 나는데. 하여간 술이 문제야. 술이. 내가 이놈의 술을 끊어야지.'

"사람을 찾고 있어요."

태헌을 따라 회의실에 들어선 정원이 의자를 빼 앉으며 말했다.

"예? 여기가 무슨 흥신손 줄 아십니까? 그리고 사람은 기자님이 더 잘 찾으시잖아요."

기억나지도 않는 지난밤 일을 되새기며 잔뜩 긴장하고 있던 태헌이 안도의 한숨을 내쉬며 물었다.

"이 사람이 차은새 사건의 키를 쥐고 있어요."

정원이 메모가 적힌 쪽지를 태헌에게 건네며 말했다. 쪽지에는 정원과 지저스가 주로 연락했던 메신저의 이름과 지저스의 아이디가 적혀 있었다.

"이게 뭔데요?"

"자세한 얘기는 차차 하기로 하고 빨리 찾아야 해요. 저는 제 방식대로 찾을 테니까 김 경위님은 경위님 스타일로 찾아주세요. 먼저 찾으면 공유하기. 어때요?"

알

"이 사람이 차은새 사건 범인입니까? 그걸 어떻게 아십니까?"

쪽지를 받은 태헌은 다시 정원에게 물었다.

"범인인지 아닌지 그건 아직 몰라요. 그치만 확실한 건, 그 사람이 사건과 관련된 중요한 정보를 가지고 있다는 거예요. 분명히."

"사진이라도 없어요? 딸랑 이걸로 사람을 찾으라고요? 그리고 이 사람이 사건과 관련 있다고 생각하는 이유가 있을 거 아닙니까."

"그런 게 더 있었으면 그냥 저 혼자 찾았겠죠? 그럼 전 이만 바빠서요. 연락 주세요."

정원이 자기 할 말만 하고는 쌩하니 회의실을 나가버리자 얼떨떨한 태헌은 자리에 그대로 앉은 채 쪽지를 만지작거리며 구시렁댔다.

"지저스…. Almighty Jesus is with Us? 뭐야, 서정원 교회 다니나?"

*

어두운 방, 빔프로젝터에서 재생한 영화가 벽면을 가득 채우고 있었다. 멕시코의 거리 축제 장면이 한창이었다. 우재는 이 영화의 오프닝을 좋아했다. 죽은 자의 날을 맞은 사람들의 아름다운 분장과 신나는 음악, 멋진 코스튬을 한 남자 주인공과 그의 격렬한 전투 장면, 헬기를 타고 날아가는 장면에 이어지는 오프닝 시퀀스까지. 어려서는 저렇게 멋진 영웅이 되고 싶다고 꿈꿨고, 나이가 들고 나서는 저런 음악과 화면을 만들고 싶다고 생각했었다.

'어쩌다 여기까지 온 걸까.'

리클라이너에 누워 텅 빈 눈으로 움직이는 화면을 바라보던 우재가 깊은 한숨을 내쉬었다. 영화에 집중이 될 리가 없었다. 오아뉴의 SNS를 확인한 순간부터 지금까지 우재는 방에 가만히 틀어박혀 있었다. 자신을 둘러싼 복잡한 상황에 혼란스럽고 겁이 나 꼼짝을 할 수가 없었다. 늘 그래왔듯 어디론가 떠나버릴까도 고민했지만 이번에는 그러면 안 될 것 같았다. 지금 도망가 버리면 이미 우재를 경멸하고 있는 정원이 영원히 자신을 찾지 않을 거라는 생각에 두려웠다. 도망칠 수도 그렇다고 정원 앞에 나설 수도 없는 우재는 그저 암막 커튼으로 햇빛을 차단한 방 안에서 멍하니 반복되는 화면만 바라볼 뿐이었다.

'정원아, 제발 나 좀 도와줘.'

어둠 속에서 우재는 12년 전을 떠올렸다.

"우재 씨, 미국으로는 언제 돌아가요? 잠깐 온 거라면서요."

게스트 하우스 복도 중앙에 놓인 기다란 테이블에 우재와 나리가 나란히 앉아 있었다.

"몰라. 천천히 생각하죠, 뭐. 난 여기 더 있고 싶어요."

"그래도 학교도 가야 하고, 가서 할 일이 많잖아요."

마드리드의 작은 바에서 나리를 만난 다음 날, 우재는 호텔을 정리하고 나리가 묵고 있는 게스트 하우스로 짐을 옮겼다. 두 사람이 함께 시간을 보낸 지 벌써 나흘째였다. 여섯 명 정도 묵을 수 있는 작은 게스트 하우스엔 나리와 우재뿐이었다. 호텔의 거실보다 작은 방이었지만 우재는 그곳이 좋았다. 오전에는 나리가 스페인에서 살 집과 어학원을 찾는 것을 도와주고, 오후에는 같이 관광을 다니는 시간이 즐거웠다. 아직 스페인어가 서툰 나리가 이것저것 꼼꼼히 알아봐 주는 자신에게 의지하는 것 같아 설렜다.

"여기는 어때요? 학교랑 가깝고 집도 깨끗하고 예쁜데."

우재가 찾은 곳은 방 두 개에 수영장도 딸린 커다란 빌라였다. 화려하게 꾸민 정문과 중문에 경비원들이 서 있는 모습이 마음에 들었다.

"아, 너무 예쁜데 엄청 비싸네요. 기숙사 신청만 성공했어도 좋았을 텐데."

스크롤을 내려 금액을 확인한 나리가 한숨을 쉬었다.

'흠, 내가 내줄 수 있는데.'

우재는 목구멍까지 올라온 말을 겨우 삼켰다. 회사원인 아버지와 가정주부인 어머니 사이에서 평범하게 자란 나리. 긴 머리를 올려 묶고 화장기 없는 얼굴로 진지하게 노트북 속 집을 하나하나 살펴보고 있는 나리는 우재가 처음 만나는 부류의 사람이었다.

마드리드에 익숙한 우재의 리드로 함께 관광을 다닐 때 개구리가 그려진 동그란 지갑에서 낯선 화폐를 하나하나 세어 계산하는 모습이 귀여웠고, 우재가 조금 비싼 밥을 살 때면 안절부절못하며 미술관 입장료는 본인이 내겠다고 떼쓰는 모습이 신선했다. 평소라면 금세 능글거리며 내가 있는 호텔로 와서 놀자고 했을 우재였지만 왠지 나리에게는 그러고 싶지 않았다.

"내가 좀 더 찾아볼게요, 나리 씨. 우리 내일은 오후에 마드리드

왕궁 갈래요? 저녁에는 마요르 광장에서 파에야도 먹고. 한국 사람 엄청 많아서 여기가 이태원인지 스페인인지 헷갈리는 맛집이 한 군데 있어요.”

“좋죠. 우재 씨는 진짜 이곳을 잘 아시네요.”

“아니, 뭐. 전에 한 번 와봤어요. 길을 워낙 잘 외워서.”

우재는 마드리드를 제집 드나들 듯 오가고 있고 나리만 원한다면 스페인에서 뭘 먹든 어디서 살든 마음대로 할 수 있다는 말 대신 멋쩍게 웃어 보였다.

“나 땜에 괜히 가본 곳만 다니는 거 아닌가 몰라요.”

“아, 아니에요. 왕궁은 나도 못 가봤어요. 그땐 시간이 없어서.”

우재는 순수하게 묻는 나리 앞에서 순진한 척 연기하는 스스로가 민망해져 다시 노트북으로 시선을 옮겼다.

“앗, 여기 어때요?”

부족한 예산 때문에 풀이 죽은 나리의 눈치를 살피던 우재가 쭉쭉 내리던 스크롤을 멈췄다. 커다란 창 옆에 예쁜 그림이 걸린 스튜디오였다. 사진으로 보기에도 작았지만 침대와 협탁 옆으로 짙은 녹색 책상과 빨간 소파가 놓인 깨끗한 집이었다.

“와! 예쁘다! 예산도 맞아요. 우재 씨!”

나리의 표정이 금세 밝아졌다.

“근데 여기 4층인데 엘리베이터가 없어요. 괜찮을까요?”

“괜찮아요. 4층쯤은 운동도 되고 저는 좋아요.”

“좋았어. 그럼 여기 연락 한번 해볼게요.”

우재는 곧장 부동산 에이전시로 전화를 걸었다. 스페인어로 통화하는 내내 자신을 보는 나리의 초롱초롱한 눈빛에 괜히 더 어려운 단어를 쓰고 싶은 마음이 들었다.

"지금 볼 수 있다고 해서 간다고 했어요. 나갑시다."

"진짜요? 이렇게 빨리?"

눈을 크게 뜨고 묻는 나리에게 우재는 웃으며 대답했다.

"좋은 집은 시간 싸움인 건 세계 공통인가 봐요."

"와. 오늘 계약할 수 있으면 좋겠다."

계약은 순조롭게 진행됐다. 유학생을 대상으로 하는 매물을 많이 내놓는다는 부동산에서는 한국인 직원이 스페인어와 한국어가 같이 쓰인 계약서를 준비해 주었고, 우재는 나리 대신 척척 계약을 진행했다.

"든든한 남자 친구가 있어서 학생은 걱정 없겠어요."

두 사람의 관계를 오해한 부동산 직원의 말에 괜시리 얼굴이 붉어지기도 했다.

다음 날, 집을 계약해 편해진 마음에 실컷 늦잠을 자던 나리는 우재가 방문을 두드리는 소리에 일어났다.

"나리 씨, 인제 나갑시다. 아직 자요?"

"일어났어요! 준비할게요. 좀만 기다려줘요!"

후다닥 씻고 옷을 껴입은 나리가 거실로 나가자 우재가 샌드위치를 내밀었다.

"하몽 샌드위치예요. 엄청 맛있을걸요."

"우와, 진짜 고마워요."

식탁에 앉아 샌드위치를 한입 먹은 나리가 말했다.

"그런데 여기 사람 되게 안 오네요. 위치도 좋은데. 사장님 애타겠다."

나리와 우재가 묵고 있는 게스트 하우스는 벌써 일주일 가까이 두 사람뿐이었다.

"그러게요. 진짜 사람 없네. 그건 그렇고 밖에 비와요. 비 오는 날의 왕궁이 얼마나 멋진지 모르죠?"

뜨끔한 우재가 말을 돌렸다. 게스트 하우스로 옮기며 우재는 이미 여섯 명분의 방값 이상을 지불한 상태였다. 남들과 같이 숙소를 써본 적도 없을뿐더러 나리와 있는 시간을 여러 사람에게 방해받고 싶지 않았던 그에겐 당연한 선택이었다.

두 사람은 이어폰을 하나씩 귀에 꽂고 비 오는 마드리드 왕궁을 걸었다. 이어폰을 타고 들려오는 감미로운 피아노 소리와 우산 위로 떨어지는 빗소리는 한 팀이 되어 몽환적인 하모니를 구성했다.

"엄청 배고프다."

우재가 추천한 파에야집에 도착했을 때는 이미 저녁 시간을 훌쩍 넘긴 후였다.

"난 한두 시간이면 볼 줄 알았는데 나리 씨 덕분에 폐장 시간까지 있었네요."

"힘들었죠? 그치만 정말 예뻐서 나오고 싶지가 않았다구요."

"안 힘들었어요. 나리 씨랑 있어서."

얼굴이 달아오르는 걸 느낀 우재는 먼저 나온 와인을 마시며 조명이 어두운 것에 감사했다.

"아… 저도 그래서 더 좋았던 것 같기도 해요…."

마주 앉은 나리의 얼굴도 빨개졌다.

'에라 모르겠다. 일주일이면 많이 참았지.'

"나리 씨, 제가 계속 하고 싶은 말이 있었는데⋯."

우재가 두근거리는 가슴으로 다음 말을 이으려는 그때, 누군가 우재를 부르는 소리가 들렸다.

"야, 설우재! 여기 있었어?"

현관문 열리는 소리와 함께 들려오는 인기척 소리에 우재가 방문을 열고 나왔다.

"정원아."

정원은 대답 없이 드레스 룸으로 들어가 짐을 풀었다.

"집에 들어온 거야? 이제 안 나갈 거야?"

"⋯."

"밥은 먹었어?"

"신경 쓰지 마."

정원은 우재에게는 눈길도 주지 않은 채 가방에서 옷을 꺼내 정리하기 시작했다.

"그래. 그럼 내가 뭐 좀 만들어놓을게. 샌드위치 괜찮아? 너 편할 때 먹어."

"당분간 안방은 내가 쓸게. 그리고 내 서재에는 우재 씨 들어오지 않았으면 해. 절대로."

"알았어. 안방이랑 서재 안 들어갈게. 정원이 너 편하게 있어."

드레스 룸 입구에 선 우재가 정원의 눈치를 살피며 말을 이었다.

"이모님이 침대 시트도 매일 갈아두셨어. 너 오면 집이 깨끗해야 기분이 좋을 것 같아서…. 그리고… 너 일단 좀 씻어야지? 욕실에 따뜻한 물 받아놓을게. 짐 정리하고 씻어."

"내가 알아서 해. 그보다 할 얘기가 있어."

무표정하게 옷가지를 정리하던 정원이 욕실로 향하려던 우재를 불러 세웠다.

"뭔데?"

"오아뉴 SNS 봤지?"

정원이 하던 일을 멈추고 우재를 바라보았다.

"봤어."

"12년 전 사건에 우재 씨도 연관이 있어?"

"아니."

우재가 정원을 보며 짧게 대답했다.

"전혀?"

"전혀."

"한나리… 몰라?"

"몰라."

"나 똑바로 보고 말해. 정말 몰라?"

엄마에게 거짓말을 하다 들킨 아이처럼 우재는 변명 대신 아무것도 모른다고 대답했다. 평소였다면 더 자세하게 상황을 설명하며 정원을 안심시키려 했을 그였다. 떨리는 목소리, 움켜쥔 두 손. 바닥에 고정된 시선을 올리며 우재는 정원을 바라보았다.

"난 정말 몰라."

0르ㅂ

우재는 겁에 질려 있었다.

"우재 씨 지금 그 말에 책임져야 할 거야."

더 이상 대답은 없었다. 정원은 우재를, 우재는 정원을 그저 바라보기만 할 뿐이었다.

"나 없다고 생각해. 아무것도 할 필요 없어."

"그래…. 알았어. 그럼 쉬어."

다시 옷걸이를 집어 든 정원이 차갑게 입을 열자 우재가 방을 나갔다.

"정원아, 나 이번 생에… 아니 다음 생에도 너밖에 없어. 그러니까 이번 생에 나랑 한번 살아보고 맘에 들면 다음 생에도 찾아가게 해주라. 정말 사랑해."

'설우재, 당신은 그것도 거짓말이었을까.'

돌아서는 우재의 축 처진 어깨에 정원의 마음도 무거웠다.

짐 정리를 마친 정원이 가방 하나를 들고 서재로 향했다. 우재는 작업실에, 정원은 서재에 틀어박혀 집에는 적막이 흘렀다. 서재 문을 잠근 정원은 가방에서 사진 뭉치와 자동차 열쇠, 작은 상자 하나를 꺼냈다. 사진 뭉치는 최근 정원을 둘러싸고 발생한 사건에 관련된 사람들의 얼굴이 인화된 것이었다. 그리고 영선에게 들러 바꿔 타고 온 영선의 자동차 열쇠. 차 안 망가뜨릴 테니 며칠만 바꿔 타자는 정원의 부탁에 영선은 네 차가 더 비싼 거니 좋다며 웃을 뿐 더 이상은 묻지 않았다. 가방에서 꺼낸 물건들을 바라보며 깊은숨을 내뱉은 정원은 결심한 듯 보드판을 돌려 사진을 붙이고

펜을 들었다.

설우재 - 서정원의 남편

차은새, 설우재 - 내연

김민철 - 차은새의 스토커, 살인범?, 서정원의 악플러/자살

모형택, 모수린 - 부녀, 유윤영의 친구/서정원의 앙숙

진명숙, 모형택 - 고용인, 고용주

한나리, 유윤영, 설우재, 모수린 - 스페인?

김태헌 - 진여사, 차은새 사건 담당 수사관

그리고 보드의 중앙에 서정원, 자신의 이름을 썼다. 이제 남은 한 사람. 사진도 이름도 없고 하물며 보드판 어디에 자리 잡아야 할지조차도 가늠이 안 되는 인물.

지저스 - 신원 미상, 관계 미상

이 중에 범인이 있다. 누굴까. 왜, 무엇 때문에 정원을 중심에 둔 이 게임을 시작한 걸까.

다시 책상에 앉은 정원이 노트북을 열어 메신저를 켰다. 여전히 지저스의 접속 흔적은 없었고, 그가 보낸 파일은 클릭해 봐도 암호를 입력하라는 메시지만 반복적으로 화면에 나타났다.

"망할 자식."

나지막이 욕을 뱉은 정원은 지저스와 나눈 지난 대화 전체를 다

운로드해 인쇄 버튼을 눌렀다. 신기루처럼 사라진 지저스를 온라인으로 찾을 방법이 그녀에게는 없었다. 아무런 흔적을 남기지 않았을 거라는 건 불 보듯 뻔했고 태헌이 그를 쫓을 수 있을 거라는 확신도 없었다.

정원이 태헌에게 지저스의 정보를 준 건 그저 작은 도박이었다. 태헌이 지저스를 찾는다면, 그의 정체와 궁금증은 풀 수 있겠지만 죽어 있던 차은새를 모른 척했던 정원에겐 더욱 불리한 게임이 시작될지도 모른다. 태헌이 지저스를 찾지 못한다면, 그냥 원점일 뿐이겠지. 그래서 정원은 지저스를 찾을 유일한 길을 가장 낡은 방법으로 선택했다. 지저스가 했던 말들. 그 속에 열쇠가 있을지도 모른다. 책 한 권 분량의 대화가 프린트기에서 쏟아져 나오자 정원은 형광펜으로 주요 단어와 내용들에 표시하기 시작했다.

2013년 3월

지저스 히어로가 얘기한 비리 공무원 은행 계좌 찾았어. 지금 보낸다.

히어로 이야, 이렇게 빨리? 대박.

지저스 근데… 히어로!

히어로 엉.

지저스 그 공무원… 예전에 무언 시청에 근무했던데. 혹시 2000년 무언 폭발 사고 알아?

히어로 아, 엄청 큰 사고 있었지 아마? 거기 공무원이었어? 용케 밥줄 안 끊겼네. 계좌 받았어.

지저스 ㅇㅋ

2014년 6월

지저스 야구선수 사진 보냈음.

히어로 빠름! 입금 완료.

지저스 빠름!

히어로 이번에 서울 드리밍스 가을 야구 가나요?

지저스 무슨 소리! 무언 티라노스가 있는데! 무언 티라노스 우승 가즈아!

2015년 11월

지저스 그 변태가 운영하는 사이트 거점 주소 찾았어.

히어로 오, ㅇㅋ 주소 쏴주세요.

지저스 오늘 가는 거지? 무언이랑 가까워.

히어로 ㅇㅋㅇㅋ 쌩유!

　무언에서…. 무언 검찰은…. 무언 공무원이…. 지저스가 "자료 보냈음" 다음으로 많이 한 말은 무언이었다.

　시곗바늘은 어느새 자정을 향해 가고 있었다. 잔뜩 인쇄된 종이 더미에는 보드판 위 인물들의 전화번호, 주소와 같은 정보들이 순서 없이 나열되어 있었다. 다시 한번 사진들을 점검한 정원은 의자를 밟고 서재를 한눈에 볼 수 있는 방의 모서리에 올라섰다. 손에 든 작은 박스에는 가정용 CCTV가 들어 있었다. 겁에 질린 우재의 표정이 머릿속에 떠올랐다.

034

'정말 아무 상관 없을지도 몰라. 우연히 같이 사진에 찍힌 거라면…. 나 땜에 우재 씨까지 함정에 빠진 거라면…. 그럼 어떡하지?'

정원이 다시 의자에서 내려와 앉아 CCTV를 손에 들고 고민하던 그때, 이메일 도착 알림음이 울렸다.

한나리 미제 사건 조사 보고

팀장님, 오늘도 계속 외근이신 것 같아 메일로 보고드립니다.
어제 김 기자님과 스페인의 부동산에서 근무했던 제보자를 만나서 한나리 씨가 스튜디오 계약 당시 작성한 계약서 스캔본을 확보했습니다. 제보자는 한나리 씨 계약을 진행한 사람은 아니었지만 같이 근무한 직원이 계약 자료를 공유 폴더에 남겨놓은 것을 확인하고 제보했다고 합니다. 계약을 진행했던 부동산 직원은 스페인에 거주하는 것으로 예상되나 신원이나 소재는 알 수 없었습니다. 확보한 계약서 스캔본 함께 보내드립니다. 검토 부탁드립니다. 이바른 드림.

그리고 자신의 걱정을 비웃는 것만 같은 서류가 휴대폰 화면을 가득 채웠다. 계약서에 적힌 한나리 이름 옆에 너무도 익숙한 우재의 서명이 있었다. 다시 의자를 밟고 올라선 정원은 CCTV 설치를 시작했다.

집을 나와 차에 앉은 정원이 서재에 설치한 CCTV 어플을 실행했다. 비어 있는 어두운 방에는 한동안 적막만 흘렀다. 정원은 미동 없이 휴대폰 화면만 들여다보았다.

'분명히 그냥 지나칠 리가 없어.'

얼마 후, 정원의 예상대로 우재가 서재 문을 열고 들어왔다. 집에 들어온 정원이 한참을 비밀스럽게 서재에 틀어박혀 있다가 나간다면, 우재는 분명 정원이 혼자 서재에 있던 시간 동안의 흔적을 찾기 위해 그곳에 들어가 볼 거라는 생각이 들어맞았다. 우재는 보드판에 거미줄처럼 붙어 있는 사진들을 한참 동안 본 후 쌓여 있는 서류 뭉치를 뒤적이다 휴대폰을 열었다.

"나야. 어디야? 내가 지금 갈게."

우재의 목소리가 떨렸다. 우재가 서재를 비추는 화면 속에서 사라지자 정원도 시동을 걸었다. 잠시 후, 우재의 차가 주차장에서 빠져나오는 것을 확인한 정원은 천천히 뒤따라 도로를 달렸다. 빠르게 내달려 도착한 곳은 성수동의 한 아파트. 우재의 차가 진입하자 입주민들만 통과할 수 있는 게이트의 자동문이 위로 활짝 열렸다. 조금 전 정원이 서재에서 확인했던 유윤영의 주소지였다.

*

띠리리리리. 사무실 소파에 눈을 감고 기대앉아 있던 형택의 전화벨이 울렸다. 또 그놈이다. 실눈을 뜨고 발신 번호를 확인한 형택이 몸을 일으켜 통화 버튼을 눌렀다.

"의원님?"

"…"

"보내드린 자료는 잘 사용하셨습니까?"

"당신 뭐요? 누구야?"

"제가 누군지는 언젠가 아시게 될 겁니다. 어쨌든 저한테 도움을 받으셨네요. 서정원이 뭐라고 하던가요? 이제 따님 사건이 조용해진다고 합니까?"

남자, 완벽한 표준어와 정확한 발음, 낮은 목소리에 섞인 기계음. 형택은 짧은 문장들 속에서 상대의 특징을 찾기 위해 집중했다.

"만납시다."

"그럴 필요까진 없을 것 같습니다. 의원님께서 제게 빚을 지셨으니 변제할 방법을 알려드리지요."

"빚이라니요? 그건 또 무슨 말입니까?"

"2000년 무언 폭발 사고를 기억하십니까?"

상대의 말에 형택의 심장이 쿵 하고 내려앉았다.

"이 자식, 너 대체 누구야!"

"당시 검찰 자료를 공유해 주셔야겠습니다."

상대의 목소리는 차분했다. 형택은 상대가 예상보다 많은 것을 알고 있을지도 모른다는 생각이 들었다.

"제가 말씀드리는 검찰 자료는 의원님이 가지고 있는 최초 보고서를 포함한 초기 자료입니다. 아시죠?"

"하하. 이 양반이 거래를 하시려면 상대를 봐가면서 하셔야지."

형택은 애써 태연한 척 큰 소리로 웃었다.

"상대를 봤으니까, 의원님이라서 제안하는 겁니다. 이 거래."

"거래를 하려면 만나야지요. 아직 나 모형택을 잘 모르시나 본데, 나는 얼굴 모르는 사람이랑은 안 합니다. 거래."

웃는 형택의 눈 밑이 파르르 떨렸다.

*

"서정원이 뭐래? 그 종이 쪼가리는 또 뭐야?"

회의실에서 나오는 태헌에게 오 형사가 물었다.

"서정원이 주고 갔어."

"뭐라고 적힌 거야? 지저스? 교회 가래? 너 멘탈 부서진 거 엄청 티 나나 보다."

고개를 빼꼼히 들어 쪽지에 적힌 내용을 힐끗 본 오 형사가 태헌을 놀렸다.

"아니, 인마. 이 사람이 차은새를 죽인 범인이거나 범인을 알고 있는 사람이래."

"뭐? 이게 사람 이름이야? 성이 지고 이름이 저스라는 거야?"

"아이디잖아. 븅신아. 어디 메신저에서 쓰는 아이디라던데."

놀란 유치원생 같은 오 형사의 반응에 태헌은 어이가 없었다. 한 번 더 쪽지를 살펴본 오 형사가 이제야 이해한 듯 고개를 끄덕였다.

"뭔 메신저? 뭐 라인 같은 거 쓰진 않았을 거고, 이런 이상한 아이디 쓰는 건 텔레그램 쪽인가?"

"그런 것 같아, 민기야. 이걸 어디서부터 어떻게 찾냐? 나 이거 무조건 찾아야겠다."

"그냥 들입다 파봐야지. 나 죽었소, 하고."

"그러니까 어디서부터 파봐야 하냐고."

"음, 그건 나도 모르지. 근데 이게 뭔 줄은 알아야 파보지. 팠다가 그냥 삽질이면 네 성격에 엄청 약 오를 텐데? 너 시간 낭비 제일 싫어하잖아."

"뭐라도 나올 것 같으면 일단 파야지. 뭐든 해봐야지 지금은. 내가 이 문구를 어디선가 본 적이 있는데 말이야."

진지한 표정으로 태헌이 쪽지를 뚫어져라 쳐다보았다.

"태헌이 너 좀 많이 변했다. 예전 같았음 지저스 하면 요 앞 사거리 교회 앞에 있는 그 아줌마네 과일 가게 얘기했을 텐데. 그 집 가면 Almighty Jesus is with Us라고 적혀 있잖아. 예수 사진 붙어 있는 그 경건한 집 말이야. 사진에서 오라가 막 나오는 그 집."

"아! 맞다. 븅신이라고 한 거 사과할게. 넌 천재야, 오 형사!"

무언가 반짝 떠오른 듯 흥분한 태헌이 모니터 앞에 바른 자세로 앉았다. 태헌과 오 형사는 각자 컴퓨터 앞에 앉아서 모니터에 집중하고 있었다. 빠르게 움직이는 손가락에 맞춰 들려오는 키보드 소리가 요란하게 경찰서에 울렸다. 눈과 손을 여전히 바쁘게 움직이며 오 형사가 말했다.

"태헌아, 근데 이건 사이버수사대에 지원 요청해야 하는 거 아니야? 우리가 달랑 아이디 하나로 찾을 수 있을까?"

"뭐라고 하면서 지원 요청을 하냐? 저기 있잖아요. 멱살 잡는 서정원 기자가 줬는데요, 어쩌면 범인이거나 범인을 아는 사람일지도 몰라요. 정보라고는 아이디뿐이긴 한데 이 사람 좀 찾아주세요. 이럴 거냐? 잘도 지원해 주겠다, 인마."

태헌이 어울리지도 않는 아기 목소리를 내자 오 형사가 똥 씹은 표정으로 고개를 가로저었다.

"알았으니까 그 이상한 목소리는 넣어둬라. 확 멱살 잡고 싶으니까."

"우리가 찾아야 해. 반장이 아직도 우리가 이 사건에 손 못 놓고 있는 거 알면 또 얼마나 짖어대겠냐?"

"그거야 그렇지만 이건 뭐 한양에서 김 서방 찾기도 아니고 지저스라는 아이디 쓰는 블로그가 얼마나 많은지 아냐? 이건 또 뭐야 지저스 천사… 작명 센스하고는."

오 형사가 셀카가 잔뜩 전시되어 있는 노란색 블로그 창을 닫으며 투덜거렸다.

"이것 봐, 전부 교회 아니면 셀카야. 그렇게 자기 정체를 잘 숨긴다는 놈이 셀카 전시를 하진 않을 거고. 그럼 뭐 교회라도 뒤지냐? 너 종교 건드리면 얼마나 무시무시한지 몰라?"

"야! 오 형사, 넌 사이트마다 다른 아이디 쓰냐?"

오 형사의 말을 끊은 태헌이 부스럭거리며 주머니에서 쫀드기를 꺼내 내밀었다.

"그건 아니지. 아이디는 다 똑같아. 내 아이디는 항상 민중의 지팡이!"

오 형사가 쫀드기를 받으며 대답했다.

"그래, 사람들은 사이트마다 다른 아이디를 쓰지 않아. 많아봐야 두세 개? 지저스라는 이 아이디도 분명 여기서만 쓰진 않을 거야. 그리고 내가 봤어. 내가 분명히 그 문장을 본 사이트가 있어."

"그래, 본 사이트가 있겠지. 지저스랑 함께 쓰인 세상 멋진 말은 온라인에 다 모여 있는 것 같으니."

두 사람은 PC방에서 온라인 게임을 하는 학생들처럼 쫀드기를 우물거리며 각자의 모니터에 집중한 채 대화를 이었다.

"나만 믿어라. 이 형님이 또 차기 사이버수사대 대원 아니냐. 내가 꼭 찾는다. 내가 반드시 찾아낸다."

"뭐냐? 그 근본 없는 자신감은?"

"이 형님이 또 마음먹은 건 어떻게든 해내는 스타일이잖냐. 잘 봐. 내가 하나, 못 하나."

장난스럽게 말했지만 태헌의 속마음은 그 어느 때보다 진지했다. 초콜릿 껍질에 적힌 김민철의 마지막 말을 곱씹으며 스스로와 약속한 태헌이었다. 누구를 위해서도, 무언가가 되어보기 위해서도 아니다. 오 형사처럼 민중의 지팡이라는 사명감에 불타 있지도 않다. 그저 김민철의 죽음에 대한 죄책감을 조금이라도 덜어내고 싶었고, 그가 그렇게나 좋아했던 차은새를 죽인 범인을 찾아줘야 할 것만 같았다. 김민철이 살인범의 누명을 벗어야 태헌도 살아갈 수 있을 것 같았다. 스스로를 위해 지금의 태헌이 할 수 있는 유일한 선택은 진범을 잡는 것이었다. 지금까지의 조사로 찾은 건 피해자가 쥐고 있던 서정원의 목걸이와 차은새는 난도질당하기 전 먼저 목이 졸려 기절했다는 점, 가해자가 어디서든 살 수 있는 흔한 흉기와 압박 붕대로 범행을 저질렀다는 것뿐이었다. 지금 태헌은 진범을 잡기 위해서라면 신이 아니라 신의 할아버지 그림자라도 찾아야 하는 상황이었다.

"이건 좀 다르네. 이거 무언 아닌가?"

시큰둥한 얼굴로 다시 모니터에 집중하던 오 형사가 말했다.

"무언? 무언 풍경?"

"응, 블로그. 이거 한번 볼래? 여기 무언 맞지?"

"봐봐. 주소 뭐야?"

https://blog.naver.com/moounphoto_byjesus

"오 형사야. 이거… 이거 맞아. 이거 맞는 것 같아. 나 여기 논문 쓰면서 알게 돼서 가끔 들어가 보거든. 무언 거리 사진 찍는 블로거잖아."

태헌은 오 형사의 자리를 뺏어 앉아 마우스를 눌렀다.

"뭐 볼 것도 없는 블로그구먼."

한참 만에 블로그에 최초로 업로드된 게시 글이 나왔다. 가장 처음 올린 사진은 비어 있는 무언의 어느 공터. 사진 오른쪽 구석에 흐릿한 워터마크가 찍혀 있었다.

Almighty Jesus is with Us

＊

같은 시간, 형택은 사무실에서 여전히 전화 반대편에 있는 상대의 정보를 알아내려 씨름하고 있었다.

"어차피 거래라는 게 서로 간의 믿음으로 되는 거 아니겠습니까? 나도 그쪽이 가진 패를 봐야 신용이 생기지요."

휴대전화를 들고 있는 형택의 목소리는 여유로웠지만 자세는 꼿꼿이 긴장되어 있었다.

"알겠습니다. 그럼 만나시죠."

변조된 기계 음성의 상대는 생각보다 쉽게 만남을 허락했다.

"그럽시다. 시간하고 장소는 어디 보자…."

잠시 고민하는 형택을 상대가 가로막았다.

"시간과 장소는 제가 정합니다. 검사님, 조만간 찾아뵙죠."

"제 사무실로 오시겠다고요?"

"제가 적당한 시간에 적당한 장소로 가겠습니다. 그러니 요청 드린 자료는 항상 가지고 다니셔야겠네요. 바로 준비하십시오. 시간이 없습니다."

뚝. 또다시 일방적으로 전화가 끊기고, 형택이 무거운 머리를 손으로 받쳤다.

'검사님이라….'

검사복을 벗은 지 15년이 다 되어가는 형택에겐 오랜만에 들어보는 호칭이었다. 처음 통화에서 따님께 필요한 자료라며 '모수린 씨 아버님'이라고 형택을 불렀던 상대가 이번에는 2000년 무언 폭발 사고 자료를 요청하며 '검사님'이라고 칭했다.

누굴까. 어디까지 알고 있는 인물일까. 뭘 원하는 걸까. 단순히 돈을 노리는 사기꾼? 아니면 호시탐탐 형택의 약점을 노리는 상대 정당? 그것도 아니라면…. 잠시 생각하던 형택이 소파에서 일어나 책상으로 향했다. 서랍 깊숙이 숨겨놓은 작은 열쇠 하나를 꺼내 오래된 철제 캐비닛을 연 그는 가장 아래쪽 박스에서 연두색 서류철 하나를 꺼냈다.

봉토공장 폭발 사고 수사 보고서

책상에 앉은 형택은 20년 전 자신이 작성한 수사 보고서를 열어보고는 그때를 떠올렸다.

"모 검사님, 이번 사건은 공장장의 실수인 것 같던데요."
"그럴 리가요. 조사 결과 공장장은 이미 회사 측에 여러 번 문제 제기를 한 것으로 확인되었습니다."
형택은 무언시청 앞 카페에서 봉토그룹 상무와 마주 앉아 있었다.
2000년 2월, 무언시에서 봉토공장 근로자 열한 명이 사망하고, 서른두 명이 중상을 입는 폭발 사고가 발생했다. 폭발 과정에서 발생한 유독가스 누출로 인해 많은 시민들이 호흡곤란 등의 증상으로 치료를 받았으며 후유증으로 각종 질병에 시달리게 된 심각한 사고였다. 공장 인근 농작물은 누렇게 변색되고 소, 돼지 등 수천 마리의 가축이 시름시름 앓다 쓰러졌다. 그리고 지금까지도 후유증을 앓고 있는 피해자들의 인터뷰는 가스나 환경과 관련된 다큐멘터리에 심심치 않게 나오고 있다.
당시 사건의 담당 검사였던 형택은 폭발 사고 원인의 윤곽을 잡아가고 있었다. 컴퓨터 시스템의 오작동으로 유독 물질을 저장한 탱크에서 유독가스가 새어 나온 것. 당시 봉토공장의 공장장인 지씨가 불안정한 컴퓨터 시스템의 개선을 수차례 요구한 증거와 함께 사측이 공장장의 건의를 차일피일 미룬 정황도 포착했다. 폭발은 명백히 봉토그룹의 책임이었다.

"모 검사님, 봉토그룹이 무언시로 공장 부지를 이전하면서 얼마나 많은 사람들이 그곳에서 일할 수 있게 되었습니까? 농촌 마을이었던 무언시를 지금의 자리까지 오게 한 것이 바로 저희 봉토그룹입니다."

말끔한 양복 차림의 상무가 거만한 자세로 말했다.

"먹고살게 해줬다고 이번 사건의 책임에서 벗어나실 수는 없습니다. 열한 명이 희생됐고, 많은 사람이 병을 얻었습니다. 거기에 따라온 피해는 제가 말씀 안 드려도 더 잘 아실 텐데요."

"이미 벌어진 일입니다. 잘못된 부분은 저희 봉토그룹이 책임지고 개선해 나가겠습니다. 피해자 구제 방안도 이미 만들어뒀습니다."

"책임 소재도 분명히 해야 합니다."

형택이 단호하게 말했다.

"정치에 뜻이 있으시다고 들었는데요. 검사님 같은 분은 나라를 위해 더 큰일을 하셔야지요. 섭섭지 않게 해드리겠습니다."

"사양하겠습니다. 저는 이번 사건의 진실을 밝힐 생각입니다."

"진실은 무조건 밝혀야 한다고 생각하십니까? 귀한 생각이고 저도 일부 동의합니다만, 검사님 따님이 있으시던데요. 저희가 좀 재미있는 정보를 입수했습니다."

자세를 바꿔 몸을 앞으로 들이민 상무가 야비한 미소를 지어 보였다.

"검사님께는 어느 쪽이 더 클까요? 진실과 따님의 인생 중에…."

상무의 질문에 선택지를 잃은 형택은 몸속의 피가 모두 빠져나가는 기분이었다. 이후, 폭발 사고는 3개월 전 로켓 충전 설비 밸브에 가해진 충격이 원인으로 작용한 것으로 종결되었다. 술에 취한 공장장이 밸브를 수동으로 열기 위해 억지로 가한 충격이 폭발의 원인이라고 발표되자 공장장이 자주 술을 마시고 모두가 퇴근한 공장에 들렀다는 증언이 여기저기서 모였다. 그해 여름 형택의 딸 수린은 미국 유학길에 올랐고, 5년 후 형택은 화려하게 정계에 데뷔했다.

"의원님, 내일 조찬 회의 참석하시려면 이만 들어가시는 게 좋을 것 같습니다."

"그래, 그러지."

송 실장의 목소리에 형택은 펼쳐놓았던 서류철을 챙겨 자리에서 일어났다. 다음 날, 조찬 회의를 다녀오는 형택의 차 안에 전화벨이 울렸다. 복잡한 발신자 번호. 그놈 번호다. 만남을 약속한 지 하루도 지나지 않아 전화가 걸려 온 것이다. 예상보다 빠른 연락에 당황한 형택이 숨을 고르고 전화를 받았다.

"모형택입니다."

"말씀드린 자료는 가지고 계시지요?"

"그렇소."

"송 실장님 안 계신 곳에서 단둘이 얘기하고 싶은데요."

"어디로 가면 되겠습니까?"

"11시 방향으로 200미터만 내려가면 카페가 있습니다. 일방통행 길로 차량 진입은 안 됩니다. 송 실장님께 베이글을 사 오라고 하세요. 주문 후 빵이 나오는 시간은 15분입니다. 그 정도면 충분할 것 같습니다만."

"아니, 그게 무슨…."

"전화 끊겠습니다."

전화가 끊어졌을 때 마침 형택이 탄 차가 횡단보도에 멈춰 섰다.

"송 실장, 좀 출출하지 않나?"

잠시 고민하던 형택이 운전석에 있던 송 실장을 향해 물었다.

"간식거리라도 드릴까요?"

"이상하게 입이 궁금하네. 저쪽 골목에 카페가 하나 있어. 거기 파는 베이글 하나 사다 주게."

"빵이요? 밀가루 잘 안 드시는 분이…."

"수린이가 저번에 사 왔길래 먹어보니까 맛있더라고. 이 길에 오니까 그 빵이 생각이 나네. 좀 사다 줘. 난 전화 통화 좀 하면서 차에서 기다릴 테니."

"네. 다녀오겠습니다. 의원님."

차에서 내린 송 실장의 뒷모습이 멀어지자 형택은 마른침을 삼켰다. 그 순간, 차 뒷좌석 문이 열리고 검은 옷에 검은 모자, 검은 마스크를 쓴 남자가 형택의 옆에 앉았다.

*

익숙하게 성수동 아파트 주차장으로 들어간 우재는 차에서 내리지 못하고 한참을 앉아 있었다. 실소가 터져 나왔다. 또다시 이곳으로 오고 말았다. 그렇게 벗어나고 싶었는데, 벗어난 줄 알았는데. 16년간 미로에 갇혀 있던 우재는 결국 같은 자리로 돌아와 있었다.

"뭐? 너 지금 뭐라고 했어?"

12년 전, 뉴욕의 한 스페인 식당. 윤영이 파에야를 뜨던 숟가락을 내려놓으며 물었다. 그런 그녀의 등 뒤로 액자 속 두 명의 프리다 칼로가 우재를 빤히 내려다보고 있었다. 심장과 이어지는 혈관 끝으로 붉은 피가 떨어지고 있었다.

"하자고. 결혼."

우재가 그림처럼 붉은 와인 잔을 만지작거리며 단조로운 목소리로 대답했다. 긴 눈매와 날렵한 턱 선, 앉아 있어도 알 수 있는 큰 키와 다부진 어깨. 깊은 눈빛, 낮은 목소리, 언제나 느껴지는 차분함과 여유. 팔을 걷어 올린 하얀 셔츠가 눈부시게 잘 어울리는 우재를 보며 윤영은 늘 생각했었다.

'턱시도를 입은 네 옆에 드레스를 입은 내가 서 있었으면. 완벽한 너의 인생에 내 자리가 있었으면. 네가 그 깊은 눈으로 나만 바

046

라봐 줬으면. 그 낮은 목소리로 말하는 사랑은 오직 나뿐이었으면.'

하지만 우재는 늘 윤영을 베이스캠프처럼 사용할 뿐이었다. 이 여자, 저 여자 사이를 떠돌다가 흥미를 잃거나, 상대가 질척거리기 시작하면 다시 윤영의 품으로 돌아오기를 반복했다. 지금도 마찬 가지였다. 어느 파티에서 만난 플로리스트와 놀아난 걸 수린에게 들키자 어쩔 수 없이 다시 윤영에게 돌아왔다. 그래놓곤 갑자기 결혼을 하자니. 어떤 해명도, 사과도 없이 다짜고짜 결혼을 말하다니.

"못 들은 걸로 할게. 그리고 넌 그걸 프러포즈라고 하는 거야?"

늘 그랬듯 쿨하게 웃어넘기려 했지만 생각과 달리 윤영의 얼굴은 점점 일그러졌다.

"윤영아, 나는 네가 좋아. 몇 번을 생각해도 너처럼 맘 편하고 나 이해해 줄 여자도 없더라. 그러면 결혼할 수 있는 거 아냐?"

애꿎은 새우만 포크로 찌르던 우재가 윤영을 빤히 쳐다보며 와인을 한 모금 들이켰다.

"맘 편한 여자?"

윤영이 되물었다.

"그래. 그리고 윤영이 너나 나나 4년 동안 서로 온갖 거 다 보며 지냈고 뭐 결혼해도 서로 놀라울 부분도 없잖아? 할아버지나 아버지도 나한테 크게 기대하는 거 없으셔. 집안 맞춰서 하는 결혼은 누나가 할 거야."

"너… 지금 그 말이 딴 여자랑 바람피우다 걸린 사람이 할 말이야? 그것도 4년이나 사귄 여자 친구한테?"

냅킨을 든 윤영은 어처구니없는 얼굴로 입을 닦으며 우재를 노려보았다.

"할아버지나 아버지가 너한테 기대하시는 부분이 없다 해도, 난 있어. 난 너한테 기대하는 거 있다고. 그리고 나한테 꼭 그렇게까지 자세하게 말해야 해? 왜 이렇게 사사건건 날 비참하게 해?"

"윤영아, 난 이해가 안 돼. 결혼하자는 말에 왜 이렇게 화를 내는 거야? 나도 매번 네 의심받고 변명하고 사는 것도 힘들어. 그리고 말했잖아. 걔랑은 그냥 잠깐 본 거라고. 다음 파티 세팅 때문에 온 거라고 말했잖아."

"설우재! 너 지금 그 말 내가 믿을 거라고 생각하는 거야? 네 눈엔 내가 바보로 보이니?"

"그럼 내가 어떻게 해주길 바라는 거야? 내가 무릎 꿇고 사랑한다고 너밖에 없다고 뭐 그런 낯간지러운 소리라도 해줬으면 하는 거야? 윤영이 너 그런 거 좋아하는 사람 아니잖아."

우재가 목소리를 높였다.

'나도 그런 거 좋아해. 너는 왜 다른 사람한테는 잘하는 로맨틱한 척을 나한테만 못 하니? 그렇게 잘하는 거짓말을 왜 나한테만 안 해?'

"됐어. 낯간지러운 소리 하지 마. 그리고 목소리 낮춰. 여기 한국 사람 많아."

마음속의 소리를 꾹 누른 윤영이 차분하게 말했다.

"윤영이 너 이렇게 다른 사람 신경 많이 쓰고 눈치 보고, 네가 못 나서니까 수린이 시켜서 매일 내 뒤나 캐고. 그거 알지만 너니까, 내가 널 아니까 그냥 참는 거야. 그리고 윤영아. 너 불행하게 큰 거, 그걸 우리 관계 투사하지 마. 네가 그렇게 큰 건 내 탓이 아니잖아. 우리가 하는 결혼은 그거랑 다를 수도 있어."

우재가 또 윤영의 아킬레스건을 건드렸다.

"헛소리 끝났으면 꺼져."

더 이상 참지 못한 윤영이 접시 위로 냅킨을 던졌다.

우재와 윤영은 서로의 가장 깊은 상처를 나누고는 부둥켜안고 울다 지쳐 잠이 들었던 날이 있었다. 아주 어려서부터 스스로를 누나보다 못한 인간이라 생각했던 우재. 아버지의 외도와 어머니의 눈물을 수도 없이 보고 자랐던 윤영. 우재는 윤영이, 윤영은 우재가 가여워서 서로가 사랑스러웠다. 겉으로는 남부러울 것 없는 햇살 같은 사람들이었지만 속은 다 썩어 꼬일 대로 꼬여 있는 서로가 닮아서, 사랑스러워서 가슴이 저린 날도 있었다.

그런데 언제부턴가 화가 나면 습관처럼 막말이 튀어나와 다시 상처를 후벼 팠다. 윤영의 말대로 세상 모두에게 너그러운 우재는 이상하게도 윤영의 앞에서는 그렇지 못했다. 마치 가면을 쓴 삶에 대한 스트레스를 한곳에 풀고 있는 것처럼 윤영을 괴롭혔다. 매사에 당당하고 도도해 보이는 윤영도 우재와 관련된 일에는 다른 사람이 되었다. 우재의 숨소리에도 신경을 곤두세우고 표정 하나하나에 집착했다. 우재를 바라보는 윤영의 눈빛은 어린 시절 아빠를 바라보던 엄마의 시선을 똑같이 닮아 있었다.

매번 상대에게 막말을 쏟고 상처를 주고 다시 무의식적으로 서로를 찾던 두 사람. 우재와 윤영은 끊고 싶지만 쉽게 끊을 수 없는 마약과도 같은 관계를 이어가고 있었다. 스페인 식당을 뛰쳐나온 우재는 잠시 후 걸려오는 윤영의 전화를 무시한 채 스페인행 비행기에 올랐다. 윤영이 짜증 나서, 그런 윤영과의 관계가 진절머리 나서 습관처럼 도망치고 있었다.

*

어젯밤 윤영의 아파트로 들어간 우재의 차는 아침 해가 뜰 때까지 나오지 않았고, 그 앞을 멍하니 지키던 정원은 새벽녘에 태헌의 전화를 받았다.

"서 기자님, 일어났어요?"

"네, 경위님, 말씀하세요."

"놀라지 마요. 찾았어요."

태헌이 무언가를 씹는 듯 오물거리며 말했다.

"네? 찾아요? 뭘요?"

"그거 있잖아요. 기자님이 주고 간 아이디요. 그 아이디가 운영하는 블로그를 찾았다고요."

흥분된 목소리로 태헌이 말을 이었다.

"지저스, 그 사람 사진작가예요. 아, 아니 사진작가인지는 모르겠고, 일단은 블로거예요. 사진 블로거. 무언 풍경 사진들 찍어서 간간이 올리는데 사진도 곧잘 찍는지 블로그 이웃이 아주 많지는 않지만 그래도…."

'지저스가… 사진 블로거? 무언?'

태헌의 말에 정원은 어제 표시해 둔 지저스와의 과거 대화를 다시 떠올렸다.

> **히어로** 사진 보냈음. 이 사진의 배경 어딘지 찾아줄 수 있어?
>
> **지저스** 뭐야? 사진을 발로 찍었대? 초점도 하나도 안 맞고. 눈 버려서 못 찾겠음.
>
> **히어로** 오, 사진 좀 찍나? 암튼 배경이 어딘지나 얼른 찾아주시지.
>
> **지저스** 내가 또 사진 하나는 기가 막히게 찍지. 특히나 풍경 사진은 전문가 수준.
>
> **히어로** 알았으니 얼른 찾아주시죠.
>
> **지저스** 쫌만 기다려.

"서 기자님, 듣고 있어요?"

"…"

"뭐야, 끊겼나? 서 기자님, 내 말 안 들려요?"

대답 없는 정원을 향해 태헌은 전화기에 대고 고래고래 고함을 쳤다.

"듣고 있어요."

"끊긴 줄 알았네. 암튼 이게 이상한 게 블로그 아이디로 신원 파악을 시도했는데, 조회가 안 돼요. 확실히 구린내가 나요."

태헌이 찾은 블로그가 지저스의 것이 맞다면 당연한 얘기였다. 천하의 지저스가 겨우 블로그를 통해 신분을 노출할 리가 없다.

"블로그 보내줘요?"

"네, 보내주세요."

"가볼 거죠? 무언에."

"그래야죠."

정원이 짧게 대답했다.

"같이 갑시다. 무언은 내가 좀 알아요."

고속도로에 진입합니다. 안전벨트를 착용해 주세요.

다음 날 이른 아침, 정원은 태헌과 함께 지저스의 흔적을 찾아 무언으로 향하고 있었다.

"뭐부터 찾을 생각이에요?"

정원의 표정을 살피며 운전하던 태헌이 입을 열었다.

"일단 사진에 나와 있는 장소들을 확인해 봐야죠. 그 속에 단서가 있을지도 몰라요."

정원이 대답했다.

"근데 기자님. 지저스는 뭐예요? 이 사건에 관련 있다는 건 어떻게 알았어요?"

"저도 궁금하네요."

"잘 알아요? 그 사람이랑. 아님 그 사람에 대해?"

"왜 그렇게 생각하세요?"

"그냥 서 기자님 표정이 보여서? 사진에 있는 장소들과 내가 알고 있는 내용의 퍼즐을 맞춰보겠다. 그거잖아요. 지금."

"글쎄요. 저도 그런 거면 좋겠네요. 제가 잘 알거나 잘 알 수 있으면 좋겠어요."

마른 체형, 큰 키, 작은 얼굴. 형택은 빠르게 눈동자를 움직이며 옆에 앉은 그를 스캔했다.

"준비되셨습니까?"

표준어, 정확한 발음, 젊은 남자. 기계음이 섞이지 않은 그의 목소리는 형택의 예상보다도 조금 더 젊었다.

"하나만 물읍시다. 고릿적 사건을 가지고 대체 뭘 하려는 겁니까?"

특유의 능글맞음을 유지하려 애쓰며 형택이 물었다.

"잘못된 것을 바로잡으려는 겁니다."

남자는 형택을 똑바로 응시했다. 검은 마스크 위로 보이는 남자의 눈빛은 강렬했다.

"젊은 분이니 봉토공장 근로자나 피해자는 아닌 것 같고…. 대체 누가 시킨 겁니까?"

남자를 떠보려는 형택의 질문이 이어졌다.

"모형택 검사님, 지금 당신이 가장 궁금해야 하는 건 그게 아닌 것 같은데요. 내가 누구인지보다 내가 뭘 알고 있는지가 더 중요할 것 같은데 말이죠."

남자의 대답은 건조했다.

"그래요. 대체 뭘 알고 있습니까?"

"저는 따님에 대해 알고 있습니다. 검사님이 알고 계신 것 전부와 검사님이 모르시는 것 전부를."

대답을 마친 남자는 손목에 걸린 시계를 확인하기 위해 팔을 들었다. 남자가 소매를 걷어 올리자 안에 껴입은 까만 티셔츠가 보였다.

"시간이 많지 않습니다. 검사님. 오늘 가지고 계신 서류 봉투에는 제가 요청한 자료가 없는 거 잘 알고 있습니다. 다음번에는 진짜 자료를 준비해 두시는 게 좋을 겁니다."

움찔하는 형택을 뒤로하고 남자는 차에서 내려 유유히 사라졌다. 그의 말이 맞았다. 지금 형택이 쥐고 있는 봉투 속에는 빈 A4용지만이 가득했다. 법조인과 정치인으로 40년을 보낸 그가 20년 동안 캐비닛에 꽁꽁 숨겨둔 자료를 누군지도 모르는 상대에게 쉽게 넘겨줄 리 없었다. 상대가 가진 것이 무엇인지, 상대가 알고 있는 것은 또 무엇인지, 그리고 상대가 원하는 것은 무엇인지 알아내기 위해 그를 유인한 것뿐. 자료를 넘겨줄 마음 따윈 없었다는 걸 젊은 남자는 처음부터 알고 있었다. 차창 밖으로 베이글이 든 봉투를 손에 들고 뛰어오는 송 실장을 보며 형택은 생각했다.

젊은 남자. 형택의 수를 먼저 알고 있고 무언의 숨겨진 보고서가 필요한 사람. 형택은 어쩌면 그가 누군지 알 것 같았다.

＊

무언. 두 살인 사건의 피해자, 차은새와 진명숙의 고향. 차은새 살인 사건을 조사받다가 자살한 김민철의 고향. 두 사건의 담당 경찰 김태헌의 논문이 시작된 도시. 정원을 협박하고 있는 모형택이 젊은 시절을 보낸 곳. 지저스가 운영하는 것 같은 블로그 속 사진의 중심지. 정원은 무언으로 향하고 있었다.

'어쩌다 여기까지 오게 된 걸까? 그날, 죽어 있는 차은새를 모른 척하지 않았다면 바뀔 수 있었을까?'

1킬로미터 앞 무언 IC가 있습니다. 오른쪽 도로를 이용하세요.

"거의 다 왔네요. 무언 가본 적 있으세요?"

휴게소에서 산 버터구이 오징어를 질겅질겅 씹으며 운전하던 태헌이 오른쪽 사이드미러를 힐끗 쳐다보며 물었다. 물끄러미 창밖을 바라보던 정원이 되물었다.

"취재차 두어 번. 김 경위님은요? 논문 쓰시니까 무언 자주 가시겠어요."

"저는 가끔 갑니다. 무언은 뭔가 모를 매력이 있어요. 도시 같기도 하고 시골 같기도 하고. 가슴 깊은 곳에 상처를 숨겨둔 사람 같달까?"

"가슴 깊은 곳의 상처…. 시적이네요."

정원이 옅은 미소를 지어 보였다.

"아, 서 기자님 지난번에 2000년 무언 사고 때 엉터리 인터뷰했던 교수를 안다고 했었죠? 당시에 여론몰이에 한몫했던 화학과 교수요. 포장마차에서 서 기자님이 그랬던 것 같은데."

"네, 잘 알죠."

정원이 짧게 대답하고는 다시 창밖으로 시선을 옮겼다.

봉학대학교 화학과의 서효섭 교수.

"2등? 너, 대체 무슨 생각을 하고 사는 거냐?"

중3 기말고사 성적이 발표된 날이었다. 정원의 성적표를 확인한 아버지는 다짜고짜 소리를 질렀다.

"전교 2등이라고 해도 억장이 무너질 판에 반에서 2등? 전교 9등? 너 정말 생각이 있는 애냐?"

닭똥 같은 눈물을 바닥으로 떨어뜨리며 정원은 죄인처럼 고개를 숙이고 있었다.

"말해봐라. 성적이 이렇게까지 떨어진 이유가 뭔지. 너도 이따위 성적표를 받아보고는 생각이라는 걸 했을 거 아니야?"

정원은 흐르는 눈물을 손으로 벅벅 닦으며 일어나 방으로 향했다.

"어디 나가는 거야? 어른이 말씀하시는데 저 싸가지 없는 게."

"공부하러 가요."

방문을 힘껏 닫은 정원은 문 닫히는 소리가 너무 크게 났을까 봐 걱정이 되었다. 그런 걱정을 하는 스스로가 너무나 굴욕적이었다.

"그렇게 공부 좀 열심히 하지. 성적은 왜 떨어져서 집을 시끄럽게 만드니?"

뒤따라 방으로 들어온 엄마가 정원의 속을 긁었다.

"암튼 그건 그렇고, 엄마 내일 독일 간다는 거 들었니? 한 달쯤 쉬다가 올 거야. 쓸데없는 소리 하지 말고 공부나 해. 아빠한테 욕 먹지 말고. 먹고 싶은 거 있으면 아줌마한테 해달라고 하고, 탄수화물 많이 먹지는 마라. 성적도 떨어졌는데 살까지 찌면 안 되잖니. 필요한 거 있으면 얘기해. 들어오면서 사다 줄게."

정원의 모친 역시 별반 다를 건 없었다. 결은 다르지만 끔찍한 무관심. 가난한 학자였던 아버지와 부잣집 외동딸이었던 어머니는 서로 사랑해서 결혼했다고 한다. 그러나 정원이 기억하는 순간부터 정원에게 부모는 남과 다를 것 하나 없는 관계였다. 그 속에서 외딴 섬처럼 덩그러니 있던 어린 정원에게 '가족이 최고'라는 사람들의 말은 그저 허울 좋은 껍데기일 뿐이었다.

아버지는 돈밖에 내세울 것 없는 어머니와 외가를 매일 욕했지만 그녀가 가지고 온 풍족함과 안락함을 더없이 누리며 살았다. 어머니 역시 가난한 학자의 자격지심에 지쳐 가정에 대한 애정은 달아나 버린 지 오래였다. 정원은 아버지의 욕받이였고, 어머니의 혹이었다. 세상에는 1등만이 존재하고 2등은 1등보다 게을리한 노력에 대한 치욕스러운 결과물일 뿐이라고 어린 정원을 세뇌시켰던 그녀의 아버지.

'그래서 내가 그토록 악착같이 1등을 지키려 했을까? 죽은 사람을 보고도 도망칠 만큼 지독히 이기적인 인간으로 자란 걸까? 어쩌면 나도 무언시와 관련이 있는 사람인지도 모르지. 내 아버지라는 사람이 무언 사건 여론몰이에 한몫했으니….'

정원의 머릿속이 더욱 복잡해졌다.

"거의 다 도착한 것 같은데요. 제가 볼 땐 여기가 첫 번째 사진의 장소 근처인 것 같아요."

태헌의 말에 생각에서 빠져나온 정원이 창문을 내렸다.

"여기서부터 저기 보이는 카페까지가 예전 봉토공장 부지예요. 2000년 사고 이후로 공장은 산 너머로 이전했고, 여긴 이렇게 공터로 계속 남아 있어요."

"봉토공장이요? 폭발 사고가 발생했던 3공장 말씀이신가요?"

"맞아요. 한번 내려볼까요?"

태헌이 주차하는 사이 먼저 차에서 내린 정원의 시야에 넓은 공터가 들어왔다. 공장이 있던 자리에는 눈부신 4월의 햇살이 따스하게 내리쬐고 있었다. 구석에는 녹이 슬어 볼품없어진 입구 출입금지 안내판이 삐딱하게 서 있었고, 넓은 공터에는 발목까지 자란 잡초가 무성했다.

무언시의 작은 어촌마을으로 뒤로는 낮은 산이, 맞은편에는 잔잔한 바다가 보이는 곳에 자리하고 있었다. 푸른 바다 위로 반짝이는 햇빛이 출렁이고, 몇 척의 배가 한가로이 정박해 있는 그림 같은 풍경이 눈앞에 펼쳐졌다.

"서 기자님, 여기 좀 와보세요."

정원이 주위를 둘러보는 사이 멀리 공터 끝으로 향한 태헌이 큰소리로 정원을 불렀다.

"여기, 여기. 여기 맞는 것 같죠?"

블로그에 있던 사진을 잔뜩 인쇄해 온 태헌이 손에 사진 한 장을 들고 발을 쿵쿵 굴렀다.

"어디 봐요."

태헌의 자리를 빼앗은 정원이 같은 자리에 서서 자신의 휴대폰 카메라를 들이밀었다. 왼손에 든 사진과 오른손에 든 휴대폰 카메라의 화면. 왼손의 사진은 8월, 지금은 4월. 여름과 봄의 차이로 잡초의 길이나 지금은 피어 있지만 사진 속에는 보이지 않는 분홍색

이름 모를 꽃들을 제외하면 같은 곳이 틀림없어 보였다.

"맞는 것 같아요."

"또 있어요. 워터마크 찍힌 사진들."

사진을 확인한 정원이 대답하자 태헌은 가방에서 주섬주섬 사진 뭉치를 꺼냈다.

"이것 봐요. 이 많은 사진 중에 워터마크는 전부 8월 사진들에만 찍혀 있어요."

"전부 이 공터 맞죠?"

그 자리에 서서 사진 몇 장을 살펴본 정원이 태헌을 빤히 보며 물었다.

"그리고 이 사진은 저기쯤에서 찍은 뒷산 사진. 맞죠?"

"여기 바다 쪽 사진도 워터마크가 있네요."

두 사람은 바닥에 사진 뭉치를 놓고 한 장씩 들어가며 사진이 찍힌 장소를 확인했다. 수십 장의 블로그 사진에서 워터마크가 찍혀 있는 사진은 열여섯 장. 열여섯 장의 사진은 모두 과거 봉토공장이 있던 공터를 중심으로 촬영된 사진이었다.

"아주머니, 저희 동태찌개 두 개요."

긴 시간 길에 앉아 사진들을 대조해 본 정원과 태헌은 허기진 배를 달래기 위해 공터 근처 허름한 식당에 앉았다. 테이블 네 개가 놓인 작고 오래된 식당이었다.

"뭘까요? 그럼 서 기자님이 알려주신 지저스라는 이 사람 봉토공장 무언 사고와 관련된 사람이라는 뜻이겠죠?"

"글쎄요."

'지저스가 봉토공장 사고와 관련되어 있다면, 그래서 사고와 관련된 사람을 죽였다는 뜻일까? 그렇지만 차은새는 그땐 어린아이였고 진명숙 씨는 공장과는 관계도 없는 평범한 사람이었는데 왜?'

정원은 머리를 굴려보았지만 감이 잡히지 않았다.

"그럼 사고 관련자 중에 찾으면 금방 찾겠네요. 이제 말씀해 주세요. 봉토공장은 그렇다 치고, 지저스라는 사람이 차은새나 오월동 살인 사건과는 어떤 연관이 있습니까? 서 기자님은 또 그걸 어떻게 알았어요?"

"그게…."

"동태찌개 나왔어요. 잘 맞춰 오셨네. 오늘 동태가 엄청 싱싱해."

태헌이 호기심과 의심이 섞인 눈으로 바라보자 정원이 우물쭈물 입을 열려고 하던 그때, 꽃이 그려진 큰 은색 쟁반에 반찬을 가득 담아 온 할머니가 끼어들었다.

"어! 경위님, 사진들 좀 주세요."

그 순간, 눈이 동그래진 정원이 갑자기 팔을 뻗어 태헌을 재촉했다. 식탁 위 통에서 숟가락을 집어 들던 태헌이 의아한 표정으로 가방에서 사진 뭉치를 꺼내 정원에게 건넸다.

"여기, 이 사진."

뭉치를 받아 든 정원이 빠른 손놀림으로 사진 한 장을 뽑아 들었다.

"어? 여기 우리 집 사진이네. 이 사진을 어떻게 들고 있어? 우리 단골이었어?"

반찬을 식탁에 놓던 할머니가 얼핏 사진을 보고는 반가운 듯 말했다.

"맞죠? 할머니? 할머니가 만든 음식들 맞죠?"

"그럼, 내가 만든 거지. 이 사진 보고 우리 집 온 거야? 누가 또 사진을 이렇게 예쁘게 찍었데?"

할머니는 반가운 얼굴로 몸을 숙여 자세히 사진을 들여다보았다.

"할머니, 혹시 이 사진 찍은 사람 아세요?"

정원이 물었다.

"내가 젊은이들이 가지고 온 사진을 어떻게 알아?"

"여기서 밥 먹으면서 사진 찍는 사람들 많아요?"

"요 앞에 바다 보이는 커피집 생기고부터는 젊은이들이 종종 와서 밥도 먹고, 밥 먹으면서는 꼭 사진도 찍고 그러데. 많이들 찍어. 나는 나 찍자고만 안 하면 괜찮아. 나야 뭐 쭈글쭈글 주름만 가득한 얼굴 찍어 뭐해."

"할머니, 여기서 오래 장사하셨어요?"

"난 여기서 30년 장사했지. 봉토공장 사고 나고 3년쯤 쉬긴 했는데. 그러고는 하루도 쉬는 날 없이 장사해. 근데 왜?"

"그럼 할머니, 매년 여름마다 여기 와서 공장 터 사진 찍는 사람 모르세요?"

"그걸 내가 어떻게 알아. 장사한다고 바쁜데."

할머니의 대답에 정원의 표정에 실망한 기색이 역력했다.

"그럼 할머니, 혹시 봉토공장 사고 당시에 공장장이었던 사람 누군지 아세요? 그 가족이라도…?"

정원과 할머니의 대화를 들으며 동태 뼈를 바르던 태헌이 물었다.

"지 공장장? 그 사람 죽었잖아."

"아세요? 그 사람 가족은요? 아들이 하나 있었잖아요."

"지 공장장 죽고는 승호 엄마가 승호 데리고 야반도주했어. 그게 벌써 언젠데, 언제 적 얘기를 물어."

"아들 이름이 승호예요? 지승호?"

태헌과 정원이 눈을 마주쳤다.

"그래, 지승호. 그때 아마 초등학교 다녔었지? 지금은 많이 컸을 텐데…."

"아, 잘 먹었다. 할머니 음식 솜씨가 예술이네. 동태가 아주 그냥 입에서 살살 녹네. 녹아."

밥공기 두 개를 빠르게 비운 태헌이 식당 한편에 마련된 종이컵과 믹스 커피를 집어 들며 너스레를 떨었다. 믹스 커피 포장지로 뜨거운 물을 휘휘 젓던 태헌이 주인 할머니의 눈치를 살폈다.

"할머니, 아까 말씀하신 공장장 아들이요. 사건쯤에 초등학생이었다면 지금은 서른 살 정도 됐겠네요."

나물을 다듬는 할머니 옆에 슬그머니 쪼그려 앉은 태헌이 물었다.

"몰러, 나는 그런 거. 세월이 많이 흘렀으니 훌쩍 커서 군에도 갔다 오고 그랬겠지. 근데 그건 왜 물어? 승호랑 알아?"

"아, 예…. 그냥 조금…. 그럼 할머니, 혹시 차은새 아세요? 여기

무언 출신이고, 뮤지컬 배우로 유명한데요. 엄청 예쁘고 노래도 잘
하는.”

“누구? 은새? 백반집 손녀?”

식탁에 앉아서 커피를 홀짝거리던 정원도 두 사람의 대화에 귀
를 기울였다.

“차은새를 아세요?”

“백반집 손녀 말하는 거 아니여? 얼마 전에 죽었다던데.”

“맞아요. 얼마 전에 사고 당한.”

태헌이 눈을 반짝이며 대답했다.

“알지. 알다마다. 그 집 할매가 요 앞에서 장사했었잖아. 그 할
매랑 나랑 한 동네에서 장사한 세월이 얼만데. 그 집 꼬맹이들 할
매 손에 맡겨질 때도 내가 같이 있었잖아. 애들 잘 키워볼 거라고
새벽에는 김밥 팔고. 아이고, 근데 그 집 손녀가 그리 죽은 거 할매
가 알면 무덤에서 벌떡 일어날 거야. 아휴… 불쌍한 것들. 다 불쌍
해. 이 동네는 그놈의 공장 땜에 애들이 다 불쌍해졌어. 금새도 아
는 원래 착했어. 쯧쯧.”

할머니는 양손의 칼과 나물을 잠시 내려두고는 고개를 설레설
레 흔들며 말을 이었다.

“은새는 워낙에 인물도 좋고 착해서 이 동네 사람들이 다 이뻐
했어. 손도 야무져서 김밥도 얼매나 잘 싼다고 할매가 자랑이 늘어
졌는디. 그 착한 거를 그렇게 외롭게 가게 하나. 하늘도 무심허지.
그 뭐 유부남이랑 놀았다고 하던디 그놈이 나쁜 놈이여. 갸가 얼매
나 외로웠으면 그랬겠나…. 그 짓은 나쁘지먼 난 이해가 되네.”

착하고 예쁘고 외로웠던 아이. 가만히 식당 주인의 말을 듣고만 있는 정원을 슬쩍 본 태헌이 다시 질문을 이었다.

"할머니. 혹시 진명숙 씨도 아세요?"

"명숙이? 그게 누구야?"

"이 동네 사셨던 분인데, 무언지검 검사님 집에서 일하다 검사님 따라 서울 가신 분이요."

"검사? 내가 검사를 어떻게 알아. 나는 법 없이도 살 사람이야. 나는 평생을 죄를 지어본 적도 없고, 검사 선상님들은 만나본 적도 없어. 왜 이랴."

"그럼요, 그럼요. 그러시겠죠. 그럼 할머니 혹시 김민철이라고 아세요? 은새보다 나이는 몇 살 어린데 남자애고, 아버지 이름이 김장기라고 하던데?"

"민철이? 몰러. 무언이 얼마나 큰데 내가 무언 사람을 다 알겠어. 은새야 그 집 할매가 나랑 같이 장사를 했었으니까 알지."

할머니는 다시 나물을 다듬기 위해 고개를 숙였다.

"아, 그럼 할머니, 마지막으로 하나만 더요. 그때 공장장 살던 집은 어디예요? 그 집 아시죠?"

"이 동네에 그 집 모르는 사람이 어디 있어. 무언 시장 옆에 삼거리 있잖아. 그 예전에 자전거방 있던데. 그네들은 거기 살았잖아. 그때 그렇게 되고는…. 에휴… 지금은 뭔 빌라가 생겼다던데."

고개를 격하게 끄덕이던 태헌이 할머니 가까이로 몸을 붙이며 물었다.

"그때 그렇게 돼요? 뭐가 어떻게 됐길래요?"

그 순간 가게 문이 열리고 남자 두 명이 들어왔다.

"어서 오세요. 일루 앉아요. 뭐 드릴까?"

할머니는 하던 말을 멈추고는 주문을 받기 위해 자리에서 일어나 가버렸다. 정원과 태헌은 말없이 눈을 맞췄다.

다시 차에 탄 정원의 머릿속은 아까보다 더욱 복잡했다.

'만약, 공장장의 아들이 지저스라면, 그래서 복수극을 꾸몄다면…. 그렇다면 차은새와 진명숙은 왜 죽었을까? 김민철은 어디까지 알고 있었을까? 나한테 접근한 이유는 뭐지? 나한테 뒤집어씌우려고? 왜 하필 나였을까? 그럼 유윤영은? 그냥 잘못 짚었다고 하기에는 유윤영도 분명히 뭔가가 있다. 혹시, 유윤영이 지저스와 연관 있는 사람일까? 한나리는? 한나리는 무언 출신이 아닌데…. 그곳에도 지저스가 있을까? 유윤영도 설우재의 애인일까? 아니면 친구? 둘의 관계를 왜 숨겼을까? 내 목걸이는 지저스가 가져다 놓은 걸까? 아니면 유윤영? 그것도 아니라면….'

"공장장 아들이라는 사람을 찾아봐야겠죠?"

운전석에 앉은 태헌이 보조석에서 골똘히 생각에 빠진 정원에게 물었다. 두 사람은 할머니가 알려준 공장장의 집이 있던 장소를 둘러보고 차에 오르던 참이었다. 무언대로 915번길 26. 할머니의 말대로 그곳에는 5층 빌라가 세워져 있었고, 과거의 흔적은 찾을 수 없었다. 인화해 온 블로그의 사진 뭉치에서도 빌라 근처의 사진 몇 개를 찾을 수 있었지만 단서라 할 만한 건 없어 보였다. 빌라 뒤 담벼락 사진, 맞은편 편의점과 미용실 사진 정도.

"네. 공장장 아들에 대해서 경위님이 좀 알아봐 주실래요? 전 다른 거 좀 알아볼 게 있어요."

"그럽시다. 서울 가면 제가 집중적으로 찾아볼게요."

태헌이 출발하기 위해 걸었던 시동을 끄더니 다시 정원을 바라보았다. 좀 전에 만난 식당 할머니의 말을 듣고 태헌은 내내 정원의 기분이 신경 쓰였다. 착하고 예쁘고 외로웠던 차은새를 남편이 이용한 거라는 말을 면전에서 들은 이 차가운 여자는 지금 무슨 생각을 하고 있을지 걱정과 동정이 밀려왔다.

"아, 배고파. 배 안 고파요? 배고픈데 뭐 좀 먹고 갈까요? 저기 편의점 의자도 있네. 여기서 좀 먹고 갑시다."

아침 겸 점심으로 동태찌개를 먹은 후 저녁 시간이 다 된 지금까지 무언 구석구석을 바쁘게 돌아다닌 두 사람이었다. 하루 종일 먹을 걸 달고 사는 태헌은 2박 3일쯤 굶은 기분이었다.

"제가 사 올게요."

차에서 내린 정원이 지갑을 꺼내자 태헌이 손사래 쳤다.

"아닙니다. 제가 골라야 해요. 뭐 특별히 좋아하는 메뉴 있으세요?"

"그럼 저는 커피요."

"또 커피요? 그러지 말고 밥 먹어요. 내가 기가 막히게 맛있는 저녁을 준비할 테니 여기 앉아서 좀 쉬고 있어요."

"저는 밥 생각이…."

"아니, 뭐 아까 밥도 새 모이만큼 먹더니, 기자님 카페인만 먹으니까 성격이…는 아니고 암튼 밥을 드십시다. 네?"

태헌은 편의점 앞 테이블 의자를 쭉 빼서 앉으라는 손짓을 하고는 후다닥 편의점으로 들어갔다. 한참 후, 발로 편의점 문을 밀고 나온 태헌이 양손 가득 든 음식을 우르르 탁자에 쏟았다.

"뭐예요?"

많은 양에 놀란 정원이 입을 떡 벌렸다.

"맛있는 것만 골라왔어요. 뭐 드실래요?"

정원이 손가락 두 개로 위로 불쑥 올라와 있는 바나나 우유 하나를 살짝 집어 들었다.

"전 이거요. 이거 하나면 충분해요."

"에? 그걸로 배가 차요? 그거 하나 먹고 어디 범인 찾아서 멱살 잡겠냐고요. 이거 먹어요. 이거."

"이거…요?"

"제가 특별히 고기 많은 거 양보하는 겁니다. 탄수화물이 얼마나 행복 지수를 올려주는데요. 가뜩이나 마른 사람이 더 말라가고 말야."

태헌은 뚜껑에 김이 서린 따끈한 도시락을 정원 앞에 놓고 바나나 우유에 빨대를 꽂으며 말했다.

"음, 잘 먹을게요."

"뭐예요, 그 표정은? 설마 안 먹어봤어요? 편의점 도시락."

"아… 음… 안 먹어봤어요."

"우와, 대박. 그럼 부자들은 매일 스테이크 같은 것만 먹어요? 막 조리사 데리고 다니나? 이거 말도 못하게 맛있는데. 특히 이 제육볶음, 이건 서울에서는 엄청 팔려요. 없어서 못 먹는 거라니까."

태헌이 플라스틱 숟가락으로 밥과 반찬을 퍼서 정원의 입 앞에 가져다 대며 말했다.

"이래 봬도 유명한 셰프 이름 붙은 도시락인데 운 좋은 겁니다. 얼른 먹어요."

엉겁결에 입을 벌린 정원이 밥을 받아먹었다.

"어때요? 먹을 만하죠?"

정원이 오물오물 씹으며 고개를 끄덕였다.

"자, 자. 깨작거리지 말고 팍팍 좀 먹어봐요. 그래야 힘내서 진실을 밝히지. 대한민국 사람은 밥심이라고요 밥심."

앞에 놓인 사발면 국물을 후르륵 삼키며 태헌이 재촉했다. 정원은 피식 웃음이 났다.

"어? 이야, 웃을 줄 아는 사람이었네. 이제 좀 사람 같네요."

"그럼 그동안에는 사람 안 같았어요?"

"아니, 뭐. 그런 건 아니고."

웃는 정원과 눈이 마주치자 머쓱해진 태헌은 도시락에 이마를 처박고는 혼자 중얼거렸다.

"이걸 좀 더 데울 걸 그랬나? 밥이 좀 차네."

*

"오셨어요? 의원님."

힘없이 퇴근하는 형택을 문 여사가 맞이했다.

"수린이는요?"

형택은 신발을 벗으며 딸을 찾았다.

"2층에⋯. 내려오라고 할까요?"

"서재로 오라고 하시고, 아주머니는 시장에 좀 다녀오세요."

"시장에요? 저 아까 마트 다녀왔는데요."

"가셔서 이것저것 찬거리 좀 더 사다 두세요."

"아, 네. 그럼 저는 시장에 다녀오겠습니다."

눈치 빠른 문 여사는 2층으로 올라가 수린을 부른 후 곧장 집을 나섰다.

"부르셨어요?"

까칠한 얼굴의 수린이 서재에 들어갔을 때 형택은 소파에 앉아 사진을 뚫어져라 보고 있었다. 수린이 눈치를 살피며 맞은편에 앉자 형택은 보고 있던 사진을 탁자에 내려놓았다. 오아뉴 SNS에서 제보를 받고 있는 스페인 사진이었다.

"아, 아버지. 저⋯ 그게⋯."

당황한 수린이 말을 잇지 못하고 웅얼거리자 형택이 나직하게 입을 열었다.

"알고 있었다."

"네?"

"윤영이가 처음 한국 왔을 때 나한테 언질을 줬었어."

딸을 바라보는 형택의 눈시울이 붉었다.

"안녕하세요. 아버님."

"어, 그래. 유 선생 앉아요."

6년 전 큰 키와 시원시원한 외모의 윤영이 당당한 걸음으로 형택의 사무실 문을 열고 들어왔다. 그녀는 미국에서 놀러 온 딸 수린의 친구였다. 수린이 처음으로 집에 데려온 친구여서 형택에게는 더없이 반가운 손님이었다. 미국 유학을 마치고 돌아온 소심한 딸이 몇 달째 방 안에만 틀어박혀 있는 모습이 못마땅하던 참에 윤영이 한국에 왔다. 이후 수린의 표정도 밝아지고 외출도 잦아졌었다. 그런 윤영이 자신의 사무실에 오고 싶다고 했을 때 형택은 용돈이라도 좀 줘야겠다는 생각으로 흔쾌히 승낙했다.

"허허허. 유 선생이 내 사무실에는 어쩐 일로."

기분이 좋아진 형택이 소파로 윤영을 안내했다.

"아버님, 윤영이라고 부르세요. 수린이 친군데 편하게 말씀하셔야 저도 맘이 편하죠."

"아이고, 내가 말 놓는 걸 잘 못해요. 그래도 마음은 편하니까 너무 부담 갖지 말아요. 담에 만나면 꼭 윤영이라고 할게요."

"그럼 편하게 말씀드릴게요. 사실은 아버님께 드릴 말씀이 있어서요. 꼭 아셔야 하는 수린이에 관한 얘기입니다."

"우리 수린이요? 우리 딸한테 남자 친구라도 생겼습니까?"

연신 호탕하게 웃는 형택을 똑바로 쳐다보던 윤영이 조용히 입을 열었다.

"아버님도 알고 계시죠? 수린이 상태."

윤영의 첫 마디에 형택은 심장이 덜컥 내려앉았다.

"무슨… 말인지."

"아버님, 저한테는 숨기실 필요 없어요. 아시다시피 저는 정신과 의사입니다. 수린이의 가장 친한 친구이기도 하고요."

"내가 꼭 알아야 하는 일이 뭡니까?"

또박또박 이어지는 윤영의 말에 형택의 얼굴에는 웃음기가 사라졌다.

"사실 미국에 있을 때 수린이한테 사고가 난 적이 있어요. 다행히 제가 옆에 있어서 수습하긴 했지만요. 사고는 2008년이었습니다. 자세히 설명드리자면,"

윤영은 스페인에서 있었던 일들을 차분하게 설명했다. 형택은 딸의 친구가 하는 말을 묵묵히 듣기만 했다. 반은 영어, 반은 한국어로 말을 하는 윤영은 말하는 내내 어깨를 들썩이며 다양한 표정을 지어 보였다. 그런 윤영의 모습은 마치 미국 토크쇼의 진행자인 듯 현실감이 없어 보였다. 세 친구의 술자리, 잠시 자리를 비운 윤영, 죽어 있던 나리, 초점을 잃은 수린. 윤영의 말이 끝나자 가만히 듣고 있던 형택의 손이 떨리기 시작했다.

"유윤영 선생님. 지금 나한테 이 얘기를 하는 의도가 있습니까."

긴 쇼가 진행되는 동안 애써 침착함을 유지하던 형택이 물었다.

"아셔야죠. 수린이 아버님이시잖아요. 그리고 이 사건은 당시에는 조용히 넘어갔지만 만에 하나 다시 들춰지기라도 한다면 큰일 아닌가요? 그럴 일은 없겠지만 만약의 상황을 대비해서 아버님께서 알고 계셔야 나중에 일이 터지더라도 수습이 될 거라고 생각했습니다."

윤영의 표정, 말투, 눈빛에는 거침이 없었다.

"아버님께서 수린이의 상태를 알고 계시다는 거 압니다. 당연

히 잘 아시겠죠. 부모이고, 제가 아는 사고와 모르는 사고 전부 아
버님이 수습하셨을 테니까요. 그런데… 이제 품 안의 자식이 아니
죠? 자식이 크면 사고도 같이 크는 법입니다. 그러니까 제가 수린
이 옆에 있을게요. 다시 한번 말씀드리지만 저는 유능한 정신과 의
사입니다. 제가 옆에서 수린이를 돌봐줘야 해요."

"나아질 수 있는 병입니까? 유능한 유 선생은 아실 테지요."

고개를 떨군 형택이 물었다.

"아니요. 절대 나아질 수 없습니다. 끊임없는 보살핌으로 증상
이 더 이상 발현되지 않게 할 수는 있습니다."

"원하는 게 정확히 뭡니까?"

고개를 든 형택이 윤영의 눈을 바라보았다.

"간단한 일입니다. 의원님께는요. 제가 한국에서 자리 잡을 수
있도록 도와주세요. 저는 제 일 하면서 수린이도 돌볼게요. 저는
이 일이 절대로 새어 나가지 않게, 그리고 수린이가 치료받는 게
이상해 보이지 않을 모든 그림을 이미 가지고 있습니다. 자리만 잡
게 해주시면 제 밥벌이는 제가 알아서 합니다."

"유윤영 선생! 지금 우리 수린이를 이용하겠다는 말입니까? 수
린이 친구라고 반갑게 맞아줬더니만 내가 그렇게 호락호락해 보
여요?"

이를 악문 형택이 윤영을 노려보며 소리를 질렀지만 윤영은 아
랑곳하지 않고 웃으며 대답했다.

"아버님, 저는 수린이가 미국 유학길에 오른 이유도 알고 있어
요. 이건… 일방적인 이용이 아니죠. 저는 거래를 제안하는 겁니

다. 어떻게 하시겠어요?"

"수린아."

형택이 차만 홀짝이는 수린을 조용히 불렀다.

"윤영이가 병원 사업 투자 유치 건에 대해 얘기했다고 했지?"

"네."

수린이 힘없이 대답했다.

"일단 긍정적으로 검토해 본다고 전해라."

"정말 투자하실 생각 있으세요?"

"내가 당장 그만한 돈이 어디 있냐. 일단 그렇게 얘기해. 아버지가 시키는 대로 해."

"…."

대답 없는 수린을 지그시 보며 형택이 말을 이었다.

"그리고 수린아. 내가 너에 대해 더 알아야 하는 게 있으면 지금 얘기해라."

바닥으로 시선을 떨군 채 아무 말 없는 수린을 달래는 목소리가 다정했다.

"괜찮아. 얘기해."

"없어요."

"정말이냐? 정말 더 이상은 없는 거야?"

"네, 더는… 없어요."

형택이 깊은 한숨을 토했다. 딸을 위해서 어떤 선택을 해야 할지 도무지 판단이 서지 않았다. 어쩌면 딸에게 자신이 모르는 엄청 난 비밀이 있을지도 모른다는 불안감이 밀려왔다. 그때, 모든 걸 내려놓고 함께 떠났어야 했다. 이 가엾은 아이를 홀로 두지 말았어야 했다. 형택은 저린 가슴을 부여잡았다.

*

"어쩐 일이야? 한밤중에?"

자신의 집 현관에 들어선 수린을 윤영이 심드렁하게 맞았다.

"윤영이 너 혹시 아버지한테 말씀드렸니?"

"뭘?"

현관에 우뚝 서서 던지는 질문에 식탁에 앉아 와인을 홀짝이던 윤영이 무심하게 대꾸했다.

"우재랑 나랑 너랑 우리 셋이 스페인에서 있었던 일."

"아, 그거? 응, 내가 말씀드렸어."

"왜?"

"왜라니? 나중에라도 알려지면 골치 아파질 것 같아서 그랬지. 거봐. 이렇게 시끄러워졌잖아. 그때 말씀 안 드렸으면 어쩔 뻔했니? 의원님도 벌써 아셨지? 뭐라셔? 정리해 주신다고 하시지?"

와인 잔을 굴리던 윤영이 대답 없는 수린을 빤히 보며 말을 이었다.

"역시 부모가 최고야. 그런데 수린아, 우리 셋이 스페인에서 있었던 일이 아니지. 너! 너한테 스페인에서 있었던 일이야. 너 가끔 말 이상하게 하더라."

"…."

둘 사이엔 잠시 정적이 흘렀다. 잠시 후 자리에서 일어난 윤영이 와인 잔을 들어 올리며 물었다.

"한잔할래?"

"아니, 나 운전하고 왔어."

"그 얘기 하려고 지금 나 찾아온 거야? 이렇게 갑자기?"

"아, 아니…."

윤영이 인상을 찌푸리자 수린이 슬그머니 고개를 숙이며 대답했다.

"수린아. 너 요즘 많이 불안해 보여. 약은 잘 먹고 있지?"

"먹고 있어. 근데 누구 왔었어?"

그제서야 신발을 벗고 식탁으로 향하던 수린이 싱크대에 놓인 컵과 그릇을 보며 물었다.

"우재."

"우재?"

"왜? 무슨 문제 있어?"

수린의 말에 윤영이 뾰족하게 되물었다.

"아니…, 우재는 뭐래?"

"우재도 죽으려고 하지. 서정원 그 여자는 하여간 일을 크게 만들어서는. 이래저래 맘에 안 들어."

윤영의 입에서 우재의 이름이 나오자 수린의 표정이 더욱 딱딱해졌다. 그런 수린 앞에 생수 한 잔을 놓으며 윤영이 계속 말을 이었다.

"근데 나 아직도 너무 궁금한 게 있어."

"뭔데?"

"서정원 목걸이 말이야. 차은새 사건 현장에서 발견된 거. 그걸 왜 차은새가 가지고 있었을까? 너무 이상하지 않아?"

싱크대 앞에 선 윤영이 식탁 의자에 다소곳이 앉아 있는 수린을 쳐다보았다.

"그건 서정원이 범인이거나 범인이 서정원 목걸이를 훔쳐서겠지."

식탁 위의 물 잔을 만지작거리며 수린이 얼버무렸다.

"아냐, 그건 절대 아냐. 그 목걸이 내 집에 있었어. 내가 우재 집에서 가져온 거였는데. 정말 이상하지? 그래서 난 집에 도둑이 들었던 건 아닌지 불안하고 막 그러네."

"…."

"아니, 그냥 그렇다고. 도둑이면 설마 그걸 거기 두고 갔겠어?"

잔에 남은 와인을 꿀꺽 삼키는 윤영의 시선은 여전히 수린을 향해 있었다.

"저기 윤영아, 아버지가 네가 말한 투자 건 힘써보시겠대."

"어머, 그래? 잘됐다. 너 그 얘기 하러 온 거였구나. 진작 말하지."

잔뜩 주눅 든 수린의 말에 윤영의 표정이 환해졌다.

"너무 잘됐어. 나 그 일만 잘되면 결혼하려고. 병원장 정도의 스펙이면 천하의 설 회장님도 날 만만하게 보시진 않겠지? 수린아, 너도 이제 번듯한 직업도 갖고 얼마나 좋아. 그게 아버지한테 효도하는 거야. 네 케어는 내가 계속하면 되니까. 와인 안 마실 거면 커피 줄까? 새로 주문한 원두 괜찮던데."

신난 윤영과 달리 수린의 표정은 더욱 어두워졌다.

*

"서정원 기자님."

태헌과 정원이 막 서울 톨게이트를 지났을 때, 정원은 전화 한 통을 받았다.

"네, 의원님."

모형택이었다.

"지금 뵐 수 있을까요? 제 사무실에서 기다리겠습니다."

"알겠습니다. 잠시 후에 뵙죠."

전화를 받는 정원의 표정을 살피던 태헌이 조심스럽게 물었다.

"어디 가세요?"

"모형택 의원 만나러요."

"어? 그 능구렁이가 왜요? 같이 가드려요?"

"같이 가서 눈싸움이라도 하시게요?"

정원이 피식 웃으며 대답했다.

"아, 아닙니다. 아우, 차가 좀 막히네."

갑자기 흥분했던 게 무안한 듯 태헌이 딴청을 피웠다.

"모형택 의원이 무언 사고 당시 담당 검사였던 거 아시죠?"

"네, 알아요."

고민하던 정원이 입을 열자 태헌이 잽싸게 대답하고는 추리를 하기 시작했다.

"근데 범인이 그래서 차은새를 죽였을까요? 왜 그 의원 놈이랑 차은새 그렇고 그런 소문이 있었잖아요. 저희가 조사해 봤는데, 모형택 그 자식이 차은새 계좌에 계속 돈도 보냈고요. 둘이 뭔가 이상한 사이였던 건 틀림없어 보이는데. 그럼 범인이 무언 공장 공장장 아들이 맞다면 말이죠, 당시 담당 검사였던 모형택한테 앙심을 품고 차은새를 죽였을까요? 그래서 모형택 집에서 일하던 가정부도 죽이고? 형택아, 잘 봐라. 너 땜에 네 주변 사람들이 죽는다. 뭐 이렇게? 그럴듯하지 않아요?"

왼손으로 핸들을 꼭 쥔 태헌이 오른손으로 하늘을 찔러가며 열변을 토했다.

"만약 경위님 가설이 맞다면, 왜 모형택을 직접 죽이진 않았을까요? 그게 더 큰 복수였을 텐데?"

태헌의 말을 가만히 듣고 있던 정원이 물었다.

"겁을 준 거죠."

"겁을 줘요? 왜요?"

"글쎄요. 겁을 왜 줬을까요? 주변 사람들 죽어가는 모습 보면서 공포에 떨어라. 뭐 이런 건가?"

"그건 진짜 어지간한 원한 아니면 너무 변태 같은데?"

"아니면 지금이라도 당시 사건의 진실을 밝혀라? 뭐 그런 거?"

"다른 진실이 있는 거면 그게 더 말이 되지 않아요?"

"아, 모르겠다. 진짜 뭐가 이렇게 어려워?"

태헌이 답답한 듯 머리를 벅벅 긁었다.

"맞을지도 몰라요."

태헌의 말에 정원이 뭔가 떠오른 듯 눈을 반짝였다.

"그게 무슨 말입니까? 뭐가 맞아요?"

"일단 저는 여의도에 내려주세요. 경찰서 들어가시면 공장장 아들 지승호 씨 신원 확보 좀 해주시고요."

"네. 그럴게요."

그러고는 차에서 내릴 때까지 두 사람은 한마디도 없었다. 정원은 생각에 빠져 창밖만 내다보았고, 태헌은 정원의 눈치를 살피며 조용히 운전에 집중했다.

"저 지금 무언에서 오는 길입니다."

형택의 사무실 소파에 앉으며 정원이 먼저 입을 뗐다.

"무언이요?"

되묻는 형택의 눈빛이 흔들렸다.

"의원님께도 익숙한 곳이죠? 무언."

"그렇네요. 제가 무언에서 근무를 오래 했었죠."

형택이 애써 태연하게 받아쳤다.

"절 보자고 하신 이유가요?"

"그보다 제가 먼저 묻고 싶군요. 한창 바쁘실 텐데 무언에는 어쩐 일로 다녀오셨습니까?"

"2000년 봉토공장 사고 관련해서 제보가 들어와서요. 그 이상은 말씀드리기 힘들 것 같네요."

정원이 형택을 빤히 쳐다보며 빙긋 웃어 보였다.

"이제 의원님 용건에 대해 말씀해 주시죠."

"그러죠. 제가 드린 제안에 대해서는 생각해 보셨습니까?"

"차은새 사건 속의 제 사진과 12년 전 사건 속의 따님 사진 말씀이세요?"

소파에 느긋하게 기대앉아 고개를 까딱 움직이는 형택에게서 어딘가 모를 불안감이 느껴졌다.

"글쎄요. 저는 차은새를 죽이지 않았습니다. 사망한 사람을 그냥 지나친 부분에 대한 벌은 받아야겠지요. 그렇지만 지금은 아닙니다. 사건을 해결한 후에 제 잘못에 대해서도 밝힐 생각입니다."

정원의 표정이 여유로웠다.

"결국 제 제안을 거절하시겠다는 뜻이네요."

"의원님께서는 어떻게 생각하시나요? 제가 보기에는 의원님과 제가 덮는다고 해결될 것 같지 않아 보이는데요."

"무슨 뜻입니까?"

형택이 깍지 낀 손을 무릎에 올리며 질문했다.

"제 사진, 누구한테 받으셨어요?"

"…."

"사진을 보내준 사람, 그 사람을 믿으시나요? 의원님과 제가 입을 맞추면 그 사람이 멈출 거라고? 상대는 우리에게 진실을 밝히라고 하고 있는 것 같은데요. 그것도 의원님과 제가 직접."

"서 기자님, 무슨 말씀이신지요. 저는 밝힐 진실이 없습니다. 허허허."

정원의 눈에는 호탕하게 웃는 형택이 안쓰러워 보이기까지 했다. 그는 지나치게 긴장하고 있었다. 지금의 형택에게 과거에 했던 사건 조작이 이렇게나 겁에 질릴 일일까? 이제는 아무도 관심 없는 작은 도시 무언. 그곳에서 발생한 20년이나 지난 사건. 지금 최고의 권력을 가졌다고 해도 이상하지 않을 정치인이 이 정도 이슈에 이렇게까지 불안해하는 데는 다른 이유가 있어 보였다. 지금 무언에서 어떤 사건이 터져도 사람들이 관심을 가지는 건 아주 잠깐일 것이다. 그 잠깐의 관심도 이 남자는 자신의 힘으로 어디로든 돌릴 수가 있다. 그렇다면 이 남자가 그 잠깐이라도 밝히고 싶지 않은 치부. 그게 뭘까? 눈을 가늘게 뜬 정원이 형택을 집요하게 쳐다보았다.

"그런데 왜 그렇게 긴장하세요? 저는 왜 그렇게 급하게 찾으셨고요?"

"무슨 그런 말씀을 하시는 겁니까. 긴장이라니요?"

"누구죠? 사진을 준 사람."

정원이 취조하듯 쏘아붙였다.

"모릅니다."

"그럼 어떻게 받으셨어요?"

"저도 그 사람이 궁금해서 찾아봤습니다. CCTV, 블랙박스 다 뒤져도 없더라고요. 과연 누굴까요?"

정원의 추측은 점차 확신으로 바뀌고 있었다.

'지저스. 이렇게 멀리 돌아오면서까지 나를 선택하고 모형택과 나를 이 자리에 마주 앉게 만든 건, 지저스다.'

"찾지 마세요. 못 찾으실 겁니다."

정원이 확신에 찬 목소리로 말했다.

"못 찾을 거라니 무슨 뜻인가요?"

"그런 방식으로는 못 찾으실 거예요, 그 사람. 지금은 그가 어떤 얘기를 하고 싶은 건지, 그걸 찾아야 합니다. 그래야 더 이상의 희생을 막을 수 있어요."

"무슨 말입니까?"

"신이 또 다른 누군가를 죽일 수도 있다는 말입니다. 당신과 내가 머리만 굴리며 꾸물거리는 사이에."

정원의 마지막 말에 형택의 얼굴이 잿빛으로 변했다.

"서정원!"

전날의 강행군으로 피곤한 몸을 이끌고 아침 일찍 방송국으로 들어서던 정원이 자신을 부르는 소리에 고개를 돌렸다.

"너 내가 싫은 소리 좀 했다고 이제 인사도 안 하냐?"

걸걸한 목소리의 주인은 이복자였다.

"아, 선배. 잠시 딴생각 하느라 못 봤어요. 오랜만에 뵙네요."

"출근하는 길인가 본데 너 정신이 반쯤 나가 보여. 커피나 한잔 하고 들어가라."

복자가 유난히 튀어나온 턱 끝으로 로비 카페를 가리키며 말했다. 로비 카페에는 이른 아침이었지만 드문드문 사람들이 자리를 잡고 앉아 통화를 하거나 아침을 때우고 있었다. 두 사람은 카페 구석 작은 원형 테이블에 자리를 잡았다. 정원이 복자의 커피에 빨대를 꽂아주며 어색하게 물었다.

"TNJ에는 어쩐 일이세요?"

"내가 그것까지 너한테 보고하랴? 너 모르는 특종은 아니니까 신경 안 써도 돼."

"네. 그럼 뭐."

톡 쏘는 복자의 대답에 정원이 시선을 돌렸다.

"천하의 서정원이 왜 이렇게 주눅 들어 있냐? 너 내가 아는 서정원 맞아?"

"그런가. 주눅 들어 보여요?"

"그래, 기죽지 마. 그렇게 기죽어 있으면 사람들이 너도 뭐 구린 게 있다고 생각해. 세상은 다 그런 거야. 당당하게 굴어. 어떤 순간에도."

고개를 든 정원이 옅은 미소를 지어 보였다.

"뭐 그런 가르치는 소리 하러 온 건 아니고 사과하러 왔다. 내가 너 오해했던 것 같아서. 근데 너 이렇게 얼굴 팍 상한 거 보니까 더 미안한 생각이 드네."

"오해요?"

"그래, 나는 네 시아버지 설 회장이 차은새 사건에 압력을 넣었다고 생각했었거든. 우와, 그 맑던 서정원이도 이제 탁해졌다. 불리해지니까 바로 재벌 회장 시아버지가 나서는구나. 그래서 너한테 실망 좀 했었지. 그건 언론인의 대처법이 아니잖아. 안 그래?"

"그렇죠."

부끄러운 마음에 눈을 피한 정원이 고개를 끄덕였다.

"근데 그게 아니라는 거 알아서 내가 섣불리 판단했던 게 좀 미안하기도 하고, 또 한편으로는 네가 그런 놈이 아니라 다행스럽기도 하고 그렇더라."

"그런 게 아니라뇨? 제가 선배보다 업데이트가 느린 것 같은데요."

"아직 몰랐어? 차은새 사건 그렇게 번갯불에 콩 구워 먹듯 끝나 버린 거, 그거 설 회장 이름 팔아먹은 모형택 작품이던데?"

"네?"

"설 회장이 한 말처럼 은근히 꾸며서 모 의원이 외압 넣은 거더라고. 원앤리 담당 신 기자 알지? 걔가 그러는데 설 회장 쪽에서도 자식 일이기도 하고 손해 볼 건 없으니 이름 팔아먹고 다녀도 냅둔다고 그랬대. 손 안 대고 코 푼 거지, 그 영감은."

'모형택? 차은새 사건 진행이 빨라진 게 모형택이 손을 썼기 때문이라고?'

뜻밖의 정보에 놀란 정원이 복자를 바라보았다. 마침 커피를 들어 올리던 복자는 정원의 당황한 눈빛은 읽지 못한 채 말을 이었다.

"모형택이 차은새랑 구린내 나는 관계라는 거 괜히 여기저기서 이슈 될까 봐 그랬겠지? 그 영감탱이 아무리 몸으로 맺어진 사이였다고 해도 어릴 때부터 그렇게 오랜 시간 옆에 붙어 있던 여자가 죽었는데 그걸 외압까지 넣어가며 조용히 마무리하고 싶었을까? 진짜 인정머리도 없다 야. 또 모르지. 그 영감이 죽인 걸지도. 그렇다고 해도 지금 대한민국에 어느 누가 진실을 밝히겠냐? 차기 대선 후보로 거론되는 거물을, 어떤 겁 없는 녀석이 나서겠어? 나도 등골이 오싹한데."

"…."

"암튼 이래저래 구린 게 많은 인간이야. 본인도 그렇고 그 딸도. 아, 그 바닥이 다 그렇지. 말하면 뭐 하겠냐."

가만히 듣고만 있는 정원에게 복자가 다시 물었다.

"넌 어떻게 할 거야? 계속 같이 살 거야?"

"글쎄요, 선배. 지금 제일 생각하고 싶지 않은 일이 그거네요."

"그럼 나 서정원 너한테 다른 궁금한 거 하나 있어."

얼음을 와작와작 씹으며 복자가 물었다.

"너 이번에 시아버지 찬스 안 쓴 건 진짜 뼛속까지 정의로운 언론인이라서냐? 아님 남편한테 정나미 다 떨어져서 시댁 쪽은 쳐다보고 싶지도 않아서냐? 놀랍게도 설 회장이 쥐 죽은 듯 조용했나 보던데. 설우재가 그 집 하나밖에 없는 귀한 아들이잖아. 설 회장 자기 자식 일이라면 나라도 팔아먹을 사람이라는 거 세상 사람 다 아는데. 설우재 누나 설해림 대표 스캔들 났을 때 생각해 봐. 언론 통제 미친 듯이 했잖아. 그런 게 부성애니? 아무튼, 희한하게 이번에는 직접 개입한 건 전혀 없더라. 네가 부탁한 거야? 나서지 말아 달라고?"

복자의 말에 정원은 두 가지 생각으로 머릿속이 복잡해졌다.

'외압을 넣어 사건을 빨리 정리한 사람이 설 회장이 아니라 모형택이었다고? 모형택은 차은새랑 내연 관계가 아닐 텐데…. 아무리 긴 시간이었다지만 겨우 50만 원으로 차은새를 살 수 있었을 리 없잖아. 대체 어떤 관계였길래. 왜 굳이 차은새 사건에 개입했을까? 왜 그렇게 사건이 빨리 마무리 되길 바랐을까?

아버님은 왜 위기에 처한 아들을 위해 아무런 행동도 하지 않앗을까? 그럴 사람이 아닌데…. 복자 선배 말대로 우재 씨의 누나, 설해림 관련해선 파파라치 사진 한 장까지 보고 받고 수습하는 설 회장인데….'

"팀장님! 회의실에 한병문 씨가 기다리고 계세요."

복자와 헤어지고 사무실로 들어오는 정원을 양 작가가 붙잡았다.

"한병문 씨가? 왜?"

"팀장님 안 계신 동안 매일 여기로 출근을 하셨어요. 진행은 잘되고 있는 거 맞냐. 범인 윤곽은 나왔냐. 새로운 소식은 없냐. 아주 그냥 새 팀장으로 눌러앉기라도 하시려는지 매일 감시당하는 기분이었어요."

하소연하는 양 작가는 금방이라도 울 것 같은 표정이었다.

"회의실에 계셔?"

"팀장님이 안 만나주시면 앞으로 방송 나갈 때까지 매일 올 것 같아요."

"잘됐네. 나도 뵙자고 하려던 참인데."

"커피 넣어드려요?"

곧장 회의실로 향하던 정원을 향해 양 작가가 물었다.

"아니, 됐어. 근데 막내는 어디 가고 양 작가가 다방 담당이야?"

"오늘 막내 연차예요. 어제 저녁에 일이 있어서 고향에 갔다 온다고 했거든요."

"막내 고향이 어디였지?"

"막내 고향요? 지난번에 듣기로는,"

"어! 팀장님 오셨네요!"

양 작가의 말이 끝나기도 전에 복도를 서성이던 김 기자가 정원을 발견하고 인사했다.

"너는 뭐가 그렇게 바빠?"

"팀장님 찾고 있었어요. 저기 해결 좀…."

곤란한 표정의 김 기자도 회의실 방향을 손가락으로 가리켰다. 차를 든 양 작가가 앞장서 회의실 문을 열자 앉아 있던 병문이 벌떡 자리에서 일어났다.

"안녕하세요."

병문과 마주한 정원이 정중하게 인사하며 앉으라고 손짓했다.

"안녕하셨습니까, 서 기자님. 현장 취재 때문에 바쁘시다는 얘기 들었습니다. 어떻게 진전이 좀 있습니까?"

여전히 초췌한 모습의 병문이 입을 열었다.

"아직 방송까지는 시간이 조금 있습니다. 저희 방송이 온에어 되기 직전까지 자료를 수집하기 때문에 그전까지는 정확한 상황에 대해 말씀드리기 조심스러운 부분이 있어요."

정원이 낮은 목소리로 천천히 설명하자 병문이 고개를 끄덕였다.

"제가 집에 가만히 있을 수가 없어서요. 이번이 우리 나리 그렇게 만든 범인을 찾을 마지막 기회가 될 것만 같아서 말입니다."

"그러시군요. 마침 저도 아버님께 여쭤볼 게 있습니다만…."

정원이 말을 끝맺지 않고 눈빛을 보내자 눈치 빠른 양 작가가 얼른 자리에서 일어났다.

"저는 오후 미팅 자료 준비하고 있겠습니다."

양 작가가 회의실 문을 닫고 나가자 한병문이 다시 입을 열었다.

"말씀하시려던 게 뭐지요?"

"아버님, 혹시 무언에 대해서 아는 게 있으신가요?"

병문을 조심스레 관찰하며 정원이 물었다.

"무언이요? 무언시 말씀하시는 거예요?"

"네. 무언시요. 혹시 거기 사신 적이 있다거나 그곳과 관련된 일을 하셨다거나."

"전혀요. 저는 무언에는 고속도로 타고 가다가 지나친 것 말고는 가본 적도 없습니다."

"아, 한번 생각해 보시겠어요? 하셨던 일과 관련된 점이 있었다거나…."

"저는 회계 쪽 일하던 사람이라서 뭐 특별히 지방이랑 접점이 있을 것도 없었습니다."

"그러시군요."

정원의 엉뚱한 질문에도 병문이 특별히 당황하는 기색은 느껴지지 않았다. 대답하는 표정과 말투에도 변화가 없었다.

"그런데 갑자기 무언은 왜요?"

"아닙니다."

정말 궁금한 얼굴로 정원을 바라보며 병문이 물었다. 병문은 무언의 비밀에 대해 모르는 게 틀림없다.

'그럼 한나리 사건과 무언과의 연관성은 없는 걸까?'

"기자님, 기자님께서 해결해 주시는 거 맞죠? 우리 나리 억울함 풀어주는 거 맞죠?"

정원이 눈동자를 돌리고 있을 때, 병문이 간절한 눈빛으로 또다시 사정했다.

"최선을 다하겠습니다."

"기자님이 아니면 아무도 못 한다고 했어요. 기자님은 할 수 있다고 했어요."

그냥 하는 말이 아니다. 누군가에게 들은 말이다.

"그게 무슨 말씀이세요? 누가 그런 말을 했어요?"

"아, 아닙니다."

"누가 저를 찾아가라는 말을 아버님께 했단 말씀이세요?"

"아니 그게… 그냥 사람들이 그랬어요. 오아뉴는 워낙 유명한 프로그램이니까…"

"아니잖아요, 그냥 사람들. 누굽니까? 사건 해결에 중요한 단서가 될 수 있습니다. 아버님, 저한테는 숨김없이 솔직하게 말씀하셔야 해요."

"아니라니까요!"

"혹시 그때 그 문자, 그 이상한 번호의 문자도 그 사람입니까? 그 문자 누굽니까? 아는 사람이에요?"

"모릅니다. 모른다고요."

"나리 아버님! 범인 안 찾으실 거예요? 협조해 주시면 찾아드립니다, 제가. 그렇지만 서로 못 믿고, 숨기다간 정말 영영 미제 사건으로 남아버릴지도 몰라요. 아버님께서 원하시는 게 그겁니까?"

정원의 목소리가 높아지고, 회의실에는 잠시 침묵이 흘렀다. 그리고 눈을 감고 생각하던 병문이 조용히 입을 열었다.

"정말 모릅니다. 그냥 문자만 왔어요. '서정원한테 가라. 서정원이 해결해 줄 거다.' 그냥 지령처럼요. 누군지는 모릅니다. 제가 기자님 찾아오기 전에 망설이는 동안에도 '아직 급하지 않은 거냐, 서정원에게 빨리 가는 게 좋을 거다'라고⋯. 그게 답니다. 다 말씀드렸으니 이제 우리 나리 억울함 풀어주십시오."

"왜 그때는 숨기셨어요?"

"그렇게 험하게 자식 잃고 이런 말 하는 게 우습게 들릴지도 모르겠지만 겁이 났어요. 누군가가 나를 보고 있는 듯이 문자를 보내는 게 무서웠어요."

양손을 꼭 쥔 병문이 힘없이 고개를 떨궜다.

병문과의 미팅을 마친 정원은 팀원들이 정리해 둔 서류를 검토했다. 2008년 사건의 모든 기록이 새로 번역되어 있었고, 사체가 발견된 당시의 사진과 스페인 법원의 판결문을 바탕으로 예측한 법의학자의 의견서도 준비되어 있었다. 온라인에선 스페인 한인 협회에 한나리의 부동산 계약을 진행했던 담당자를 찾는 게시판을 열어 제보를 받고 있었다.

그때 띠링 하고 알림이 울렸다.

[지금 방송국 앞으로 나오시죠. 어디 좀 같이 갑시다.]

결리는 어깨를 매만지던 정원은 태헌의 문자를 확인하고 로비로 내려갔다. 정문 앞에는 태헌의 차가 비상 깜빡이를 켜고 정차되어 있었다.

"서 기자님, 바로 출발하시죠?"

보조석 문을 열자 태헌이 재촉했다.

"어디 가는데요?"

"무언이요."

"네?"

한 손으로 차 문을 잡고 선 정원이 되물었다.

"찾았습니다. 지승호."

"지승호가 무언에 있다고요?"

"네, 무언 근교 시설에 있더라고요. 정확한 건 몰라요. 일단 가서 만나봅시다. 얼른 타세요. 빨리 갑시다. 해 떨어지기 전에 도착해야죠."

놀란 정원이 엉겁결에 차에 오르고, 두 사람을 실은 자동차는 고속도로를 향해 힘차게 달렸다.

*

띠리릭. 익숙하게 비밀번호를 누른 우재가 현관문을 열고 들어왔다.

"봤어? 오아뉴 SNS?"

신발을 벗은 우재가 하얗게 질린 얼굴로 거실에 들어서자 윤영은 천천히 읽던 책을 내려놓았다.

"윤영아, 일 커지는 거 아닐까?"

"글쎄."

거실을 서성거리며 불안해하는 우재와 달리 윤영의 대답은 심드렁했다.

"그 사진을 보고 정원이가 날 알아봤어."

"그래서 그 여자는 뭐래? 지 남편 신고라도 하겠대?"

"나리가 죽은 게 나랑 연관이 있냐고 묻길래, 난 모르는 일이라고 했어."

"차라리 말하지 그랬어? 서정원에 대한 믿음이 그렇게 없어? 그 여자는 자기 남편보다 얼굴 한 번 본 적 없는 여자가 죽은 걸 방송하는 게 더 중요하대?"

"그게 아니잖아."

비아냥거리는 윤영을 향해 우재가 짜증을 냈다.

"아니긴 뭐가 아니야. 그 사진을 보고 우재 네가 그 사건이랑 연관이 있다고 생각했다면, 이제는 그 여자가 방향을 바꿔야 하는 거 아닌가? 그게 그 잘난 부부에 대한 예의 아니야? 서정원은 기자이기 전에 네 와이프잖아."

"글쎄, 내 와이프이기 전에 기자인 것 같은데."

윤영이 경멸의 눈빛으로 쏘아대자 우재가 나지막이 대답했다.

"내가 말했지? 넌 서정원 못 가져. 그 여자는 널 사랑하는 게 아니야. 그런 여자 뭐가 좋다고 결혼까지 해가지고."

윤영은 목이 타는지 옆에 놓인 맥주를 벌컥벌컥 들이켰다. 윤영의 화는 SNS에 올라온 사진이나 우재가 아닌 정원을 향했다.

"윤영아."

소파에 앉아 양손으로 얼굴을 쓸어내린 우재가 그만하라는 신호를 보냈지만, 윤영은 아랑곳하지 않고 계속 말을 이었다.

"차라리 차은새가 나았어."

"뭐?"

"차은새 걔는 이런 순간엔 널 지켰을 거야. 걔는 널 사랑하긴 했거든."

"유윤영, 그게 무슨 말이야? 너 은새 만났어?"

윤영의 입에서 나온 뜻밖의 이름에 우재가 윤영을 무섭게 쳐다보며 물었다.

"뭐? 아니. 내가 그 여자를 왜, 왜 만나?"

흔들리는 윤영의 눈빛을 본 우재가 다그치기 시작했다.

"너 혹시 은새 사고 난 그날, 그날 은새 만났니?"

"뭘 그렇게 정색을 하고 그래? 나는 차은새 만나면 안 되니?"

"윤영아!"

우재의 목소리가 높아졌다.

"혹시… 아니지? 네가 은새 그렇게 한 거 아니지?"

"야! 설우재! 말 조심해!"

"너 그날 은새 만나서 뭐 했어? 아, 아니. 윤영이 너 설마 한나리도 네가 그랬니?"

"무슨 소리야. 내가 차은새를 왜? 그리고 뭐? 한나리? 너 그날 기억 안 나? 나는 너 데리러 나갔었잖아. 그때 내가 한나리 잡고 엉뚱한 얘기 할까 봐 쫄아가지고 스페인까지 쫓아와서는 네가 입단속시켰잖아. 나 먼저 들어가고 너 잠깐 바람 쐬고 온다고. 진짜 기억

안 나서 묻는 거야? 내가 들어갔을 때는 이미 한나리는 죽어 있었다고. 내가 그렇게 빨리 한나리한테 손댈 수 있었을 거라고 생각해?"

윤영의 입장에서 전하는 말을 얼마나 더 믿어야 할지 우재는 종잡을 수가 없었다. 그건 그때도 마찬가지였다. 2008년 5월, 윤영과 싸우고 도망치듯 떠난 스페인 여행에서 나리를 만난 우재는 그녀에게 푹 빠져 있었다. 모든 면에서 징글징글하게 압박한다고 느껴졌던 윤영과 달리 나리는 맑고, 밝고, 새로웠다. 여행지에서의 환상이었을까? 나리와 함께 보낸 일주일은 우재에게 거짓말 같은 시간이었다. 한나리라는 사람이 이전까지 설우재의 삶에 없었다는 게, 그런 삶을 살아왔다는 게 믿기지 않을 만큼 우재는 다시 태어난 것만 같은 행복을 느꼈다.

나리와 꿈같은 일주일을 보내고 있을 때, 윤영이 수린을 데리고 스페인으로 왔다. 스페인 여행을 해보고 싶었다고 핑계를 댔지만 우재는 윤영이 자신을 감시하러 왔다는 사실을 알고 있었다. 꾸역꾸역 우재와 나리가 묵고 있는 게스트 하우스에 짐을 푼 윤영은 나리에게 자신을 우재의 오랜 친구라고 소개했다. 나리가 새로 계약한 스튜디오로 이사를 했던 날도, 우체국에서 부모님이 보낸 소포를 받던 날도, 증명서를 제출하기 위해 학교에 갔던 날도, 윤영과 수린은 한국에서 온 친절한 친구의 모습으로 나리 옆을 지키며 사소한 일상을 함께했다.

윤영은 항상 그런 식이었다. 지난 16년간 우재와 윤영은 틈만 나면 싸우고 헤어지기를 반복했고, 헤어져 있던 짧은 기간 동안 우재가 새로운 여자를 만날 때마다 윤영은 그 여자 주위를 맴돌며 우재를 감시했다. 비정상적인 윤영의 모습이 역겨워 참을 수 없었지만, 정신을 차려보면 또다시 윤영의 집에 누워 영화를 보고 있었다. 한때 그건 그들에게 일종의 놀이였고, 남들과 다른 방법으로 애정을 확인하는 수단이기도 했다. 그 관계에 익숙했던 우재는 나리와 윤영의 모습을 동시에 보며 점점 윤영에게 환멸을 느꼈다.

윤영이 가면을 쓰고 웃을 때마다 나리가 더 좋아졌다. 그런 우재의 속도 모르고 그를 따라 스페인으로 간 건 윤영에게는 악수였다. 가증스러운 윤영의 행동을 참아주는 것에 진절머리가 난 우재는 먼저 미국으로 돌아갔고, 이틀 뒤 윤영과 수린도 그를 따라 미국으로 돌아갔다.

'그때 나리와의 관계도 끝냈어야 했는데….'

우재는 미국에서, 나리는 스페인에서 두 사람의 사랑은 더욱 불타올랐다. 우재는 나리와 함께 저녁을 먹기 위해 왕복 15시간의 비행도 마다하지 않고 뉴욕과 마드리드를 오갔고, 그런 우재의 정성에 감동한 나리는 뉴욕으로의 편입을 준비하게 됐다. 그렇게 가슴 뜨거웠던 두 사람의 연애는 그해 초겨울, 윤영과 수린이 다시 스페인 여행길에 오르며 잔인하게 끝이 나고 말았다. 아무것도 모르는 나리가 미국에서 온 '친구들'을 제집에 재우지 않도록 우재가 미리 언질을 주었다면, 윤영과 수린이 스페인 여행을 떠났다는 소식을 듣고 곧바로 쫓아간 공항에서 비행기를 놓치지만 않았다면, 그랬다면 우재가 나리를 지킬 수 있었을까?

윤영과 수린을 쫓아 스페인에 도착한 우재는 나리의 스튜디오에서 술을 마시고 있던 윤영을 밖으로 불러내 한바탕 말싸움을 했다. 왜 나리에게 접근했냐고, 무슨 생각으로 나리를 괴롭히냐고. 펑펑 우는 윤영을 먼저 들여보내고도 한참을 씩씩거리던 우재가 다시 방으로 들어갔을 때 나리는 싸늘한 시신이 되어 있었고, 윤영과 수린은 이미 사건을 수습할 계획을 세우고 있었다.

"윤영이 네가 나 만나러 나오기 전에 그랬을 수도 있잖아."

우재의 목소리가 떨렸다.

"우재야."

"윤영이 네가 은새도 그렇게 하고, 정원이한테 뒤집어씌우려고 정원이 목걸이 가져다둔 걸지도 모르잖아. 내가 만나는 여자들이 미워서…. 설마 너 진짜 그랬니?"

"미친놈, 너 미쳤구나."

우재의 말에 기가 막혀 입을 다물지 못하던 윤영의 눈에 눈물이 고였다.

"너 나를 뭐라고 생각하는 거야? 내가 너 만나는 여자들마다 질투해서 죽일 수 있는 사람이었으면 널 제일 먼저 죽였을 거야. 그 여자들이 아니라 설우재 너 말이야. 네가 지금껏 만난 여자가 몇 명인지 너 몰라? 그래. 기억도 안 나겠지. 그리고 넌 만약에 내가 진짜 살인자라도, 그래서 잡혀가도 너만큼은 나 범인 아니라고 믿어줘야지. 기억도 못 할 만큼 많은 여자랑 놀아났고, 결혼까지 했어도 네 옆에서 널 지키고 있는 건 여전히 나야. 너 날 이런 식으로 의심하는 건, 이건 진짜 아니야."

소리 내어 흐느끼던 윤영이 말을 이었다.

"서정원 목걸이는 내가 지난번에 네 집에서 가져온 건 맞아. 그때, 서정원 남미 출장 가고 우리가 네 집에 있었던 날. 근데 나도 잃어버렸어. 없어졌다고. 내가 가지고 있던 목걸이를 누군가 훔쳐 갔다고."

"…."

"정말이야, 우재야. 나 아니야. 정말 내가 그런 거 아니야. 나도 너무 무서워. 근데 너까지 나한테 이러면 어떡하니? 그럼 난 어떻게 살라고…."

"그래. 미안해. 내가 지금 너무 예민해서 그랬어."

조용히 윤영의 옆으로 다가간 우재가 울고 있는 그녀를 끌어안았다. 우재의 넓은 품에 안겨 한참을 흐느낀 윤영이 티슈로 눈물을 닦으며 입을 열었다.

"설우재, 정신 똑바로 차려. 너 서정원 믿고 미주알고주알 털어놓으면, 그 여자는 방송에서 네 멱살 잡을 여자야. 내 말 알겠지? 어차피 너무 오래전 일이고, 증거도 없고, 아는 사람도 우리 셋뿐이잖아. 괜히 긁어 부스럼 만들지 마. 이러다 조용해지겠지."

"그래. 근데 윤영아, 나리 휴대폰은? 너 그거 가지고 있었잖아."

"한국 올 때 미국에 두고 왔어. 걱정하지 마."

코를 훌쩍이며 대답한 윤영이 소파에서 일어나며 부드럽게 물었다.

"밥은 먹었어? 너 얼굴이 까칠하다."

"시설이면 지승호라는 사람 어디가 아픈 걸까요?"

무언으로 가는 차 안, 정원이 운전에 집중한 태헌에게 물었다.

"그런 것 같아요. 장기 보호 환자로 나오더라고요."

"어떤 시설인지는 모르세요? 어디가 얼마나 아픈지."

"그것까진 확인을 못 했어요. 시설 규모가 좀 크더라고요. 아동, 요양, 노인 환자들을 종합적으로 케어하는 곳이에요. 무언시 폭발 사고 이후에 아픈 사람이 많잖아요. 알려진 후유증은 빙산의 일각 이죠. 엄청 많은 사람이 병을 얻었으니. 그래서 그곳처럼 큰 시설 들이 다른 지역보다 몇 배는 많던데요."

"그래요. 진짜 무서운 사고였구나."

태헌의 설명에 정원이 안타까운 한숨을 토했다.

"봉토그룹이 아주 나쁜 놈들이죠. 그보다 더 나쁜 건 당시에 힘 없는 무언 시민들을 버린 나라놈들이고요."

"모형택 같은 놈들이요?"

"맞아요, 기자님 어제 그놈 만났잖아요. 그놈은 뭐래요? 기자님 을 왜 보자고 한 거예요?"

"글쎄요. 저도 아직 헷갈리기만 하네요. 오늘 지승호 씨를 만나 면 속이 좀 시원해지려나?"

"일단 가서 만나보시죠."

두 사람은 빨리 지승호를 만나고 싶은 마음에 쉼 없이 고속도로 를 달렸다.

"저기 무언역에 잠깐 쉬었다 가죠."

두 사람이 탄 차가 무언 시내에 도착했을 때, 태헌이 무언역을 가리키며 말했다.

"네? 왜요?"

"화장실 좀 가려고요. 시설은 아직 40분 정도 더 가야 하거든요."

3시간을 쉬지 않고 운전한 태헌이 결린 어깨를 한 손으로 주무르며 말했다.

"네, 그러세요. 저는 커피 좀 사 올게요. 드실 거죠?"

"좋죠. 그러면 가시는 김에 씹을 거리도 좀 부탁드려요."

"알았어요."

주차장에 차를 세운 태헌은 화장실로 달려가고, 정원은 역 안에 위치한 카페로 들어갔다. 카페 문을 열고 들어선 정원의 눈에 줄을 서 있는 익숙한 뒷모습이 보였다.

"막내야!"

"어! 팀장님, 여긴 어쩐 일이세요?"

"나 취재차 왔지. 넌?"

"저 오늘 연차잖아요. 오랜만에 고향에 와서 어머니 뵙고 이제 올라가는 길이에요."

"막내 고향이 무언이었구나? 몰랐네. 근데 여기서 보니까 진짜 반갑다. 커피 마시려고? 밥은? 너 기차에서 먹을 것도 좀 사줄게."

선량한 눈, 소년 같은 미소. 타지에서 우연히 만난 반가운 얼굴에 정원의 얼굴에도 오랜만에 미소가 띄워졌다.

"그럼 저는 커피 한 잔만 사주세요."

"그래. 몇 시 기차야?"

"이제 슬슬 들어가면 돼요."

검은 티셔츠를 걷어 힐끗 시계를 확인한 막내가 대답했다.

"근데 막내야. 너 올해 몇 살이지?"

"저 서른이요."

"서른…. 너 어릴 때 무언 어디쯤 살았어? 초등학교 어디 나왔니?"

"그건 왜요, 팀장님? 뭐 소개팅이라도 시켜주시게요?"

주문한 커피를 기다리던 막내가 갑자기 쏟아지는 정원의 질문에 당황한 듯 물었다.

"너 초등학교 때 발생한 무언 사고 알지. 봉토공장 폭발 사고. 그때 공장장 아들을 찾고 있거든. 혹시 너 아는 사람인가 싶어서… 지승호라고."

"엥? 팀장님, 무언이 서울만큼은 아니지만 생각보다 넓어요. 초등학교만 해도 수십 갠데요."

"그렇지? 내가 너무 시골 취급했네."

"하하하, 시골 맞긴 한데, 시골이라는 말 되게 오랜만에 듣네요."

막내는 재미있다는 듯 시원스레 웃었다.

"팀장님 내일은 사무실 출근하세요?"

"출근해야지. 내일은 서울에서 보자."

"네, 그럼 저는 기차 시간 때문에 먼저 가볼게요. 내일 뵙겠습니다."

주문한 커피가 나오자 자신의 몫을 받아 든 막내가 한 번 더 시계를 확인하며 말했다.

"응, 조심히 올라가."

"옙!"

양손에 커피와 간식거리를 든 정원이 멀어지는 막내의 뒷모습을 흐뭇하게 바라보며 다시 차에 올랐다.

무언시 끝자락에 위치한 햇빛 요양원은 넓은 앞마당 가득 이름처럼 따스한 봄의 햇살이 반짝이고 있었다. 텅 비어 있는 주차장에 주차를 마친 태헌과 정원은 네 개 동 중 가장 큰 건물로 들어섰다.

"실례합니다. 서울 강남 경찰서에서 나왔습니다."

인포메이션 데스크 끝에 선 태헌은 가까이 앉은 간호사를 향해 신분증을 내밀었다.

"경찰서요? 무슨 일이시죠?"

태헌의 신분증을 확인한 간호사가 의아한 얼굴로 물었다.

"여기 혹시 지승호 씨라고 계실까요? 나이는 서른 살이고, 장기 입원 환자로 알고 있는데요."

"잠시만요. 지승호 님이라고 하셨죠?"

간호사는 환자 명단을 확인하기 위해 키보드를 두들겼다.

"아, 이분. 저희 병원 환자는 맞는데 어떤 일 때문에 그러시나요?"

"이유는 지금 말씀드리기가 곤란한데 강력 사건 확인차 왔습니다. 좀 만날 수 있을까요?"

"잠시만요."

난처한 표정의 간호사는 어딘가로 전화를 걸어 상황을 설명하더니 전화를 끊고는 말을 이었다.

"지승호 님 별관 C동에 계시거든요. 저 따라오세요."

다행히 간호사의 상사는 서울에서 온 경찰의 면회를 허락한 듯했다. 태헌과 정원은 간호사의 안내를 받으며 다시 앞마당으로 나갔다.

"여긴 시설이 아주 크네요. 공기도 정말 좋고요."

동그랗게 가지를 친 나무들이 가득한 아름다운 조경에 감탄하며 태헌이 말했다. 정원도 태헌과 함께 간호사를 따라가며 주위를 살폈다.

"그렇죠? 여기는 사설요양원이라서 시설이 좋은 편이에요. 다들 와보면 감탄하고 가요. 무언에는 저희 같은 요양원이 많은데 대부분 환경이 좋지 않거든요. 무언시에서 운영하는 곳도 그렇고, 봉토그룹에서 운영하는 곳은 정말 형편없고요. 저희는 비용이 비싼 만큼 환경이 아주 좋아요. 저쪽에 보이는 파란 건물이 어린이 병동이고요, 저기 벽돌 건물은 노인, 지금 우리가 가는 건물은 일반 환자들을 위한 병동이에요."

설명하는 간호사에게서 시설에 대한 자부심이 느껴졌다.

"환자들은 전부 무언 사고 이후에 후유증을 앓는 사람들인가요?"

"대부분 그렇다고 볼 수 있어요. 지승호 님 같이 사고 당시에 직접적으로 피해를 입은 분도 있지만, 사고 후에 간접 피해를 입은 분들도 있고 그분들 자녀들도 있으니까요."

"자녀들이요?"

"사고 당시 근처에 있던 아이들이나 사고 후에 낳은 아이들이요. 약한 아이들이 많거든요."

간호사가 씁쓸하게 웃어 보였다.

"지승호 씨는 증상이 어떻습니까?"

"외상 후 스트레스 장애예요. 사람마다 증상은 다르지만 지승호 님의 경우는 이해하기 쉽게 말씀드리면 정신이 오락가락해요. 컨디션이 안 좋은 날은 하염없이 먼 산만 바라보고 있고, 상태가 좋은 날은 하루 종일 노트북만 보고요. 요즘은 부쩍 기분이 안 좋은지 노트북도 안 보더라고요."

"노트북을 본다고요? 혹시 컴퓨터를 잘하나요? 컴퓨터로는 주로 어떤 걸 하는지 아세요?"

태헌과 간호사의 얘기를 가만히 듣고만 있던 정원이 대화에 끼어들었다.

"글쎄요. 다른 환자들에 비해서는 컴퓨터를 잘하는 편이죠. 여기 계신 분들에게는 평범한 사람에겐 간단한 일도 어려운 경우가 많으니까요. 뭘 하시는진 저도 몰라요. 노트북 열어놓을 때는 누가 보는 걸 싫어하시거든요."

아리송한 대답에 정원이 고개를 갸웃하는 사이 간호사가 다시 입을 열었다.

"참, 어머니도 저희 병원에 있어요. 지승호 님 어머니요."

"공장장님 아내분이요?"

"네? 무슨 공장장이요?"

태헌의 질문에 간호사가 되물었다.

"아, 아닙니다. 그 지승호 씨 어머니도 오늘 뵐 수 있을까요?"

"그분 면회는 힘들어요. 지승호 님보다 훨씬 상태가 안 좋거든요. 특별 보호실에 누워 계시니까 원하시면 문밖에서 보실 수는 있어요."

태헌이 말없이 고개를 끄덕였다.

"어! 저기, 승호 님 나와 있네요."

간호사가 나무 밑에서 단체로 체조를 하고 있는 무리를 가리켰다.

"마침 운동 시간이었네요. 저쪽 나무 밑에 앉아 계시는 분 보이시죠? 저분이 승호 님이에요. 오늘도 컨디션이 안 좋은가 보네요. 운동 시간에도 앉아만 있네."

강사와 마주 보고 서서 체조를 하고 있는 10여 명의 사람들 옆으로 벤치에 멍하니 앉아 있는 청년의 모습이 보였다. 짧은 머리에 왜소한 몸, 한눈에 봐도 병약해 보이는 남자.

'저 사람이 지저스일까? 저렇게 아픈 사람이 지난 9년 동안 나를 도왔다고? 그게… 가능한 일일까?'

정원이 상상하던 지저스와는 전혀 다른 모습이었다.

"지금 지승호 씨 뵐 수 있을까요?"

남자를 빤히 보던 정원이 간호사에게 물었다.

"좀 기다리셔야겠네요. 단체 시간에는 도중에 빠지면 수업에 방해가 되거든요. 아니면 기다리시는 동안 승호 님 방에 가보시겠어요? 그 방에서도 마당이 잘 보여요."

"방이요? 저희가 들어가도 되나요?"

"저도 이제 다시 데스크로 돌아가 봐야 하고 경찰이시니 괜찮을 것 같네요."

태헌과 정원은 미동 없이 앉아만 있는 승호를 뒤로한 채 간호사를 따라 방으로 향했다. 간호사가 방문 앞까지 그들을 안내하고 돌아간 후, 두 사람은 문을 열고 승호의 방으로 들어갔다.

침대와 책상이 놓인 작지만 깨끗한 방이었다. 한쪽 구석에 새것처럼 깨끗한 농구공과 킥보드가 가장 먼저 눈에 들어왔다. 침대 머리맡의 큰 창을 통해 무리 지어 운동하는 사람들과 조금 떨어져 나무 밑에 앉아 있는 지승호의 모습이 보였다.

"이야, 엄청 깨끗하네요. 정말 간호사님 말대로 환경이 좋은 요양원이에요. 이런 데는 꽤 비싸겠죠? 근데 지승호가 뭔 돈으로 이런 곳에 장기 입원을 하고 있을까요? 오, 이 킥보드 이거 신상인데? 국내에서 구하기 쉽지 않을 텐데 직구로 샀나? 우와, 이걸 여기서 다 보네."

전동 킥보드에 정신이 팔린 태헌이 쉴 새 없이 말을 이었다.

"지승호는 뭔 돈으로 사는 걸까요? 그것도 어머니랑 둘 다. 누구 도와주는 사람이 있나? 키다리 아저씨가 있는 게 아니면 이거 유지하는 게 만만치 않을 텐데."

'지승호가 정말 지저스라면 가능해. 9년 동안 내가 가상화폐로 보낸 돈만 해도 적지 않은 금액이었으니. 만약 나 말고도 다른 누군가와 비슷한 일을 해왔다면, 그동안 지저스가 번 돈은 상상을 뛰어넘을지도 모를 일이고.'

창문 밖의 승호를 뚫어져라 쳐다보며 생각하던 정원이 책상에 가지런히 놓인 노트북을 열었다.

"뭐 별거 없어 보이는데요? 속옷 말고는 딱히 짐도 없네요. 어디 일기장 같은 건 없으려나? 컴퓨터에는 비번 안 걸려 있어요?"

구석구석을 뒤지던 태헌이 정원을 힐끗 쳐다보며 물었다. 태헌의 말대로 노트북 화면에는 암호를 입력하라는 메시지가 떴다.

"이 사람이 엄만가 보네. 지승호 씨 어릴 때는 엄청 통통하네. 근데 옆에 이 사람은 누굴까요? 형제는 없는 것 같던데, 친군가?"

침대 옆에서 사진을 발견한 태헌이 중얼거리는 소리에 침대 옆으로 다가간 정원이 액자를 집어 들었다. 사진에는 열 살 남짓 된 남자아이 두 명과 어머니로 보이는 여자가 굳은 얼굴로 카메라를 바라보고 있었다.

"애가 두 명인데 누가 지승호인지 어떻게 알아요?"

"딱 보면 알죠. 통통한 애가 엄마랑 똑같은 스카프하고 있잖아요. 사진만 봐도 엄마 옆에 딱 붙어서 모자 관계라는 거 알겠구먼."

태헌이 너무 당연하다는 듯 대답했다.

"뭐… 그런가."

"기자님 눈썰미는 생각보다 별로네요."

"전 엄마랑 안 친해서."

정원이 시선을 돌리며 말을 흐렸다.

"네?"

"아니에요."

정원과 태헌은 서울로 돌아가기 위해 다시 차에 올랐다. 기대와는 달리 지승호를 통해 지저스의 단서를 찾을 수는 없었다. 컨디션이 좋지 않은 승호는 태헌과 정원의 질문에 한마디도 대답하지 않았고, 노트북의 암호도 끝내 알려주지 않았다. 그저 멍하니 하늘을 보며 알 듯 말 듯 한 표정만 지을 뿐이었다. 더 이상 시간을 지체할 수 없었던 두 사람은 간호사에게 승호의 상태가 호전되면 연락 달라는 부탁을 남긴 채 그냥 돌아설 수밖에 없었다.

'지승호. 당신이 정말 지저스일까? 과연, 당신이, 그 몸으로, 요양원에 있으면서 나를 도울 수 있었을까? 당신이 아니라면 대체 누가 왜….'

정원이 무거운 머리를 조수석 유리창에 기댔다.

"서 기자님, 지저스라는 그 사람은 대체 누굽니까?"

힘이 빠져 창밖만 바라보던 정원에게 태헌이 조심스레 물었다.

"지저스요? 제 비밀 친구요."

"서 기자님 친구라고요?"

"그랬던 것 같아요. 친구, 조력자 뭐 그런 거? 파트너라고 생각했어요. 경위님과 오 형사님처럼. 저만 그렇게 생각했던 것 같긴 하지만."

시큰둥한 정원의 대답에 태헌이 조수석 쪽을 힐끗 쳐다보았다. 여전히 머리를 창에 기댄 정원은 앞만 바라보고 있었다.

"그렇게 친구가 없습니까? 뭐 그런 놈을 친구라고 생각했어요?"

"글쎄요. 그때는 나한테 도움이 된다면 그게 누구든 상관없다고 생각했나 봐요. 도움이 되지 않는 관계를 만드는 건 쓸모없는 행동이라고 배웠거든요. 친구도 그런 거였죠. 나한테 제일 도움이 되는 사람.”

　정원은 감정 없는 목소리로 지난 9년간 그 누구에게도 말하지 못했던 비밀을 태헌에게 털어놓았다. 지저스와의 거래, 함께 알아낸 비밀, 모두가 궁금해했던 특종 제조기 서정원의 그 많은 특종들의 출처. 그리고 지저스의 함정에 빠져 오월동 살인 사건의 피해자를 발견하게 되었던 것과 지저스가 알려주었던 태헌의 개인 정보들. 그 후 그의 완전한 증발까지도. 태헌에게 담담히 ‘임금님 귀는 당나귀 귀다’를 외친 정원은 말할수록 속이 후련해지는 기분마저 들었다. 하지만 단 하나, 죽은 차은새를 버려두고 도망쳤던 일은 차마 목구멍 위로 올라오지 않았다. 그 일만은 말할 수 없었다.

　“지저스라는 사람이 서 기자님 정체를 모른다는 말을 정말 믿었다고요? 그 오랜 시간 동안? 그렇게 신처럼 모든 걸 다 아는 사람이 기자님은 알아보지 않았을 거라고 생각했다는 게 저는 이해가 안 되네요.”

　태헌이 답답한 듯 목소리를 높였다.

　“그랬네요. 저도 제가 왜 그렇게까지 그를 믿었는지 잘 모르겠어요. 지금 생각해 보면 참 어리석었죠?”

　“뭐 믿을 만한 부분이 있으니 믿었겠죠. 서 기자님이 그리 말랑말랑한 사람이 아닌데, 감쪽같이 속았다면 믿음직한 구석이 있었나 봅니다. 아니면 진짜 희대의 사기꾼이거나.”

　정원의 쓸쓸한 미소에 태헌이 태도를 바꿨다. 며칠간 잠도 못 자고 밥도 못 먹은 정원이 안쓰러워 보여 자신마저 그녀를 몰아세워서는 안 될 것 같았다.

"글쎄요. 이런 말 우습지만, 막연히 착한 사람일 거라고 생각했어요. 몰래 남 뒷조사해서 그걸 팔아먹는 사람인 걸 알면서도. 저도 제가 참 이해가 안 되네요. 사실 지금도 그가 그렇게 끔찍하게 사람들을 죽였다는 게 믿기지 않아서 더 기가 찰 노릇이고요."

"지저스가 죽인 게 아닐 수도 있잖아요."

"그러기엔 모든 정황이 그를 향하고 있잖아요."

"그렇긴 하지만…. 기자님, 다음 스케줄 없으시죠?"

자책하는 정원의 말을 가만히 듣고 있던 태헌이 물었다.

"네? 왜요?"

"갈 데가 있습니다. 오래 안 걸립니다."

긴 얘기를 나누는 사이 둘을 태운 차는 벌써 서울 톨게이트를 지나고 있었고, 태헌은 결심한 듯 액셀을 밟았다.

정원과 태헌을 실은 차는 오월동 골목에 도착했다. 살해된 진명숙을 정원이 발견했던 곳. 지저스의 안내를 따라갔던 바로 그곳. 달갑지 않은 장소에 도착한 정원이 태헌에게 물었다.

"여긴 왜 온 거예요?"

"찾아야죠, 범인. 그리고 기자님 친구라는 그 사람, 그게 진짜 신인지 사탄인지, 그 자식이 범인이 맞는지, 아니면 다른 놈 짓인지도 알아봐야 하고. 저 이래 봬도 악착같이 노력해서 입사 6년 만에 경위 단 놈입니다. 대충대충 일하는 공무원처럼 보이지만 겉으로 보이는 게 다가 아니라고요. 지저스 그놈도 알고 있을걸요? 저 마음먹으면 제대로 일하는 경찰이라는 거. 그러니까 그놈도 기자님한테 제 프로필을 보냈겠죠."

"…."

"그리고 기자님, 그 자식 범인 아닙니다. 그 자식이 범인이라면 저를 이 사건에 끌어들이지 않았겠죠. 저처럼 능력 있는 경찰을 끌어들인 건 진실을 밝히라는 뜻이라고요. 결코 그 자식이 저를 만만하다고 생각해서 선택한 건 아닐 거라는 말입니다."

흥분하던 태헌이 장난스럽게 눈을 찡긋 웃어 보이며 먼저 차에서 내리자, 가만히 듣고만 있던 정원도 얼떨결에 그를 따라 내렸다.

"기자님 얼굴이 너무 어두워서 아무 말이나 해본 거예요. 그래도 뭐 있을 법한 일 아닙니까?"

태헌이 멋쩍게 웃으며 머리를 긁적였다. 그의 말이 맞을지도 모른다. 자타 공인 독종 기자 서정원과 뛰어난 업무 능력으로 빠르게 승진한 김태헌. 두 사람이 함께 이곳에 서 있는 건 우연이 아닐지도 모른다. 어쩌면, 처음부터 신이 그렸던 큰 그림 속에 지금의 이 장면이 들어 있었을 수도 있다. 그랬다면 김 경위 달력에 표시된 오월동은 뭐였을까?

"기자님은 어디서부터 지저스랑 무전을 한 겁니까? 어떤 동선으로 왔어요?"

생각에 빠져 있는 정원에게 태헌이 물었다.

"저기 일신상가 C동 사거리요."

"그래요?"

정원이 가리킨 곳부터 천천히 다시 걸어온 태헌이 시신이 유기되어 있던 담벼락을 가만히 바라보았다.

"저 위로 한번 올라가 봅시다."

태헌은 먼저 담벼락 옆 계단을 따라 성큼성큼 위로 올라갔다.

"컴퓨터로 기자님 움직임을 확인하면서 무전을 했다고 했죠?"

"네. 지저스가 준 무전기에 GPS 장치가 있다고 했어요."

"그럼 혼자 일을 벌이기는 힘들었겠네요. 자, 시신이 여기 이렇게 매달려 있었잖아요."

시신이 있던 자리에 똑같이 몸을 걸치며 설명하는 태헌을 보며 불쾌한 기억이 떠오른 정원은 얼굴을 찌푸렸다. 태헌은 불편해하는 정원의 표정은 아랑곳하지 않고 설명을 이어갔다.

"범인이 시신을 옮긴 동선에서 혈흔이 발견되지 않은 걸 보면 바로 이 자리, 이 담벼락에서 칼로 찌른 걸 거고. 그럼 기자님 동선도 확인하고, 대화도 하면서 그 와중에 정확히 시간을 맞춰서 사람을 죽였어야 한다는 건데 그렇게까지 번거롭게 할 이유가 있나? 크게 원한 진 사람 있어요?"

"너무 많아서 탈이랍니다."

정원이 쓸쓸하게 웃으며 대답했다.

"주변 혈흔의 상태로 봤을 때, 이 자리에서 칼로 찔러서 담벼락에 걸쳤든가, 아니면 칼에 찔리면서 담벼락에 걸쳐졌든가. 지저스는 실제로 모니터를 보고 있었고, 이 담벼락에 서서 피해자를 찌른 건 다른 인물입니다. 국과수도 다른 장소에서 끌고 온 것 같지는 않다고 했고, 당시에 제가 봤을 때도 시신이 끌려온 자국은 없었어요."

"혼자서는 정말 어려울까요?"

머리를 굴리는 태헌에게 정원이 물었다.

"지저스가 정말 기자님을 모니터로 보고 있었다고 확신한다면, 살인을 저지른 사람은 다른 인물일 확률이 높습니다."

"공범이 있었다는 말씀이시죠?"

정원의 물음에 태헌은 아리송한 대답을 내놓았다.

"그게 공범인지, 아니면 지저스가 지켜보고 있던 또 다른 인물인지는 알아봐야죠."

*

강남의 한 호텔 정문 앞, 오랜만에 차려입은 우재가 비틀거리며 택시에서 내렸다. 집에서 두 병의 와인을 거의 다 비워갈 즈음 유학 시절 친구의 연락을 받은 우재는 맨정신이었다면 참석하지 않았을 친목 모임에 가기 위해 몽롱한 정신으로 주섬주섬 옷을 챙겨 입고 나왔다. 사람들이 모이는 자리에 끼어들 기분도 상황도 아니었지만 오늘 하루는 골치 아픈 모든 일을 잊고 거나하게 술이나 마셔보기로 다짐한 그였다.

"설우재, 안 올 줄 알았는데 왔네."

쭉 뻗은 까만 세단 자동차 뒷좌석에서 내리던 수호가 우재를 불렀다.

"나 건드리지 마."

가뜩이나 온몸이 화로 가득 차 있던 우재가 수호에게 성질을 부렸다.

"어이구, 이거 뭐 벌써 제정신이 아니구만?"

1₁₂

수호가 역겨운 미소를 보이며 빈정댔다.

"다음 주 맞지? 대단한 마나님 방송. 왜 있잖냐, 네 사진으로 풀어보는 미제 살인 사건 말이야. 내가 그 방송 아주 기대하고 있다고 서정원 기자님께 좀 전해드려라. 이미 말했냐?"

"경고하는데 이상한 소리 하고 다니지 말라고!"

이를 악문 우재가 한마디 뱉은 후 돌아서려는데 수호가 그의 앞을 가로지르며 비아냥댔다.

"왜, 또 아버지랑 누나 들먹이면서 협박하시게?"

"그만해."

"나 얼마 전에 네 아버지 뵀는데. 설 회장님이 네 걱정 많으시더라. 못난 아들놈이 잘난 공주님 앞길에 누가 될까 봐."

"…"

"하긴, 그러실 만도 하지. 여배우랑 바람난 거 알고 그 바쁘신 누나가 사람까지 사서 떼어내려고 했는데 안 떨어져 나갔다며? 차은새 걔도 독종은 독종이었나 보더라. 천하의 설해림이 나선 걸 알았으면 조용히 물러설 만도 한데. 그게 다 제 명줄 앞당기는 일인 걸 모르고 멍청하긴. 아니, 독한 건가? 하여간 설우재 너는 주변 여자들이 하나같이 보통이 아니야. 그치?"

"누나가? 누나가 은새를 만났단 말이야?"

"넌 그게 문제야. 항상 늦어. 나는 여자들이 목을 매는 너의 매력이 뭔지, 무엇보다 그걸 알고 싶단 말이야. 담번엔 내가 오아뉴에 제보를 해봐야겠다. 희대의 카사노바, 설우재. 그의 매력은 무엇인가. 타고난 백치미인가?"

당황한 우재를 보며 더욱 신이 난 수호는 멈출 줄을 몰랐다.

"야, 네 아버지를 내가 더 자주 뵙는 게 참 그렇다? 효도도 좀 해야지. 너는 왜 그러고 사냐? 모자란 자식이면 조용히라도 살아야 콩고물이 떨어지지. 인마."

"무슨 말이야? 누나라니?"

"어! 너 이 자식 형 한 대 치겠다."

주먹을 불끈 쥔 우재가 눈을 부라리고, 그의 앞에 바싹 붙어 선 수호가 웃으며 말을 이었다.

"하긴, 불륜에 살인 사건까지 대단한 사고를 치고 다니시는 분이 폭행쯤이야 뭐 애들 장난이지. 안 그,"

퍽! 수호의 말이 끝나기도 전에, 힘껏 쥔 우재의 손이 수호의 왼쪽 뺨에 강하게 부딪쳤다.

"내가 그만하라고 했지. 개자식. 내가 너 죽여버릴 거야. 비열한 새끼."

퍽, 퍽, 퍽. 이성을 잃은 우재의 주먹이 쉴 새 없이 수호의 얼굴을 향했고 갑작스런 공격에 수호는 속수무책으로 맞고만 있었다. 그 모습을 보고 몰려든 호텔 직원들이 겨우 우재를 붙잡았다.

"손님, 손님. 이러시면 안 됩니다."

"놔! 야, 이 개새끼야!"

양팔을 잡힌 우재가 수호를 향해 계속 소리를 질렀다. 수호가 코와 입에서 흐르는 피를 닦으며 직원 중 한 명에게 말했다.

"야, 경찰 불러. 빨리 부르라고!"

그동안 꾸역꾸역 참아왔던 분노가 우재의 눈에 가득 번졌다.

"설우재 씨, 여기 있나요?"

서초 경찰서에 들어선 정원이 중년의 형사 앞에 섰다. 후배 기자에게서 호텔에서 술을 마신 우재가 친구와 싸워 경찰서에 있다는 연락을 받고 달려온 직후였다.

"서정원 기자님 오셨네요. 남편분 맞으시죠?"

형사가 경찰서 구석에 앉아 있던 우재를 가리키며 물었다. 헝클어진 머리, 먼지가 잔뜩 묻은 옷. 우재가 고개를 푹 숙인 채 앉아 있었다.

"네…."

우재를 힐끗 본 정원이 고개를 돌려 대답했다.

"남편분이 약주가 과하셨던 것 같아요. 친구랑 싸움을 하셨는데. 뭐, 남자들은 다 커도 가끔 저럽니다."

"네…."

"친구분은 변호사가 오셔서 가셨고요. 남편분은 계속 입을 꾹 다물고 계셔서 저희가 좀 난감했어요. 다행히 저희 서에 자주 오는 TNJ 기자님이 연락을 드렸네요."

"네…."

"상대방 변호사 말로는 두 분 다 시끄러워지면 안 되는 분들이라고 조용히 넘어가자고 하셨어요. 보호자 오셨으니 여기 서류에 사인만 하고 돌아가셔도 됩니다."

"네. 감사합니다."

형사가 내민 서류 몇 장에 사인을 한 정원이 우재를 물끄러미 바라보았다.

'설우재. 당신을 어쩌면 좋니….'

그의 넓은 어깨가 오늘따라 너무 작아 보여 마음이 쓰렸다.

"우재 씨, 가자."

정원은 애잔한 자신의 표정이 들킬까 봐 앞장서서 경찰서 밖으로 향했다.

"한나리…. 누가 그랬는지 알아?"

차를 타고 오는 동안 한마디도 하지 않던 정원이 집에 도착하자 입을 열었다.

"아니…. 몰라."

거실 입구에 들어선 우재가 힘없이 대답했다.

"한나리랑 애인 사이였어?"

"응."

"죽었을 때… 그때도?"

"…응."

정원은 체념한 듯 순순히 대답하는 우재의 모습에 당황했다. 그렇게나 바랐던 우재의 솔직한 답변에 참을 수 없는 화가 치밀어 올랐다.

"한나리도 차은새도 우재 씨랑 만나던 중에 죽었어. 둘 사이에 교집합이라고는 우재 씨뿐이야. 범인은… 어쩌면 같은 사람일지도 몰라. 그래도 생각나는 사람 없어?"

질문하는 정원의 목소리가 떨리고 있었다.

"없어."

"대체 뭘 숨기는 거야? 왜?"

"정말 몰라서 그래. 정원아, 그냥, 그냥 넘어가면 안 될까? 꼭 이렇게까지 알아내야 하는 이유는 뭐니? 난, 난 도대체 너한테 뭐야? 일이 그렇게 중요해?"

떼쓰는 아이처럼 우재가 목소리를 높였다.

"그게 무슨 말이야?"

"아니야. 그만하자."

"그게 무슨 말이냐니까. 이건 더 이상 그냥 일이 아니야. 이건 내가 믿고 사랑했던 남자가 관련됐을지도 모르는, 그리고 내 인생도 걸려 있는 일이야. 혹시 유윤영이야? 그래서 그래?"

대답 없이 한숨만 쉬는 우재에게 흥분한 정원이 따지듯 물었다.

"윤영이… 걔 그런 짓까지 할 애는 아니야. 나 좀 쉴게."

우재가 작업실로 들어간 후, 굳게 닫힌 작업실 문을 하염없이 바라보던 정원이 그 자리에 털썩 주저앉았다.

다음 날 아침, 정원이 국장실 소파에 앉아 있었다.

"방송까지 이제 일주일도 안 남았어. 준비는 잘되고 있지?"

강 국장이 녹색 착즙 주스를 정원의 앞에 놓으며 물었다.

"대략적인 아웃라인은 잡혔는데, 국장님 좋아하시는 한 방은 아직입니다."

"그게 있긴 있는 거야? 감은 잡았고?"

"그럭저럭 감 잡았으니 어떻게든 방송 전에 실체를 가져와야죠."

"기대해도 되겠냐?"

"어떻게든 되겠죠."

냉랭한 정원의 대답에 강 국장이 호탕하게 웃었다.

"국장님, 저 여쭤볼 게 있어요."

잠시 망설이던 정원이 국장에게 물었다.

"지난번 차은새 사건이 빠르게 진행된 게 설 회장님의 압력이 맞습니까?"

"그건 또 무슨 소리야?"

꼴통 서정원의 집착이 또 시작되었다고 생각한 강 국장이 고개를 절레절레 저었다. 그때 울리는 벨 소리에 발신 번호를 확인한 강 국장은 하던 말을 멈추고는 자리에서 일어나 창가 쪽으로 향했다.

"뭐?"

전화를 받는 강 국장의 뒷모습이 심상치 않았다. 창가에 서서 통화 중인 강 국장을 보고 있던 정원의 휴대폰도 울리기 시작했다.

"네, 김 경위님."

"서 기자님, 찾았어요."

흥분된 목소리의 태헌이었다.

"찾다니요? 뭘요?"

"김민철이 찜질방에서 휴대폰을 잃어버렸다고 했었잖아요. 하필이면 차은새 용의자로 잡혀 오던 그날요. 저희가 혹시나 해서 당시 찜질방 건물 주차장 CCTV를 다시 뒤져봤거든요. 근데 그날…."

"그날 뭐예요?"

"모형택 비서 있죠? 족제비같이 생긴 놈. 그놈이 같은 시간에 찜질방에 갔었어요."

"뭐라고요?"

"그 차만 있는 게 아니에요. 오월동 사건 당시에 골목에 흰색 아
우디가 주차되어 있었거든요. 저희가 블랙박스 찾는다고 그 차에
대해서 계속 알아보고 있었는데, 명의가 도용된 차라서 영 이상하
다 싶었고요."

"그래서요?"

"그날, 그 찜질방에 모형택 비서가 그 차를 타고 왔었어요."

"…."

"모형택이라고요. 오월동 진명숙 씨 사건도, 차은새 사건도, 모
형택이 깊게 관련되어 있다고요. 기자님, 내 말 듣고 있어요? 기자
님."

정원이 태헌과 통화하는 사이 전화를 끊은 강 국장이 상기된 얼
굴로 TV를 켰다. 휴대폰을 귀에 대고 있던 정원의 시선도 TV로
향했다. 화면에는 형택의 긴급 기자회견이 생방되고 있었다.

[속보] 더불어새통당 모형택 의원 은퇴 선언.

"존경하는 국민 여러분, 안녕하십니까. 참으로 죄스러운 말씀을 드리
게 되었습니다. 저 모형택은 오늘부로 대한민국 국회의원직에서 사퇴
하고자 합니다. 먼저 저를 지지하고 믿어주신 국민 여러분께 머리 숙여
사죄드립니다."

단상 앞에 선 형택이 초췌한 얼굴로 입을 열었다. 예상하지 못

한 형택의 첫 마디에 웅성거리는 기자들 목소리와 쉴 새 없이 터지는 카메라 플래시가 TV를 통해 고스란히 전해졌다. 강 국장은 TV에 시선을 고정한 채 쥐고 있던 리모컨으로 볼륨을 높이고, 정원은 침을 꼴깍 삼켰다. 침통한 표정의 형택이 말을 이었다.

"저는 검사 시절 제 업무상 과실에 대한 책임을 지고자 합니다."

'업무상 과실이라니. 저 영감 대체 무슨 계략을 꾸미고 있는 거야?'

화면을 보는 정원의 눈 밑이 파르르 떨렸다.

"국민 여러분께서는 20년 전, 봉토기업 무언 공장 폭발 사고를 기억하실 겁니다. 해당 사건은 무언지검에 부임하고 있을 당시, 제가 맡았던 사건입니다. 많은 무언 시민들이 희생됐고, 후유증에 고통받았습니다. 저는 20년이 지난 지금까지도 가슴 아픈 이 사건에 책임감을 느끼며 매년 혼자서 사건을 곱씹어왔습니다. 그런데 최근, 당시의 제 수사에 오류가 있다는 사실을 발견했습니다."

또 무언이다. 한 걸음 갈 때마다 자꾸만 나타나는 곳. 기자들이 빠르게 노트북을 두드리는 소리가 점점 커졌다.

"당시의 모든 정황은 공장장의 음주로 인한 사고에 무게가 실려 있었고, 저 또한 그렇게 판단하고 수사를 종결했습니다. 그러나 20년간 끊임없이 사건을 되짚어본 결과, 사고의 원인은 공장장이 아닌 기업의 부실 관리였다는 사실을 확인하게 되었습니다. 송구합니다."

'모형택, 저 능구렁이가 궁지에 몰리자 발악을 하는구만.'

멍하니 TV를 바라보던 정원은 실소가 터져 나왔다. 아홉 개의 꼬리를 뒤로 꽁꽁 숨긴 형택이 한 발짝 옆으로 나와 허리를 90도로 숙인 후, 다시 마이크 앞에서 말을 이었다.

"미숙한 검사였던 저는 당시 사건 수사 과정에서 용서받을 수 없는 과실을 저지르게 되었습니다. 최근에야 이 사실을 확인한 저는 괴로움에 잠을 이룰 수 없었습니다. 제가 다시 무언 사건의 진실을 파헤쳤다는 걸 어찌 알았는지, 저를 공격하고자 하는 세력은 저와 제 가족에 대한 유언비어까지 퍼트리며 협박하려 하기도 하였습니다."

잠시 숨을 고른 형택이 말을 이어갔다. 강 국장과 정원은 화면에 빨려 들어갈 듯 그의 말에 집중하고 있었다.

"저와 제 가족은 괜찮습니다. 이 한 몸 나라를 위해 바치겠다고 마음먹은 후 수도 없이 겪은 일이라 새삼스러울 것도 없다, 싶기도 합니다. 어차피 그들이 만들어내는 말은 다 가짜고, 현명하신 국민께서는 그런 거짓말에 현혹되지 않으실 거란 것을 잘 알기 때문입니다. 그러나 검사로서 소명을 다하지 못했다는 자괴감은 떨칠 수가 없었습니다. 국민 여러분께서 믿어주시는 저 모형택은 미숙한 검사 시절 저지른 업무상 과실이 너무 부끄러워서 더 이상 국민 앞에 설 수가 없을 것 같습니다."

형택은 목이 메는 듯 헛기침을 했다.

"저 모형택, 검사로서는 모자란 부분이 많은 인간이지만, 대한민국을 진심으로 사랑하는 정치인이었다는 것만은 믿어주시기 바랍니다. 이렇게 부끄러운 마지막 모습을 보여드리게 되어 법조인으로서, 정치인으로서 여러분께 정말 죄송합니다."

떨리는 목소리로 형택이 마지막 인사를 끝내자, 수십 명의 기자들이 질문을 위해 손을 번쩍 들었다.

"질문은 네 개만 받겠습니다."

형택이 팔을 쭉 뻗어 두 번째 줄에 앉은 기자를 지목했다. 형택의 정당과 가장 가까운 우리일보 기자였다.

"의원님, 그럼 2000년 무언 사고를 아직까지 조사하셨다는 말입니까?"

"소중한 무언 시민들의 목숨을 앗아간 끔찍한 사고였습니다. 제가 어찌 그 일을 잊을 수 있었겠습니까."

대답을 마친 형택이 다음 기자를 지목했다. 마찬가지로 형택 쪽 언론의 기자였다.

"지금 하신 말씀을 들어봤을 때, 의원님은 사고의 원인과는 무관하신 걸로 보이고 단지 원인 규명 과정에서 미숙하셨다는 뜻으로 해석해도 되나요?"

"그렇습니다. 사고의 원인이야 저와 상관없다고 해도 검사로서 사건의 진상을 명백하게 밝히지 못한 죄는 매우 큽니다."

세 번째 역시 뻔한 질문이 이어졌다.

"의원님과 가족께서 협박을 받으셨다고 하셨는데요, 누굽니까? 어떤 식의 협박이었습니까?"

"말해 뭐 하겠습니까. 다 저의 불찰로 인해 발생한 일들인데요. 제가 얼마 전 사망한 고 차은새 씨와 부적절한 사이였다는 것부터 차마 입에 담기 힘들지만, 제 하나뿐인 딸이 정신 질환을 앓고 있다는 황당한 얘기까지…."

형택의 눈시울이 붉어지고, 잠시 말을 멈춘 그가 주머니에서 손수건을 꺼내 눈 밑을 닦았다.

"저는 국회의원이기도 하지만 제 딸아이의 아비입니다. 그런 소문들로 괴로워 정신과 치료까지 받는 딸을 보면 사실 가슴이 찢어집니다."

마지막으로는 연예 전문 사이트 기자가 지목되었다.

"고 차은새 씨에 대해서는 소문이 많았지만 처음 언급하시는데요, 고 차은새 씨와는 부적절한 관계가 아니었다는 말씀이십니까?"

"은새…. 그 아이는 은새 할머니와 제가 인연이 깊어 아주 어린 시절부터 후원했던 아이입니다. 이 기자회견이 끝날 때 기자님들께 관련 자료를 나눠드릴 예정입니다."

TV를 끈 강 국장이 씁쓸한 듯 쯔쯧, 혀를 차더니 리모컨을 내려놓았다.

"역시! 모형택. 여론몰이의 대가답지? 정치 아무나 하는 거 아니라니까."

"그렇네요. 정말 대애단하시네요. 근데 저 영감도 이제 늙었나 봐요."

정원이 묘한 표정으로 대답했다.

"무슨 말이야?"

"노망이 난 걸까요? 아님 그만큼 똥줄이 탄 걸까요?"

"우리 서 기자 심기가 아주 불편하시구먼. 저런 쇼 보는 거 어디 하루 이틀인가. 뭘 새삼스럽게 흥분을 하고 그래?"

대수롭지 않다는 듯 웃는 강 국장도 정원의 말을 부정하진 않았다. 강 국장이 보기에도 형택은 사퇴를 가장해 책임감 강하고 강직한 캐릭터 만들기에 성공한 듯 보였다. 20년 전, 작은 도시에서 발생했던 사람들에게서 잊힌 사건을 끝까지 파헤치는 집념. 가족을 생각하며 적절한 타이밍에 보여준 눈물. 화룡점정을 찍은 기자들의 질문과 교묘하게 준비된 답변으로 젊은 뮤지컬 배우와의 스캔들을 가십거리 삼았던 국민들에게 죄책감까지 느끼게 한 반전. 이제 어느 누가 모형택과 관련된 진실을 밝힐 수 있겠는가. 모든 게 그를 음해하는 세력이 만들어낸 유언비어라고 책임감 강한 그가 이미 말하지 않았는가. 이로써 그는 차기 대선에 한 발 가까워진 듯 보이기까지 했다.

"국장님 보시기에도 그렇죠? 노망도 났는데 똥줄도 타고 있는 거 맞죠? '나 겁나 구리고, 제대로 겁먹었어'라고 소리치는 게 저한테만 들리는 건 아니죠?"

비아냥대는 정원의 목소리가 격앙되어 있었다.

"정원아, 지금 모형택 건드리지 마라. 보면 모르냐? 건드리면 귀찮아지는 인물이야."

그런 정원이 걱정되는 강 국장이 그녀를 타일렀지만 소용없어 보였다.

"이제 알겠어요."

"뭘?"

"신이 왜 이렇게까지 먼 길을 돌아왔는지."

"뭐?"

심각한 얼굴로 혼자 생각에 잠겨 알아듣지 못할 말을 중얼거리던 정원이 자리에서 벌떡 일어났다.

"너 어디 가냐?"

"악을 심판해야죠. 신과 함께."

강 국장에게 이해할 수 없는 대답을 던진 정원은 뒤도 돌아보지 않고 곧장 국장실 문을 열고 나가버렸다.

"전부 잠깐 모입시다."

국장실에서 나온 정원이 팀원들을 원탁에 모았다.

"시간 없으니까 용건만 말할게요. 김 기자는 한나리 양 관련해서 지금 모인 내용으로 방송 준비해. 양 작가는 김 기자 서포트하고. 막내는 지금 하는 일 다 중단하고, 모형택에 대한 모든 것들 하나도 빼먹지 말고 조사해 줘. 태어난 순간부터 지금까지 그의 모든 것. 하나도 빠짐없이 전부 다. 그 딸, 모수린까지."

"옙."

"네."

"넵."

"오케이, 서두릅시다."

업무 분장을 마친 정원이 방송국을 나서며 휴대폰을 집어 들고 문자를 찍었다.

[지금 경찰서로 갈게요.]

[저 지금 오월동 가요. 이쪽으로 오세요.]

태헌의 답장을 받은 정원은 곧장 오월동으로 향했다.

"이쯤인 것 같은데 놀이터가⋯."

오월동 골목길에 도착한 정원이 속력을 줄이고 주위를 두리번거렸다. 태헌과 만나기로 한 사거리 골목 놀이터에 도착한 정원이 먼저 주차되어 있는 태헌의 차 뒤에 주차를 마치고 놀이터로 향했다. 놀고 있는 몇 명의 아이들 옆으로 벤치 앞을 서성이는 태헌이 보이고, 멀리서 중년의 여자가 그를 향해 다가오고 있었다.

"안녕하세요. 전화드렸던 강남 경찰서 김태헌 경윕니다."

정원이 태헌의 옆에 도착했을 때, 태헌은 중년의 여자에게 명함을 내밀고 있었다. 태헌과 인사를 나눈 여자는 경계하는 눈빛으로 정원을 힐끗 쳐다보았다. 오아뉴의 멱살잡이 서정원을 못 알아보는 눈치였다.

"저는 김 경위님이랑 같이 왔습니다."

정원이 간단히 자기소개를 하자 여자는 대답 없이 벤치에 앉았다.

"얼마 전에 저희 경찰에서 다녀갔다고 들었습니다. 정미화 씨 명의로 된 자동차 문제로요."

"맞아요. 명숙이 죽고 나서 저기 지방에서 일하고 집에 와보니 경찰이라는 분이 찾아왔더라고요."

"네, 그때 그 경찰이 제 쫄따굽니다. 하하하."

딱딱한 분위기를 풀어보려 태헌이 실없는 농담을 하고는 혼자 큰 소리로 웃었다.

"그건 그렇고, 그 흰색 자동차는 정미화 씨 명의가 도용된 거더라고요."

"저는 그런 거 몰라요. 먹고살기도 바쁜데… 차는 무슨."

"저도 그렇게 들었습니다. 진명숙 씨랑 친한 사이셨다고 들었는데요. 두 분 다 무언이 고향이시라고."

"네, 맞아요. 명숙이랑 저랑은 요즘 애들 말하는 베프였죠."

"그럼 혹시 정미화 씨 명의로 된 그 차를 진명숙 씨가 구입했을 수도 있을까요?"

"아이고, 걔가 그런 돈이 어디 있어요. 그 차가 비싼 차라고 하던데. 명숙이 그렇게 사치하는 애 아니었어요."

힘없이 대답하던 여자가 손사래를 치며 목소리를 높였다.

"그럼 진명숙 씨가 일하시던 그 집, 검사님이 구입했을 가능성은요?"

태헌이 질문을 이어가고, 정원은 조용히 옆에 앉아 여자를 관찰했다. 경찰의 질문에 경계하는 눈빛을 보이긴 했지만, 당황하거나 긴장하는 모습은 없었다.

"아, 그러니까 쉽게 설명드려서 진명숙 씨가 정미화 씨 신분증을 가지고 나간 적이 있었습니까?"

무슨 의도인지 이해하지 못한 여자의 표정에 태헌은 질문을 바꿨다.

"그런 적이야 많았죠. 아무래도 명숙이가 저보다 나이가 어리니까 동사무소 일 같은 건 많이 봐줬거든요. 부끄럽지만 제가 글을 반밖에 몰라요."

여자의 대답에 정원과 태헌이 눈을 마주쳤다.

"근데요 형사님, 범인은 아직도 못 잡은 거예요?"

여자가 답답한 듯 물었다.

"네, 아직."

"그 착한 애를… 걔가 그렇게 억울하게 죽을 사람이 아니에요. 그, 뭐냐, 그 검사님 집 딸, 걔 말도 없고 눈빛이 이상하다고 내가 그렇게 말해도 명숙이는 그 집 사람들 진심으로 돌봤어요. 그러니까 그 검사님도 서울까지 데려와서 계속 일하게 했지. 요즘 남의 집 일하면서 그런 사람이 어디 있어. 힘들게 살아도 밝고, 정직하고, 순진하고. 요즘 세상에 그런 사람 없어요. 죽기 얼마 전에는 아들이 연락 왔다고 얼마나 좋아했었는데."

"아들이요? 진명숙 씨 주민등록상에는 자식이 없던데, 아들이 있었어요?"

여자의 말에 태헌과 정원의 눈이 동시에 동그래졌다.

"저도 잘은 몰라요. 아들을 아기 때 동거하던 남자한테 뺏기고는 30년 가까이 생사도 모르고 살았다는 것 말고는."

30년 만에 연락이 닿았다는 아들. 예상치 못했던 인물의 등장에 두 사람의 머릿속은 더욱 복잡해졌다. 모형택의 비서가 타고 다닌 것으로 확인된 차량의 실제 명의자 정미화. 살해된 가정부의 고향 친구. 이야기를 나누는 동안 그녀에게서 수상한 점은 발견되지 않았다. 정말 모형택의 가정부 진명숙이 친구의 신분증으로 차량을 구입했다면 아마도 그 차의 진짜 주인은 모형택일 가능성이 가장 크다.

'모형택, 당신이 가지고 있는 비밀은 대체 뭐야?'

5장.

괴물

"역시 모형택일까요?"

멀어지는 정미화의 뒷모습을 바라보던 태헌이 정원에게 물었다. 두 사람은 같은 생각을 하고 있었다.

"모형택이 범인이라면 진명숙 씨랑 차은새를 대체 왜 그랬을까요?"

정미화가 앉았던 자리에서 시선을 거두며 정원이 혼잣말을 하듯 되물었다.

"아니, 그 자식은 그 난리를 만들어놓고 의원직을 사퇴한다는 건 또 뭡니까? 도망가겠다는 거죠? 어디 해외로 튀는 거 아니야? 그전에 잡아야 하는데 이 얌생이 같은 놈."

태헌이 양손으로 머리를 털며 흥분했다.

"아닐걸요. 모형택, 사퇴 안 할 거예요."

태헌의 짜증에 대답하는 정원의 목소리는 어떤 확신에 차 있었다.

"그게 무슨 말이에요? 오늘 사퇴 기자회견 했고, 지금 뉴스는 난리가 났고. 기사 못 봤어요? 기자님? 이거 봐요. 실시간 검색어 1위잖아요."

보란 듯이 휴대폰을 열어 인터넷 기사를 검색하던 태헌의 표정이 점점 굳어졌다.

"어? 진짜 사퇴… 안 할 수도 있겠다."

기사를 읽는 목소리도 함께 작아졌다. 태헌의 예상과는 달리 형택 관련 기사의 제목들은 애매했다.

모형택 의원, 14년 전 실수 '따져보니'

법조인·정치인·가장 모형택의 눈물, 국민도 같이 울었다

업무상 과실, 그 책임은 어디까지인가? 허술한 사법 시스템

고 차은새와 모형택의 아름다운 인연, 경악스러운 고인 모독

기사에 잔뜩 달린 댓글 속의 대중들은 이미 형택을 용서하고 있는 것 같았다.

ㄴ 과거의 실수를 깨끗하게 인정하고 책임지려는 모습 멋집니다.
　　저런 사람이 대통령이 돼야지.
ㄴ 모형택 극혐했었는데 오늘은 좀 인간적이던데.
ㄴ 가족은 건드리지 말자. 모형택 울 때 나도 울 뻔.

└ 모형택 오늘 넥타이 어디 거냐.

"어라, 이거 뭡니까?"

태헌이 멍한 표정으로 정원의 얼굴 앞에 휴대폰을 들이밀었다.

"그 능구렁이 영감의 작전이 먹힌 것 같죠?"

휴대폰은 쳐다보지도 않은 채 정원이 쓴웃음을 지었다.

"그럼 오늘 기자회견이 다 쇼였다는 겁니까? 전 국민을 상대로?"

태헌의 물음에는 황당함이 가득했다.

"어쨌거나 모형택은 지금 궁지에 몰린 게 확실해요. 이 정도의 무리수까지 둔 걸 보면. 분명 사건에 깊게 개입되어 있는 거예요. 무언 사건뿐만 아니라 진명숙이나 차은새 사건에도."

"이 자식 이거 진짜 얍삽한 놈이네. 아 놔, 오랜만에 뚜껑 열리네."

"이렇게 된 이상 이제 확실한 증거가 없으면 아무도 진실을 믿지 않을 거예요. 정의로운 남자를 궁지에 몰고 가려는 빌런 정도로만 보이겠죠."

"이게 지금 말이 되는 상황입니까? 이런 놈이 대통령이 될지도 모른다니요. 와, 이건, 진짜."

"그래서, 이렇게 될 걸 알아서 우릴 여기까지 오게 한 걸까요? 지저스가."

약이 올라 발을 동동 구르는 태헌과 달리 정원은 침착했다. 오히려 정원은 마음이 편해지고 있었다. 적어도 자신이 9년 동안 의

지했던 지저스가 살인범은 아니라는 확신이 들었기 때문이다.

'하고 싶은 얘기가 있었겠지. 해야 하는 일이 있었겠지. 그래서 나를, 당신의 히어로를 여기까지 오게 만든 거겠지.'

"좋아요. 일단 범인이 모형택이라는 가정하에, 그럼 기자님이 찾고 있는 12년 전 사건은요? 그 사건에는 연결 고리가 없잖아요."

태헌이 애써 흥분을 가라앉히며 물었다.

"있어요. 그 딸 모수린."

고개를 든 정원이 담담한 얼굴로 대답했다. 각자의 생각에 빠진 두 사람에게 놀이터 한쪽에서 그네를 타고 있는 여자아이와 뒤에서 밀어주는 아빠의 모습이 보였다.

"아빠, 무서워."

"꽉 잡아, 괜찮아. 아빠가 있는데 뭐가 걱정이야. 아빠가 지켜줄게."

'모형택이 모수린을 지키기 위해서? 무엇으로부터?'

한동안 정원은 말이 없었다.

"범인 잡는 것도 중요한데, 범인 잡기 전에 저부터 잡을 순 없잖아요. 저는 밥을 안 먹으면 사나워지거든요."

차로 돌아가던 태헌이 놀이터 근처 푸드 트럭 앞에 멈춰 섰다.

"그런 것 같더라고요. 항상 뭘 드시잖아요."

"제가 이렇게 체력이 좋은 게 다 끊임없이 먹기 때문이라니까요. 그러니까 기자님도 뭐든 좀 드세요. 정신력은 체력에서 나오는 거예요. 체력도 실력이라고요. 이렇게 틈날 때마다 먹어줘야 늘어요."

어묵 세 개를 연속으로 입에 쑤셔 넣으며 태헌이 웅얼거렸다.

"그런데 경위님. 오월동 살인 사건 있던 날 모형택이 경찰서 올 때요, 그때 그 흰 차를 타고 왔을까요?"

"아니요. 그날 현장 주변 CCTV에서 모형택이 말하는 시간쯤 그 자식 평소에 타고 다니는 검정 세단이 지나가는 장면 확인했어요. 경찰서 입구 CCTV에도 찍혔고요."

"그럼 흰 차를 타고 사건 현장에 왔던 사람은 제3의 인물일 가능성이 크겠네요."

"그렇죠. 사실 모형택이 직접 살인을 했을 가능성은 매우 낮아요. 저런 사람들은 돈 몇 푼으로 사람 사서 사람 죽이지, 직접 자기 손에 피 안 묻히죠. 그리고 기자님도 가끔 현장 보니까 아시겠지만 이게 말로 죽여버려라! 하는 거랑 진짜 누군가에게 해를 가하는 건 달라요. 저는 아직도 처음으로 사람 때렸을 때 기분이 기억나는데…. 와, 내가 이걸 할 수 있을까? 싶었다니까요."

태헌이 종이컵에 어묵 국물을 담아 정원의 손에 쥐여주며 말했다.

"근데 왜 김민철 휴대폰 훔치러 찜질방에 갈 땐 비서가 직접 갔을까요? 그것도 다른 누군가에게 시키는 게 안전했을 텐데."

"더 알아봐야죠. 일단 지금 오 형사가 자살한 김민철이랑 모형택 연결 고리를 더 찾고 있어요. 김민철이 팔아먹었다는 컴퓨터랑."

말이 끝나기도 전에 태헌은 트럭 사장이 건네는 핫도그를 한입 크게 베어 물었다. 그 모습에 피식 웃던 정원은 내내 마음에 걸리던 질문을 태헌에게 던졌다.

"경위님, 책상에 있는 달력… 제가 우연히 봤는데 거기 오월동 표시는 왜 해놓으신 거예요? 다른 사건도 많을 텐데."

"아, 그거요? 좀 우습긴 한데 전 살인 사건은 무조건 적어놔요. 제 담당이 아니라도 기억하려고."

태헌이 멋쩍은 표정으로 답하자 정원이 다시 물었다.

"기억하려고?"

"그냥 뭐… 아까 처음 사람 때릴 때 기분이랑 이어지는 얘긴데, 현장에 자꾸 나가면 사람이 무감각해져요. 이게 내가 필요해서 휘두르는 폭력인지 아님 맨날 보는 게 그거라 그냥 습관이 되는 건지. 그래서 적어놓는 거예요. 잊어버리지 말자. 나는 심심해서, 욱해서 사람 때리고 죽이는 그런 인간은 아니다 하고?"

"의외의 철학이네요?"

놀란 정원의 반응에 태헌이 크게 웃으며 답했다.

"제가 괜히 특진한 사람이 아니라니까요. 강력반 떠나고 싶은 이유 중 하나기도 합니다. 그래서 논문도 열심히 쓰는 거고요. 오형사 그 자식은 나 없으면 엄청 쓸쓸하겠지만. 하하하."

멋쩍게 웃던 태헌이 이어 말했다.

"아, 그러고 보니까 이상한 게 있어요."

"이상한 거요?"

"뭔가 좀 찜찜한 생각이 들어요. 무언이요. 혹시 제가 무언에 대한 논문을 쓰게 한 것도 지저스가 아닐까요? 저를 이 사건에 끼어들게 하기 위해서?"

"무언이오?"

"그게… 무슨 말이에요?"

"사실 제가 무언과 관련된 논문을 쓰게 된 계기가 있어요. 그러니까 그게 말이죠….."

핫도그를 꿀꺽 삼킨 태헌이 설명을 시작했다.

2년 전, 어느 일요일 아침.

당직인 태헌이 경찰서 책상 앞에 반쯤 누워 있었다. 새벽까지 승진 시험공부를 하고 아침부터 동네 친구들과 농구 게임을 한 태헌은 전동 킥보드를 타고 20분을 넘게 달려 경찰서로 출근했다. 강철 체력으로는 둘째가라면 서운한 태헌이지만 오늘 같은 일요일은 나른하지 않을 수 없었다. 군것질거리를 책상에 잔뜩 펼쳐 놓고 매일 들어가는 공시생 카페를 기웃거리며 시간을 때우고 있었다. 그때, 모니터 하단에 다이렉트 메시지의 알림 표시가 반짝였다. 며칠 전, 태헌이 메시지를 보내뒀던 언론 고시 준비생 '얼른 고시생'의 답신이었다.

얼른 고시생 드릴게요. 제 자료.

내일은 경위님 헉. 진짜 주시는 겁니까? 장난하시는 거 아니죠?

몸을 벌떡 일으킨 태헌은 흥분해 키보드를 두드렸다. 질겅질겅 씹고 있던 젤리도 꿀꺽 삼켜버렸다.

얼른 고시생 이런 걸로 장난을 왜 합니까?

내일은 경위님 진짜로 주실 거라고는 생각도 못 했습니다. 너무 놀라서 젤리가 목에 걸릴 뻔했네요. 혹시나 해서 여쭤본 건데!

얼른 고시생 저는 이제 필요 없어서요.

내일은 경위님 와, 진짜 그래도. 이런 꿀 자료를 그냥 막! 여하튼 고맙습니다.

뜻밖의 횡재가 당황스럽기까지 한 태헌이었다. 얼마 전, 카페를 둘러보던 태헌은 밑져야 본전이라는 생각으로 다이렉트 메시지를 보냈다. 태헌과 같은 환경공학과 논문을 준비하던 학생의 푸념 글이었다. 언론 고시 공부에 전념하기 위해 준비하던 논문을 포기한다는 내용이었다. 논문을 준비하며 2년간 모아두었던 셀 수 없이 많은 자료를 버리려니 아깝다며 필요한 사람이 있으면 넘겨줄 의향도 있다고 했다. 흥미로운 주제와 국내외 관련 자료가 수집되어 있어서 방향을 잡고, 쓰기만 하면 되는 상황이라고 했다. 이런 기회를 놓칠 리 없던 태헌이 구구절절 메시지를 보냈다.

낮에는 치안에 힘쓰고 밤에는 승진을 위해 주경야독하는 성실한 대한민국의 경찰이 님의 자료를 절실히 필요로 합니다. 님의 보석 같은 자료를 제게 넘겨주신다면 이 은혜를 잊지 않고 강직한 강철 공무원이 되어 보답하겠습니다. 제발! 한 번만! 도와주세요!!!!

메시지를 보낼 때까지만 해도 정말 답신이 올 거라고는 기대하지 않았다.

얼른 고시생 제가 2년간 모은 자료를 다 드렸으니 버리지 말고 논문 잘 쓰세요.

내일은 경위님 당연하죠. 버리긴 왜 버립니까? 이런 엑기스를. 근데… 이거 뭐 문제 되는 건 아니겠죠?

얼른 고시생 경찰이라고 하지 않으셨어요? 찾아놓은 논문들이랑 스크랩해 둔 신문 기사들이 무슨 문제를 일으킬 수 있죠?

내일은 경위님 그거야 그렇지만 나중에 딴말하실까 봐.

얼른 고시생 안 합니다. 딴말. 한 가지 약속만 지켜주시면요.

내일은 경위님 약속이요?

띠리리리. 한창 말을 하던 태헌의 전화벨이 울렸다.

"이 녀석은 눈치가 없다니까. 꼭 중요한 얘기하고 있을 때만 귀신같이 알고 전화를 해요."

태헌의 얘기에 집중하고 있던 정원이 얼른 전화를 받으라는 손짓을 했다.

"어. 오 형사야."

전화 건너 오 형사의 말이 길었다.

"뭐?"

심각한 얼굴로 듣고만 있던 태헌이 입안에 가득 문 핫도그를 씹지도 않고 꿀꺽 삼켰다.

"응. 알았어. 찾아서 바로 문 따버려. 어차피 명의 도용 사건 차량이니까. 어딘지 주소 나한테 보내줘. 나도 지금 바로 현장으로 갈게."

어두워지는 태헌의 표정에 정원도 손에 쥔 종이컵을 내려놓았다.

"방금 우리가 만난 분 명의로 되어 있는 차. 그 차 찾았대요."

"정말요? 어디에 있대요?"

"한강 근교 사설 주차장이요. 지금 갈 건데 같이 가보실래요?"

"주소 찍어주세요."

두 사람은 주문해 둔 떡볶이를 그대로 남겨둔 채 각자의 차에 올랐다.

"오 형사야!"

달려오던 차가 한강 근교 주차장에 도착하고, 차 문을 채 닫기도 전에 태헌이 오 형사를 불렀다. 연이어 들어온 차에서 정원이 다급하게 내렸다.

"서 기자님도 같이 오셨네요."

오 형사가 장갑 낀 손을 들어 올리며 두 사람을 반겼다. 등에 커다랗게 '과학 수사'라는 글자가 새겨진 옷을 입은 경찰들이 사방의 문을 활짝 열어젖힌 흰색 자동차를 둘러싸고 바삐 움직이고 있었다.

"어떻게 됐어? 뭐 좀 나왔어?"

그 모습을 힐끗 쳐다본 태헌이 오 형사에게 물었다.

"블랙박스는 없고 지금 지문은 채취하고 있어."

"딴 건 없고?"

"컴퓨터가 한 대 나와서 챙겨뒀어."

"컴퓨터? 여기 관리실 어디 있지? 전기 끌어와서 켜보자."

눈을 크게 뜬 태헌이 주변을 두리번거렸다.

"왜 그래? 경찰서에 들어가서 보면 되잖아."

"나 숨넘어가기 전에 그냥 지금 보자. 빨리빨리, 어디 있어?"

"김태헌, 이 자식. 요즘 열심히 일하네. 진짜 변했다니까. 기자님은 저 자식 왜 저러는지 아십니까?"

오 형사가 툴툴거리며 정원에게 물었다.

"글쎄요. 이것도 신의 뜻이겠죠."

세 사람은 주차장 입구 관리 사무실에 모여 앉았다. 오 형사가 컴퓨터를 연결하고, 태헌과 정원은 초조하게 뒤에서 그 모습을 바라보고 있었다. 곧 까맣던 모니터에 사진 한 장이 떴다.

"태헌아, 이거 뭐냐?"

당황한 오 형사가 뒤를 돌아봤다. 정원과 태헌도 그대로 멈춘 채 눈만 껌뻑였다. 바탕화면 가득 활짝 웃고 있는 차은새의 사진. 그리고 세 개의 폴더 명이 눈에 띄었다.

은새 누나, 소방 시험, 민철. 차에서 나온 건 자살한 김민철의 컴퓨터였다.

"야! 모형택 비서관 그 족제비. 그 자식 잡으러 가자. 이 자식이 시치미 뚝 떼고 있더니!"

모니터를 응시하던 태헌이 오 형사의 어깨를 두드리며 소리쳤지만, 오 형사는 아랑곳하지 않고 앉아 폴더를 뒤졌다.

정원의 휴대폰 진동음이 울렸다.

"어! 막내야."

"팀장님, 급하게 보고드릴 게 있습니다. 지금 방송국으로 오실 수 있으세요?"

수화기 너머로 떨리는 막내의 목소리가 울렸다.

"너 왜 그래? 뭐 나온 거 있어?"

"아무래도 팀장님께서 직접 보셔야 할 것 같아요."

"그래. 바로 갈게."

전화를 끊는 정원을 보는 태헌의 눈빛이 불타고 있었다.

"지금 모형택 비서한테 가시는 거죠?"

"네, 기자님이랑 같이 가기는 좀 그렇고 제가 나중에 상황 봐서 연락드리겠습니다."

"그럼 저는 방송국에 들어가 있을게요. 연락 주세요."

차에 오른 정원은 있는 힘껏 액셀을 밟았다.

*

"송 실장님, 우리 구면이죠?"

어두운 조사실, 태헌의 맞은편에 양복 차림의 남자가 앉아서 조사를 받고 있었다. 단정하게 정돈된 옷차림에 매서운 눈빛. 모형택의 족제비 보좌관 송 실장이었다.

"오월동에서 진명숙 씨 살해된 날, 그날 봤잖아요. 송 실장님이 모시는 분이랑 같이. 기억 못 하시나?"

"기억합니다."

딱딱한 송 실장의 대답과 함께 조사실에는 싸늘한 기운이 맴돌았다.

"차 뭡니까? 41 버 5097. 송 실장님 차 맞아요?"

"제 차는 아니고, 진 여사님이 살아 계실 때 타시던 차입니다. 여사님과의 개인적인 친분으로 제가 관리를 했던 거고요."

송 실장이 차분하게 대답했다.

"진명숙 씨 차라고요? 그 차가 진명숙 씨 명의가 아니던데요."

"글쎄요. 저는 명의까지는 알지 못합니다. 진 여사님이 본인 차라고 하셔서 저는 그런 줄로만 알았습니다."

대답하는 송 실장의 표정과 말투에는 한 치의 흔들림도 없었다.

"그럼 돌아가신 분의 차를 왜 가지고 계셨죠? 그 차의 명의자까지는 몰랐다고 쳐도, 사망신고까지 된 분의 차를 계속 타고 다닌다는 게 말이 됩니까? 법을 모르시는 분도 아니고, 국회의원 보좌관씩이나 되시는 분이."

"제가 요즘 일이 바쁘고 경황이 없었습니다. 그래서 미처 정리를 못 한 거지 다른 의도는 없었습니다."

"바빠서 5개월이 다 되도록 정리를 못 했다. 그걸 타고 다니기까지 하셨다?"

"제 실수입니다."

비아냥대는 태헌의 말투에도 송 실장은 아랑곳하지 않았다. 세상 무서울 것 없는 실세 모형택의 오른팔이라지만 경찰서 조사실에 앉아서 이렇게까지 차분할 일인가. 태헌은 그의 지나친 여유와 준비된 말투가 더욱 의심스럽게 느껴졌다.

"그 동네분들은 참 실수를 많이 하시네요. 오늘 송 실장님이 모시던 분도 실수를 했었다고 대국민 사과를 하시던데. 그 동네 내력입니까? 중요한 일 하시는 분이 그리 실수가 많으셔서야 원 참.”

‘어디까지 침착할 수 있는지 보자, 이 족제비야.’

송 실장의 눈치를 살피던 태헌이 그를 자극했다.

“저의 사소한 실수는 의원님께서 모르시는 일입니다. 제 경솔한 행동이 의원님께 누가 되지 않도록 해주십시오.”

송 실장이 ‘사소한’에 힘주어 대답하자 태헌은 그를 좀 더 자극해 보기로 했다.

“이분 쓸데없는 걱정이 많으시네. 누가 누구한테 누를 끼치고 있는지, 이게 사소한지 안 사소한지는 조사해 보면 다 나옵니다. 그리고 판단은 저희가 합니다.”

“….”

“차도 있으신 분이 왜 남의 차를 ‘사소하게’ 타고 다니셨어요? 그것도 돌아가신 분의 차를? 블랙박스도 없이?”

“제가 차에 욕심이 많은 편입니다. 이 차, 저 차 바꿔 타고 싶기도 하고, 고가의 차를 타고 싶지만 아시다시피 저는 직업상 그럴 수가 없지 않습니까. 그래서 평소 가족같이 지내던 진 여사님의 차를 자주 빌려 탔었는데 그게 습관이 되어서 그분 돌아가신 후에도 가끔 탔던 겁니다.”

일부러 ‘사소하게’에 힘을 준 태헌의 질문에도 송 실장은 미리 준비한 듯 거침없이 대답했다.

“고가의 차… 그렇죠? 저 차, 서민들은 타기 힘든 차 맞죠? 송 실장님이야 그렇다 쳐도 진명숙 씨는 급여가 그렇게 많지는 않으셨던 것 같던데, 사시는 집도 그렇고요. 경제적으로 여유가 있어 보이시지는 않는데 고가의 차를 소유하고 계셨네요?"

"그 차가 예뻐 보인다고 갖고 싶다고 하셨습니다. 제가 차량 구매하실 때도 도와드렸고요."

"차량 구매할 때도 도와드렸던 분이 다른 사람 명의로 계약된 건 몰랐다? 말이 된다고 생각하십니까?"

"저는 딜러만 소개해 드렸습니다. 계약은 진 여사님 혼자서 하셨고요."

옅은 웃음을 보이며 송 실장이 대답했다.

"뭐 그렇다고 칩시다. 조사해 보면 나올 테니까 힘 빼지 말자고요."

약이 오른 태헌이 자세를 바꿔 앉고는 질문을 이어갔다.

"그럼 차에 있던 컴퓨터는 뭡니까? 차은새 씨 살해 용의자로 체포되었다가 자살한 김민철 씨 컴퓨터."

"인터넷으로 만난 분과 중고 거래를 했을 뿐입니다."

"그날 찜질방에는 왜 갔어요?"

"컴퓨터 산 날, 제가 잔금을 다 못 치러서 남은 컴퓨터 값을 정산하고자 갔습니다. 그분이 거기 계시다고 해서요."

기계처럼 대답하는 송 실장을 향해 점점 목소리를 높이던 태헌이 진정하기 위해 숨을 고르고는 나직하게 물었다.

"준비된 대답들 듣는 것도 지겹네요. 그냥 인간적으로 하나만 물읍시다."

송 실장이 대답 대신 고개를 까딱 움직였다.

"당신 좀만 잘 버티면 모형택이 풀어준답니까? 아니면 이러다 빵에 들어가도 대단한 대가가 있으신가?"

분노에 찬 태헌이 송 실장의 눈을 빤히 쳐다보았다. 태헌과 눈을 똑바로 맞춘 송 실장이 기계적인 미소를 지으며 말을 던졌다.

"김태헌 경위님, 가진 패도 없이 던지기만 하는 건… 적당히 하시죠."

＊

헐레벌떡 달려온 정원이 방송국에 도착했을 때, 시사국에는 아무도 없었다. 퇴근 시간이 훌쩍 지났으니 다른 팀원들은 퇴근했다지만, 좀 전에 정원을 부른 막내의 자리마저 깨끗했다.

"막내야! 나 지금 사무실 왔는데 네가 준비한 자료를 못 찾겠어."

잠시 기다리던 정원이 막내에게 전화를 걸었을 때, 수화기 너머에서 들려오는 막내의 목소리는 평소와 사뭇 달랐다.

"팀장님, 죄송해요. 제가 급하게 일이 생겨서 연락도 못 드리고 나왔어요. 보여드릴 자료는 제 컴퓨터에 있는데요. 들어가서 좀 보시겠어요?"

"너 사람 불러놓고 이러기 있냐? 무슨 일 있어?"

"그런 건 아니에요. 죄송해요."

"알았어. 네 컴퓨터에 있단 거지?"

전화기를 귀에 댄 채 막내의 책상에 앉은 정원이 컴퓨터 전원 버튼을 눌렀다.

"네, 한번 열어보시겠어요? 바탕화면에 히어로라는 폴더에 있어요. 제가 문자로 컴퓨터 비번 보내드릴게요."

"히어…로? 응, 그래. 알았어."

'막내가 이럴 애가 아닌데, 무슨 일이 생긴 걸까? 근데… 히어로? 폴더 이름이 히어로?'

순간 정신이 멍해진 정원이 휴대폰 진동에 반사적으로 메시지를 확인했다.

[m915-26.]

정원은 이상하게 두근거리는 자신의 심장 소리를 들으며 막내의 컴퓨터에 암호를 입력했다. 어두운 시사국에는 막내의 자리에만 불이 환하게 켜져 있었다. 당직 담당자조차 보이지 않는 방송국은 이상하리만큼 조용했다. 넓은 방송국에 혼자 있어서일까, 계속되는 강행군에 피곤하고 지쳐서일까. 온몸에 한기가 돈 정원의 등줄기에 식은땀이 맺혔다.

'm915-26. 내가 이 숫자를 어디서 봤지? 하필 폴더 이름도 히어로라니…. 이게 다 지저스 그 자식 때문이야. 이런 타이밍에 잠수를 타버려 가지고.'

막내의 책상 앞에 앉은 정원이 휴대폰 화면을 확인하며 조심스레 암호를 눌렀다. 이유를 알 수 없는 불안감에 휩싸인 정원은 떨리는 손가락이 키보드에서 미끄러지지 않도록 더욱 힘을 주어 자판을 눌렀다.

띵. 조용한 사무실에 컴퓨터 잠금이 풀리는 소리가 울리자 화면이 바뀌며 새어 나오는 밝은 빛에 정원은 눈을 가늘게 떴다.

"휴…."

바탕화면 중앙의 히어로 폴더를 발견한 그녀는 의식을 치르듯 차가워진 양손을 문지르며 숨을 크게 들이마셨다. 그러고는 다시 마우스로 손을 가져갔다.

2, 3, 4. 폴더를 열자 숫자로 표시된 세 개의 하위 폴더가 보였다.

'2, 3, 4? 왜 1은 없지?'

고개를 갸웃하던 정원은 자연스레 2 폴더로 마우스를 옮겼다. 수백 개의 사진과 문서가 정원의 눈에 들어왔다. 폴더 속에는 한나리 미제 살인 사건에 대한 정리되지 않은 자료가 빼곡히 들어 있었다.

한나리의 방 사진과 부동산 자료. 주변인의 인터뷰 녹음 파일들. 한병문과 한나리가 주고받은 편지들. 대부분 정원도 알고 있는 내용이었다. 대충 훑어본 정원이 3 폴더로 마우스를 옮겼다.

"뭐… 별것도 없네."

정원은 오싹한 기분을 날려버리고자 괜히 혼잣말을 중얼거리며 연이어 3 폴더를 더블 클릭했다. 폴더가 열리자, 정원이 혼잣말을 멈추고 눈을 가늘게 떴다. 모니터 속에 정원이 지우고 싶은 기억 중 하나가 들어가 있었다.

'오월동 진명숙 살인 사건? 이걸 막내가 왜…'

2 폴더와 같은 방식으로 두서없이 모아놓은 오월동 살인 사건의 자료들은 대부분 현장 사진과 그 당시의 기사들이었다.

"현장 사진이… 어디서 난 거야?"

정원은 묘한 기분에 사로잡혀 곧바로 4 폴더를 클릭했다. 폴더 안을 가득 채운 건 차은새 살인 사건의 신문 기사들과 그녀의 가족

관계, 금전 거래 내역과 같은 것들이었다.

'이걸… 대체 왜… 막내가. 설마…, 아니야. 그럴 리 없잖아. 앤 대체 사람 불러 놓고 어딜 간 거야?'

떨리는 손으로 더듬더듬 옆에 놓인 휴대폰을 집어 든 정원은 막내에게 전화를 걸었다.

"말도 안 돼."

신호음을 들으며 정원은 혼자 중얼거렸다. 자신의 엉뚱한 상상이 스스로도 우스웠던 그녀는 고개를 가로저으며 피식피식 웃기도 했다. 그러나 한참 동안 울린 신호음 끝에는 음성사서함으로 연결된다는 안내 멘트만 울릴 뿐 막내는 전화를 받지 않았다.

몇 분 후, 세 번째 안내 멘트를 듣고 난 정원은 자리에서 벌떡 일어나 홀린 듯 가방을 챙겨 들었다. 시사국을 나서려던 정원이 다시 막내의 자리로 돌아왔다. 컴퓨터에 자신의 USB를 꽂은 그녀는 히어로 폴더를 자신의 USB로 옮겨 담았다. 양손은 땀으로 흥건하고, 쿵쿵거리며 울리는 심장 소리가 시사국을 가득 채우고 있는 것만 같았다.

[3개 항목 복사 중.]

모니터에 뜬 창의 빈칸이 아주 천천히 초록색으로 채워지고 있었다. 초조한 듯 모니터를 응시한 채 손톱을 물어뜯던 정원이 갑자기 막내의 책상을 뒤지기 시작했다. 신경질적으로 모니터 옆에 꽂혀 있는 서류들을 확인하던 정원이 아래로 시선을 옮겼다.

벌컥. 삼단 서랍의 가장 위 칸 손잡이를 힘껏 잡아당기자 텅 빈 서랍 안에서 건전지 하나가 데구루루 굴러 나왔다. 두 번째 서랍에는 그마저도 없이 깨끗했다. 마치 일부러 짐을 빼놓은 것처럼.

'아니야. 아니야. 그럴 리 없다고, 그럴 이유가 없잖아. 막내가 대체 왜!'

흥분한 정원이 마지막 서랍을 세게 열어젖히자 검은색 기자 수첩이 모습을 드러냈다. 정원이 조심스레 수첩을 들어 올리자 사진 한 장이 바닥으로 떨어졌다. 열 살 남짓한 남자아이 둘과 어머니로 보이는 여자의 어색한 표정. 지승호의 병실에서 봤던 바로 그 사진이었다.

"m915-26."

"m915-26."

현관 비밀번호를 누른 정원이 곧장 침실로 들어가 침대 옆 금고를 열었다. 정원은 집으로 돌아오는 내내 'm915-26'을 중얼거리고 있었다. 노트북을 꺼내 든 그녀는 그대로 침대에 걸터앉아 지저스와의 메신저를 열었다. 확인하지 못했던 파일 한 개. 암호를 입력하라는 메시지. 깊게 숨을 들이마신 정원이 천천히 막내가 알려 준 암호를 눌렀다.

'설마. 아닐 거야.'

탁. 엔터 소리와 함께 정원의 기대를 배신하듯 파일이 다운로드되기 시작했다. 정원의 심장에서 쿵쿵 울리던 소리는 메아리가 되어 온 방에 울려 퍼졌다.

폴더 명 1.

다운로드가 완료됐다는 시스템 소리가 울렸지만 멍하니 모니터만 바라보던 정원은 미동 없이 앉아 있었다. 집으로 돌아오는 내내 막내가 지저스일지도 모른다는 생각이 머릿속을 가득 채웠지만 그럴 리 없다고 스스로를 다독였다.

'이걸 봐도 되는 걸까. 정말로 막내가 지저스라고? 그렇다면 병원에 있는 지승호는? 지승호와 막내가 같이 만든 그림인 걸까? 아니야. 아닐지도 몰라. 그냥 우연일 수도 있잖아.'

폴더 안의 내용을 보게 되면 더 이상 막내를 볼 수 없을지도 모른다는 생각이 머리를 스쳐 갔지만 정원에게는 다른 선택지가 없었다.

'이젠 피하거나 속지 않을 거야.'

다시 모니터 쪽으로 시선을 옮긴 정원이 떨리는 손으로 마우스를 클릭했다.

[단독] 현직 검사의 딸, 친구 안약에 아세톤 넣어… 피해 여중생 실명 위기

폴더 속 가장 먼저 눈에 띈 건 1997년의 신문 기사 초안이었다.

차에 오른 정원이 어딘가로 향했다. 정원은 운전을 하며 무의식적으로 손톱을 물어뜯었다. 초조할 때면 나오는 그녀의 나쁜 습관이다. 조금 전, 지저스가 보냈던 오래된 암호 파일을 열어 본 정원은 곧장 이복자에게 전화를 했다.

"멱살, 이 시간에 웬일이야?"

"선배님, 늦은 시간에 죄송합니다. 잠깐 뵐 수 있을까요?"

"지금? 그럼 우리 집 앞으로 올래? 주소 찍어줄게."

복자의 집을 향해 달리며 파일의 내용을 곱씹는 정원의 얼굴은 굳어 있었다. 그녀의 입술 사이로 욕이 터져 나왔다.

"미친년."

정원이 비밀 폴더 속에서 가장 먼저 본 건 1997년 신문 기사의 초안이었다. 파일의 형태에서 기자가 기사를 작성한 후 데스크에 송고하기 전 자료라는 것을 짐작할 수 있었다.

[단독] 현직 검사의 딸, 친구 안약에 아세톤 넣어… 피해 여중생 실명 위기

자극적인 제목은 종종 일어나는 학교 폭력이나 따돌림과 별반 다를 게 없어 보이는 듯했지만 기사의 내용은 어지간한 사건에 이골이 난 정원에게도 섬뜩하게 다가왔다.

반 친구의 엽기적인 괴롭힘으로 실명 위기에 놓인 여중생의 안타까운 사연이 뒤늦게 밝혀졌다.

무언시 A 여중 2년 김 모(15) 양은 같은 반 친구 모 모 양이 자신이 평소 사용하던 안약에 아세톤을 넣었다는 사실을 모른 채 안약을 사용하고는 안구 통증을 호소하며 인근 병원으로 옮겨져 치료를 받고 있다. 의료진은 "심각한 안구 화상으로 시력이 크게 손상되어 회복 여부를 알 수 없다"라고 진단했다.

피해자 김 모 양의 가족에 따르면 모 모 양의 이런 기이한 행동은 이번이 처음이 아니다.

(중략)

진상 조사에 나선 무언시 교육청은 "자체 조사 결과 가해 학생은 평소 조용한 성격에 모범적인 학교생활을 한 학생으로 호기심이 과했던 것으로 확인된다"라고 밝혀 사실 조사보다는 사건 축소에 급급한 자세를 보이고….

파일을 읽어본 정원은 정확한 확인을 위해 23년 전 송고된 기사를 검색해 보았지만, 관련 기사는 찾을 수 없었다.

'그렇겠지. 기사가 송고되었다면 문서 파일이 아닌 신문 기사를 스크랩했겠지. 1997년에 중2였다면… 지금은 서른여덟 살. 무언시 검사의 딸 모 모 양. 모형택과 그의 딸 모수린…? 기사가 송고되지 못했다면 외압이 있었다는 뜻일까?'

다시 한번 기사를 읽으며 단서를 찾는 정원의 눈에 익숙한 이름이 들어왔다.

기사 작성: 우리일보 사회부 이복자

사회부 기자 이, 복, 자? 고개를 든 정원은 휴대폰을 열었다.

같은 시간, 성수동 윤영의 아파트.

"내가 뭐랬니? 의원님께 말씀드리기 잘했지? 의원님 아시니까 바로 해결해 주시잖아. 역시 힘 있는 부모가 최고라니까. 모수린 넌 좋겠다."

요가 매트에 누운 윤영이 양발로 하늘을 찌르며 말했다.

"그럼 이제 더 이상 걱정 안 해도 되는 걸까?"

소파 끝에 불안한 듯 앉아 있던 수린이 몸을 틀어 윤영에게 물었다.

"그런 분위기 같던데? 이런 걸 전화위복이라고 하는 건가? 서정원이 설치고 다녀서 의원님 이미지가 더 좋아진 것 같더라고."

"그럼 다행이고."

"후⋯."

윤영은 숨을 들이마시고 내쉬며 몸을 움직였고, 잠시 그 모습을 바라보던 수린도 몸을 돌려 소파에 기대앉았다.

"아, 수린아. 나 거실 가구 좀 바꾸려고 하는데 이 의자 한번 볼래?"

잠시 후, 몸을 세워 일어난 윤영이 옆에 놓인 휴대폰을 뒤적이며 말했다. 윤영의 휴대폰 화면에 떠 있는 건 작년 가구 박람회 브로슈어였다. 그중에서도 와인색과 핑크색의 멋스러운 의자를 클로즈업한 윤영은 수린을 향해 화면을 들어 보였다. 사건 당시 차은새의 사무실에 있던 의자와 같은 디자인이었다.

"어때?"

윤영이 곁눈으로 수린의 표정을 살피며 다시 물었다.

"응…. 예쁜 것 같아."

"나 이 의자 어디서 실제로 본 적이 있는데 기억이 안 나네. 어디였더라? 넌 본 적 없어?"

"응. 난 모르겠어."

"자세히 한번 좀 봐봐."

윤영이 휴대폰을 얼굴 가까이 들이밀자 수린은 눈이 부신 듯 시선을 다른 곳으로 돌렸다.

"…그래? 너랑 같이 본 게 아닌가? 어디서 봤더라? 되게 예뻤는데. 뭐 내 취향은 아니지만 말야."

윤영은 시선을 피한 수린을 뚫어져라 쳐다보다 말을 이었다.

"참. 수린이 너, 차은새 죽은 날 혹시 병원에 왔었니?"

휴대폰을 내려놓으며 윤영이 물었다.

"아니, 그날 나 진료 아니었잖아. 근데 그건 왜?"

"괜히 골치 아파질까 봐. 곧 의원님 대선 캠프 들어가실 텐데, 괜히 네가 구설수에 오르면 안 좋잖아. 그래서 물어봤지."

수린은 여전히 먼 곳을 응시하고 있었고, 다시 매트에 누운 윤영은 천장을 바라보며 생각에 잠겼다.

3월 6일, 차은새 살인 사건 발생 당일.

오후 예약 두 건이 연달아 취소되어 한가했던 윤영은 인테리어 공사가 한창인 14층을 둘러보고 있었다. 때마침 1404호 문이 열리고 빨간 슬립을 입은 은새가 빈 택배 박스를 들고 밖으로 나왔다. 그녀는 긴 옷자락이 더러워지지 않게 조심스레 몸을 굽혀 상자들을 복도 옆으로 정리하고 있었다.

"인테리어가 거의 끝났나 보네요."

윤영이 먼저 은새에게 말을 걸었다.

"누구…?"

은새가 경계하는 눈빛으로 물었다.

"저 12층 U1이요. 정신의학과."

"아… 그런데 어쩐 일이시죠?"

'저 표정은 뭐야? 날 알고 있나?'

그 순간, 한쪽 입꼬리가 올라가는 듯한 은새의 표정을 본 윤영은 급격히 기분이 나빠졌다.

"그냥 얼마나 예쁜지 보고 싶어서요."

나빠진 기분을 숨기기 위해 윤영이 방긋 웃으며 대답했다.

"어때요? 직접 보니까?"

"음… 너무 화려해서 좀 촌스럽네."

직설적인 윤영의 대답에 은새의 표정이 굳어버리자 두 여자 사이에 차가운 기운이 맴돌았다.

"인테리어 말이에요. 전 워낙 모던한 걸 좋아해서. 요란하게 하시길래 얼마나 예쁜지 보고 싶더라고요."

"밖에서 보는 거랑은 또 다르죠. 궁금하면 들어오실래요?"

은새는 다시 한쪽 입꼬리가 올라가는 묘한 미소를 지으며 현관문을 열고 윤영을 향해 섰다.

"차은새 씨, 절 아세요?"

"원장님도 저 아시잖아요. 들어오세요."

문을 활짝 열고 선 은새가 팔을 뻗어 들어오라는 시늉을 하자 윤영은 못 이기는 척 사무실 안으로 들어섰다. 화려한 인테리어와 어울리는 압도적인 디퓨저의 향기가 윤영의 코를 찔렀다.

'취향하고는. 진짜 수준 떨어지네.'

입을 삐죽 내민 윤영이 고개를 가로저었다. 윤영은 문 앞에서 내부를 한 바퀴 둘러보고는 비닐 포장이 반쯤 벗겨진 와인색 의자에 삐딱하게 앉았다.

"커피 괜찮으시죠? 감독님이 사두신 게 있는데. 아, 설 감독님은 가셨어요. 미팅이 있으셔서."

윤영이 주위를 둘러보며 화려한 인테리어를 비웃고 있을 때, 커피 머신 앞에 선 은새가 뒤돌아 윤영을 향해 방긋 웃으며 말했다. '설 감독님'이라고 말하는 그녀의 목소리엔 유독 힘이 들어가 있었다.

"그 얘길 저한테 하실 필요가 있나요? 겁도 없으시네. 유명하신 분이."

"감독님 때문에 오신 거라고 생각했는데. 제가 잘못 짚었으면 죄송해요."

다시 뒤돌아 커피잔을 고르는 은새의 얼굴을 보지 않아도 윤영은 그녀의 표정을 짐작할 수 있었다.

'저 여자, 또 기분 나쁘게 웃고 있어.'

부글거리는 윤영의 속을 아는지 모르는지 은새는 예쁜 목소리로 말을 이었다.

"들었어요. 두 분 예전에 사귀는 사이였다고. 어릴 때, 잠깐."

"누가 그래요?"

"감독님이요."

"어릴 때… 잠깐? 훗."

윤영이 커피를 내리는 은새의 뒤통수에 대고 비소를 머금었다.

"그래서 그쪽이 이번 우재 애인이시다?"

"네. 저 감독님 만나요. 알고 오신 거잖아요. 그래서 알맹이도 보니까 어때요? 여전히 촌스러운가…? 근데 제가 감독님 대하듯 원장님께 저를 보여드릴 수도 없고 좀 아쉽네요."

"천박한 소리도 당당하네. 유부남 만나는 게 그리 자랑할 일은 아닐 텐데. 그것도 유명하신 분이."

"사랑에 빠진 게 죄는 아니잖아요? 안 그래요?"

다시 몸을 윤영 쪽으로 돌린 은새가 탁자에 기대서서 행복한 듯 웃어 보였다.

"순진한 거예요? 아님 영악한 거예요? 그것도 아님 덜떨어진 건가?"

"…"

"그냥 며칠만 더 놀다가 조용히 끝내요."

시큰둥한 얼굴로 윤영이 쏘아붙였다.

"좀 우습네요."

"뭐?"

"유 원장님이 저한테 하실 말씀은 아닌 것 같아서요. 서정원 기자님이라면 모를까. 유 원장님이 무슨 자격으로…. 우정이 좀 과하시네요. 그리고 저는 서정원 기자님이 오셔도 지금처럼 말할 거예요."

"그래. 서정원이 물으면 그 대단한 입으로 뭐라고 말할 건데?"

"내가 더 사랑한다고. 당신보다. 세상 그 누구보다."

윤영의 눈을 빤히 쳐다보며 은새가 대답했다.

"재밌네. 커피는 됐어요."

잠시 은새와 눈을 맞추고는 말없이 눈만 깜빡이던 윤영이 자리에서 일어나 사무실을 나갔다.

"그래? 네가 정말 서정원 앞에서도 그렇게 말할 수 있나 어디한번 보자."

윤영은 신경질적으로 엘리베이터 버튼을 누르며 중얼거렸다.

"어! 원장님, 수린 님 못 만나셨어요?"

윤영이 병원으로 들어서자 혜원이 자리에서 벌떡 일어서며 물었다.

"수린이? 걔 오늘 진료 아니잖아요. 그걸 왜 나한테 물어요?"

"요 앞에 지나가는 거 봤는데? 원장님 뵈러 오신 것 같길래… 아닌가."

짜증이 잔뜩 섞인 윤영의 말투에 혜원의 목소리가 점점 작아졌다.

"최 실장. 오늘 서정원 씨 진료 예약되어 있죠?"

"네."

"서정원한테 병원 지도랑 문자는 내가 보낼게요. VIP신데 이사

후 첫 진료에 그 정도 성의는 보여야지."

대답을 하기도 전에 윤영이 있는 힘껏 문을 닫고 진료실로 들어가 버리자, 혜원은 입을 삐죽거리며 자리에 앉았다.

"왜 또 지랄이야? 성질은 더러워가지고."

*

"죄송해요. 늦은 시간인데."

차 조수석에 앉은 복자에게 정원이 말했다.

"이유가 있겠지. 뭔데?"

"이거 선배가 쓴 기사 맞죠?"

정원이 실내 등을 켜고는 파일을 내밀며 물었다.

"이걸 정원이 네가 어떻게 찾았어? 야, 이거 진짜 옛날에 쓴 건데."

"제보가 왔어요. 선배가 쓴 기사 맞죠?"

"제보? 제보라니? 누가?"

언제나 당당한 복자의 얼굴에 당황한 기색이 비쳤다.

"그건…."

"누가 보낸 건지 알아야지."

"언제부터 그렇게 제보자 신원이 중요했어요?"

"중요하지. 이제 와서 이걸 너한테 무슨 의도로 보낸 건지 난 알아야겠어. 언론 탄압과 거기에 굴복한 비겁한 기자에 대해 파헤치겠다는 거야? 아니면, 딸 이용해서 모형택 이미지에 스크래치를 내겠다는 거야? 그것도 아니면…."

"…."

목소리를 높이던 복자가 심각한 정원의 표정을 읽고는 흥분을 가라앉히며 말을 이었다.

"좋아. 그럼 제보자 신원은 알려고 하지 않을게. 대신 너도 똑바로 대답해. 이거 하나만 달랑 온 거야? 아니면 다른 게 더 있어?"

"2000년 무언 사건. 당시 담당 검사였던 모형택의 최초 사건 조사 자료가 같이 왔어요."

잠시 고민하던 정원이 담담하게 대답했다.

"그건 모형택이 이미 과거의 실수를 인정한 부분이잖아."

"그게 다가 아닌 것 같아요. 그때 그 사건과 딸이 연관된 것 같아요. 제보자는… 그 사람이 괜히 두 가지 사건을 같이 보냈을 리가 없어요."

"너 제보자랑 안면이 있나 보다? 암튼 무슨 말을 하고 싶은지는 알겠는데, 간단한 얘기가 아닌 것 같다."

복자가 크게 한숨을 내쉬며 복잡한 심경을 드러냈다.

"알려주세요. 무언 여중 사건에 대해서."

정원은 이제야 엉킨 실타래의 끝을 찾았다고 확신했다.

"그래. 서정원 네가 짚이는 게 있어서 도와달라고 말할 정도면 진짜 뭔가 있는 거겠지. 너 나중에 그 뭔가가 뭐였는지 나한테도 말해줘야 해."

잠시 망설이던 복자가 크게 숨을 한 번 내쉬고는 말을 이었다.

"권력을 가진 사람이 자기 자식 허물 덮는 거야 뭐 새삼스러울

것도 없는 일인데, 그것보다 이상하게 그 사건은 찜찜했었어. 화장
실 갔다가 뒤 안 닦은 그런 기분이 들었거든. 지금도 그래."

복자는 1997년 당시 취재 과정에서 알게 된 무언 여중 사건과
모수린에 대한 얘기를 시작했다.

당시 안약 사건 후 수집한 동네 사람들의 진술에 의하면 수린은
아주 어릴 때부터 숫기가 없고 말수가 적었다고 한다. 그런데 수린
의 그런 모습은 단순히 부끄럼이 많아 낯을 가리는 보통의 여자아
이와는 조금 차이가 있었다. 그 초점 없는 눈을 우연히 마주칠 때
면 뭐라 콕 집어 설명할 수 없는 냉기가 흘렀던 아이. 그래서인지
집에서 딸과 둘만의 시간을 보내는 날이 많았던 수린의 엄마에겐
흔한 동네 친구도 아는 학부형 하나도 없었다. 어쩌다 한 번씩 어
린 딸을 데리고 외출을 하는 날이면 사람들의 눈을 피해 다니며 발
걸음이 눈에 띄는 것조차 싫어했다고 했다.

수린이 학교에 입학한 후에도 달라지지 않았다. 집에서 어른들
의 대화를 주워들은 어린아이 중엔 '검사님 딸'인 수린에게 호기심
을 가지고 다가오는 경우도 종종 있었지만 냉랭하고 재미없는 어
린 수린에게서 이내 멀어졌다. 그렇게 또래 친구들과도 잘 어울리
지 못했던 수린은 혼자서 책을 읽거나 멍하니 먼 산을 바라보는 시
간이 많았다. 기분 나쁜 눈빛을 가진 말 없는 아이와 얼굴에 근심
이 가득한 젊은 엄마는 매일 죄인처럼 고개를 푹 숙이고 함께 등하
교를 했고, 동네 서점에 가는 날을 제외하고는 외출도 거의 없었다.
일부 동네 사람들은 그런 수린의 엄마를 외부인 주제에 검사 남편

믿고 콧대만 높아서 인사성도 없다고 비아냥댔지만, 복자가 직접 만나본 서점 주인의 의견은 조금 달랐다. 서점 주인은 매주 서점에서 아동심리 도서를 구입했던 수린의 엄마에 대해 말이 없고 기운이 많이 빠져 있을 뿐, 건방진 사람은 아니었다고 기억했다.

아이가 중학교에 가던 해, 지병을 앓던 수린의 모친이 세상을 떠났다. 이듬해부터 수린은 혼자 서점에서 책을 사 가는 날이 많았다고 한다. 중학생이었던 수린이 보던 책은 주로 미스터리 범죄소설이나 추리소설이었는데, 어린아이가 어려운 책을 보는 게 기특하기도 하고 엄마와 같이 다니던 아이가 혼자 다니게 된 게 마음이 아파 가끔 신간이 나오면 선물로 주기도 했었다고.

"가만 있어보자. 아직 있을 텐데. 재작년에 내가 가지고 있는 파일들 싹 정리하면서 아직 찜찜한 것들은 클라우드에 모아뒀거든."

한참 기억을 떠올려 얘기를 이어가던 복자가 휴대폰을 뒤지기 시작했다. 초록창 클라우드 깊숙한 곳에서 음성 파일 하나를 찾은 복자는 정원에게 들려주었다. 복자의 휴대폰에서 흥분한 남자의 목소리가 들려왔다.

"걔는 정상이 아니에요. 눈 봐요. 그게 중학생의 눈빛인가."

무언 여중 아세톤 사건 당시 피해자 K 양의 아버지 인터뷰 녹취 파일이었다.

"그때가 처음이 아니었어요. 두 달 전에도 우리 애가 체육 시간 끝나고 안약을 넣는데 눈알이 빠질 듯이 아프더래요. 그래서 그날도 바로 식염수로 눈을 씻었다고 했어요. 며칠을 눈이 벌겋게 부어 있었는데, 우리는 설마 누가 안약에 해코지를 했을 거라고는 상상도 못 했죠. 그게 사람이 할 수 있는 생각입니까. 그냥 워낙 안구건조증도 심하고 또 그 때쯤은 시험 기간이라 공부도 많이 했으니 피곤해서 그런 줄 알고 안약만 다른 종류로 바꿔줬어요. 그런데 이번에는 약을 넣자마자 눈이 타들어갈 듯이 아파서 참을 수가 없었다잖아요. 눈알이 뽑히는 것같이 고통스러워서 애가 아주 대굴대굴 굴렀다나 봐요. 그러다 앰뷸런스에 실려서 병원으로 옮겨진 거라고요.”

“그럼 아버님 말씀은 두 달 전에도 모수린 양이 따님 안약에 아세톤을 넣었을 거라는 말씀이세요?”

젊은 목소리의 복자가 질문하고, 다시 남자가 대답했다.

“그때도 걔가 그런 끔찍한 짓을 했던 게 확실해요. 그전에도 그렇고 이번에도 알고 보니까 모수린 걔가 당번인 날이었더라고요. 걔가 우리 딸 가방 뒤지는 걸 본 애들도 한둘이 아니고요. 얼마나 끔찍해요. 우리 딸 이제 중학생인데 저러다 실명이라도 하면 어떡합니까.”

정지 버튼을 누른 복자가 설명을 이었다.

“처음에 넣었을 때는 지도 겁이 났는지 몇 방울만 넣었나 봐. 근데 한번 해보고 나서는 간땡이가 커졌는지 아세톤을 들이부었나 보더라고. 학교에서 쓰는 아세톤은 일반 산업용이나 가정용보다는 희석이 많이 된 상태라서 피해자도 간신히 실명은 면했었어. 그래도 정상인만큼의 시력은 나오지 않을 거라고 했는데 지금은 어떻게 지내는지 모르겠네.”

“처벌은요?”

“대충 넘어갔지 뭐. 모형택이 피해자 부모한테 가서 엄청 빌었던 것 같고, 내가 만나보니까 피해자 부모가 순하더라고. 왜 그런 사람들은 꼭 그렇게 마음 약하고 너그러운지. 진짜 짜증 나. 같이 자식 키우는 마당에 자기 딸 실명은 안 됐으니 그걸로 됐다고. 일도 크게 안 만들었어. 뭐 당연한 거지만 모형택이 전국에 눈 쪽으로 유명하다는 의사랑 병원은 다 알아다가 소개해 주고 치료비 책임지고 합의금 조로 보상도 나갔다고 하고."

"그렇게 끝났다고요? 수사는요? 모형택이 수사 과정에서 외압이라도 넣었어요? 아무리 그래도 자식이 실명 직전까지 갔는데?"

의아함에 정원이 따져 물었다.

"당시에는 사실, 모형택 검사 개인의 외압이라기보다는 무언지검에서 압력을 넣었어. 지들 지검 소속 검사 문제가 시끄러워지면 검찰 내부에서도 좋을 거 없잖아. 지금 생각해 보면 그때까지는 모형택이 그렇게까지 야비한 놈은 아니었던 것 같아. 딸 구제한답시고 다른 모사를 꾸미진 않았거든. 피해자한테 가서 바로 엎드려 사과도 했고 보상도 했고. 그것만 놓고 보면 가해자 부모의 모범이었지. 피해 학생 부모는 모형택 때문에 마음이 많이 녹은 것 같더라고. 말했다시피 사람들이 착하고 순했어. 딸도 누구 원망 하나도 안 하고 부모님이 결정하는 대로 하겠다고 하는데 학생들 학폭 사건 취재하면서 그런 건 또 처음 봤다, 야."

복자가 당시를 회상하며 고개를 가로저었다.

"혹시 당시에 모수린도 만나보셨어요?"

"응, 내가 학교로 찾아가서 만났어."

"뭐라고 하던가요?"

"그냥…."

"네?"

"그냥이라고 하던데? 모수린 걔가 매가리가 없거든. 날 이렇게 쳐다보면서 그렇게 대답했어. 지금 생각해도 소름 끼친다. '그냥.' 걔가 나한테 그랬어. '그냥'이라고. 사람을 실명시킬 뻔한 이유가 그냥이래. 단순히 못된 게 아니라 정상이 아니었어. 너 아마 그걸 봤으면 나랑 똑같이 생각했을 거다. 아무튼 이렇게 시작도 끝도 명확한 사건이 왜 아직도 찜찜한지…. 난 잘 모르겠거든. 그니까, 네가 뭐 알아내면 나한테 꼭 말해줘라."

"차마 입에 담기 힘들지만, 제 하나뿐인 딸이 정신질환을 앓고 있다는 황당한 얘기까지…."

복자와 헤어지고 집으로 돌아가는 정원의 머릿속에 형택의 기자회견 장면이 떠올랐다. 기자회견에서 딸의 얘기에 굳이 '정신질환'이라는 표현을 쓴 이유가 이거였을까? 모수린이 보통의 사람들과 다른 뇌 구조를 가지고 있다면, 형택이 이미 그런 사실을 알고 있었다면. 어린 시절의 엽기적인 범죄. 너그러운 친구의 용서. 과연 친구의 눈에 화학물질을 넣는 행동이 호기심으로 '그냥' 가능한 일일까? 그때 용서받지 않았다면, 만약 그랬다면 지금 뭔가 달라진 게 있었을까? 정원이 복잡한 머리를 흔들며 막내에게 전화를 걸었지만 안내 메시지로 넘어갈 뿐 여전히 막내는 전화를 받지 않았다.

'얘는 자기가 지저스라는 걸 나한테 알려줄 땐 언제고 왜 전화를 안 받는 거야.'

답답해진 정원은 창문을 열고 숨을 크게 몰아쉬었다. 늦은 봄의 따뜻한 바람과 함께 벚꽃 잎이 흩날려 차 속으로 들어왔다. 벌써 봄이 지나고 여름이 오고 있었다. 날려 들어온 벚꽃 잎을 만지작거리며 정원은 생각했다.

'그래. 사정이 있겠지. 내일 출근해서 얘기해 보자. 전화 통화보다는 내일 만나서 얘기하는 게 어쩌면 더 나을지도 몰라.'

애써 마음을 추스른 정원은 라디오의 볼륨을 높였다.

다음 날 아침, 평소보다 조금 늦게 시사국에 도착한 정원의 눈에 웅성이는 팀원들이 보였다. 오아뉴 팀원들뿐만 아니라 다른 팀 직원들까지 오아뉴 데스크 앞에 모여 있었다. 정원은 웅성이는 무리 사이에서 막내를 찾았으나 보이지 않았다.

"막내는? 출근 전?"

서성이는 직원들 사이를 비집고 자리에 도착한 정원이 양 작가와 눈을 맞추며 물었다.

"팀장님은 혹시 알고 계셨어요?"

양 작가가 정원의 자리로 다가오며 물었다.

"얘기? 무슨 얘기? 무슨 일 있어?"

재킷을 벗은 정원이 컴퓨터를 켜며 되물었다.

"팀장님도 못 들으셨어요? 막내 사직서 낸 얘기?"

"뭐라고?"

"팀장님께도 아무 얘기 안 하고 그만둔 거예요?"

놀란 정원이 하려던 일을 멈추고 양 작가 쪽으로 몸을 돌렸다.

"어제 우리 다 퇴근했을 때 인사팀에 메일로 사직서를 제출했대요. 그냥 막무가내로 던진 거라 아직 인사팀에서도 결재 넘어가진 않은 것 같은데. 저도 출근하면서 인사팀 친구한테 들었어요. 아침에 계속 전화해 봐도 받지도 않고, 이게 무슨 일이에요? 얘 어쩜 이럴 수가 있데요? 여태껏 한솥밥 먹은 우리한테는 미리 얘기했어야 하는 거 아니에요? 진짜 배신감 들어."

"양 작가, 막내 인사 기록 카드 가지고 있는 거 있지? 나 지금 한 장 복사해 줘."

굳은 얼굴로 양 작가의 입만 쳐다보던 정원이 그녀의 말이 끝나자마자 내려놨던 재킷과 가방을 챙겨 들며 말했다.

"전에 인사팀에서 받아둔 거 있어요. 찾으러 가보시게요?"

"빨리!"

상기된 얼굴의 정원이 소리쳤다.

"아, 네. 이거 그냥 가져가세요."

당황한 양 작가가 잽싸게 책상 위에 있던 막내의 인사 기록 카드를 통째로 건넸고, 서류를 낚아채다시피 한 정원은 빠른 걸음으로 시사국을 뛰쳐나갔다.

"지금 뵐 수 있어요?"

한 손에 전화기를 든 정원이 내려가는 엘리베이터 버튼을 세게 눌렀다.

"네, 근데 기자님 무슨 일 있어요? 목소리가 이상한데?"

신호음이 울리기도 전에 전화를 받은 태헌이 걱정스러운 듯 물었다.

"제가 주소 찍어드릴 테니까 그쪽으로 빨리 좀 와주세요. 저도 방송국에서 지금 출발해요."

"네. 알겠습니다. 근데 어디 가는 겁니까? 아침부터?"

"아마 지저스 집이요."

어제부터 의심하던 사실들이 이제야 확신으로 바뀌었다.

"네? 아, 아, 알았어요. 지금 바로 총알같이 달려갈게요."

한적한 주택가 골목 양쪽으로 주차된 차들 사이를 조심스럽게 지나던 태헌의 차가 초록색 대문의 다세대 주택 앞에 멈춰 섰다. 태헌의 시야에 이미 도착해 골목을 서성이는 정원의 모습이 들어왔다.

"서 기자님, 여기가 어딥니까?"

차에서 내린 태헌이 정원에게 다가가며 물었다.

"지저스 집이라고 저는 생각하고 있어요."

정원이 3층 옥탑방을 올려다보며 대답했다.

"그럼 지저스를 찾은 겁니까?"

"…그런 것 같아요."

정원이 고개를 끄덕이며 서류 봉투를 내밀었다. 어리둥절한 태헌은 정원의 얼굴과 옥탑방, 그녀가 내민 봉투를 번갈아 보다 서류를 받아 들었다.

"어? TNJ 기자요? 탐사 기획 2팀이면 서 기자님 팀 아닙니까?"

서류 한 장을 슬쩍 넘겨본 태헌이 의아해했다.

"맞아요. 우리 팀 막내. 작년에 수석 입사한 이바른."

정원이 담담하게 대답했다.

"기자님 팀 막내를 왜 여기서 찾으세요? 지금 방송국에서 오시는 길 아니에요?"

"어젯밤에 사직서를 제출했다네요. 저한테 모수린에 관련된 정보를 준 직후에요."

"모수린의 정보요? 그걸 주고 왜 사직서를 내요? 대체 무슨 말입니까?"

도무지 상황이 이해가 안 되는 태헌이 재차 물었다.

"일단 올라가 보시죠."

착잡한 정원의 얼굴에 잠시 눈 둘 곳을 잃고 헤매던 태헌이 머릿속에서 나름의 정리를 마치고는 휴대폰을 열어 오 형사에게 전화를 걸었다.

"오 형사야. 신원 조회 하나 하자. 이름은 이바른, 주민번호는 910528-1⋯. 지금 바로 해보고 연락 줘. 아, 이 사람 의료 기록도 확인해 주고."

전화를 끊은 태헌은 성큼성큼 초록 대문으로 향해 초인종을 눌렀다.

"누구세요?"

"강남 경찰서에서 나왔습니다. 잠시 협조 부탁드립니다."

"옥탑 총각 지금 집에 없어요. 옥탑에 올라가 보시는 건 상관없는데 아무리 경찰이라도 내가 주인 없는 집 문을 막 열어줄 수는 없는데. 그 총각 문단속 잘하고 다니는 총각이라서 올라가도 문도 잠겨 있을 거고."

대문을 열어준 1층 아주머니가 계단을 오르는 태헌과 정원의 등에 대고 얼버무렸다. 아주머니의 걱정에도 아랑곳하지 않은 태헌이 계단을 오르자 정원도 대답 대신 고개를 까딱하고는 태헌을 따라 발걸음을 옮겼다.

먼저 옥탑에 도착한 태헌이 창고로 보이는 허름한 문고리를 돌리며 소리쳤다.

"기자님, 여긴 문이 안 잠겨 있어요."

고개를 빼꼼 창고로 넣은 태헌의 입에서 탄성이 터져 나왔다.

"뭐야? 여기 완전 IT 회사 수준인데요."

정원도 서둘러 창고 쪽으로 몸을 옮겼다. 알루미늄 프레임과 반투명 유리로 된 작은 문을 열자 상쾌한 공기가 밖으로 흘러나왔다. 창고 안으로 들어서자 검정 시트가 다닥다닥 붙어 있는 큰 창문 옆으로 줄 세워진 크고 작은 모니터들이 태헌의 시선을 사로잡았다. 말끔하게 정리된 내부와 커다란 공기청정기에서 뿜어져 나오는 신선한 공기로 실내는 쾌적했다.

"우와, 진짜 장난 아니네요."

수많은 컴퓨터와 모니터에 감탄한 태헌의 입이 다물어지지 않았다. 놀란 태헌과 달리 정원은 곧장 책상으로 향해 가장 정면에 위치한 컴퓨터의 전원 버튼을 눌렀다. 태헌도 창고 안으로 깊숙이 들어섰다.

"이야, 이건 무슨 취미래. 와, 이건 비싼 모니턴데…."

공간에 압도당한 태헌은 쉴 새 없이 감탄사를 터트리며 두리번거렸다.

"이 사진. 이거 지승호잖아요."

신기한 듯 구석구석을 살피던 태헌이 작은 액자를 발견하고는 소리쳤다.

"맞네. 그 지승호 요양원 사진에 있던 통통한 애. 얘 맞잖아요. 기자님 팀 막내 기자가 대체 왜 지승호 어린 시절 사진을 갖고 있죠?"

태헌의 말에 그의 곁으로 간 정원이 말없이 액자를 받아 들고는 뚫어져라 사진을 관찰했다.

"이 아이는 지승호가 아닌 것 같아요."

"네? 우리가 요양병원에서 본 그 지승호 맞잖아요. 엄마 옆에 있던 애요. 엄마랑 똑같은 스카프. 기억 안 나요?"

"이 사진을 보니까 알겠네요."

"알아요? 그러니까 도대체 뭘요?"

사진을 더욱 자세히 관찰하는 정원의 옆에 멀뚱히 선 태헌은 이 모든 상황이 황당할 따름이었다.

"얘가 바로 막내였어요."

"막내요? 기자님 팀 막내 기자요? 이 집 주인 이바른 씨요? 그럼 요양원에 있던 그 사람요? 지승호가 이바른이면, 그럼 이바른은 누구예요? 이바른은 지승호인가? 아… 머리 아파. 이건 또 뭐야. 귀신의 장난도 아니고."

"다른 사람…, 그 사진 속 옆에 있던 아이…. 그 아이가 이바른 일까요?"

172

"어? 그렇다면 설마⋯."

말문이 막힌 두 사람이 서로의 눈만 보고 있던 그때, 태헌의 휴대폰 벨 소리가 울렸다. 전화기에서 흘러나오는 오 형사의 목소리가 창고 가득 쩌렁쩌렁 울렸다.

"태헌아! 조회해 보니까 이바른 말야, 가족은 따로 없어. 주민등록상으로는 혼자야. 부모님이 무언 사고 희생자인 것 같아. 그 무렵에 양쪽 다 사고사로 돌아가신 걸로 나오는데?"

태헌과 정원은 오 형사의 목소리에 집중했다.

"그리고 좀 이상한 게 있어. 의료보험 기록을 찾아봤는데, 이 사람⋯ U1에 다녔는데?"

휴대폰 너머로 들려오는 오 형사의 목소리에 정원의 눈이 튀어나올 듯 커졌다.

"U1? 그게 뭐야."

태헌은 머릿속이 복잡할 뿐 아직 감이 잡히지 않았다.

"그 왜 김민철 자살하기 전에 이상한 상담했던 정신과 의사 있잖아. 그 여자 병원 말이야. 차은새 사건 일어났던 건물에 있는."

"이바른 씨가 그 병원에 다녔다고?"

태헌도 커진 눈으로 정원을 바라보았다.

"기자님."

대답 없이 그대로 전화를 끊어버린 태헌이 떨리는 목소리로 정원을 불렀다.

"경위님, 무언 한 번 더 다녀오실 수 있으세요? 저는 유윤영을 만나볼게요."

"혼자서 괜찮으시겠어요?"

"그럼요."

"무슨 일 있으면 바로 전화해요. 오 형사한테 기자님 연락 오면 1초 만에 튀어 가라고 얘기해 놓을게요."

"고마워요."

옥탑 창고에서 뛰쳐나온 두 사람은 각자의 차에 올랐다. 태헌은 무언으로, 정원은 U1으로 향했다.

"어? 정원 님, 오늘 예약 아니신데요."

벨 소리에 문을 열고 나온 혜원은 문 앞에 서 있는 정원을 보고 적잖이 당황한 듯 보였다.

"원장님 계세요?"

"아직 안 나오셨어요. 저희 아직 오픈 전인데 혹시 무슨 일 있으세요? 어디가 안 좋으세요?"

"아니요. 원장님 만나려고요. 기다릴게요."

"아… 그럼 정원 님, 일단 들어오세요."

혜원은 정원을 소파로 안내한 후 인포메이션 데스크로 돌아가 분주히 주변을 정리하며 잔잔한 음악을 틀었다.

"차라도 드릴까요? 아니면 커피?"

"아뇨, 괜찮아요. 그런데 최 실장님, 혹시 이 사람 아세요?"

정원은 바삐 움직이는 혜원의 가까이로 다가가 자신의 휴대폰을 내밀며 물었다.

"알죠. 이바른 님. 기자님도 아세요? 바른 님?"

"U1 환자 맞죠?"

막내를 알아보는 혜원의 반응에 정원의 목소리가 높아졌다.

"제가 저번에 기자님 카페에서 만났을 때 말씀드렸잖아요. 우리 원장님 연하 남친요. 그 사람이 이 사람이에요. 근데 기자님은 바른 님 어떻게 아세요? 아, 맞다. 제가 바른 님이랑 원장님이랑 썸 있는 것 같다고 말한 건 비밀이에요. 아시죠?"

"그럼요. 알아요. 근데 이바른 씨 병원 자주 와요?"

"아니요. 몇 번 오시다가 요즘엔 통 안 오세요. 원장님이랑 좋났나?"

"이분 어디가 아파서 오시는 거예요?"

혜원을 보는 정원의 눈빛이 반짝였다.

"아, 아무리 기자님이라도 그건 말씀드리기가 좀. 그리고 저도 자세히는 몰라요. 환자 상태는 원장님만 알고 계시니까요. 근데 기자님, 왜 그러세요? 바른 님이랑 잘 아시는 사이세요?"

재미있는 얘기라는 듯 혜원의 눈도 반짝 빛났다.

"그냥, 좀…. 이분이 병원 CCTV를 달아줬다고 했죠?"

"네, 원장님이랑 잘해보려고 그랬는지 저희 컴퓨터도 고쳐주고, CCTV도 달아주고 그랬어요. 이상하게 그분 오시는 날 원장님 컴퓨터가 고장 나고 그랬거든요. 그런 걸 인연이라고 해야 하나? 바른 님 처음 오신 날에 원장님 컴퓨터가 다운되고 막 이상한 창이 계속 뜨고 그래서 진료가 딜레이되고 있었거든요. 그때 제가 수리하는 분한테 전화했는데 한참 있어야 올 수 있다고 해서 엄청 난감했었어요. 근데 바른 님이 혹시 자기가 도와줘도 되냐고 컴퓨터 쪽

일한다고 하시더니 뚝딱 고쳐줬어요. 안 그래도 오후에는 중요한 VIP 진료 있는 날이어서 늦어지면 원장님이 엄청 곤란할 뻔했는데 다행이었죠."

신이 난 혜원이 웃으며 속삭였다.

"그리고 이분…."

혜원이 비밀스럽게 속삭이려는 순간, 병원 문이 열리고 출근하는 윤영의 모습이 보였다.

"어머! 원장님 나오셨어요?"

윤영의 등장에 당황한 혜원이 하던 말을 끊고는 윤영을 맞았다.

"서정원 님이 원장님 기다리고 계셨어요."

"오늘 오전 예약은요?"

정원을 힐끗 본 윤영이 혜원에게 물었다.

"첫 환자분 오실 때까지 1시간 정도 여유 있어요."

"정원 씨, 들어오세요. 최 실장은 차 준비 안 하셔도 됩니다."

윤영이 진료실로 앞장섰다.

"우리 오랜만이네요. 정원 씨."

정원이 진료실로 들어가자 문을 꼭 닫은 윤영이 재킷을 옷걸이에 걸며 입을 열었다. 평소와는 달리 차분했지만 가시가 돋친 듯 날카로운 목소리였다.

"여쭤볼 게 있어서 왔어요."

정원이 소파에 앉으며 대답했다.

"스페인? 우재한테 들었어요. 정원 씨도 우재한테 들었을 텐데 뭘 또 나한테까지. 우재를 그렇게 못 믿어요? 그래서 그렇게 대문

짝만 한 광고를 했나. 오늘은 뭐 부부 관계에 관한 상담이라도 하실 건가요?"

소파의 정원을 쳐다보지도 않고 곧장 컴퓨터 앞에 앉은 윤영이 비아냥댔다.

"이바른 씨 아시죠?"

정원이 다짜고짜 물었다.

"누구? 이바른? 지금 그걸 물어보러 나한테 왔다고요?"

예상 밖의 질문에 고개를 든 윤영이 모니터 사이로 정원을 빤히 쳐다보았다.

"네, 이바른 씨랑 원래 알던 사이였어요?"

"아실 만한 분이 뭐 그런 질문을 하시죠? 환자에 대해서는 말씀 드릴 수 없어요."

윤영이 한쪽 입꼬리를 올리며 고개를 천천히 가로저었다.

"제 도움이 필요하실 거예요. 알려주셔야 할 텐데요."

정원의 굳은 표정을 확인한 윤영은 그제야 자리에서 일어나 정원의 맞은편에 앉으며 다시 물었다.

"내가 서정원 씨 도움이 필요할 일이 뭐가 있지? 이상한 질문이네요. 우재나 스페인에 대해 물어보러 오신 거 아니었어요?"

정원은 가까이 앉은 윤영의 표정을 살펴보았다.

"정원 씨, 이바른 씨랑 아는 사이? 근데 그 사람을 왜 나한테 묻죠?"

흥미로운 게임이라도 발견한 것 같은 윤영의 표정. 윤영은 전혀 당황한 것처럼 보이지 않았다. 황당해하고 있었다.

'정말… 유윤영은 지저스의 존재를 모를까? 그렇다면 왜, 지저스는 유윤영의 주변을 맴돌았던 걸까?'

"스페인 사건 방송이 얼마 안 남았죠? 근데 내 환자에 대해 질문이나 하러 왔다니 정원 씨가 생각해도 너무 이상하지 않아요?"

느긋하게 소파에 기대앉으며 윤영이 물었다.

"제 방송에 관심이 많으시네요."

"그 방송에서 취재하고 있는 사진에 내 모습이 담겨 있는데 관심을 갖지 않을 수가 있나요. 물론 진실은 나랑 거리가 머니까 크게 신경 쓰이진 않지만, 궁금하긴 하네요."

"어쨌거나 관심 가져주셔서 감사하네요. 한나리 양 사건은 제가 유윤영 씨한테 확인할 내용이 더는 없을 만큼 진전되어 있어요."

"…."

윤영은 대답 대신 눈썹을 치켜올리며 옅은 미소를 보였다. 그녀의 표정엔 궁금하지만 더는 물어볼 수 없는, 아니 아무리 궁금해도 절대 물어보지 않겠다는 의지 같은 게 보이는 것 같았다. 이렇게 속이 투명하게 드러나는 사람이었는데, 그동안 왜 몰랐을까. 3개월이 넘는 시간 동안 마주 보고 그렇게 많은 얘기를 나눴으면서, 어떻게 저 야릇하게 기분 나쁜 표정을 한 번도 눈치채지 못했을까. 익숙하고도 낯선 윤영의 얼굴을 마주하는 정원의 속이 쓰렸다.

"혹시 그 사건에 제 환자인 이바른 씨가 연루되어 있나요? 그래서 그분에 대해 저한테 물으시는 거예요?"

여유로운 몸짓이 어딘가 모르게 어색한 윤영이 다시 입을 열었다.

"글쎄요. 그보다 이바른은 제 회사 동료예요. 저희 팀 막내."

"서정원 씨 회사 동료라고요?"

정원은 급격히 굳어버린 윤영의 표정을 확인했다. 억지 노력이 무색할 만큼 당황한 기색이 역력했다.

"제가 언젠가 말씀드린 적 있을 거예요. 해외로 도피한 봉토그룹 딸을 찾아온 저희 팀 막내 기자요. 혹시 기억하세요?"

갈 곳 잃은 윤영의 눈동자가 쉴 새 없이 흔들리고 있었다. 윤영은 지저스의 존재를 몰랐던 게 분명해 보였다.

"이번에도 그 친구가 한 건 했죠. 아주 흥미롭고 중요한 정보를 저한테 줬거든요."

대답 없는 윤영과 눈을 맞춘 정원이 방긋 웃어 보이며 말을 이었다.

"유윤영 씨를 통해 수집한 정보들도 많아서 감사하다고 해야 할까요?"

"저를 통해 수집한 정보라니요."

침착하려 애썼지만 윤영의 눈썹은 미세하게 떨리고 있었다.

"아니면 난처하게 해드려서 죄송하다고 해야 하나?"

"이해가 안 되네요. 이바른 씨가 저를 통해 어떤 정보를 수집했다는 말씀이시죠?"

"취재를 하다 보면 의도치 않게 함정을 만드는 경우도 있어요. 물론 절대 그러면 안 되지만. 그래서 회사 차원에서 좀 알아봐야 할 것 같아서요."

윤영을 빤히 보며 말을 하던 정원의 시선이 천장의 CCTV로 향하자 윤영도 따라 고개를 돌렸다.

"이바른이 뭐라고 하던가요?"

천천히 윤영에게로 시선을 옮긴 정원이 물었다.

"…."

"대답하지 않으면 당신과 당신의 오랜 연인이 난처해질 수 있어요."

"지금 절 협박하시는 건가요? 우재까지 이용해서? 당신 남편으로 날 협박하는 거야?"

"편하신 대로 생각하세요."

정원은 주먹을 불끈 쥔 윤영을 빤히 보았다.

"우린 아무도 죽이지 않았어!"

그제야 입을 연 윤영의 목소리는 격앙되어 있었다.

"자, 유윤영 씨. 그럼 이제 얘기해 봐요. 이바른 씨가 병원에는… 왜 왔죠?"

"괜찮아요. 그냥 친구한테 얘기한다고 생각하시고 편하게 말씀해 보세요."

2개월 전, U1 진료실에는 윤영과 바른이 마주 앉아 있었다. 악몽에 시달린다며 윤영을 찾아온 청년은 이름처럼 잘생기고 바른 모습이 흔히들 말하는 교회 오빠 같았다.

'저런 동생 하나 있으면 좋겠네.'

윤영은 머뭇거리는 반듯한 청년을 바라보며 그의 얘기를 기다렸다.

"꿈에 매번 같은 여고생이 나와요."

바른 청년이 침착한 말투로 입을 열었다. 바른은 천천히 당시를 회상하기 시작했다.

"어릴 때, 저 초등학교 때요. 아버지가 일하시던 공장에 자주 놀러 갔었거든요. 어머니 심부름으로 도시락도 가져다드리고. 아버지 공장에 가면 항상 아버지랑 같이 일하시는 삼촌들이 과자를 주셔서 그거 받아먹는 재미에 자주 갔었어요."

"네, 그러셨군요."

"그날은 아버지가 쉬시는 날이었는데, 엄마가 부침개를 부치셨다고 공장에서 당직하는 삼촌들 가져다드리라고 해서 갔었어요. 해가 뉘엿뉘엿 지는 왜 좀 파랗게 변하는 시간 있잖아요. 그런 시간이었고 좀 깜깜했던 것 같아요. 이상하게 삼촌들 계신 당직실에는 아무도 없더라고요. 그냥 엄마가 싸주신 도시락 통만 두고 밖으로 나와서 공장 입구 쪽 창고 앞을 지나는데, 어떤 누나가 보였어요. 교복 입은 누나. 우리 동네 여고 교복이요."

"아는 누나였나요?"

"아니요. 모르는 누나였어요. 그냥 그 누나 뒷모습을 보면서 '저 누나는 왜 창고에서 나오지?' 그런 생각을 했던 것 같아요. 근데, 그때 그 누나가 뒤를 획 돌아서 저랑 눈이 마주쳤거든요. 재미있는 일이 있었는지 웃고 있더라고요."

"혼자 웃고 있었다고요?"

"네, 이상하게 그 웃는 모습이 너무 소름 끼치고 무서워서 저는 그대로 그 자리에 멈춰버렸어요."

"그런 일이 있으셨군요. 바른 씨 꿈에 자꾸 나타난다는 여고생이 혹시 그때 그 누난가요?"

바른의 얘기를 귀 기울여 듣고 있던 윤영이 조심스레 질문을 시작하고, 바른은 차분하게 대답했다.

"네."

"그랬군요. 그 이후에 이어지는 다른 일이 있었나요? 관련해서 충격을 받았거나."

"그날 공장이 폭발하고, 제가 부침개를 가져다주려고 했던 삼촌이 돌아가셨어요. 폭발 사고로 병원에 누워 계시다가…. 그 삼촌네에는 저보다 한 살 많은 형이 있어서 자주 놀러 갔었는데…."

"그랬군요. 어린 마음에 상처가 되었겠네요."

윤영이 고개를 끄덕이자 맑던 바른의 눈에 눈물이 고이고, 입가에는 씁쓸한 미소가 번졌다.

"제가 그날 본 걸 괜히 아버지께 말씀드려서는…."

쓸쓸한 얼굴로 바른이 흘리듯 말했다.

"네? 아버지요?"

"아, 아닙니다. 그 일이 있은 후로 자꾸 악몽을 꾼다고요."

"흔치는 않지만 충분히 있을 수 있는 일이에요. 어린 시절에 무서운 영화 속 장면을 잊지 못하는 사람들도 의외로 많거든요. 그리고 이바른 씨 같은 경우에는,"

윤영이 특유의 부드러운 말투로 설명을 시작했다.

"이바른 씨는 그 이후로 몇 번 더 진료를 보고 갔어요. 그게 다예요. 제가 아는 그 사람. 근데 지금 이게 중요한가요?"

    기억을 더듬어 맞은편의 정원에게 설명하던 윤영이 짜증 섞인 목소리로 물었다. 바른에 대한 윤영의 얘기에 정원의 가슴속이 먹먹해졌다. 지저스가 보냈던 폴더 1 속, 두 번째 파일의 비밀이 풀리는 순간이었다.

    '막내, 네가 공장장의 아들이었구나. 그래서 나를 이 사건에 끌어들인 거였어.'

    막내의 선한 얼굴 뒤에 감춰져 있던 상처를 곱씹은 정원은 지저스가 보냈던 두 번째 파일을 떠올렸다. 두 번째 파일은 2000년 무언 사고 당시 공장장이 담당 검사인 형택에게 보낸 짧은 편지였다.

        존경하는 검사님.

        불철주야 사건의 진상을 밝히고자 힘써주셔서 정말 감사드립니다.

        오늘 아침에 병원에 누워 있던 제 부하 직원 이수창이 눈을 떴습니다. 아직 말은 제대로 못 하지만 "문이 잠겼어"라는 말만 되풀이했습니다.

        제가 예상하기로는 그날 순찰을 돌지 못했던 이유가 문이 잠겨서 창고에 갇혀 있었던 것 같습니다. 마침 제 아들놈이 그날 심부름으로 공장에 갔다가 창고 앞을 지나는 여학생을 봤다고 하는데요. 무언 여고 교복을 입고 있었다고 합니다. 검사님께서 그 학생을 찾아서 그날 창고 근처에서 혹시 본 건 없는지 물어봐 주시면 어떨까 싶습니다.

        누차 말씀드렸지만, 제 부하 직원은 아무 이유 없이 순찰을 빼먹을 놈이 아닙니다. 특히나 3개월 전부터는 컴퓨터 시스템도 말을 듣질 않아서 배기통이 제대로 작동하지 않는 경우가 많았기에 2시간에 한 번씩은 빼먹지 않고 순찰을 하며 배기 상태를 확인하고 있었습니다. 회사에 없던 당직 시스템이 생긴 것도 그 이유입니다. 윗선에는 아무리 얘기를 해도 시스템을 고쳐주지 않았으니까….

아무쪼록 검사님만 믿겠습니다.

지 공장장 올림.

"이바른 씨는 날 이렇게 이용해 먹으려고 여기에 온 건가요? 나에게 했던 얘기들만큼은 진심 같았는데."

잠시 눈을 감고 생각에 잠겼던 정원이 윤영의 질문에 눈을 떴다.

"믿을 놈 정말 하나도 없죠?"

윤영의 말에 정원이 속으로 대답했다.

'바른이는 적어도 모두에게 거짓말을 하지는 않았어.'

"그럼 방송에 우재랑 제 얘기는 빠지는 거 맞죠?"

막내에 대한 이야기가 끝난 건지 윤영이 말을 돌렸다.

"유윤영 씨는 한나리 양 살해한 범인이 누군지 아시죠?"

정원이 대답 대신 질문했다.

"하… 서 기자님, 다시 한번 말하지만 우린 누구도 죽이지 않았어요."

"그 우린 누굴 말하는 거예요?"

"저 이제 진료 예약 시간이 다 되어가네요. 이만 돌아가 주시겠어요?"

뻔뻔한 얼굴로 소파에서 일어난 윤영이 진료실 문을 열며 정원

을 밖으로 안내했다. 그런 윤영을 바라보는 정원의 입에서 헛웃음
이 새어 나왔다.

*

"안녕하세요. 또 뵙네요."

한달음에 햇빛 요양원으로 달려간 태헌이 눈에 익은 간호사에
게 인사를 건넸다.

"생각보다 일찍 도착하셨네요. 자료는 준비해 뒀어요. 잠깐 앉
으시겠어요?"

요양원으로 출발하며 전화를 걸어 지승호와 그 어머니에 관한
행정 자료를 요청해 둔 태헌이었다. 간호사는 준비된 서류를 챙겨
들고는 인포메이션 데스크 앞 휴게 의자로 태헌을 안내했다.

"그런데 지승호 씨한테 무슨 문제라도 생긴 건가요?"

자리에 앉은 간호사가 걱정되는 눈빛으로 말을 꺼냈다.

"아니요. 그건 아니고요. 제가 자료 좀 봐도 될까요?"

"네. 보세요."

마음이 급했던 태헌은 간호사 앞에 놓인 서류를 집어 들었다.

보호자: 이바른

2010년 지승호 모자가 요양원으로 온 이후의 모든 결제 내역의
입금자 역시 이바른이었다.

185

"이분이요…, 지승호 씨와 그 어머니의 보호자 이바른 씨. 자주 오시나요?"

"보호자님은 서울에 계셔서 자주는 못 오지만 그래도 한 달에 한 번은 꼭 오시는 편이에요."

"혹시 이분이 지승호 씨 모자와 어떤 관계인지 아십니까?"

"잠깐 얘기 나눈 적이 있는데 이웃사촌이라고 했었어요. 사실 가족도 아닌데 이렇게나 챙기시는 걸 보고 저희 시설 사람들도 신기해하거든요. 특히 지승호 님 어머니한테는 아주 지극정성이에요. 누가 보면 친아들인 줄 알 거예요. 아마."

"친아들이요?"

간호사의 설명을 들으며 서류를 살피던 태헌이 번쩍 고개를 들었다.

"그만큼 가까워 보인다고요. 면회할 때면 어루만지고, 눈물 흘리고…. 정말 두 분 관계가 각별한 것 같더라고요."

간호사가 웃으며 대답했다.

"지승호 씨와 이바른 씨는 어때요? 두 사람 어때 보여요?"

"보호자님이 승호 님도 많이 챙겨요. 어머니만큼은 아니지만요. 승호 님이 먼 산만 바라보는 날이 많아서 그런지 보호자님이 장난도 걸고. 뭐 그럴 땐 둘 다 그 또래처럼 보여요."

"그럼 지승호 씨 모자가 여기로 오기 전에는 어떻게 생활했는지 혹시 아세요?"

"어머니는 어디 다른 지방 요양원에 계셨다고 들었고요, 승호 님은 지금 보호자님이랑 같이 생활하셨다고 들었어요. 저희 시설에 오시기 전에 다른 시설에 계시진 않았어요."

간호사의 설명에 태헌은 머릿속에 복잡하게 뒤죽박죽 엉켜 있던 퍼즐이 자리를 잡아가고 있는 듯한 느낌이 들었다.

*

'지저스가 유윤영에게 접근했던 이유는 뭘까? 유윤영이 범인이라서? 그렇다면 유윤영은 모수린과 공범일까? 그게 아니라면 그녀가 모든 사건의 진실을 알고 있어서? 모수린이 친구이자 주치의인 유윤영에게 본인이 저지른 사건을 얘기했을까? 설마, 아무리 친하다고 해도 그렇게 끔찍한 속 마음을 얘기 할 수 있을까? 그렇다면 역시 두 사람은 공범이라는 뜻일까? 그래서 김민철을 죽음으로 내몰았던 건가?

뭐가 됐든 유윤영이 사건에 중요한 열쇠를 쥐고 있는 건 사실인 것 같은데. 왜 하필 그 여잔 거야! 남편의 오랜 연인이라는 사실을 까맣게 모른 채 한때 내가 믿고 의지했던 내 주치의. 마음속 깊은 얘기를 털어놓았던 여자. 하… 막내야. 너는 대체 왜 숨어버린 거니?'

주차장으로 내려온 정원은 핸들에 고개를 묻고 생각하고 또 생각했다. 그때 울리는 휴대폰 벨 소리에 반사적으로 고개를 든 정원이 발신자를 확인하고 통화 버튼을 눌렀다. 태헌이었다.

"기자님, 요양원에서 자료 확보했습니다. 이바른이 지승호 모자의 보호자가 맞아요. 저는 이제 동사무소에 가서 지승호와 이바른에 대한 기록 더 확인하고 서울로 갈게요."

"동사무소에요?"

"네. 지승호는 요양원에 들어오기 전에 이바른이랑 둘이 살았대요. 이바른은 학생이었을 테고, 지승호는 몸이 성치 않았으니 분명 뭐든 복지 시스템을 이용했을 거란 말이죠. 동사무소에 가서 확인해 보면 뭔가 찾을 수 있을 것 같아요."

"알겠습니다. 경위님."

"저녁 시간 전에 도착할 수 있어요. 기자님은요? 그 정신과 의사가 이상한 짓 안 했어요? 괜찮은 거죠?"

활기찬 태헌의 목소리에 복잡했던 정원의 머리가 조금은 맑아지는 것 같았다.

"괜찮아요. 그럼 저녁에 경찰서에서 봬요."

"그리고 오 형사가 이바른 씨 열심히 찾고 있어요. 오 형사 그 자식이 사람 하나는 기차게 찾거든요. 금방 알아낼 테니 걱정 마시고 계세요. 일단 저녁에 만나서 얘기합시다."

"그래요, 운전 조심하세요."

"걱정 마십쇼. 제가 또 운전 하나는 기가 막히게 합니다. 제 걱정은 마시고 기자님은 식사나 잘 챙겨 드세요. 제가 말했죠? 잘 먹어야 사건 해결도 하고 힘차게 멱살도 잡는다고. 하하하."

호탕한 태헌의 웃음소리에 정원의 입가에도 살며시 미소가 번졌다. 종료 버튼을 누른 정원이 여전히 휴대폰을 만지작거리고 있는데 또다시 벨이 울렸다. 발신자 표시 창에 뜬 영선의 이름을 확인한 정원이 통화 버튼을 눌렀다.

"밥은 먹고 다니냐? 점심 먹자."

"그래, 선배. 밥 먹자."

아직 미소가 가시지 않은 정원의 입꼬리가 조금 더 올라갔다. 잠시나마 두통을 잊게 만드는 시원시원한 목소리. 두 사람의 밝은 목소리에 힘없이 축 처졌던 정원의 어깨도 제자리를 찾는 것만 같았다.

"네가 웬일이냐? 바쁘다고 안 먹는다고 할 줄 알았더니만."

"밥을 먹어야 힘내서 취재를 하지. 밥 먹자. 배고파."

"그래, 잘 생각했다. 너 삐쩍 곯아서 화면발도 안 받게 생겼더라. 이제 방송 며칠 안 남았는데 살 좀 찌워야 해. 그러다 미녀 기자가 아니라 해골 기자 될까 봐 내가 걱정이다."

"알았어. 먹자고. 나 지금 강남이야. 선배는 방송국이야?"

"잘됐다 야. 나도 강남에서 방송국 들어가려던 참이었어. 그럼 신사동 탄탄면 집으로 와. 나 어제 술독에 빠져서 해장 좀 해야겠어. 너도 너희 팀 막내 토껴서 속 시끄러울 텐데 매운 거 먹고 스트레스 확 풀어."

"바로 갈게."

전화를 끊은 정원은 조금은 밝아진 표정으로 시동을 걸었다.

"그래서 네 말은 모수린이 범인으로 유력하다는 거지?"

시뻘건 국물을 들이켠 영선이 그릇을 테이블에 탁 내려놓으며 물었다.

"확실해. 증거는 더 찾아야겠지만."

"흠, 모수린이랑 정신과 원장이랑 친하다고 했지?"

눈을 가늘게 뜬 영선이 냅킨으로 입을 닦으며 고개를 끄덕였다.

"뭐 아는 거 있어?"

심상치 않은 영선의 반응에 정원도 나무 숟가락을 내려놓았다.

"어제 연예부 기자들 모임에서 B급 사진들 보다가 이상한 사진을 봤어."

"이상한 사진?"

영선이 가방에서 사진 한 장을 꺼내서 정원 앞에 내밀었다.

"한류 스타 윤혁 알지? 걔가 고시생 체험하는 이상한 버라이어티 촬영하다가 중간에 차에서 잠깐 쉬는 사진이야. 근데 여기 뒤차에서 내리는 여자 보이지? 야상 입은 여자."

영선은 사진 속 검은 벤 뒤에 주차된 흰색 차에서 내리는 여자를 손가락으로 짚었다.

"어? 이 여자!"

"그래, 이 여자 너도 알아보겠지? 그 여자잖아. 너 다니는 정신과 원장. 근데 재밌는 게 이 차 넘버 보이지?"

[41 버 5097]

번호를 확인한 정원이 눈을 동그랗게 뜨고 영선을 바라보았다.

"맞지? 모형택 족제비 비서관이 조사 받은 차. 혹시나 해서 내가 정치부에 확인했어. 차종이랑 번호 다 동일하더라고. 정치부에서는 엠바고 걸려서 보도는 안 하는 분위기던데…. 암튼 이거 정원이 네가 찾아다니는 사건이랑 관련 있는 거 맞지?"

고개만 끄덕일 뿐 대답 없는 정원을 향해 영선이 말을 이었다.

"신임동에서 윤혁이 고시생 체험 촬영했을 때가 3월 중순이었어. 차은새 사건 관련해서 자살한 스토커가 범인으로 잡혔다고 떠들썩했던 그때. 이름이 뭐더라?"

"김민철."

"어! 그래, 그 김민철! 아마 그 인간이 경찰에 잡히고 바로 다음 날일 거야."

영선의 말에 가만히 생각하던 정원이 뭔가 떠올라 목소리를 낮추며 말했다.

"맞아. 그러고 보니까 나도 그날 신임동에서 유윤영을 봤었어. 나도 이 주차장에 주차를 했었는데."

"뭐? 네가? 넌 거기 왜 갔었는데? 윤혁 촬영하는 것도 봤어? 유윤영도 보고?"

영선이 굳은 표정의 정원을 향해 속사포처럼 질문을 해댔다.

"지저스가 불러서."

정원이 넋을 놓고 대답했다.

"뭐? 누가 불러?"

황당해하는 영선을 앞에 두고 정원은 생각에 빠졌다. 지저스가 준 마지막 정보를 따라갔던 신임동 PC방. 자신과 한병문이 받았던 기분 나쁜 문자 메시지의 발신지. 그곳에 유윤영이 있었던 사실을 까맣게 잊고 있었다. 왜 유윤영은 그 수상한 차를 타고 신임동에 있었을까.

같은 날 저녁, 강남 경찰서에 도착한 정원이 회의실 문을 열었다.

"오셨네요. 여기 앉으세요."

벌떡 일어난 태헌이 의자를 빼주며 정원을 반겼다. 회의 테이블에는 서류와 사진들이 잔뜩 쌓여 있었고, 보드판에는 진명숙과 차은새 살인 사건 전개도와 함께 사건과 관련된 인물들의 사진이 빼곡히 붙어 있었다.

"서 기자님 오셨네요."

정원이 보드판을 훑어볼 때, 오 형사가 양손에 검은 비닐봉지를 들고 회의실로 들어왔다.

"저녁 안 드셨죠? 먹고 합시다. 먹어야 머리도 팽팽 돌아가죠."

오 형사가 봉지를 테이블 위에 올리자 태헌이 김밥과 만두를 꺼내 펼치며 말했다.

"김 경위님 오늘 바쁘게 다니시느라 식사도 제대로 못 하셨죠?"

"태헌이 저 자식 좀 전에 저랑 같이 순대국밥 먹었어요. 혼자 2인분이나 먹었으니 아마 엄청 배부를 거예요. 이건 기자님 드시라고 일부러 사 온 거예요. 저 자식이 원래 이렇게 남의 밥 챙기는 캐릭터가 아닌데 이상하단 말이야."

오 형사가 태헌을 보며 알 수 없는 표정을 지었다.

"야, 오 형사. 너 아까 바쁘다고 하지 않았냐?"

살짝 얼굴이 붉어진 태헌이 회의실 밖으로 오 형사의 등을 떠밀었다.

"아니, 아 뭐 그러면 이따가 또 봬요, 기자님."

떠밀려 나간 오 형사가 문밖에서 큰 소리로 정원에게 인사를 건넸다.

"오민기 저 짜식은 가끔 실없는 소릴 저렇게 한다니까요. 하여간 참 싱거운 놈이야."

살짝 붉어진 얼굴로 말을 더듬으며 회의실 문 앞을 뱅글뱅글 돌던 태헌이 플라스틱 도시락 뚜껑에 만두와 김밥을 덜어서 정원의 앞에 내밀었다. 정원은 낮에 먹은 탄탄면이 아직 소화되지 않은 것 같았지만 태헌의 성화에 만두를 입에 넣으며 쌓여 있는 서류를 검토하기 시작했다.

"그러니까 정리를 하자면, 모수린은 어릴 때 친구 안약에 아세톤을 넣는 엽기적인 범행을 저지른 전적이 있고, 3년 후 무언 공장 사건 당일에 심상치 않은 모습으로 사건 현장 주변에서 발견된 학생도 모수린일 가능성이 높다. 이거죠?"

보드판 앞에 선 태헌이 펜으로 동그라미를 쳐가며 정원의 말을 곱씹었다.

"그래서 지저스가 모수린을 주시했을 수 있다는 거죠."

"지저스는 공장장의 아들이니까?"

테이블에 앉아 보드판을 바라보는 정원의 눈빛도 반짝였다.

"여기 공장장이 모형택에게 보낸 편지를 보면, 공장장의 아들이 여학생을 봤다고 적혀 있으니."

"그리고 기자님이 지금 취재 중인 스페인 유학생 사건을 포함해서 진명숙 씨, 차은새 씨와 모두 접점이 있을 수 있는 인물이 바로 모수린이고."

"차은새가 살해된 날 리더스팰리스 건물 출입자 명단에도 모수린이 있었어요."

"그건 어떻게 아셨습니까?"

"지저스가 알려줬어요."

정원의 대답에 태헌이 고개를 끄덕였다.

"혼자 했을까요? 범행을?"

이번에는 정원이 물었다.

"살해 수법으로 보면 혼자서도 불가능하진 않을 거예요. 진명숙 씨는 끈으로 먼저 목이 졸리고, 의식이 없는 상태에서 칼에 찔렸거든요. 진명숙 씨가 워낙 체구가 작은 데다가, 뒤에서 기습한 거라 방어하기 힘들었을 거예요. 그 자리에서 바로 쓰러지며 몸이 벽에 기대졌다면 지금 이 모습처럼 죽어 있을 수 있죠."

혼자서 목을 잡고 몸을 비틀며 상황을 재연하던 태헌이 보드판에 붙어 있는 사진을 가리켰다.

"근데 차은새는 몸싸움의 흔적이 전혀 없단 말이죠. 뒤에서 정확히 찔렀을 때 한 방에 나가떨어진 것 같고, 이게 보통 사람들은 하기 힘들죠. 전문 킬러도 아니고."

태헌이 고개를 가로저으며 말했다.

"모수린이 아주 어릴 적부터 범죄 스릴러 소설 광이라고 했어요. 그럼 가능성이 달라질까요?"

"그럴 수도 있죠. 어디를 찌를지 미리 준비한 거라면. 모수린이 정말 정상이 아니라면 준비했을 수도 있고요."

볼펜을 딸깍거리던 태헌이 다시 입을 열었다.

"뭐 얽어걸린 걸 수도 있지 않아요? 모형택 족제비 비서도 있고, 그 정신과 의사 친구도 있잖아요. 어쩌면 같이한 건 아닐까요? 아이, 설마 그건 아니겠죠? 아무리 그래도 딸이 사이코패스라서 사람을 죽이고 다니는데 아버지라는 사람이 그걸 도와줬단 말이야? 말이 돼? 안 되지."

"어쩌면 직접적으로 도와준 것만 아닐지도 몰라요. 딸이 사람을 죽였다는 사실을 알게 된 아버지가 사건 은폐에 적극적으로 가담했을 수는 있지 않을까요?"

곰곰이 생각하던 정원이 말했다.

"어! 그거다. 충분히 가능한 얘기예요."

정원의 말에 태헌이 맞장구를 쳤다.

"아, 근데 그럼 정신과 의사는?"

아직 뭔가 꺼림칙한 기분이 든 태헌이 물었다. 그때 가방을 뒤적이던 정원이 울리는 벨 소리에 전화를 받았다.

"응, 양 작가. 퇴근 안 했어?"

"팀장님, 목격자 제보가 들어왔어요."

휴대폰 너머에서 흥분한 양 작가의 목소리가 들려왔다.

"뭐?"

"스페인에서 한인 슈퍼를 하던 사람의 손자라는 사람에게서 이메일이 왔어요. 한나리 양 사건 당일에 우리 제보 사진에 있는 여자가 쓰레기봉투를 잔뜩 샀던 걸 기억한다고요."

"사진에 여자라면 어느 쪽?"

"활짝 웃고 있는 단발머리 여자요."

정원의 시선이 테이블 끝에 놓인 오아뉴 제보 사진으로 향했다.

사진 속에는 세련된 단발머리의 유윤영이 하얀 이를 드러내며 웃고 있었다.

"확실히 기억한대? 인터뷰는 가능하고?"

시선을 사진에 고정한 채 정원이 물었다.

"스페인에서 온 메일이라서 직접 만나기는 힘들 것 같고요, 일단 메일로 화상 인터뷰 가능한지 확인해 볼게요."

"알았어. 회신 오면 다시 알려줘."

"네, 팀장님. 바로 연락드릴게요."

전화를 끊은 정원의 가슴이 뛰기 시작했다.

"뭔가 찾았대요?"

상기된 정원의 표정에 태헌이 물었다.

"제보가 들어왔대요. 사건 당일에 여기 이 사진 속 유윤영이 쓰레기봉투를 사는 걸 봤다는 사람이요."

정원이 오아뉴 제보 사진을 만지작거리며 고개를 갸웃했다.

"네? 이 사진을 보고 12년 전에 잠깐 스친 사람을 기억한다고요? 허위 제보 아니에요?"

의심 가득한 표정으로 태헌이 의자에 기대앉으며 말을 이었다.

"이건 초여름 사진이고 사건은 초겨울에 발생했다면서요? 그럼 이 사진 찍었을 때랑은 옷도, 헤어스타일도, 느낌도 다를 텐데, 원래 알았던 사이도 아니고 그냥 슈퍼 손님이었던 사람 얼굴을 그렇게 정확히 기억할 수가 있을까요? 그것도 12년 전에 본 사람을?"

"좀 그렇긴 하죠? 그래도 제보자 말을 들어봐야죠. 아시안이 흔한 곳은 아니니까 뭔가 기억할 만한 특별한 단서가 있을지도 모르고, 유난히 눈썰미가 좋은 사람들도 있으니까요.”

차분하게 대답하던 정원이 뭔가 떠오른 듯 수첩을 뒤적였다.

“아, 그리고 이것도 있어요.”

“한류 스타 윤혁이네요.”

정원이 수첩 사이에서 사진 한 장을 꺼내 내밀자 태헌은 사진을 향해 몸을 기울였다.

“윤혁 뒤에요. 누군지 알아보시겠어요?”

“이 차, 진명숙 씨 차잖아요. 어? 이 사람은 정신과 의사네요. 이 사람이 왜.”

태헌도 사진 속 윤영을 알아보았다.

“김민철이 체포된 바로 다음 날 신임동이에요. 저도 같은 날 이 근처에서 유윤영이 지나가는 걸 봤었어요.”

“신임동이요? 그러고 보니 그 며칠 전에 기자님 저랑 신임동에서 만났었잖아요.”

“맞아요. 경위님은 거기 왜 가셨던 거예요?”

“저야 김민철 사는 고시텔에 김민철 잡으러요. 기자님은요?”

“저는 지저스가 가보라고 해서….”

미간을 찌푸린 정원이 대답했다.

“지저스가요? 김민철 고시텔이요?”

“아니요, 저한테 왔던 수상한 협박 문자의 발신지가 이 근처 PC방이라고 알려줬어요. 그래서 가봤는데 PC방은 운영을 안 한 지 오래된 곳이었고요.”

“이거 무슨 미로 찾기도 아니고 엄청 복잡하네요. 아무튼 확실한 건 유윤영을 데려와서 조사해야 한다는 거죠? 그 의사한테서 구린….”

태헌의 불평이 끝나기도 전에 오 형사가 빼꼼 문을 열고 얼굴을 들이밀었다.

“태헌아, 출입국 사무소에서 연락 왔어. 바른인가 생활인가하는 그 사람 출국했다고 하는데? 오늘 낮에 미국으로.”

“뭐?”

“대체 그 바른 생활이라는 사람이 뭔데? 혹시 범인이야?”

정원과 태헌은 굳은 표정으로 서로를 바라보았다.

*

늦은 밤. 형택이 사무실 소파에 기대앉았다. 손에 든 잔을 물끄러미 바라보던 형택은 손목을 돌려 잔을 흔들었다. 얼음이 유리잔에 부딪히며 차가운 소리를 냈다. 가만히 그 소리를 듣고 있던 형택은 잔에 남은 술을 들이켰다. 술병을 들어 빈 잔을 채울 때, 노크소리와 함께 송 실장이 사무실로 들어왔다.

“이제 신경 쓰실 일 없도록 마무리될 것 같습니다.”

소파 옆에 공손히 선 송 실장이 말했다.

“고생했네. 잠시 앉지.”

“네.”

“자네도 한잔할 텐가?”

소파에 걸터앉은 송 실장을 향해 형택이 마시던 잔을 들어 보이며 물었다.

"아닙니다. 의원님 많이 지쳐 보이십니다. 안색도 안 좋아 보이시고요. 건강검진이라도 받아보시겠습니까?"

"건강검진은 무슨. 술을 좀 마셔서 그래. 이번 일 해결이 나한테는 만병통치약이야."

"알겠습니다. 말끔히 정리하겠습니다."

"그래. 내년에는 같이 청와대 가야지. 안 그런가? 허허허."

취기가 오른 형택이 큰 소리로 웃었다.

"맞습니다."

송 실장이 흔들림 없는 표정으로 정중하게 대답했다.

"윤영이가 없어지면 우리 수린이가 심심해지겠구면."

"아쉬우십니까?"

"아쉽긴 이 사람아. 우리 수린이가 적적할까 봐 그러지. 불쌍한 우리 수린이 이번에는 치료를 잘 받아서 얼른 건강해져야 할 텐데. 건강해져서 서정원 기자 같은 아이랑 친하게 지내면 얼마나 좋아."

"서정원 기자요? 어휴, 골치 아픕니다. 의원님."

언제나 표정 없던 송 실장이지만 이번만큼은 인상을 잔뜩 찌푸리고는 고개를 세차게 흔들었다.

"허허허. 그렇지? 내가 취했나 보구면."

"댁으로 모실까요?"

"그래야지. 가는 길에 우리 수린이 좋아하는 아이스크림이나 좀 사가야겠어."

"차 대기시키겠습니다."

*

다음 날 오후, 태헌과 윤영이 경찰서 조사실에 마주 앉았다.

"유윤영 씨, 올해 초 오월동에서 발생했던 진명숙 씨 살인 사건에 대해 알고 계시죠? 모형택 의원 가정부로 일하셨던 분이요. 모 의원 따님이랑 각별한 사이시니 모르실 리 없을 텐데요."

"네, 알아요. 근데 그게 저랑 무슨 상관이죠?"

태헌의 질문에 윤영이 여유로운 표정으로 되물었다. 윤영은 경찰 조사 따위는 개의치 않는다는 듯 의자에 등을 기대고 앉아 셔츠의 소매를 접고 있었다.

"그날 11시경에 뭐 하셨습니까?"

태헌이 물었다.

"집에 있었어요."

"증명해 주실 분은 있고요?"

"글쎄요. 전 혼자 살아서요. 경비 아저씨? 자동차 출입 내역? 뭐든 말만 하세요."

태헌의 눈을 똑바로 쳐다본 윤영이 눈썹을 살짝 위로 올리며 묘한 미소를 보였다.

"3월 6일, 차은새 씨 살인 사건이 일어났을 때는 어디 계셨습니까?"

"당연히 병원이죠. 그땐 저희 간호사들이나 환자들이 저를 봤겠죠?"

"2008년, 스페인에서 살해된 한나리 양과는 함께 있었습니까?"

"뭐예요? 그 사건도 경찰이 수사하나요?"

윤영이 짜증 섞인 말투로 받아쳤다.

"공식적으로 수사를 하고 있진 않지만, 세 가지 살인 사건의 가해자가 같은 사람일 가능성을 염두에 두고 수사하고 있습니다."

가만히 윤영의 표정을 살핀 태헌이 다시 입을 열었다.

"유윤영 씨는 세 개의 사건에 모두 접점이 있으시더군요."

"제가요? 어떤 면에서요?"

"오월동 살인 사건 당시 현장에 있었던 차입니다. 이 차를 유윤영 씨도 타셨더군요."

태헌이 신임동에서 찍힌 윤영과 흰색 자동차 사진을 테이블 위에 놓으며 말을 이었다.

"그리고 차은새가 살해되기 직전에 다툼이 있었다고요. 매우 화가 나 있었다는 직원분의 진술도 확인했습니다."

"최 실장이 그래요? 어쩐지, 아침에 갑자기 연차 쓴다고 하더라. 여기서 조사받고 갔어요? 최 실장도?"

윤영의 히스테릭한 목소리가 듣기 거북했던 태헌은 대답 대신 다음 사진을 꺼냈다. 김민철이 목을 매달 때 사용했던 윤영의 스카프 사진이었다.

"차은새 살인 사건의 용의자로 조사를 받던 김민철 씨에게 접근해서 정신감정을 자처하셨습니다. 유윤영 씨와 상담 직후에 김민철 씨는 스스로 목숨을 끊었고요. 그것도 유윤영 씨의 스카프를 이용해서 말이죠."

"사진 속 차는 그냥 빌려 탄 거예요. 진 여사님 사건이 발생한 날은 제가 타지 않았고요."

가만히 사진을 내려다보던 윤영이 답답한 듯 크게 한숨을 내쉬고 대답했다.

"죽은 사람의 차를 빌려 타요? 그럼 사건이 발생한 날은 그 차를 누가 탔는지 아십니까?"

"그걸 제가 어떻게 알아요."

"그럼 이미 죽은 사람의 차를 대체 누구한테 빌려 타셨죠?"

"차은새가 죽던 날 차은새를 잠시 마주쳤던 건 사실이지만, 제가 만난 이후에도 차은새는 살아 있었잖아요. 그럼 그 건은 제가 범인이 아니겠죠?"

윤영은 당당했다. 그리고 대답하기 곤란한 질문은 교묘하게 피해가며 하고 싶은 말만 하고 있었다. 마치 범인에 대해 알고 있는 사람처럼.

"김민철은 좋은 일 좀 해보려고 했는데 운이 없었어요."

입꼬리를 내린 윤영이 태헌의 시선을 피하며 고개를 가로저었다.

"유윤영 씨는 2008년 스페인에서 한나리 양이 살해되던 그때, 스페인에 계셨더군요. 심지어 출입국 신고서에 작성한 숙소에는 묵지 않으셨고요. 그리고 무엇보다 살인 사건이 발생한 다음 날 아침, 슈퍼에서 쓰레기봉투를 구매하셨다죠? 그것도 아주 많이."

"쓰레기봉투? 제가요?"

여유로운 듯 대답하던 윤영의 눈이 동그랗게 커졌다. 당황한 얼굴. 태헌은 윤영의 반응을 통해 그녀가 지금까지의 질문은 예상했지만 스페인에서 구매한 쓰레기봉투건은 예상하지 못했다는 걸 알 수 있었다.

"제보자가 있습니다."

윤영의 눈을 빤히 바라보던 태헌이 짧게 말했다.

"누가 그런 제보를 했죠?"

"설우재 씨 때문에 그랬겠죠? 질투가 나니까. 그래서 한나리 양과 차은새 씨를 죽였습니까? 진명숙 씨는 왜 죽였어요? 김민철에게 완벽하게 뒤집어씌우려고 김민철도 죽게 만들었어요?"

"형사님! 지금 무슨 말씀 하시는 거예요?"

태헌이 압박해 오자 윤영도 함께 흥분하기 시작했다.

"곧 영장 나올 겁니다. 더 이상 빠져나갈 구멍은 없어 보이는데요. 이제 사실을 얘기하시죠."

태헌이 매서운 말투로 쏘아붙였다.

"무슨 그런 얼토당토않은 소설이죠? 황당하네요. 자리 좀 비켜주시죠. 전화 좀 해야겠어요."

점점 윤영의 표정이 불안해졌고 목소리는 날카로웠다.

"모형택 의원에게 전화하시려고요? 모형택 쪽에서는 유윤영 씨 전화 안 받을 겁니다. 받는다고 해도 이제 유윤영 씨에게 도움이 되지 않을 겁니다."

윤영은 대답 없이 태헌을 노려보았다. 그녀의 여유롭던 눈동자는 미세하게 떨리고 있었다.

"좀 전에 모 의원 보좌관에게 확인했습니다. 오월동에서 사건이 벌어지던 날, 유윤영 씨가 차를 쓴다고 가져가셨다고요!"

"네? 그게 무슨 말씀이세요? 송 실장이 그래요?"

"유윤영 씨, 아무래도 모형택이 당신을 버린 것 같습니다. 이대로라면 당신이 혼자 다 뒤집어쓰게 생겼어요."

태헌의 목소리가 더욱 높아졌다.

"쓰레기봉투를 산 사람, 2008년 11월에 단발머리를 하고 있던 사람. 유윤영 씨 아니잖아요. 그들이 모든 사건을 유윤영 씨 단독 범행으로 몰아가고 있다고요. 그래도 모형택에게 전화를 걸어보시겠습니까?"

"…"

"자, 이제 진실을 털어놓으시죠."

윤영은 불안한 듯 거칠게 머리를 쓸어 올렸다. 경찰서에 오는 길에 모수린과 모형택에게 수차례 전화를 걸었지만 연결이 되지 않았다. 그러나 윤영은 그들이 일부러 전화를 안 받는다고는 생각하지 않았다. 그들이 자신을 피하기에는 자신은 너무 많은 진실을 알고 있다고 믿었다. 모형택이 모수린을 지키기 위해서는 절대 자신을 내칠 수 없을 거라고 확신했다. 그랬는데 상황이 이상하게 돌아가고 있었다. 그 순간, 윤영은 극도의 불안감을 느꼈다.

경찰서에 오기 전 이른 아침에 윤영은 한 통의 전화를 받았다.

"송 실장님? 무슨 일이세요. 이렇게 이른 시간에."

"안녕하십니까, 원장님. 오늘 경찰 조사받으신다고요."

서늘한 목소리의 송 보좌관은 윤영이 싫어하는 모형택 주변인 중 한 명이었다. 감정 없는 남자. 모형택을 위해 태어난 것처럼 행동하는 사람.

"그래서요? 뭐 매뉴얼이라도 주실 생각이세요? 저 그런 거 필요 없는 사람인 거 아실 텐데요."

"잘 압니다. 그래서 전화드린 겁니다. 유 원장님을 위해 준비된 걸 알려드리려고요."

"무슨 말씀이세요? 쉽게 얘기해 주시죠."

윤영은 불안한 마음을 꾹꾹 누르며 물었다.

"최대 5년입니다. 5년 뒤에 미국으로 보내드리죠. 새로운 이름으로 미국에서 다시 시작하세요. 서정원 기자는 더 이상 설 감독이랑 결혼 생활을 유지하지 못할 겁니다. 그쪽 회장이라고 이미 내놓은 아들이 이 난리까지 벌였는데 끼고 있겠어요? 그러니 유 원장님은 거기서 사랑하는 남자랑 행복하게 살아요."

"5년이라니 무슨 말이에요? 알아듣게 얘기하라구!"

송 보좌관의 말에 윤영이 소리쳤다.

"5년 이상은 교도소에서 썩지 않게 해드릴게요. 사람 세 명 목숨값과 바꾸자는 겁니다. 유 원장님의 새로운 인생, 새로운 병원, 나쁘지 않을 텐데요."

"내가 왜 그래야 하는데! 내가 왜!"

"그러니까 일이 이렇게 커지게 만들지 말았어야지. 내 말 듣는 게 좋을 거야. 당신, 어디 변두리 고속도로에서 발견될 수도 있어."

파랗게 질린 윤영의 귀 너머로 전화는 끊어졌다.

*

윤영의 경찰 조사 당일, 아침 6시. 정원이 시사국에 도착했을 땐 먼저 도착한 양 작가가 화상 인터뷰 준비를 마치고 있었다.

"너무 일찍 나오시라고 했죠? 시차 때문에 어쩔 수 없었어요. 스페인은 지금 밤 11시더라고요."

수척한 정원의 얼굴을 본 양 작가의 표정이 안타까웠다.

"난 괜찮아. 양 작가가 새벽부터 고생이네."

"아니에요. 그나마 제보자가 이 시간에 인터뷰가 가능하다고 해서 다행이죠. 더 일찍 하자고 했으면 진짜 새벽에 나왔어야 하잖아요."

새로운 제보자의 등장에 양 작가는 파이팅이 넘쳤다.

"근데 단발머리 여자를 직접 보셨다는 할머니를 인터뷰할 수는 없는 거야? 꼭 손자랑 인터뷰를 해야 해?"

정원이 준비된 컴퓨터 앞에 앉으며 물었다.

"할머니는 건강 상태가 안 좋으셔서 힘들대요. 손자가 할머니께 충분히 들어서 본인이 하면 된다고 했어요."

"그래?"

고개를 끄덕이는 정원의 표정이 석연치 않았다.

"바로 시작할까요? 지금쯤 제보자도 기다리고 있을 텐데요."

여전히 찜찜한 표정으로 머뭇거리던 정원이 양 작가를 향해 고개를 돌렸다.

"양 작가. 일단 지금 인터뷰는 하고, 스페인 한인들 대상으로 제보자의 할머니가 하신다는 슈퍼에 대해서 좀 알아봐. 할머니 상태랑 손자라는 분에 대해서도. 가능한 다양한 정보들 수집해 줘."

"네, 그럴게요."

"바로 시작하자."

정원의 큐 사인과 함께 양 작가가 메신저의 통화 버튼을 눌렀다.

"저희 할머니가 분명히 기억을 하시더라고요. 그 단발머리 여자를 봤다고 하셨어요."

화면 속 20대 중반으로 보이는 남자가 말했다.

"얼굴을 정확히 기억하시던가요?"

"네. 단발머리 여자요. 저희 할머니가 눈썰미가 좋으시거든요. 특히나 처음 보는 한국인이라 더 기억을 하셨던 것 같아요. 가게에 가끔이라도 오는 한국 사람은 다 알고 계셨어요."

"할머니가 하셨던 말씀을 더 자세히 알려주실 수 있으세요?"

정원이 물었다.

"말씀드린 게 다예요. 아침에 가게 문을 열려고 갔는데 처음 보는 한국인 여자애가 가게 앞에 쭈그리고 앉아 있었대요. 겁에 잔뜩 질린 표정이라서 무슨 일 있냐고 물었는데 '그냥'이라고 흘리듯 대답을 하더래요. 애가 무슨 일이 있는지 눈빛이 완전 맛이 갔더라고 하셨어요."

'그냥? 눈빛이 맛이 갔다고?'

'눈빛'은 사람들이 모수린에 대해 묘사할 때 자주 쓰는 표현이고, '그냥'은 친구의 안약에 아세톤을 넣은 모수린이 했던 대답이었다. 순간, 정원의 머릿속에 섬뜩한 눈빛의 수린이 "그냥"이라고 대답하는 환영이 보이는 것만 같았다.

"쓰레기봉투만 사 갔습니까? 다른 건 안 사고요?"

209

"행주랑 세제를 같이 사 갔다고 하던데요."

"그렇군요. 한 가지 더 여쭙겠습니다. 제보자께서는 지금 스페인에 계신데요, 저희 방송에서 2008년 사건에 대해 제보를 받고 있다는 건 어떻게 아셨습니까?"

"그거야 뭐, 스페인에도 홍보 많이 하셨잖아요. 한인들 사이에서도 이 사건 관심 많아요. 특히나 서정원 기자님 방송은 여기서도 워낙 인기거든요."

"그렇군요. 관심 가져주셔서 감사합니다."

"그리고 저는 사실 이 사건에 대해 모르고 있었는데요. 얼마 전에 제 SNS에 어떤 사람이 댓글을 달았어요."

"댓글이라고요? 어떤 내용이었습니까?"

정원이 컴퓨터 화면을 향해 몸을 앞으로 당겼다.

"제가 할머니 슈퍼 사진 올려놓은 피드에요. 단발머리 여자가 아침에 쓰레기봉투 사 간 거 혹시 기억 못 하냐고."

"그 SNS 제가 좀 볼 수 있을까요?"

"제 SNS를 보시는 건 상관이 없는데, 저도 좀 전에 보니까 댓글을 지웠더라고요."

"댓글을 지워요? 혹시 그 댓글 쓴 분 아이디 기억하십니까?"

"글쎄요, 그것까진 기억이 안 나요. 딱히 활동은 안 하는 계정이었어요. 주소가 지저스 뭐라 뭐라 되어 있었는데 정확히 기억나진 않네요."

'지저스? 지저스라고?'

"혹시. Almighty Jesus is with Us 맞나요?"

"어! 자세히는 안 봐서 정확한 건 아니지만 맞는 것 같아요."

"네, 그렇군요. 알겠습니다. 인터뷰에 응해주셔서 감사합니다."

정원은 당황한 자신의 표정이 들킬까 봐 얼른 인터뷰를 마무리했다.

"양 작가, 제보자에 대해서 알아볼 필요 없겠어."

인터뷰를 마친 정원이 무거운 머리를 손으로 받치며 말했다.

"네? 왜요?"

"제보자 말이 진실인 것 같아서."

"어머, 그래요? 팀장님은 몇 마디 나눠보면 진심인지 거짓말인지 그런 게 바로 느껴지세요?"

컴퓨터를 정리하던 손을 멈춘 양 작가가 아이 같은 얼굴로 정원을 올려다보았다.

"몰랐냐? 이런 걸 바로 특종 기자의 촉이라는 거야."

"그럼 단발머리 여자가 범인일 확률이 크겠어요. 그렇죠?"

양 작가가 빙그레 웃는 정원을 바라보며 사진 속 단발머리 윤영을 가리켰다.

"근데 양 작가야. 저 사진은 5월, 사건은 11월. 그사이에 헤어스타일은 충분히 변할 수 있지 않을까? 누군가는 머리를 길렀을 수도 있고, 누군가는 잘랐을 수도 있고 말이야."

"그건 그렇죠."

*

어두운 경찰서 조사실에 싸늘한 냉기가 흐르고 있었다.

"2008년 한나리 양 사건 관련 제보자가 유윤영 씨를 정확히 짚었습니다."

한동안 말없이 앉아 있는 윤영을 기다려주던 태헌이 나지막이 입을 열었다.

"전 아닙니다. 전 아무도 죽이지 않았어요."

윤영은 지친 목소리였다.

"그런가요? 유윤영 씨는 항상 단발머리를 유지하셨더라고요?"

"꼭 그렇지만은 않아요. 가끔씩 머리를 기를 때도 있었고."

"그런 것 같더군요. 유윤영 씨는 생각보다 거짓말을 못하는 사람이란 거 스스로가 아시려나?"

힘든 기색이 역력한 윤영을 향해 태헌이 여유롭게 말했다.

"네? 뭐라고요?"

"유윤영 씨는 대답을 피하긴 해도 거짓말은 안 하시는 것 같다고요."

몸을 윤영 쪽으로 내민 태헌이 말을 이었다.

"그렇더라고요. 페이스북이요. 유윤영 씨 페이스북을 보니까 유윤영 씨는 거의 비슷한 헤어스타일을 유지하고 계셨어요. 그런데 방금 말씀하신 대로 2008년 가을부터는 머리를 기르셨더라고요. 이듬해 여름까지."

"…"

"그리고 유윤영 씨 사진 속에 종종 등장하는 분 중에 2008년 11월에 단발머리였던 분이 있던데요."

"…."

"그분이 누군지는 아시죠?"

윤영은 대답 없이 태헌을 빤히 쳐다보기만 했다.

"그런데도 혼자 다 뒤집어쓰시겠다? 모형택은 딸을 지키기 위해 당신을 이용하기로 마음먹은 것 같은데? 가까이에서 겪으셨으니 아시지 않나요? 오랫동안 봐온 차은새나 진명숙 씨의 죽음에도 눈 하나 깜짝하지 않는 사람이라는걸. 김민철 씨가 어떻게 죽는지 보셨잖아요. 일조하셨잖아요. 이번에는 유윤영 씨 차례인 것 같은데요."

끔찍한 유추를 하는 태헌의 목소리는 담담했다. 한참을 눈도 깜빡이지 않고 돌처럼 굳어 있던 윤영이 차분하게 물었다.

"이제 저는 어떻게 되는 건가요?"

"지금처럼 가만히 계신다면 한나리, 진명숙, 차은새 살해 혐의로 구속될 겁니다. 증거는 뭐, 지금도 많지만 찾다 보면 더 있겠죠. 모형택이 다 준비해 뒀을 테니까요. 그렇게 되면 수사도 간단할 거고요."

"가만히 있지 않으면요?"

"솔직히 말씀하신다면, 죄지은 만큼만 벌을 받게 되겠죠. 살인 방조나 사체 유기도 분명 잘못이니까요. 그렇지만 살인과는 달라요."

"다르겠죠. 그러니까 모형택이 수린이와 제 죄목을 바꾸려고 하는 거겠죠?"

윤영은 착잡한 듯 고개를 떨궜다.

*

같은 시간, 정원이 거실로 들어섰을 때 집은 온통 깜깜했다.

곧장 창가로 걸어간 정원이 암막 커튼을 열어젖히자 널브러진 와인병과 함께 소파에 기대 있던 우재의 모습이 드러났다.

"이제 방송 이틀 남았구나. 준비는 잘되고 있어?"

쉰 목소리의 우재가 몸을 일으키며 물었다.

"응."

"그래. 고생했네. 어디까지 취재된 거야?"

"거의 다 알게 된 것 같아. 내일까지 확실히 정리해야 하고."

싸늘하게 대답을 마친 정원이 방으로 발걸음을 옮기려는데, 다시 우재가 입을 열었다.

"너무 무서웠어. 걔들이 나리를 죽일 거라고는 상상도 못 했었어. 난 나리가 죽을까 봐 스페인으로 쫓아간 게 아니야. 윤영이가 짜증 나서, 우리 관계가 너무 지겹고 화가 나서, 그래서 도저히 같이 있을 수가 없어서 간 거였어."

정원은 걸음을 멈추고 우재를 빤히 쳐다보았다.

괴로운 듯 얼굴을 쓸어내린 우재가 힘겹게 말을 이었다.

"그날 윤영이랑 싸울 때, 윤영이가 정말 다 죽여버리고 싶다며 소리칠 때도 상상도 못 했어. 그리고 내가 나리 집으로 들어갔을 때는, 그때는 이미 나리는 죽어 있었어."

"유윤영보다 얼마큼 늦게 집으로 들어간 거야?"

"글쎄. 10분쯤?"

그날 밤 나리의 스튜디오 벨을 누른 우재는 문이 열리기를 기다리고 있었다. 이대로 그냥 미국으로 돌아가 버릴까 생각하기도 했지만, 자신이 없는 곳에 윤영과 나리가 함께 있다고 생각하니 돌아갈 수가 없었다. 매번 비슷한 상황이 발생할 때마다 '될 대로 되라지 뭐' 하고는 크게 신경 쓰지 않았던 우재였지만 이번만큼은 나리가 마음에 걸렸다. 나리가 자신과 윤영의 관계를 눈치채는 것도 싫었고, 윤영 때문에 나리와 헤어지는 건 더 싫었다. 무엇보다, 나리가 자신을 바람둥이라고 생각하게 되는 건 상상하기도 싫었다.

"우재야."

한참 만에 문을 연 윤영이 불안한 눈으로 우재를 바라보고 서 있었다.

'왜 윤영이가 문을 여는 거야? 얘 표정은 또 왜 이래? 지겹다. 지겨워.'

그런 윤영의 눈을 보는 것도 싫었던 우재는 시선을 피해 바닥을 바라보며 현관으로 들어섰다.

우재가 현관 안쪽으로 들어서자 윤영이 문을 닫고는 걸어 잠갔다.

"…!"

그 순간, 바닥에 괴상한 포즈로 누워 있는 나리와 그 옆에 흥건한 피가 우재의 눈에 들어왔다. 숨이 턱 막혀버린 우재는 뒷걸음질 쳤지만 좁은 스튜디오의 현관은 너무나도 작았다. 몇 발짝 떼기도 전에 현관문에 등을 부딪힌 우재는 그대로 현관에 등을 기댄 채 누워 있는 나리와 마주했다.

"이게 무슨 상황이야? 어떻게 된 거야?"

여전히 현관에 기대선 우재가 떨리는 목소리로 입을 열었다.

"나도 몰라. 좀 전에 들어와 보니까 이렇더라. 수린이가 이런 것 같아. 술을 너무 많이 마셨나 봐."

윤영의 시선을 따라 우재가 수린을 쳐다보았다. 바닥에 앉아 있는 수린은 넋이 나간 듯 미동이 없었다.

"쟤는 대답도 안 해. 일단 우재 너는 가."

"뭐라고? 나리는? 나리는 어떻게 된 거야?"

"나중에 얘기해. 내가 수린이랑 알아서 정리해 볼 테니까 너는 일단 여기서 나가. 수린이랑 나랑은 오늘 한나리랑 같이 다니는 모습 본 사람들이 있을지도 모르지만 넌 아니잖아. 너 여기 온 건 아무도 몰라. 공항에서 바로 왔으니까."

"…."

"응? 내 말 들어. 우재야. 너는 얼른 나가서 항상 네가 가는 호텔 체크인해. 그리고, 넌 오늘 여기 안 온 거야. 내 말 알겠니?"

"뭘 어쩌려고?"

"우재야. 설마 내가 너 난처한 상황 만들겠어? 나 믿고 넌 가. 호텔에서 좀 자고, 내일 어디 식당 한 군데 들렀다가 미국으로 돌아가. 나머지는 내가 알아서 할게."

윤영의 손에 떠밀려 문밖으로 나온 우재는 멍하니 현관 앞에 섰다.

"괜히 이 근처 어슬렁거리지 말고 얼른 가."

안쓰러운 듯 우재의 얼굴을 한번 쓰다듬은 윤영이 현관문을 열고 우재를 밀어냈다. 얼떨결에 떠밀려 나온 우재의 눈앞에서 문이 쾅 닫히자 방 안에서는 울먹이며 소리치는 윤영의 목소리가 들렸다.

"모수린. 정신 차려. 상황을 이 지경으로 만들어놓고 정신 못 차리면 어쩌겠다는 거야? 정신 차리고 뭐라도 좀 해."

＊

[정원! 퇴근했니? 회사로 와. 지금 빨리!]

퇴근 후, 다급한 영선의 문자에 정원은 다시 방송국에 들어섰다. 로비에서 안절부절못하고 서 있던 영선이 달려오는 정원을 맞았다.

"왜 그래 선배, 또 무슨 일이야?"

"강 국장이 딴말 안 해?"

마주 선 영선의 표정이 심상치 않았다.

"딴말? 무슨 말?"

"하긴, 네가 알고 있는데 이렇게 조용할 리가 없지."

"뭔데?"

"서정원 너 알면 기함할 만한 일이 있어. 왜 자꾸 이런 말을 내가 전하게 되는 거라니? 하, 난 정말 이런 역할 하고 싶지 않았다."

조심스레 손을 뻗어 정원의 어깨를 꽉 잡은 영선이 난처한 듯 말을 이었다.

"이번 주 오아뉴 자산 관리 특집이란다."

"무슨 뜬금없는 소리야? 자산 관리라니? 내 프로에 나도 모르는 특집이 어디 있어?"

정원이 영선을 빤히 보며 되물었다.

"요즘 동산, 부동산 할 것 없이 관심들 엄청 많잖아. 핫한 자산 관리 전문가들이 패널로 나와서 꿀 정보 공유하는 방송으로 기획 변경됐대. 아, 아니다. 기획 정도가 아니라 방송 준비도 다 끝났어."

"뭐?"

영선의 말을 알아들을 수 없던 정원이 인상을 찌푸렸다.

"사회는 기윤호 아나운서래."

현실감 없는 정원의 표정에 개의치 않고 영선이 설명을 이었다.

"너 지금 내 말 못 알아듣고 있는 거지? 그러니까 정원아, 잘 들어. 오아뉴 말이야. 이번 주는 자산 관리 특집으로 기윤호 아나운서가 진행을 한다고. 패널들 잔뜩 데리고 말이야. 기획에 패널 섭외까지 마치고 지금 스튜디오 세팅하고 있다고. 아직 감이 안 잡혀? 진짜 무슨 말인지 모르겠어?"

"선배 지금 뭐 새 방송 얘기하는 거야? 나 잘렸니?"

영선의 또랑또랑한 목소리에도 여전히 정원은 횡설수설했다.

"와, 강 국장이 이럴 줄은 몰랐다. 진짜 이게 말이 되냐? 무슨 시사 프로그램이 무엇이든 물어보세요도 아니고, 게다가 기윤호 아

216

나는 프리 선언하고 요즘 예능 대세던데 굳이 시사 프로그램을 이런 방향으로 끌고 갈 필요가 없잖아. 더 기막힌 게 뭔 줄 아니? 그 방송 기획을 강 국장이 직접 하고, 사장님 설득시켜서 억지로 밀어붙인 것도 강 국장이라는 거야. 나 그 영감 그렇게 안 봤는데 뒤통수를 정말 제대로 친다. 어떻게 인간이 그래?"

흥분해서 쏘아대는 영선의 목소리가 멀리 울리고, 그런 그녀를 바라보는 정원의 눈은 점점 초점이 흐려지고 있었다.

"이게 말이 되니? 뭐 이런 개 같은 경우가 다 있다니? 야, 정원아, 서정원! 야, 어디 가!"

정원은 어느새 엘리베이터를 향해 가고 있었다. 엘리베이터 문이 열리자, 정원은 앞에서 기다리던 사람들 틈 사이를 비집고 들어갔다. 정원을 태운 엘리베이터는 쫓아오는 영선이 도착하기도 전에 문이 닫혀버렸다.

23층에 도착한 정원이 국장실 문을 벌컥 열었다. 가장 먼저 강 국장의 맞은편에 앉아 있는 기윤호 아나운서가 정원의 시야에 들어왔다.

"아니죠?"

숨을 헐떡이며 잠시 기 아나운서를 쏘아보던 정원이 강 국장을 향해 물었다.

"윤호야, 잠깐 나가 있자. 있다가 다시 얘기해."

강 국장이 말했다. 갑작스러운 정원의 등장에 놀란 기윤호가 눈치를 살피며 소파에서 일어나 인사를 건넸다.

"정원 선배, 오랜만입니다."

"국장님, 아니죠?"

기윤호의 인사에 대꾸도 하지 않은 정원이 강 국장에게 다시 물었다.

"서 기자. 인사는 좀 하고 살자. 이렇게 예의 없는 사람이었나?"

강 국장이 대답 대신 호통을 쳤다. 정원의 등 뒤로 기윤호가 살그머니 나가며 문을 닫는 소리가 들렸다.

"예의요? 지금 예의 말씀하셨어요? 저한테 한마디 상의도 없이 이런 일을 꾸미신 분이?"

"정원아, 서정원의 오아뉴를 다른 사람에게 주겠다는 건 아니야. 이렇게까지 흥분할 거 없다."

소리치는 정원을 향해 강 국장이 말을 이었다.

"상황에 맞게 움직일 줄도 알아야지. 몸 사려야 할 땐 사리는 게 맞서 싸우는 것보다 더 중요할 때가 있는 거고 그게 프로야. 서 기자는 영리하니까 누구보다 잘 알 거 아니야. 회사 차원에서 결정한 문제니까 이번에는 조용히 따라와. 더 이상 나는 할 말 없다. 자리로 돌아가."

"모형택입니까? 제가 몸을 사려야 하는 이유가?"

여전히 잔뜩 힘이 들어간 목소리로 정원이 물었다.

"왜 이렇게 정신을 못 차려? 그게 중요한 게 아니잖아!"

"그럼 유학생 사건은요? 방송 안 해요?"

"더 좋은 사건도 많아."

"그냥 드롭한다고요? 유학생 사건을? 언제부터 더 좋은 거 안 좋은 거 가리셨어요? 저한테 정의 구현하라고 그럼 시청률은 따라

온다고 말씀하신 거 국장님 아니셨어요? 저 뭐 귀신이라도 만났어요?"

흥분한 정원이 따져 물었다.

"다른 방송 준비해라."

뒤돌아선 강 국장이 차갑게 대답했다.

"제보자도 나타나고 예고편도 나간 마당에 이제 와서 방송을 엎는다? 국장님은 참 잃을 게 많으신가 보네요. 원래 이렇게 비겁한 사람이었는데 제가 그동안 잘못 봤나 봅니다. 그럼 국장님은 그렇게 사세요. 전 그렇게 못하겠는데요, 더 이상 잃을 게 없어서 두려울 게 없거든요."

돌아선 정원이 쿵쿵거리며 나가려는 순간 강 국장이 벼락같이 소리쳤다.

"인마. 그러게 왜 이런 사건에 휘말려!"

정원이 그 자리에 멈춰 섰다.

"그러게 왜 나까지 모형택 같은 인간한테 끌려다니게 만들어? 내가 죽은 한나리 한 풀어주자고 살아 있는 서정원이를 내쳐야겠냐? 내 손으로 서정원이가 죽은 사람 앞에 두고 사진만 찍고 도망 나왔다고 만천하에 알려야 속이 시원하겠어? 고집도 정도껏 하라고, 이 자식아."

국장실에는 정적이 흘렀다. 온몸이 얼어붙은 정원은 아무 말도 할 수가 없었다.

*

    강남의 한 호텔 레스토랑에 초췌한 모습의 우재가 누나 해림과 마주 앉아 묵묵히 식사를 하고 있었다.

    "수호랑 싸웠다며?"

    스테이크가 반쯤 남았을 때, 해림이 포크를 놓고 처음으로 입을 열었다.

    "……."

    "꼴은 그게 뭐니? 너 지금 노숙자 같은 거 아니?"

    "……."

    "왜 그러고 사니?"

    "……."

    해림의 질문에 우재는 한마디 대답도 하지 않고 연신 고기만 씹어댔다.

    "차은새 걔 떨어져 나간 게 지금 네 꼴을 보니 다행인지 모르겠다."

    한숨을 쉬며 고기를 썰던 해림이 경멸하는 표정으로 말을 흘렸다.

    "넌 진짜 어디서 그런 냄새조차 천박한 애를."

    "누나 혹시 은새 만났었어?"

    접시를 향하던 우재의 시선이 해림을 향하고, 드디어 우재가 입을 열었다.

    "왜? 너는 만나는 애, 나는 만나면 안 되니? 네가 만나는 사람은

ㄹㄹㅇ

나도 다 만날 수 있어."

"누나가 걔를 왜 만나?"

"그러게 왜 내가 그딴 걸 만나게 해."

비소를 띤 해림은 꼿꼿하던 등을 의자에 기댔다.

"너 경찰 조사 안 받게 하려고 내가 얼마나 귀찮았는지는 아니? 네 나이가 몇인데, 내가 이런 뒤치다꺼리까지 해야겠어? 오너가 스캔들이 기업 이미지에 얼마나 타격을 주는지 몰라서 그러고 다니는 건 아닐 텐데. 집안에 도움은 못 될망정 재는 뿌리지 말아야지. 대체 언제 철들래?"

"뒤치다꺼리?"

우재가 매섭게 해림을 노려보았다.

"어디 여행이나 좀 다녀와."

그러거나 말거나 해림은 다시 포크를 들고 샐러드의 건포도를 고르며 말했다.

"누나나 봉수호 같은 놈들이랑 어울리지 마. 천박하게."

"됐고, 차은새는 이제 없으니 서정원, 유윤영, 누구 또 있니? 또 있음 전부 정리하고 한국 떠나. 여긴 내가 알아서 정리했으니."

"무슨 소리야?"

"말 그대로야. 넌 떠나기만 하면 돼."

해림의 말에 우재가 신경질적으로 포크를 내려놓고 휴대폰을 들었다.

"너는 식사 매너도 없니?"

해림의 말에도 아랑곳하지 않고 초록창 실시간 검색어를 확인한 우재의 머릿속이 하얗게 변했다. 검색어는 우재가 잘 아는 사람들의 이름으로 도배가 되어 있었다.

1. 차은새
2. 차은새 설우재 스캔들
3. 강남 신경정신과 유 모 씨
4. 유윤영
5. 서정원 남편

우재는 떨리는 손으로 초록창 상단의 기사를 클릭했다.

오월동 부녀자, 뮤지컬 배우 차은새 살인 사건 동일범 소행
강남 경찰서는 오월동 부녀자 살인 사건과 뮤지컬 배우 차은새 살인 사건의 용의자로 신경정신과 전문의 유 모 씨를 긴급 체포했다. 서정원 기자의 남편이자 고 차은새와 내연 관계였던 설우재 감독을 스토킹 해오던 유 모 씨는….

"누나."
겁에 질린 우재가 고개를 들어 해림을 쳐다보았다.
"내가 도와주는 건 이게 마지막이야. 그러니까 조용히 나갔다 와. 말썽 그만 부리고."
우재의 눈을 빤히 보며 고기를 질경질경 씹던 해림이 와인을 홀짝였다.

ㄹㄹㄹ

"정원! 너 괜찮은 거야?"

비틀거리며 국장실 밖으로 나오는 정원의 귀에 영선의 목소리가 들렸다.

"서 선배, 이번 주에 오아뉴 방송 안 한다면서요? 서 선배도 모르셨던 거예요?"

김 기자의 목소리였다.

"팀장님, 아까부터 한병문 씨한테 1분에 한 번씩 전화 오고 있어요."

한 발짝 뒤에서 양 작가의 목소리도 들렸다.

정신이 몽롱한 정원은 손에 쥐고 있던 휴대폰의 진동음에 반사적으로 통화 버튼을 눌렀다.

"서 기자님, 대체 어떻게 된 겁니까?"

한병문의 목소리가 수화기 밖으로 울려 퍼졌다.

"제가 지금 이상한 예고편을 봤습니다. 자산 관리 특집이라니요. 그럼 이번 주에 우리 나리 방송 안 하는 겁니까? 서 기자님, 약속이랑 다르지 않습니까."

뚜뚜 뚜뚜. 이어지는 통화 대기음. 액정의 글씨가 흐릿하게 보였다.

[김태헌 경위]

"기자님, 왜 이렇게 전화가 안 됩니까? 이 기사 뭡니까? TNJ에서 보도했던데요. 유윤영이 범인이라고 기사가 나왔어요. 지금 인터넷은 아주 난리던데 혹시 못 보셨어요?"

태헌의 목소리를 마지막으로 정원은 정신을 잃었다.

*

같은 시간, 강남 경찰서 조사실. 지친 모습의 윤영이 고개를 떨
군 채 앉아 있었다. 태헌이 윤영의 앞에 김이 모락모락 나는 커피
가 든 종이컵을 내려놓으며 그녀를 물끄러미 바라보았다. 세상에
서 버려진 것 같은 윤영의 얼굴 위로 김민철의 얼굴이 겹쳤다.

내가 안 죽였다고 했잖아. 이 개 같은 경찰 새끼야.

태헌은 죽은 김민철의 아우성이 들리는 것만 같아서 두 눈을 질
끈 감았다. 감은 눈앞으로 화려한 스카프에 대롱대롱 매달린 민철
이 아른거렸다. 숨이 턱 막히는 공포에 눈을 번쩍 떴다. 눈을 뜬 태
헌의 시야에 다시 맥없이 앉아 있는 윤영의 모습이 들어왔다.

'하…'

자신과 함께 민철을 죽음으로 몰아붙인 괴물 같은 여자. 민철
의 죽음 이후, 태헌은 매일같이 죄책감에 괴로웠다. 스스로를 원망
하다 견딜 수 없게 되면 그 화살을 윤영에게 돌렸다. 자신의 무리
한 수사로 민철이 자살했다는 생각이 들 때마다 유윤영이라는 괴
물의 손에 수갑을 채우는 상상을 하며 괴로운 시간을 견뎌냈다.
그리고, 태헌이 그토록 잡고 싶었던 그 괴물이 지금 지친 모습으로
조사실에 앉아 있었다. 더 지독한 괴물에게 잡아먹히기 직전의 한
없이 초라한 모습으로. 허파 깊숙이 숨을 가다듬은 태헌이 다시 조

ㄹㄹ4

사를 시작했다.

"좋습니다. 유윤영 씨 주장대로 윤영 씨가 한나리 씨 집에 도착했을 때는 이미 한나리 씨가 살해당한 후였고, 그곳에서 실제 범행을 저지른 건 모수린 씨라고 칩시다. 근데, 지금 상황에서는 유윤영 씨의 주장을 입증할 만한 증거가 필요해요. 사건 현장에 있던 세 사람 중 한 사람은 피해자고, 나머지 두 사람이 서로 상대가 범인이라고 주장하면 문제가 복잡해지거든요. 그리고 누가 이길지는 잘 아시잖아요? 모수린 씨가 범인이라는 구체적인 정황이나 증거, 아니면 증인이라도 있습니까?"

'누가 이길지…. 누가 봐도 내가 지는 싸움이란 말이지. 세상 참 뻔하게 돌아가네.'

윤영의 입에서 비소가 터져 나왔다.

"당신, 민중의 지팡이라면서 그렇게 말하면 안 되지. 모형택한테 약속받은 거라도 있나 봐?"

윤영의 얼굴은 붉게 달아올랐다가 파랗게 질리고 있었다.

"전 민중의 지팡이는 맞지만, 지팡이로 갈 수 있는 곳은 한계가 있지요. 윤영 씨 당신이 누구보다 그렇게 생각하고 있는 거 아닙니까? 그럼에도 불구하고, 저는 윤영 씨 도와드리고 싶은 마음도 있으니 이러는 겁니다. 물론 당신이 범인이 아니라는 전제하에 말이죠. 유윤영 당신도 대외적으로 전문직에 중산층이지만 모형택이 봤을 때는 딸 친구라는 거 빼면 저랑 뭐 다를 거 있겠습니까? 가장 힘센 사람이 무조건 승리하는 건 너무 억울하잖아요."

윤영은 태헌을 쏘아보기만 할 뿐 대답이 없었다.

"모형택은 주로 뭔가를 약속하나 봅니다, 유윤영 씨한테? 모수린이랑 친하게 지낸 것도 약속이었나요?"

"당신, 어디 변두리 고속도로에서 발견될 수도 있어."

송 실장의 마지막 말이 윤영의 머리를 울렸다. 그 끔찍한 친구 덕에 여기까지 왔는데, 이제 날 도와줄 사람은 이 말단 경찰뿐이라는 말이지. 윤영이 천천히 입을 열었다.

"수린이는 정신의학 치료를 받고 있었습니다. 제가 주치의고요."

"모수린 씨가 정신질환이 있다고 해서 범인으로 단정할 수는 없지 않습니까. 더군다나 지금 사건 현장마다 여기저기 보였던 당신의 진술은 신빙성이 떨어지고요. 다른 방향에서 본다면 모수린 씨의 주치의인 당신이 범인일 가능성도 있죠. 아니면 모든 상황의 컨트롤러였다거나."

"…."

윤영은 대답 없이 입술을 깨물었다.

"모수린 씨의 상태는 어떤 겁니까?"

흥분을 가라앉힌 태헌이 차분하게 질문했다.

"수린이는 낮은 정도의 반사회적 인격 장애가 있어요. 주변 환경을 통해 나아질 수도 있는 정도였지만 어린 시절에 이미 적당한 치료 시기를 놓쳤죠. 청소년기쯤 치료를 한 번 진행했던 적이 있다고 들었어요. 아마 그 과정에서 무조건적으로 감정을 집어넣으려는 시도가 있었던 것 같고 그러다 보니 조현병 증상도 함께 발현해 버린 케이스입니다."

"그럼 모형택 의원도 딸의 상태를 알고 있습니까?"

"그분은 누구보다 잘 알고 있어요. 어린 시절 딸을 방치했던 아버지라는 죄책감도 가지고 있고요. 이런 자녀가 있는 가정에는 흔한 케이스예요. 저한테 김민철의 정신감정을 요청한 것도 모형택 의원입니다. 그리고 의원님은 수린이에 대한 건 다 알고 있을 거예요. 그 사람은 마음만 먹으면 뭐든 알아낼 수 있는 사람이니까요."

"정신감정을 요청했다고요? 모형택이 유윤영 씨에게 김민철이 자살하게끔 상담을 시켰단 말입니까?"

옅게 고개를 끄덕이던 태헌이 눈을 부릅뜨고 되물었다.

"그건 아니에요. 저도 그 사람이 자살할 줄은 몰랐어요."

"상담 내용이 일반적이지 않았잖아요!"

억울하다는 윤영의 말에 화가 난 태헌이 목소리를 높였다.

"자극만 하려고 했습니다. 김민철을 자극해서 감정이 격해진 상태에서 조사에 임하도록 해달라는 부탁을 받았어요. 그래서 자극하려고만 했던 겁니다. 자살했다는 소식에는 저도 놀랐습니다."

"그게 지금 말이 됩니까! 의사라는 사람이!"

책상을 쾅 내려치며 일어선 태헌이 분을 이기지 못하고 머리를 헝클어뜨렸다. 태헌은 씩씩거리며 조사실을 어슬렁거렸고, 윤영은 무거운 머리를 손에 기댄 채 커피가 가득 든 종이컵만 보고 있었다.

＊

"의원님, 강 국장은 우리 예상대로 움직여 줬습니다. 깔끔하게 기사 뽑았고 언론 릴리스 타이밍도 적당합니다."

운전하던 송 실장이 뒷자리에서 눈을 감고 있는 형택을 백미러로 힐끗 보며 말했다.

"…."

"유윤영이 뭐라고 지껄이든 경찰 쪽은 컨트롤이 가능할 것 같은데요, 문제는 서정원 기자입니다. 워낙 꼴통에 인지도도 있어서 손쓰기가 애매합니다."

"…인지도와 손쓰는 건 관계가 없지. 우리가 서 기자를 어떻게 할 것도 아닌데 말이야. 송 실장, 너무 겁먹지 말게. 허허."

"강 국장 쪽으로 다시 연락을 해볼까요? 아무래도 확실하게 쐐기를 박아놓으면 서정원도 생각이 바뀔지도 모르는데요."

"흠…."

"의원님."

"송 실장, 내가 20년 전에 자네의 조언을 듣지 않았더라면 지금쯤 어떻게 됐을까?"

한참을 미동도 없이 감은 눈을 뜨지 않던 형택이 나직하게 입을 열었다.

"혹시 그때 제 말을 들으신 걸 후회하십니까?"

"아니, 그렇다기보다는."

"…."

"항상 고맙네. 내 옆에 든든하게 있어주고 우리 수린이를 지켜줘서."

형택은 체념한 것 같기도 하고 한편으론 편안해 보이기도 했다.

"무슨 그런 말씀을 하십니까."

ㄹㄹㅂ

갑자기 과거를 회상하는 형택의 모습에 송 실장의 목소리가 한층 더 낮아졌다.

"만약 내가 잘못되더라도 자네는 꼭 우리 수린이를 지켜주게. 그 아이는 몸만 자랐지 아직 어린아이야. 자네도 잘 알지 않는가."

"염려 마십시오. 의원님도 수린이도 안전할 겁니다."

사무적인 송 실장의 말투에서 어딘지 모르게 진심이 느껴졌다.

"여름이 오려나 보군. 우리 수린이가 더위를 많이 타는데."

형택은 혼잣말을 하며 창밖으로 고개를 돌렸다.

20년 전, 무언 지방검찰청 모형택의 사무실에 형택과 송 수사관, 지금의 송 실장이 마주 앉아 소곤거렸다.

"검사님, 창고에서 문을 잠근 여학생이…."

"송 수사관님, 정말 당직 근무자가 순찰을 돌지 못하게 창고에 가둔 게 사실이던가요? 그래서 그렇게 많은 사람이 죽고, 다치고, 의식을 잃고 이 난리가 났단 말이지요?"

송 수사관과 마주한 형택의 얼굴에 초조한 빛이 역력했다.

"그런… 것… 같습니다."

"그 여학생이 누군지는 찾으셨습니까?"

"그게…."

송 수사관은 선뜻 입이 떨어지지 않는 듯 대답을 망설였다.

"설마… 우리 수린이가 맞습니까?"

몸을 더 앞으로 기울여 은밀하게 묻는 형택의 표정이 간절했다.

"검사님, 지난번에 봉토그룹에서 했던 제안 아직 유효하지 않습니까?”

“송 수사관님, 지금 무슨 말씀을 하시는 겁니까?”

“만약 수린이가 당직 근무자를 창고에 가둬서 발생한 사고라는 게 알려지면 어린 수린이가 여론의 따가운 시선을 견뎌낼 수 있을까요?”

“정말 우리 수린이가…”

“사건이 큽니다. 너무 많은 사람이 죽고 다쳤어요. 사실 명확히 따지면 이번 사건은 미성년자인 수린이의 잘못이라기보다는 컴퓨터 시스템에 문제가 있다는 사실을 알면서도 묵인했던 봉토 기업의 문제 아닙니까. 그런데 화살이 애먼 곳으로 향해서 수린이만 몰매를 맞게 될까 봐 그게 걱정입니다. 봉토그룹에서 이 사실을 알기라도 해보세요. 모든 화살은 수린이에게 돌아갈 겁니다. 3년 전, 중학생일 때의 사건을 가지고 검사님을 협박하는 봉토그룹이 아닙니까.”

걱정 가득한 얼굴로 송 수사관이 속삭였다.

“그럼 송 수사관님 생각에는 제가 어떻게 해야겠습니까?”

형택이 괴로운 듯 양손으로 얼굴을 쓸어내리며 물었다.

“일전에 거절하셨던 봉토그룹의 제안이요.”

“공장장의 책임으로 수사를 마무리하자던 그 얘기 말씀하시는 겁니까?”

“검사님은 따로 고민하지 않으시는 게 어떨까요. 그냥 지금은 봉토그룹에서 하자는 대로 하시는 게 어떻겠습니까.”

“그럼, 그 공장장은 어쩝니까. 아들도 있던데요. 그리고 병원에 누워 있는 당직 근무자는요. 그 사람은 얼마 전에 산재로 아내도 잃고 아들과 둘이 살던데요. 수사관님, 이 일을 어떡합니까. 우리 수린이 불쌍해서.”

그날 형택은 송 수사관 앞에서 목놓아 울며 생각했다.

‘그래, 딸 하나 지키지 못하는 아비가 정의는 무슨 놈의 정의. 정의는 나 혼자 애쓴다고 지킬 수 있는 게 아니다. 그렇지만 내 딸의 인생은 내가 지켜줄 수 있지 않은가.

이번 선택은 내가 잘못한 게 아니다. 유약한 내 딸의 잘못은 더더욱 아니다. 일개 평검사 하나가 어찌할 수 없는 이 사회가 잘못한 거다. 진정으로 정의를 구현하고 싶다면 힘을 키워야 한다. 그래야 내 딸도 지키고, 정의도 지킬 수 있다. 누군가에게 휘둘리지 않고 소신껏 살기 위해서는 스스로 힘을 가지고 우뚝 서야 한다. 그래서 나는 지금 봉토기업이라는 괴물과 손을 잡는다. 나는 괴물이 아니다. 나는 썩어빠진 이 사회의 또 다른 희생자다.’

※

“괜찮아? 정신이 좀 드냐?”

의식이 돌아온 정원의 귀에 가장 먼저 영선의 목소리가 들려왔다. 시야가 선명해지자 응급실의 모습이 눈에 보였다.

“선배, 나 얼마나 잔 거야? 나 일어나야 해.”

곧바로 몸을 일으킨 정원이 영선에게 물었다.

“얼마 안 잤어. 좀 더 쉬어야 한대. 일단 좀 더 자. 너 과로야. 과로.”

"아니, 지금 이러고 있을 시간이 없어."

영선의 만류에도 정원은 왼팔의 주삿바늘을 뽑아버리고는 가방과 휴대폰을 주섬주섬 챙기기 시작했다.

"네 성격 지랄 맞은 것도 알겠고, 너 정의로운 기자라는 것도 알겠어. 너 이렇게까지 안 해도 충분히 훌륭한 기자야. 그리고 강 국장도 오아뉴에서 너 완전히 제끼려고 하는 거 아니야. 지금 무리 안 해도 서정원 네 거 아무도 안 뺏어가. 그러니까 이번에는 그냥 좀 넘어가자. 어? 너무 무리했다잖냐. 몸도 마음도 만신창이가 된 마당에 뭘 어쩌겠단 거야. 너 지금 이 상태로는 정의 구현 못 해. 그러니까 영웅 서정원은 다음번에 해라. 오늘만 날 아니니까 일단 몸부터 좀 챙기고…."

정원이 영선의 말을 가로막았다.

"선배, 나 정의로운 기자 아니야. 오아뉴 지키려고 이러는 것도 아니야. 지금은 자세한 얘기를 할 시간이 없지만 내가 많이 비겁했어. 나중에 다 설명할게."

알아듣지 못할 말을 남긴 정원은 곧장 병원 밖으로 뛰쳐나갔다.

"아, 진짜. 저 성질머리를 누가 말려. 주사라도 다 맞고 가던가. 비겁한 건 또 뭐야? 아 놔, 일이 어떻게 돌아가는 건지 모르겠다."

쏜살같이 사라지는 정원의 뒷모습을 바라보던 영선이 깊은 한숨을 내쉬었다.

운전대를 잡은 정원이 경찰서로 향했다. 그녀는 지금껏 준비한 방송을 포기할 수 없었다. 단순히 오아뉴를 빼앗길까 봐, 라거나 특종을 놓치고 싶지 않아서만은 아니었다. 진명숙, 차은새, 한나리 그리고 김민철까지. 이들의 억울한 죽음에 대한 진실을 밝혀야 했다. 세상 어딘가에 존재할지도 모르는 신이 정원에게 말하고 있는 것만 같았다. 그래야 비겁했던 그날의 악몽에서 조금은 벗어날 수 있다고. 정원은 윤영의 조사 결과를 비롯해 남은 의문점들을 확실히 풀어서 생방송을 진행할 계획이었다.

'확실한 증거만 있다면 방송을 밀어붙일 수 있을 거야.'

생방송까지 남은 시간은 30시간. 그동안 정원은 사건의 감춰진 진실을 밝혀내야만 했다. 입을 굳게 다문 정원이 힘주어 액셀을 밟았다. 그때, 정원의 휴대폰이 울렸다.

[07754234895135791]

'지저스?'

발신번호에 당황한 정원이 갓길에 차를 세웠다. 통화 버튼을 누른 정원은 말없이 수화기에 귀를 댔다.

"팀장님."

수화기 너머에서 익숙한 막내의 목소리가 들려왔다.

"오랜만이다."

"잠시 시간 좀 내주세요. 뵙고 전해드릴 게 있습니다."

언제나 그렇듯 예의 바른 말투로 막내가 말했다.

"어디로 가면 되니?"

"500미터 앞에서 우회전하셔서 그대로 길 따라오십시오. 일방통행 길이 한참 이어질 겁니다. 저는 길 끝에 있습니다."

전화가 끊기고, 잠시 숨을 가다듬은 정원이 다시 액셀을 밟았다.

강남 경찰서 조사실.

간신히 흥분을 가라앉힌 태헌이 다시 윤영의 맞은편에 앉았다.

"그럼 신임동에는 왜 가신 겁니까?"

애써 차분한 목소리로 태헌이 물었다.

"모 의원에게 부탁을 받아서 신임동에 있는 김민철의 고시원에 가본 겁니다. 그의 방에서 도움이 될 만한 게 있는지 보려고요."

윤영이 태헌의 수첩 사이에 꽂혀 있는 신임동 주차장 사진을 힐 끗 보며 대답했다.

"차은새 살인 사건의 범인으로 뒤집어씌울 만한 게 있는지 보려 고요?"

"아닙니다. 저는 단순히 정신감정에 필요한…."

"유윤영 씨! 솔직하게 말씀하셔야 합니다! 아직도 사태 파악이 안 되는 겁니까?"

윤영의 대답이 끝나기도 전에 태헌이 쏘아붙였다.

"일단 뭔가 찾아볼 만한 게 있을지 보러 간 건 사실입니다."

딱딱한 태헌의 말투에 그를 올려다보며 눈치를 살핀 윤영이 체 념한 듯 대답했다.

"그 차는 뭡니까? 흰색 아우디."

"모형택 의원이 비공식적인 업무를 진행할 때 타는 차로 알고 있습니다. 그날은 송 실장님이 그 차를 타고 가라고 했어요."

윤영이 길게 숨을 삼키며 대답했다.

"비공식적인 업무요? 비공식적이라는 건 남의 집을 뒤지는 것 같은 불법적인 업무겠군요. 그런 것도 업무라고 합니까? 양아치 같은 짓거리지."

"저도 자세한 건 모릅니다. 그냥 시키는 대로 했을 뿐이에요."

태헌이 비아냥거리자 얼굴이 붉어진 윤영의 목소리에도 짜증이 섞였다.

"예. 뭐, 그건 그렇다 치고. 모수린 씨도 그 차를 이용합니까?"

"저는 수린이가 그 차를 타는 걸 본 적은 없습니다. 그치만 마음만 먹으면 언제든 탈 수 있었을 겁니다."

"그럼 한나리 양 사건 때는 유윤영 씨가 현장에 있었고, 진명숙 씨 사건 때 흰 차의 운전자는 모수린일 가능성이 있고, 모형택이 차은새 씨 사건을 조작하려고 했던 걸 보면 모수린이 범인이다? 세 사건 모두?"

진지한 표정으로 태헌이 또박또박 짚어냈다.

"형사님께서도 지금 그렇게 생각하고 있는 거 아니에요? 모형택 의원도 그걸 알고 있으니 사건을 덮으려 한 걸 거고요. 저한테 뒤집어씌우려는 걸 보면 수린이 짓이 확실해요."

"유윤영 씨는 전혀 상관이 없다?"

"몇 번이나 말씀드렸다시피 한나리 사건 당시에 범행 은폐를 도운 건 맞습니다. 그 외에는 없습니다."

"설우재 씨는요?"

태헌이 딱딱한 목소리로 윤영에게 물었다.

"여기서 우재 얘기가 왜 나와요? 우재는 아무것도 몰라요. 지난

번처럼 괜히 애먼 사람 잡지 마시고 수사나 제대로 하시죠! 가만히 있는 사람을 대체 왜 끌어들입니까?"

태헌의 입에서 나온 우재의 이름에 윤영이 필요 이상으로 흥분했다.

'유윤영, 설우재. 당신들 대체 뭐야?'

설우재라는 이름에 서정원보다 더 흥분하는 유윤영. 태헌은 예기치 못한 윤영의 반응에 그녀가 그렇게나 감싸고 도는 설우재가 더욱 궁금해졌다. 어쩌면 예상보다 더욱 깊숙이 모든 사건에 그가 연관되어 있을지도 모른다는 생각마저 들었다.

"흥분은 하지 마시고. 그럼 모수린 씨 얘기를 계속해 봅시다. 언제부터 그렇게 생각하셨습니까? 진명숙, 차은새 사건의 범인이 모수린이라고?"

태헌이 작전을 바꿔 윤영을 안심시켰다.

"바로바로. 사건 기사가 뜰 때마다 그럴 거라고 생각했어요."

"근데 왜 신고를 하지 않으셨죠?"

"…."

"모르는 척하는 대가로 모형택에게서 얻을 수 있는 게 많아서? 병원 운영에 도움을 많이 받으신 것 같던데요. 양심을 팔아서 그렇게 호의호식하신 겁니까?"

태헌이 옆에 놓인 윤영의 값비싼 가방을 쏘아보며 비아냥댔다.

"그것만은 아니에요."

"뭐가 더 있나요?"

"미우나 고우나 수린이는 제 친구였어요. 결국엔 이렇게 뒤통수를 맞았지만.”

“하! 친구….”

몸을 앞으로 기댄 채 윤영의 대답을 기다리던 태헌의 입에서 실소가 터져 나왔다.

“비웃으시겠지만, 수린이랑 저랑은 나름의 추억이 많이 있어요. 물론 말씀하신 것처럼 모 의원의 권력에 제가 일정 부분 혜택을 받은 것도 사실입니다. 그렇지만 그게 다는 아니었어요. 저는 진심이었다고요. 수린이한테….”

윤영이 씁쓸하게 시선을 벽 쪽으로 옮겼다.

“친구라서 살인을 덮어줬어요? 그게 친구입니까? 아, 그러고 보니 한나리 양과도 친구였다면서요.”

태헌이 다리를 꼬아 앉으며 비꼬는 말투로 물었다.

“누가 걔랑 친구래요? 걔는 그냥!”

그 순간 윤영의 목소리가 날카롭게 변했다.

“그냥 뭐요?”

“그냥… 아는 애였죠.”

“친구의 살인은 덮어주고, 아는 애의 죽음은 조작하는군요. 유윤영 씨에게 친구란 대체 뭔지 모르겠습니다. 설우재 씨와도 친구라면서요. 근데 또 애인이고, 그렇죠? 그러면서 또 서정원 기자님을 상담했습니다. 설우재 씨와의 관계를 숨기고 말이죠. 재밌으셨나요? 애인의 와이프를 상담하는 건? 유윤영 씨의 이런 행동들이 상식적이지 않다는 건 본인도 알고 계시죠?”

“하!”

눈을 파르르 떨던 윤영이 이내 한쪽 입꼬리를 말아 올리며 콧방귀를 뀌었다.

정원과 우재의 결혼식 전날 밤, 그들의 신혼집 초인종이 울렸다.

"우재야."

술에 잔뜩 취해 몸을 가누지 못하는 윤영이 반쯤 풀린 눈으로 우재를 바라보고 서 있었다. 막 샤워를 끝낸 우재는 아직 물기가 어린 머리를 수건으로 털며 현관에 서서 윤영을 맞았다.

"무슨 일이야, 이 시간에?"

"보고 싶어서 왔어. 씻었네?"

윤영이 얼굴에 손을 가져다 대자 한 걸음 뒤로 물러선 우재는 생각지 못한 윤영의 방문에 깊은 한숨을 쉬면서도 말없이 문을 활짝 열었다. 정원과 우재의 집은 현관 입구에서 거실이 바로 보이지 않는 복잡한 구조로 되어 있었지만 윤영은 제집인 듯 거침없이 거실로 향했다. 거실에는 신혼여행에 가져갈 짐들이 잔뜩 펼쳐져 있었다. 우재는 윤영이 벗어 던진 신발을 정리하고는 주방에서 얼음물이 담긴 컵을 가지고 거실로 향했다. 펼쳐진 짐들을 노려보던 윤영은 우재가 컵을 건네자 물을 벌컥벌컥 들이켜고 소파에 기대앉았다. 윤영은 소파에 앉아서, 우재는 벽에 기대서 한참 동안 침묵의 시간이 지났다.

"진짜 할 건가 봐. 결혼…."

힘없는 윤영의 목소리가 한참 동안 집 안에 흐르던 정적을 깼다.

"응, 해. 결혼."

소파에 앉으며 시선을 피한 우재가 건조하게 대답했다.

"정말 한다는 거야? 결혼을? 서정원이랑?"

"응."

"왜? 대체 왜 결혼을 하는데?"

격앙된 목소리의 윤영이 따져 물었다.

"결혼까지 할 건 없잖아. 도대체 왜 하는 거야!"

"왜라니?"

"설우재 네가 왜 그 여자랑 결혼해? 나는? 나는 어떡하라고!"

"윤영아."

"하지 마. 하지 마, 우재야. 응? 아직 안 늦었잖아. 내일 가지 마. 내일 안 가면 돼. 그럼 끝이야."

"윤영아. 우리 이제 그만 좀 하자."

윤영이 떼를 쓰자 우재는 답답한 한숨을 푹 내쉬었다.

"우재야, 그래 좋아. 내가 화내서 미안해. 전화 안 받은 것도 미안해. 집착한 것도 미안해. 내가 전부 다 미안하니까, 그러니까 하지 마. 그 결혼."

"윤영아, 너 4개월을 잘 참았잖아. 아무렇지도 않았잖아. 근데 이제 와서 또 이러면 어떡해."

"그래서? 그래서 헤어진 지 4개월 만에 결혼을 하니? 만난 지 3개월 된 여자랑 이렇게 바로 결혼을 한다고? 야! 설우재. 우리 자그마치 15년을 만났어. 15년을! 내가 아무렇지도 않았는지 어땠는지 네가 어떻게 알아?"

"내가 이제 너 다시 안 만날 거라고 했잖아. 우리 깨끗하게 헤어졌잖아."

"우재 네가 나랑 있는 게 힘들다고 해서, 그래서 내가 헤어져 줬던 거잖아. 아냐, 헤어져 준 게 아니라 떨어져 있어준 거였잖아. 난 몰랐어. 네가 반년도 지나기 전에 이렇게 황당한 결혼을 해버릴 거라고는 상상도 못 했어."

"윤영아."

"하지 마, 그 결혼 하지 말라고. 그냥 나한테 털어놔. 널 괴롭히는 게 뭔지. 널 그렇게 고통스럽게 하고 날 버리고 딴 여자랑 결혼을 하게 만드는 게 대체 뭔지 나한테 얘기하라고."

"그런 거 없어. 나한테 의사 노릇 하려고 하지 마."

"아니, 너 있어. 뭐야? 말해!"

"없어."

"한나리 때문이야?"

"아니야."

"그럼 할아버지 때문이니? 잘난 기자님이랑 결혼하면 인정이라도 해주시겠대?"

"아니야, 윤영아."

"너 분명히 내가 모르는 뭔가가 있어. 설우재 넌 나 못 속여. 난 널 세상에서 제일 잘 알아. 대체 뭐야. 말해! 말하라고!"

"그러니까 묻지 말라고! 아무것도 묻지 마. 윤영이 넌 세상에서 날 가장 잘 아는 사람이니까. 세상에서 날 가장 사랑하는 사람이니까. 그러니까 아무것도 묻지 마. 그냥 나 보내줘. 그냥 우리 이렇게 그만하자. 부탁이야."

윤영이 정신 나간 사람처럼 고함을 질러대자 우재의 목소리도 높아졌다.

"말도 안 되잖아. 너 이 집, 나랑 같이 고른 집이잖아. 내가 이 집 구조랑 뷰 마음에 든다고 해서 네가 샀던 거잖아. 근데 다른 여자랑 이 집에서 신혼살림을 차리겠다고? 너 너무 잔인하다고 생각하지 않니?"

"윤영아."

"대체 나한테 어쩌라는 거야. 네가 그렇게 나한테 부탁을 하면 난 어떡해야 하니? 헤어져 달라고 부탁하면 난 할 수 있는 게 없어. 차라리 나보고 죽으라고 해."

윤영이 목 놓아 울며 소리치자 조용히 옆으로 다가온 우재가 그녀를 꼭 껴안았다.

"미안해. 미안해, 윤영아."

우재가 부드럽게 등을 토닥이며 달래려 노력했지만 윤영의 울음은 그칠 줄을 몰랐다.

"우리 이제 그만하자. 그래야만 해."

"그러니까, 왜!"

"윤영아, 나… 나 정원이 사랑해."

"뭐?"

그 순간 윤영의 손이 허공을 가르고 우재의 뺨을 치고 지나갔다.

"너 어떻게 나한테 그런 말을 해. 다른 말은 다 해도 그 말은 하지 말았어야지! 그 말은 안 했어야지!"

윤영의 숨이 넘어갈 것 같은 고함과 흐느끼는 소리가 한동안 이어졌고, 우재는 입을 꾹 다물고 눈을 꼭 감고 있었다.

다음 날 아침, 윤영은 초췌한 얼굴로 정원의 주방을 서성였다. 윤영은 정원의 동료 영선이 결혼 선물로 사준 커피 머신에서 커피를 내렸다.

천하의 서정원 모시고 가는 설 감독 파이팅.

영선이 써둔 장난스러운 메시지가 머신에 꽂혀 있었지만 윤영은 카드에 눈길도 주지 않았다. 냉장고에 있는 재료들을 섞어 오믈렛을 만들어 정원의 엄마가 딸의 결혼 선물로 주기 위해 유럽 여행 때마다 사서 모아둔 접시에 정성껏 담았다.

윤영이 밤을 꼬박 새워 생각한 끝에 내린 결론은 간단했다. 우재를 괴롭히는 이유가 무엇인지는 알 수 없지만, 사랑하는 우재가 자신을 떠날 수밖에 없다면 보내주기로 했다. 서정원을 사랑한다는 말 같은 건 믿을 수 없었다.

'결국 또 지나가는 사람이 될 거야.'

오늘, 윤영은 그의 결혼식 날 아침 식사를 함께하는 걸 마지막으로 우재를 보내주기로 마음먹었다. 그리고 우재가 예전에 스쳤던 여자들과 같이 정원과 헤어지고 다시 윤영을 찾아오는 날까지 절대로 만나지 않으리라 다짐했다.

"우재야, 너 결혼식 늦겠다. 아침 먹고 가."

우재와 함께 맞는 마지막 아침이라는 생각에 우재를 부르는 윤영의 목소리는 한없이 부드러웠다. 하지만 윤영의 다짐은 반년이 채 가지 않았다. 어느 순간, 윤영은 자신도 모르게 우재와 함께 식사를 하고 있었고, 정원이 야근을 하거나 출장을 가는 날이면 우재와 함께 정원의 침대에서 눈을 뜨기도 했으며, 이유 없이 화가 날 때는 정원의 옷장에서 물건을 훔치기도 했다. 정원의 불면증을 치료한다는 핑계로 정원의 마음속 깊은 곳에 있는 얘기까지 들으려 했다. 그리고 정원의 입에서 나온 '짧은 사랑'이라는 말을 윤영은 놓치지 않았다.

"다시 시작할까요?"

서류를 챙겨 든 태헌이 조사실로 들어서자 책상에 엎드려 있던 윤영이 고개를 들었다. 한 점 흐트러짐 없어 보이던 윤영도 긴 조사로 많이 지쳐 있었다.

"좀 주무셨습니까?"

"잠이 오겠어요?"

"그건 그렇네요. 어쨌든 유윤영 씨가 신임동 고시텔에 가셨던 거 확인했고, 진료실 CCTV는 확보해서 분석 중입니다. 알려주신 대로 모수린 씨가 문제의 흰색 차를 이용하는 장면들도 좀 찾았고요."

태헌이 오 형사가 정리해 둔 파일들을 훑으며 말을 이어갔다.

"그리고 저희가 진료실 CCTV에서 흥미로운 영상 하나를 찾았는데요. 이 영상이 유윤영 씨에게 큰 도움이 될 것 같더군요."

"진료실 CCTV요?"

윤영이 되물었다.

"네, 유윤영 씨 진료실이요. 근데 진료실에 CCTV는 왜 설치한 겁니까? 보통 이런 공간에는 설치하지 않는 경우가 많던데요."

태헌이 USB를 노트북에 꽂고 영상을 재생하며 물었다.

"그거야 필요에 따라서 녹음이나 녹화를 하긴 하지만 진료실 전체를 환자 동의 없이 녹화하지는 않아요. 근데 그게 무슨 도움이 된다는 거죠?"

"24시간 녹화가 되어 있던데요?"

"뭐라고요? 그럴 리가요."

잠시 미간에 주름을 잡던 윤영이 연이어 비소를 띄웠다.

"하, 서정원이 찾는 멀끔한 사기꾼 애가 설치한 거잖아요. 서정원이 시켰던 거구나? 내 진료실을 엿보고 있었어. 형사님! 이거 불법 아닌가요?"

"네? 누가 설치했다고요?"

"있어요. 이바른이라고 가증스러운 애. 환자인 척 다가와서는 이런 식으로 뒤통수를 쳐? 개자식."

욕설이 섞인 윤영의 대답에 태헌의 손이 멈칫했다.

'그래서 유윤영에게 접근했었구나. 혼자 준비를 열심히도 했네. 이바른, 아니 지승호. 이렇게까지 준비했으면서 대체 어디로 간 거야?'

"뭐 하세요? 영상 안 보여주실 거예요?"

"아, 네."

생각에 빠져 있던 태헌이 윤영의 신경질적인 목소리에 재생 버튼을 누르고는 노트북 화면을 윤영 쪽으로 돌렸다.

비어 있는 진료실의 문을 조심스레 열고 등장한 건 수린이었다. 곧장 윤영의 책상 앞으로 다가간 수린은 쪼그리고 앉아서 책상 서랍을 뒤지더니 무언가를 손에 쥐고 일어섰다.

"뭘 가져가는 거야?"

윤영의 놀란 목소리에 태헌이 마우스를 움직여 화면 속 수린의 모습을 확대했다. 흐릿한 물건의 정체가 선명히 드러났다. 차은새 살해 현장에서 발견된 정원의 목걸이였다. 목걸이를 가방에 넣은 수린이 허겁지겁 진료실을 나가고 얼마 지나지 않아 진료실로 들어온 윤영은 좀 전에 일어난 상황에 대해서는 아무것도 모르는 듯 의자에 반쯤 누워 휴대폰을 만지작거렸다.

'내가 저 목걸이를 병원에 뒀던가? 근데 수린이는 목걸이를 왜 훔쳐 간 거지?'

윤영이 딱딱해진 얼굴로 날짜가 표시된 화면 오른쪽으로 시선을 옮겼다. 3월 7일 오후 6시 30분. 차은새 사망 추정 시각과 일치한다. 수린은 차은새를 살해하러 가는 길에, 혹은 살해 직후 윤영의 서랍에서 목걸이를 가져간 것이다.

"뭡니까? 저 목걸이. 차은새 씨 살해 현장에서 발견된 서정원 씨 목걸이 맞죠?"

"저걸, 저 시간에, 수린이가 직접…."

"모수린 씨가 서정원 기자한테 범행을 뒤집어씌우려고 가져간 거겠죠?"

"…."

윤영은 멍한 표정으로 선뜻 대답하지 못하고 있었다.

"하긴, 지금은 목걸이를 가져간 이유보다 모수린 씨가 목걸이를 가져갔다는 사실이 더 중요하니까요."

"수린이는 저 목걸이가 서정원 물건이라는 건 몰랐을 거예요."

"그럼 유윤영 씨를 범인으로 몰기 위해 이런 행동을 한 걸까요? 그거 말곤 달리 설명할 길이 없겠죠?"

"모수린, 네가 어떻게 나한테 이렇게까지…."

태헌의 추론에 윤영이 굳은 얼굴로 중얼거렸다. 윤영에게는 충격이었다. 수린이 차은새 살인 사건의 범인이라는 것과 목걸이를 훔쳐 간 게 수린이라는 것까지는 어느 정도 예상하고 있었다. 그러나 마음 한편으로는 목걸이를 가져다 놓은 건 수린이 아닐지도 모른다는 기대도 있었다. 수린의 범행을 눈치챈 그녀의 아버지 형택이라든가, 아니면 사건에 혼선을 주기 위한 또 다른 누군가의 짓일지도 모른다고 믿고 싶었다. 윤영은 20여 년 동안 수린을 곁에 두고 그녀를 이용하기도 했지만, 수린이 망가지기를 바란 적은 단 한 번도 없었다. 윤영이 수린을 친구라고 한 건 진심이었다. 때론 귀찮지만 옆에 두면 득이 되는 일도 많은, 생각하면 안쓰러운 친구.

19년 전, 뉴욕. 윤영과 수린의 고등학교.

모두가 하교한 저녁 시간이라 학교는 조용했다. 불 꺼진 복도를 쿵쾅거리며 걸어온 윤영이 과학실 문을 쾅 하고 열어젖혔다.

"모수린 어디 있어? 나와, 모수린!"

"유윤영, 너 뭐 하냐?"

한국인 학생 세 명이 잔뜩 화가 난 윤영을 막아섰다.

"뭐긴 뭐야? 너희 미쳤어? 왜 애를 가둬놓고 그래? 너희 다 퇴학당하고 싶어서 그래?"

막아서는 학생들을 밀치는 윤영의 목소리가 더욱 커졌다.

"모수린, 모수린 나와."

자신을 부르는 소리에 책상 뒤에 쭈그리고 앉아 있던 수린이 빼꼼 얼굴을 내밀었다. 산발이 된 머리, 구겨진 교복, 퉁퉁 부은 눈, 들어 있던 물건이 다 쏟아진 채 바닥을 나뒹구는 가방. 처참한 몰골의 수린이 자신을 둘러싼 아이들의 눈치를 살피며 몸을 일으켰다.

"와… 너희 진짜 못됐다. 같은 한국 애들끼리 이러고 싶냐? 여기 애들한테는 그렇게 인종차별에 개무시를 당하면서 한마디도 못하는 것들이. 비겁하게 아직 적응도 못 한 애를 왕따시키냐? 이럴 시간에 공부나 해. 공부하러 먼 나라까지 와서 이게 뭐 하는 짓이냐?"

고개를 빳빳이 들고 쏘아대는 윤영의 목소리가 교실 전체에 까랑까랑하게 울렸다.

"너 웃긴다. 언제부터 모수린이랑 이렇게 친했냐? 완전 눈물 나는 우정이네."

"유윤영, 너도 한국인 무시하냐? 넌 미국인이다, 이거야? 참 어이가 없어서."

"윤영이 너 공부 좀 잘한다고 봐줬더니 너무 나대는 거 아니야?"

이번엔 윤영을 둘러싸고 아이들이 위협적인 분위기를 연출하며 한마디씩 뱉었다.

"닥쳐. 니들 한 번만 더 이런 짓 하면 내가 신고해 버릴 거야. 너희 나 모르냐? 내가 신고 못할 것 같아? 니들 전부 쫓겨나고 싶으면 알아서 해."

윤영이 세 명의 학생을 차례로 노려보며 경고했다. 날카로운 윤영의 눈빛에 학생들이 하나둘 뒤로 물러나자 뒤에서 힘없이 서 있던 수린이 조용히 고개를 들었다. 바닥에 나뒹구는 수린의 가방을 들고 쏟아진 소지품을 챙긴 윤영이 수린의 팔을 잡아끌었다.

"모수린, 얼른 나와. 나랑 같이 가자."

윤영은 교실 문을 아까보다 더 세게 닫았다.

"고마워."

긴 다리를 성큼성큼 움직이는 윤영의 뒤를 종종걸음으로 따라 걷던 수린이 헝클어진 머리를 귀 뒤로 넘기며 웅얼거렸다.

"뭐?"

"고맙다고…."

"너 말 좀 큰 소리로 할 수 없니? 알아들을 수가 없잖아. 그리고 너한테 고맙다는 말 들으려고 구해준 거 아니니까 고마워할 필요 없어. 난 그냥 유학생 애들이 같은 유학생 왕따시키고 그런 게 꼴 보기 싫은 거야. 중학교 때 백인 애들이 나 무시했던 생각도 나고. 근데 넌 왜 병신같이 당하고만 있냐? 소리를 빽 질러야지."

그 자리에 멈춘 윤영이 수린을 째려보자 금세 기가 죽은 수린이 고개를 푹 숙였다.

"어휴, 얼굴 좀 들고 살아! 근데 배 안 고프냐? 케밥 먹으러 갈래? 죽이는 데 아는데."

"응? 케…밥? 응. 내가 살게."

수린이 살며시 고개를 들고는 세차게 흔들었다. 당당히 걷는 윤영 뒤로 어깨 안으로 목을 쑥 넣은 채 수린이 엉거주춤 따라 걸었다.

"근데 너 눈깔 왜 그렇게 뜨냐? 좀 정상적으로 뜰 순 없냐?"

"응?"

"됐다. 딱 보니 생긴 게 그런가 보네. 눈깔은 너 알아서 뜨고 케밥이나 먹으러 가자."

"으, 응."

"너 한국에 있을 때 공부 좀 했냐? 공부 잘해?"

"뭐, 그냥."

"네 아빠 검사라며? 그럼 머리는 좋겠네."

"아, 그게…."

"US HISTORY 안 어렵냐? 내가 필기해 둔 거 빌려줘?"

"어? 정말? 그럼 나야 고맙지."

"그럼 너 나한테 일주일 동안 밥 사라. 네 아빠 검사면 용돈도 많이 받을 거 아니야. 그 정도는 할 수 있는 거 아니야?"

"응? 응."

'모수린, 표현은 서툴렀지만 난 진심으로 널 친구라고 생각했는데…. 넌 아니었나 보구나.'

윤영은 배신감에 온몸이 저려왔다.

"자, 유윤영 씨. 이제 내가 당신 말을 조금 더 믿어볼 테니 우리도 전략적인 얘기를 해봅시다. 모형택 쪽에서 윤영 씨를 범인으로 몰려고 준비를 많이 하고 있을 거란 말이죠. 진범을 잡기 위해선 우리한테도 뭔가 결정적인 증거가 필요합니다. 혹시 뭐 꼬불쳐 둔 거 없어요? 똑똑하신 분이 위험한 친구를 너무 믿고 있었던 거 아닙니까?"

"아, 그리고 보니….”

한참 생각하던 윤영이 생각 끝에 입을 열었다.

"네? 그러고 보니 뭐요? 뭐 있습니까?"

"그게… 저도 있는 것 같아요. 꼬불쳐 둔 거."

"그러니까 그 꼬불쳐 둔 게 대체 뭡니까? 이런 CCTV는 증거가 될 수 없습니다. 확실한 증거가 필요해요. 경찰을 믿고 말씀을 해주시죠.”

윤영이 뜸을 들이자 대답을 기다리던 태헌이 다그쳐 물었다.

"당신, 어디 변두리 고속도로에서….”

윤영은 귓가에 맴도는 송 실장의 목소리에 눈을 질끈 감으며 대답했다.

"한나리 휴대폰! 그리고 수린이와 대화 내용 녹음 파일. 그게 있어요.”

"네? 그런 게 있었어요? 왜 그동안 말을 안 했습니까? 그거 지금 어디 있습니까?”

태헌의 눈이 반짝 빛났다.

"미국에요.”

"뭐라고요? 나 참, 미국까지 가서 그걸 언제 찾아와요!”

윤영의 말에 힘이 빠진 태헌이 탁자 위로 손을 툭 내려놓았다. 그때 태헌의 전화벨이 울렸고 화면을 본 그는 처음 보는 발신번호에 퉁명스럽게 전화를 받았다.

"네, 김태헌입니다. …누구시라고요? 설우재 씨요?"

태헌의 입에서 나온 우재의 이름에 윤영이 눈을 동그랗게 떴다.

"알겠습니다. 바로 출발하죠."

태헌이 전화를 끊자 벌떡 일어난 윤영이 눈에 불을 켜고 태헌을 바라보았다.

"우재예요? 우재가 왜요? 뭐래요? 지금 우재 만나러 가시는 거예요? 설마 우재한테 무슨 일 있는 건 아니죠?"

"일단 오늘은 여기까지 하시죠."

속사포같이 질문을 뱉는 윤영의 기대와 달리 태헌은 서둘러 조사를 종료하고는 자리에서 일어났다.

"지금 받으신 전화 우재 맞죠? 우재 만나러 가시는 거잖아요. 무슨 일이냐고요. 아, 이럴 게 아니라 저도 같이 가요."

따라나서려는 윤영을 뒤로하고 태헌은 경찰서를 달려 나갔다.

*

"거기서 우회전이요."

전화 너머 막내의 말대로 우회전한 정원의 차는 오르막길을 따라 천천히 움직였다. 구불구불한 산책로는 점점 좁아지고, 막다른 골목에 도착한 정원이 차를 세웠을 때, 나무 사이 벤치 앞에 서 있는 막내의 뒷모습이 보였다. 주차를 마친 정원이 막내를 향해 다가가자 고개를 돌린 그가 머쓱하게 웃어 보였다. 정원은 얼굴 가득 착함이 넘쳐흘러 뚝뚝 떨어지는 막내의 얼굴을 보며 만감이 교차하고 있었다.

"거참, 이리 가라, 저리 가라 옛날 생각나게 하네. 너 내가 무전기를 얼마나 껐다 켰다 한 줄 아냐?"

"덕분에 편하게 오셨죠? 여기 찾기 힘들어요."

장난스러운 정원의 첫 마디에 막내가 웃으며 대답했다.

"미국으로 간 거 아니었어?"

엉거주춤 서 있는 막내 옆 벤치에 털썩 앉으며 정원이 물었다. 어떤 표정을 지어야 할지 몰랐던 정원은 나무 사이로 보이는 도심을 응시한 채 팔짱을 꼈다.

"갔다가 좀 전에 왔어요."

벤치 끝에 걸터앉으며 막내가 대답했다. 막내도 앞만 보고 있기는 마찬가지였다.

"이렇게 금방? 완전히 떠났을 수도 있다고 생각했는데… 아니었어?"

"찾을 게 있어서 갔었어요."

"찾을 거? 그게 뭔데? 찾았니?"

"찾았죠. 제가 누군데요."

정원의 물음에 묘한 미소를 지으며 말을 이으려던 그때, 정원의 전화가 울렸다.

"네, 김 경위님."

"기자님, 아무래도 남편분이 좀 이상합니다."

태헌의 목소리는 잔뜩 격앙되어 있었다.

"뭐라고요? 우재 씨가 이상하다니 그게 무슨 말씀이세요?"

"좀 전에 설우재 씨가 경찰서 앞 커피숍에 있다고 연락이 와서 바로 달려왔는데, 없어졌습니다. 기분 나쁜 촉이 와서 제가 커피숍 CCTV를 뒤졌거든요. 주문하던 설우재 씨가 전화를 받더니 급하게 차로 달려가서 휴대폰을 차 안에 넣어두고 뭔가에 쫓기는 사람처럼 달려가는 화면을 포착했어요."

"그게 대체 무슨 말씀이세요?"

"따로 연락 온 건 없었죠?"

"네. 전혀요."

"지금 경찰서로 오시는 길 맞으시죠? 일단 서에서 뵙죠."

"바로 갈게요."

정원이 반쯤 정신을 놓은 표정으로 전화를 끊었다.

"팀장님, 무슨 일 있으세요? 설우재 씨한테 무슨 일이라도 있는 겁니까?"

막내가 걱정스런 눈빛으로 물었다.

"우재 씨가… 사라진 것 같아."

"사라지다니요?"

"설마 이것도 네 계획이니?"

막내는 천천히 고개를 가로저었다. 두 사람은 화면이 정지된 듯 말없이 서로의 눈만 바라보았다. 잠시 후, 막내가 작은 화장품 쇼핑백 하나를 내밀었다.

"뭐니?"

정원이 경계하는 눈빛으로 쇼핑백을 보며 짧게 물었다.

"해외여행 다녀오면 원래 선물하는 거잖아요."

쇼핑백 속 립스틱 상자를 확인한 정원은 화가 치밀어 올랐다.

"너 지금 장난하니? 이 상황에서 나한테 줄 선물을 가져왔다고? 이런 난리 통에 나를 던져놓고 여행을 다녀오면서 선물을 사 오셨다? 넌 내가 '어머, 고맙습니다. 나 이거 완전 잘 쓸게. 내가 좋아하는 컬러네' 이럴 줄 알았니? 넌 내가 바보 병신으로 보여? 나한테 왜 이러는데? 내 아버지가 무언시 사고 때 헛소리한 교수라서? 내가 그 딸이라서 너 지금 나한테 이딴 식으로 복수하는 거야? 야, 이바른. 아니, 지승호. 지저스 네가 누구든 너 정상 아니야. 지금 나랑 같이 경찰서 가야 해. 선물은 무슨 놈의 선물이야. 어이가 없어서."

흥분한 정원을 가만히 보고만 있을 뿐, 막내는 말이 없었다.

"네가 죽였어? 그 사람들? 너 사이코패스니?"

"선배, 전 아무도 죽이지 않았어요."

정원의 눈을 똑바로 보며 막내가 입을 열었다. 막내의 눈빛에서 진실을 읽은 것만 같아서 정원은 말문이 막혔다. 그는 아무도 죽이지 않았다는 확신이 들어서. 그렇게 생각하는 스스로가 어이없어서. 멍하니 자신을 바라보는 정원을 향해 막내가 차분한 목소리로 입을 열었다.

"설우재 씨 찾으러 가셔야죠."

6장.

오늘이 아닌 뉴스

"아니, 대한민국 이것밖에 안 돼요? 사람이 없어졌는데 왜 다들 이렇게 손 놓고 있는 거예요? 내가 진짜 미쳐."

안절부절못하고 선 윤영의 앙칼진 목소리가 강력반에 쩌렁쩌렁 울렸다. 태헌이 우재를 만나러 달려 나간 이후로 계속 오 형사 옆에 앉아서 태헌을 기다리던 윤영이었다.

"공개 수배를 하든지, CCTV로 동선을 체크하든지 뭐든 해야 할 거 아니에요. 지금 같은 상황은 미국이었으면 있을 수도 없는⋯."

"거참, 조용히 좀 하시죠. 전 세계 어느 나라도 건장한 성인 남자가 약속 장소에 나타나지 않았다고 해서 공개 수배를 하진 않습니다."

다그치는 윤영의 말이 끝나기도 전에 오 형사가 버럭 소리를 질렀다. 윤영이 이렇게 불안해하는 데는 이유가 있었다. 우재의 전화를 받은 태헌이 경찰서를 달려 나간 직후, 설명할 수 없는 불안감에 휩싸인 윤영은 오 형사를 들들 볶아 휴대폰을 뺏다시피 하고는 여러 곳에 전화를 걸고 문자를 남겼다. 하지만 우재는 물론이고 수린도, 송 실장도, 모형택도 그 누구도 윤영의 전화를 받지 않고 있었다.

"당신, 어디 변두리 고속도로에서…"

송 실장의 마지막 말이 끊임없이 윤영의 귀에 메아리쳤다.

"범죄일 수 있다고요. 우재가 위험할 수 있단 말이에요. 당신들은 몰라요. 그 사람들이 얼마나 무서운 사람들인데."

미친 사람처럼 화를 내던 윤영이 울먹이기 시작했다.

"누굴 두고 하는 말입니까? 어떤 일이 있을 수 있는데요? 자세하게 말씀을 해보세요."

답답한 오 형사가 윽박질렀다.

"그거 들을 시간 있으면 빨리 우재나 찾으라고요."

"그러니까 지금 유윤영 당신을 두렵게 하는 게 뭔지 우리한테 말을 하라고요! 그래야 찾든가 말든가 할 거 아닙니까!"

알 수 없는 말을 하며 울먹이는 윤영과 답답한 마음에 소리치는 오 형사. 경찰서는 아수라장이었다.

"계속 연락이 안 되는데? 동선 파악도 안 되고 있어."

나갔던 태헌이 다시 경찰서에 도착하는 동시에 정원이 뛰어 들어왔다.

"김 경위님, 어떻게 된 거예요?"

"오셨네. 대애단하신 서정원 기자님,"

잔뜩 흥분한 윤영이 가장 먼저 정원을 맞았다.

"당신 남편이 지금 위험할 수도 있다고. 근데 여기 경찰이라는 사람들은 가만히 불구경만 하고 있어. 그러니까 당신이 이 사람들한테 우리 우재 빨리 좀 찾으라고 해요."

얼굴이 벌겋게 달아오른 윤영이 비꼬아댔지만 그녀에게 눈길도 주지 않은 정원은 고개를 돌려 태헌에게 물었다.

"뭔가 짚이는 게 있는 거예요?"

"일단 조용한 데서 얘기하시죠."

태헌이 정원의 팔을 잡고 경찰서 밖으로 나갔다.

"아직 그런 건 아닙니다. 근데 좀 이상하긴 해요. 지금 모수린도 행방이 묘연한 것 같고요."

태헌이 속삭였다.

"우재 씨가 모수린이랑 같이 없어졌단 말이에요?"

"저도 사실 좀 찜찜하고, 유윤영이 하도 난리를 쳐서 모수린을 몰래 찾아봤는데요. 일단 모수린의 휴대전화가 꺼져 있어요."

"모형택은요?"

"기자님, 저희가 아무리 그래도 특별한 혐의 없이 모형택 동선을 알아볼 수는 없어요. 아시잖아요. 나중에 크게 문제 될 수 있다는 거."

태헌이 한숨을 쉬며 대답했다.

"알겠습니다. 제가 알아볼게요."

"기자님이요? 어떻게요?"

"돌아왔어요."

"누가요?"

"지저스가요."

태헌의 목소리가 점점 높아지자 태헌 가까이 붙어선 정원이 목소리를 낮춰 말했다.

"뭐라고요? 이바른, 아니 지승호가 돌아왔다고요?"

*

설우재 실종 1시간 전.

아버지 회사인 원앤리 사옥에 들어선 우재는 곧장 대표실로 향했다. 누나 설해림을 만나기 위해서였다. 차은새, 한나리, 오월동 진명숙까지. 이 모든 살인 사건의 범인으로 윤영이 지목되었다는 소식을 들은 우재는 마음이 급해졌다. 아무리 생각해도 자신이 어떻게 해야 좋을지 떠오르지 않았던 그는 도움을 요청할 곳은 다시 누나뿐이라는 생각이 들었다.

"우재 왔니?"

비서의 안내를 받은 우재가 대표실의 문을 열자 뜻밖의 인물이 그를 맞이했다.

"형이 왜 여기 있어? 누나는?"

소파에 혼자 앉아 있던 봉토그룹 봉수호 상무의 모습에 우재가 퉁명스럽게 물었다.

"나야 뭐 설 대표님이랑 비즈니스가 있어서 왔지. 설 대표님은 잠깐 전화 통화한다고 나가셨어. 근데 우재야, 나는 내가 여기 있는 것보다 네가 여기 있는 게 더 낯선데? 넌 웬일이야? 아버지 회사는 근처도 얼씬 안 하는 거 아니었어?"

거만한 자세로 앉은 수호가 찻잔을 내려놓으며 비꼬아댔다. 우재는 대꾸 없이 맞은편 소파에 앉았다.

"야, 야. 우재야. 넌 윤영이가 그렇게 사람 죽이고 돌아다니는 거 진짜 몰랐냐?"

수호가 우재 쪽으로 몸을 내밀며 물었다. 재미있어 죽겠다는 표정이었다.

"…."

"나 걔 보통 애 아니라는 건 알고 있었는데 그 정도일 줄은 진짜 몰랐다. 아우, 소름 끼쳐. 여자가 한을 품으면 오뉴월에도 서리가 내린다는 말이 괜히 있는 말이 아니었어."

수호의 놀림에 폭발할 것만 같은 분노를 삭이기 위해 우재가 눈을 감았다.

"참, 너도 마음이 편하지만은 않겠다. 내가 또 어릴 때부터 너희 두 사람을 봐왔잖냐. 이해하지. 충분히 이해한다. 사실, 우리끼리 얘기지만 유윤영 인생에 설우재를 빼면 또 뭐가 있냐? 설우재도 마찬가지고. 그치? 걔가 대학 때부터 너한테 얼마나 잘했냐? 첨에는 둘이 서로 좋다고 물고 빨고. 아… 그러고 보니 그때 생각나네. 그때 우리 참 어렸었는데, 그치?"

"그만하지?"

우재가 나지막이 경고했지만 그러거나 말거나 신이 난 수호는 멈출 기색이 없었다.

"얼굴 예뻐, 똑똑해, 뭐가 모자라서… 쯧쯧. 이래서 여자들은 남자 잘못 만나면 인생 꼬인다는 얘기들을 한다니까. 불쌍한 것. 수린이처럼 든든한 부모도 없는데. 이게 뭐냐? 개차반 같은 놈 좋다고 자기 인생을 이렇게까지 시궁창으로 몰아넣고. 뭐, 진실이 뭐든 중요하겠어? 안 그러냐? 괜한 욕심을 부린 것도 죄는 죄니까."

"봉수호, 나 오늘 너랑 싸우기 싫으니까 그 입 좀 닥쳐라. 개차반 같은 놈한테 개처럼 맞고 싶지 않으면."

우재가 앉은 자리에서 벌떡 일어났다.

"아니, 나는 윤영이 안쓰러워서 그러지. 걔 대학 때 처음 수린이 따라서 우리 모임 왔을 때 얼마나 예뻤냐? 그 생각나서 그러지 인마. 동생 같고 그래서."

우재는 더 이상의 대꾸 없이 문을 향해 걸어가고, 수호는 우재의 뒤통수에 대고 소리쳤다.

"야, 너 설 대표님 만나러 온 거 아니었어? 어디 가냐? 설마 또 여자 만나러 가냐?"

"남 일에 신경 끄고 네 앞가림이나 잘해. 비열한 새끼야."

주먹을 불끈 쥐고 수호를 한껏 노려보던 우재가 문손잡이를 잡자 수호가 찻잔을 들어 올리며 비아냥댔다.

"너 왔었다고 전할게. 아, 그리고 이번 일은 너무 속 끓이지 마라. 모형택 의원이 워낙 적극적으로 마크하고 있고, 네 아버지 특별 지시가 있어서 네 누님이 상황 다 깔끔하게 정리하고 있고, 우리 봉토그룹도 좀 도왔고. 야, 설우재. 너 인마 나한테 빚진 거야. 나 이번에 너 경찰 조사 안 받게 하려고 힘 좀 썼어."

문을 쾅 닫는 우재의 눈이 벌겋게 변했다.

"우재야!"

16년 전 뉴욕에 있는 우재의 대학교 캠퍼스 안 벤치에 앉아 우재를 기다리던 윤영이 멀리서 다가오는 그를 보고는 손을 힘차게 흔들었다. 그녀를 발견한 우재도 팔을 높이 들자 윤영은 우재를 향해 달리기 시작했다. 엉덩이에 금색 날개가 수놓인 청바지에 깨끗한 흰색 운동화를 신은 윤영이 날아오르듯 달려가자 함박웃음을 머금은 우재가 양팔을 펼치고 그녀를 맞을 준비를 했다. 달려간 윤영이 우재의 허리에 양쪽 다리를 감고는 폭삭 안겼다. 장난스럽게 눈을 맞춘 두 사람은 긴 전쟁을 끝내고 오랜만에 만난 연인처럼 행복한 키스를 나눴다. 오늘 새벽에 헤어진 후 겨우 17시간 만의 만남이었지만 17년을 떨어져 있었던 것처럼 서로를 그리워한 두 사람이었다.

"지하철?"

윤영의 숄더백을 자신의 어깨에 둘러멘 우재가 윤영의 어깨를 꼬옥 감싸며 물었다. 윤영은 입고 있는 새하얀 티셔츠보다 더 환하게 웃으며 우재의 팔에 매달렸다.

"응, 우재, 너 지하철 타본 적 한 번도 없잖아. 그거 은근 재밌거든. 냄새는 좀 나지만."

"그걸 꼭 타야 해? 브루클린브리지는 그냥 차로 가도 되잖아."

"노, 노, 노. 꼭 지하철을 타야 해. 넌 오늘 나랑 같이 첫 경험을 하는 거야. 비록 그 첫 경험의 종목이 지하철이라는 게 좀 씁쓸하긴 하지만 아무렴 어때, 첫 경험이라는 게 중요한 거 아니겠어?
응? 우재야."

"첫 경험이라…. 윤영아, 나 너랑 처음인 거 엄청 많아. 무엇보
다 이렇게 보고 있어도 보고 싶고 미친 듯이 사랑하는 건 처음이
지. 넌 나의 첫사랑이야. 물론 마지막 사랑이기도 하겠지만."

우재가 윤영의 긴 머리를 쓰다듬으며 입을 맞췄다.

"그래. 윤영이 네가 하고 싶다면 지하철이 아니라 우주선이라
도 같이 타러 가야지."

"오구구. 우리 우재 너무너무 착해요."

윤영이 우재의 허리를 감싸고 있던 손으로 그의 엉덩이를 토닥
였고, 두 사람은 그 자리에 서서 한 번 더 입을 맞췄다. 윤영이 우재
의 입술을 살포시 깨물며 말했다.

"가자."

서로의 볼을 부빈 두 사람은 사랑이 가득한 눈을 맞추며 동시에
방긋 웃었다. 그리고 꼭 잡은 손을 세차게 흔들며 발걸음을 옮겼다.

브루클린브리지에 선 윤영과 우재는 석양을 바라보고 있었다.
시내에는 불빛이 반짝이기 시작하고 가로등에 불이 켜지더니 하
늘은 금세 짙은 푸른빛으로 물들었다.

"우와, 이렇게 보니까 진짜 새롭다."

윤영의 어깨를 꼭 끌어안은 우재가 볼을 부비며 말했다.

"새롭지? 나랑 같이 보니까 더 새롭지?"

두 눈에 행복을 가득 머금은 윤영이 우재를 올려다보았다.

"우재야. 잠시 눈 감아봐."

"응?"

"내 가방 줘봐. 얼른 눈 감아봐."

윤영은 우재가 메고 있던 자신의 가방을 뺏어 들고, 그 안에서 작은 상자를 꺼내 부스럭거리기 시작했다.

"뭐 해?"

"잠시만 기다리세용. 눈 뜨면 우재 너 나한테 혼난다."

미소를 머금은 우재는 눈을 꼭 감은 채 얌전히 윤영의 지시를 기다렸다.

"자, 이제 눈 떠봐. 짜잔."

살며시 뜬 우재의 눈에 못생긴 하트 모양 초코덩이에 초를 꽂고 서 있는 윤영의 모습이 보였다.

"뭐야?"

"내가 만들었어. 너 좋아하잖아. 쇼콜라 케이크."

"이걸 만들었다고? 직접?"

"응."

어느새 토끼 귀 모양 머리띠를 한 윤영이 어깨를 으쓱하며 고개를 힘차게 끄덕였다. 강바람에 코끝이 빨개진 윤영은 토끼처럼 귀여웠다.

"생일 축하합니다. 생일 축하합니다. 사랑하는 우재의 생일 축하합니다."

생일 축하 노래를 마친 윤영이 촛불을 끄려는 우재를 막아섰다.

"잠깐 소원 빌지 마."

"응?"

"내가 빌 거야."

양손으로 작고 못생긴 케이크를 든 윤영은 눈을 꼭 감고 소원을 빌었다.

"우리 우재 이 세상에 태어나게 해주신 하느님, 부처님, 알라신, 단군 할아버지, 삼신할머니 모두 모두 감사드립니다. 우리 우재가 세상에 태어난 건 아무래도 우주의 축복인 것 같아요. 생각할수록 감사할 일이라고요. 매일매일 감사하면서 살게요. 우재랑 저랑 평생 사랑하면서 행복하게 살게 해주세요."

감았던 눈을 뜬 윤영이 우재를 향해 씽긋 웃어 보였다. 우재는 그런 윤영의 모습이 사랑스러워서 눈물이 날 것만 같았다.

"사랑해, 윤영아."

우재의 커다란 손이 윤영의 양 볼을 감싸 쥐었다. 윤영이 케이크를 조금 떼어 우재의 입속에 쏙 넣었다.

"나도, 우재야. 나도 사랑해. 내가 더 사랑해."

"그러지 마. 내가 더 사랑할 거야."

윤영의 허리를 번쩍 들어 올린 우재는 난간에 윤영을 앉히고는 입을 맞췄다. 달콤한 쇼콜라 케이크의 향이 입안에 가득 퍼졌다.

우재는 결국 누나를 만나지 못했다. 힘없이 밖으로 나온 우재의 눈에 지상을 달리는 지하철이 보였다. 이 모든 사건의 원인이 자신인 것 같아 견딜 수가 없었다. 지긋지긋할 만큼 사랑했던 윤영의 인생을 자신이 망쳐버린 것만 같아서 심장이 터질 듯 뛰었다.

"윤영아. 윤영아."

우재는 낯선 장소에서 엄마의 손을 놓쳐버린 아이처럼 윤영의 이름을 부르며 길에 주저앉아 목 놓아 울었다.

"김태헌 경위님이시죠? 설우재입니다. 저랑 지금 좀 만나시죠."

한바탕 울고 난 후 정신을 차린 우재가 태헌에게 전화를 걸었다. 태헌에게 스페인에서 자신이 보고 들은 모든 일을 솔직히 얘기하기로 마음먹은 우재였다. 12년 전, 한나리 사망 현장에 함께 있었던 것에 대한 처벌을 받게 되더라도 윤영이 범인이 아닐 수도 있다는 얘기를 해야만 했다. 우재는 어쩌면 잘된 일이라고, 가슴속 깊숙이 묵혀뒀던 나리의 죽음에 대한 죄책감도 조금은 놓아버릴 수 있을 거라고 스스로를 다독였다. 거친 숨을 몰아쉬며 운전대를 잡은 우재의 손이 떨렸다. 태헌과의 약속 장소인 강남 경찰서 근처 커피숍에 도착한 우재가 커피를 주문하기 위해 카운터 앞에 섰을 때, 전화가 울렸다.

"우재야."

유학 시절 동문이자 윤영의 친구, 수린이었다.

"너 어떻게 된 거야? 왜 이렇게 연락이 안 됐어?"

전화를 받는 우재의 목소리가 간절했다.

"미안해, 우재야. 나 경찰서 가려고."

수린이 떨리는 목소리로 말을 이었다.

"너 나랑 같이 가줄 수 있어? 지금 좀 겁이 나서 그래."

"다 말하려고? 잘 생각했어, 수린아. 내가 같이 가줄게. 나랑 같이 가자."

"근데… 아버지가 너랑 나랑 만나는 거 아시면 나 못 나가게 하실 거야. 휴대폰이랑 자동차랑 다 추적하실 수도 있어. 휴대폰이랑 자동차 다 그냥 두고 빨리 나한테 와줄 수 있어? 윤영이 아파트에 있을게. 지금 바로 와줘."

수린의 전화를 끊은 우재가 다짜고짜 달리기 시작했다. 그녀가 모든 걸 고백한다면, 윤영의 억울함을 밝힐 수 있다. 지금 우재에게 가장 중요한 건, 윤영을 구하는 일이었다. 웬일인지 우재는 더이상 겁이 나지 않는 것만 같았다.

단숨에 윤영의 집에 도착한 우재가 익숙하게 비밀번호를 눌렀다.

"수린아. 나 왔어."

현관문을 열어젖히며 우재가 소리쳤다.

"왔니?"

슬리퍼로 갈아 신던 우재는 예상치 못한 목소리에 고개를 번쩍 들었다.

"누나가 왜 여기… 수린이는?"

윤영의 집 소파 중앙에는 수린 대신 우재의 누나, 해림이 앉아 있었다.

"윤영이 얘, 와인 고르는 센스는 있네. 아무래도 네가 골랐을 것 같긴 하지만."

집주인인 양 여유롭게 소파 중앙에 앉은 해림이 와인을 잔에 따르며 물었다.

"계속 서 있을 거야?"

"뭐 하는 거야? 주인도 없는 집에서."

"이 집 우재 네가 사준 거 아니야? 그럼 내 집이지. 네가 쓰는 돈, 어차피 내 돈이잖아."

해림을 쳐다보던 우재가 한숨을 내쉬며 맞은편 소파에 털썩 주저앉았다.

"경찰한테 연락했더라?"

"누나가 수린이 시켜서 나 여기로 부른 거야?"

"그러게 네가 거길 왜 가? 누가 너보고 경찰서 가래?"

"나 미행했어?"

"그걸 꼭 미행을 해야만 아니?"

"누나 덕분에 경찰이 날 부르질 못하니까 내 발로 가려는 거야. 이대로 윤영이가 모든 걸 혼자 다 뒤집어쓰게 둘 순 없어. 보통 사람이었으면 내가 이렇게 맘대로 돌아다니고 있는 거 생각도 할 수 없는 일이야."

"보통 사람이 아니니까 너 경찰 조사 안 받게 하려고 내가 들인 공이 얼만데, 뭐? 부르지도 않은 경찰서에 나서서 가겠다고? 정신 차려. 설우재. 지금은 네 사랑놀이나 할 타이밍이 아니라고."

"나리 죽었을 때 나도 같이 있었어. 윤영이는 범인 아니야."

우재가 반항하는 중학생처럼 거친 목소리로 고함쳤다.

"아니, 유윤영이 범인이야."

해림이 더 큰 목소리로 받아쳤다.

"그리고 너 그 자리에 있었던 거 유윤영도 수린이도 말하지 않을 거야. 유윤영이 범인이야. 누가 진짜 범인인지 그런 거 중요하지 않아. 내가 유윤영이라고 하면 그냥 유윤영인 거야. 조용히 넘어갈 수 있는 일 복잡하게 만들지 마."

"뭐?"

"경찰이랑 언론이 말하고 있잖아. 유윤영이 한나리 죽였다고. 말꼬리 잡지 마."

해림이 비소가 가득한 얼굴로 와인을 들이켰다.

"누나가 누가 죽였다고 하든 난 내가 본 대로, 아는 대로 증언할 거야. 수린이가 확실하다고. 일단 내가 아는 건 다 말할 거라고!"

"어린애처럼 굴지 좀 마. 네 그런 모습 때문에 일이 여기까지 왔다고는 생각 안 하니?"

와인 잔을 테이블에 내던지듯 내려놓으며 해림이 말했다.

"뭐?"

"언제까지 감정놀음이나 할 거니? 너 때문이야. 설우재 네 같잖은 사랑놀이에 이 사달이 난 거라고."

우재는 말문이 막혔다.

"윤영이 걔 똑똑한 애야. 그러니까 너 좀 어떻게 해서 인생 세탁해보려고 그 긴 시간을 네 옆에 붙어 있었고. 네 말대로 스페인에 같이 있었는데도 걔가 네 얘긴 안 하는 이유가 뭐겠어? 네 얘기 안 하는 게 나중에 유리하니까 그런 거야. 남들 다 이성적으로 사는데 왜 너 혼자 감성에 젖어서 멍청하게 굴어? 가. 가서 너 좋아하는 여행이나 해. 돌아오면 깔끔해져 있을 거야."

"…"

270

"아버지가 너 집으로 데려오라고 하셨어. 설마 아버지 말 거역하고 경찰서로 가겠다는 건 아니지? 너 그랬다가는 정말 아버지한테 내쳐지는 수가 있어. 네가 진짜 유윤영하고의 의리를 지키고 싶다면 최소한 빈털터리는 되지 말아야지. 그래야 걔가 나중에 출소하면 네가 살길이라도 마련해 줄 거 아니야. 안 그러니?"

"내 살길은 내가 만들어."

힘없이 대답한 우재가 자리에서 일어났다.

"이때까지의 네 살길, 네가 만들었다고 생각하니?"

우재를 올려다보는 해림의 입가에 조소 섞인 웃음이 짙었다.

*

"잘했다."

형택이 전화를 끊는 수린을 칭찬했다.

"…."

수린은 대답 없이 고개를 푹 숙였다.

"수속은 다 마쳐놓았으니 내일 떠나면 된다. 잠시 바람 쐬고 오면 조용해져 있을 게야. 실력 있는 의사라고 하니까 치료 잘 받으면 이제 너도 편안해질 게다. 너는 다른 걱정은 말고 건강해지는 것 하나만 생각하면 된다."

수린이 고개를 끄덕였다. 얼굴을 다 덮고 있는 정리되지 않은 머리 때문에 표정은 보이지 않았다. 형택은 그런 수린을 애처롭게 바라보았다.

"근데 아버지….."

잠시 후, 수린이 갈라진 소리로 형택을 불렀다.

"그래, 말하거라."

"그럼 이제 우재는 어떻게 되는 거예요?"

"그 친구도 그 친구 아버지가 데려가겠지."

푹 숙인 수린의 고개는 미동이 없었다.

"수린아, 세상의 모든 아버지들은 어떤 상황에서도 자식을 지키지. 그게 잘못된 길이라고 해도 부모는 자식을 버릴 수가 없어. 이 아빠를 믿어라. 진흙탕 물은 아빠가 맞으마. 그러니까 너는 깨끗한 곳에만 있거라. 불쌍한 내 딸."

평생 처음 들어보는 아버지의 간지러운 말에 수린은 눈을 동그랗게 뜨고 형택을 바라보았다.

*

[설우재 씨는 좀 전에 한남동 본가로 들어갔습니다.]

강남 경찰서 강력팀 복도 자판기에서 커피를 뽑은 태헌이 정원에게 건넸다. 종이컵을 받아 든 정원이 휴대폰 알림음에 문자를 확인하고는 안도의 한숨을 내쉬었다. 막내, 지저스로부터 온 문자였다.

"우재 씨는 걱정 안 해도 되겠어요. 본가에 있다네요."

휴대폰을 든 손을 내려놓는 정원의 목소리는 지쳐 있었다.

"네? 그걸 어떻게 아셨어요? 혹시 지저스한테 연락 온 거예요?

274

벌써 찾았대요?"

율무차를 꿀꺽 삼키며 태헌이 물었다. 정원은 고개를 옅게 끄덕이고는 휴대폰을 귀에 가져다 댔다.

"지저스한테 전화하는 거죠? 안 받아요?"

눈동자를 반짝이며 기다리던 태헌을 향해 정원은 다시 고개를 저었다.

"설마 또 잠수 타는 건 아니겠죠? 만나고 오는 길이에요? 왜 같이 안 왔어요? 아, 나 진짜 지저스 그 친구한테 물어볼 게 너무 많은데."

정원은 초조한 얼굴로 몇 번 더 통화 버튼을 눌렀지만 끝내 전화는 연결되지 않았다.

"계속 안 받아요? 아이 참, 이럴 거면 왜 나타났답니까? 기껏 나타나서 설우재가 죽었는지 살았는지 알려주고 또 잠수라니. 뭔 생각인 거야. 정말."

김이 빠진 태헌이 씩씩거렸다.

"그건 그렇고, 설우재 그 양반은 원래 이렇게 실없는 사람이에요? 만나자고 나한테 연락까지 해놓고 부모님 댁으로 숨어버린 거잖아요. 사람 놀리는 것도 아니고. 진짜 어이없는 사람이네. 하여간 여자들은 그런 남자 뭐가 좋다고 저렇게 목을 매는지. 알다가도 모르겠네요."

"그러게요…. 저도 모르겠네요."

한동안 입을 꾹 다물고 있던 정원이 강력팀 안을 물끄러미 바라보며 힘없이 맞장구쳤다. 강력팀 사무실에는 여전히 안절부절못

하는 윤영이 보였다.

"저는 기자님 들으라고 한 말은 아닙니다. 아, 나 또 실수한 것 같네."

흥분해서 뱉은 말에 아차 싶었는지 머리를 긁적이던 태헌은 고정된 정원의 눈동자를 따라 안쪽으로 시선을 옮겼다.

"유윤영 씨도 참 안됐다고 해야 하나? 안타깝다고 해야 하나? 끝까지 설우재 지키려고 거짓말하고, 설우재만 걱정하는 모습이 안쓰럽기까지 하네요. 그럴 가치 없는 사람 같구만. 에휴, 그놈의 사랑이 뭔지. 지 걱정이나 할 것이지."

"그런 게 진짜 사랑일까요? 내가 어떻게 되든 상대의 안위를 걱정하고 안타까워하는 그런 거요."

"아, 기자님. 제가 계속 실수하는 것 같은데… 저도 그런 건 잘 모릅니다. 그치만 잘못한 건 잘못했다고 말하는 용기도 사랑 아닙니까? 오냐오냐 해주면 버릇만 나빠진다구요."

"유 원장은 뭐래요?"

정원이 윤영에게서 시선을 거두며 물었다.

"기자님 예상대로 모수린이 범인이라고 하죠. 모수린이 범인인 건 처음부터 알고 있었다고 했어요. 정신적으로 문제가 있다는 말도 했고요."

"유 원장이 그래요? 모수린이 한나리를 죽인 범인이라고?"

"네, 그 사람 말에 따르면 지금 우리가 의심하고 있는 오월동 진명숙 씨랑 차은새까지 전부 모수린이 범인이라네요."

"증거는요?"

"그게 문제예요. 모수린은 철옹성 같은 아버지가 떡 하니 버티고 있고, 설우재도 입 꼭 다물고 아버지 뒤로 숨어버렸고. 이거 뭐나 같이 아버지 없는 사람은 서러워서 살겠나. 유윤영 저 사람도 불쌍하게 생겼어요. 물론 지은 죄가 많긴 하지만 애인이랑 친구한테 완전히 배신당하고 혼자 독박 쓰게 생겼으니…"

태헌이 구긴 종이컵을 쓰레기통에 휙 던지며 말을 이었다.

"증거가 있긴 한 것 같은데 그마저도 미국에 있다네요. 일이 안되려니까 이렇게 꼬여버리나? 당장이라도 미국에 달려가고 싶은데, 출장 품의 올리고 결재 떨어질 때까지 시간이 꽤 걸린다는 게 문제네요. 그러는 동안 모형택 그 능구렁이가 미국에 사람을 보내서 증거를 먼저 빼 오지 않을까요?"

"그러고도 남겠죠. 모형택보다 우리가 먼저 움직여야 해요."

정원이 손에 들고 있던 커피를 홀짝이며 말했다.

"어떻게요? 방법이 있는 겁니까?"

"지금까지 수집한 증거와 의혹만으로 내일 생방송 할 거예요."

"어설프게 터뜨렸다가 그 능구렁이한테 빠져나갈 틈만 만들어 주는 격이 되지 않을까요?"

"모형택은 이미 잔꾀를 부리고 있을 거예요. 빠져나갈 틈도 이미 다 만들어뒀을 가능성이 커요. 어차피 그렇다면 이목을 집중시켜서 행동에 제약을 줘야 해요. 지금 우리가 모은 자료는 의식 있는 국민들이 같이 나서줄 정도는 된다고 생각해요. 국민들이 보고 있다면 경찰이나 검찰 쪽도 지금처럼 모형택을 돕기만 할 수는 없을 거예요. 이슈를 만들고, 우린 계속 찾아야죠. 좀 더 확실한 증거."

"여론을 활용하자는 거죠?"

"위험하긴 한데 배운 게 도둑질이라고 지금의 저에게는 다른 뾰족한 선택지가 없네요."

비장한 표정으로 대답하던 정원이 옅은 미소를 띠었다. 태헌의 눈에 그 미소는 두려움을 떨쳐내기 위한 주문 같았다. 강하게 버티고 있지만 정원도 겁을 내고 있다는 게 느껴졌다. 태헌의 눈에는 덩치가 얼마나 큰지 가늠조차 되지 않는 괴물의 앞에 한 자루의 칼을 들고 외롭게 서 있는 전사 같아 보였다. 그런 정원의 모습이 멋져 보이기도 했지만, 한편으로는 안쓰러워서 그녀의 작은 머리를 쓰다듬어 주고 싶다는 충동이 들었다.

"확실한 증거 하나만 더 있으면 좋겠는데…. 모형택이 절대 빠져나갈 수 없는 거요."

정원의 다부진 목소리에 당황한 태헌은 자신도 모르게 그녀의 머리를 향해 올리던 손을 거두며 실없이 웃어 보였다.

"아, 그러니까 말이죠. 하여간 능구렁이 자식, 허허. 그나저나 지저스는 뭐래요? 미국에는 왜 갔다 온 거래요?"

"지저스요? 아, 맞다. 선물."

순간 무언가 떠오른 정원이 허겁지겁 가방을 뒤졌다.

"기자님, 갑자기 뭐 하세요? 뭘 그렇게 찾아요?"

가방 깊숙이 손을 넣어 휘젓던 정원이 립스틱 상자를 꺼내 들었다.

"립스틱? 아이구, 참. 안 발라도 충분히 예쁩니다."

태헌의 말에는 대꾸도 하지 않은 정원이 상자 속 립스틱을 꺼내 뚜껑을 열었다. USB였다.

"엥? USB네요? 그걸 왜 화장품 상자에 넣고 다녀요?"

"지저스가 미국에 다녀온 기념으로 주는 선물이랬어요."

정원과 태헌은 약속한 듯 눈을 맞췄다.

"국장님, 누구 편이세요?"

성큼성큼 방송국으로 들어선 정원이 국장실 문을 벌컥 열고는 다짜고짜 강 국장을 향해 쏘아댔다. 플라스틱 컵에 남아 있는 낫또 바나나 주스를 빨대로 열심히 긁고 있던 강 국장이 고개를 삐딱하게 기울이고는 정원을 빤히 쳐다보았다.

"네? 국장님 누구 편이시냐고요."

강 국장의 책상에 쾅 하고 양손을 올린 정원이 다시 물었다.

"뭐? 서정원 너 이제 정치할 거냐? 내가 누구 편이 어디 있냐? 난 무조건 회사 편이지 인마. 월급쟁이는 원래 월급 주는 사람 편이야."

퉁명스러운 대답을 마친 강 국장이 고개를 돌려 다시 빨대를 들고 가라앉은 바나나 덩어리를 요리조리 움직였다.

"그쵸? 국장님 회사 편이죠? 모형택 편 아니죠?"

"또 뭔 말을 하려는 거야? 너 인마, 내가 사고 치지 말라고 몇 번을 말해."

"제가 회사에 확실한 도움이 될 만한 녹취 파일을 입수했어요. 특종이요."

"녹취 파일? 특종?"

정원의 입에서 나온 특종이라는 말에 강 국장이 컵을 내려놓았다.

"이번 주 자산 관리 특집은 시간 변경하시죠. 서정원의 오아뉴는 생방송으로 진행하고요."

"서정원 너…."

"제 편 안 하셔도 되니까 회사 편 하세요. 시청률 제대로 따드릴게요. 제가 사고 제대로 한번 쳐보겠습니다. 도와주세요. 국장님."

말을 잇지 못하는 강 국장을 뚫어져라 보던 정원이 휴대폰을 들어 재생 버튼을 눌렀다. 지저스가 준 립스틱 상자 속 USB에 들어 있던 녹음 파일이었다.

"나도 무서워. 나도 무서운데 네 생각해서 꾹 참고 있는 거라고. 모수린 너 이럴 거 같았음 처음부터 그냥 경찰에 신고하는 게 맞았어."

앳된 윤영의 짜증 섞인 목소리가 국장실에 울려 퍼졌다.

12년 전, 스페인. 마드리드의 좁은 골목에 놓인 식당 야외 테이블에 윤영과 수린이 마주 앉아 있었다. 어두운 골목에는 테이블마다 놓인 노란색 조명만이 은은하게 빛났다. 두 사람과 몇 테이블 떨어진 곳에 앉은 커플은 음식을 먹다 말고 뜨거운 키스를 나누느라 정신이 없었다. 골목의 몽환적인 분위기와 야외에 설치된 낡은 스피커에서 흘러나오는 이국적인 음악 소리에 매료된 윤영은 우재에게 이곳의 소리를 전해주고 싶다는 생각이 들어 휴대폰의 녹음 버튼을 눌렀다. 아무 일도 없었다는 듯, 이렇게 지나갈 거라는 듯.

윤영은 한나리 사건 이후 며칠간 계속된 긴장감을 떨쳐버리려

애쓰고 있었다. 갈피를 잡지 못하고 있는 수린만 안정을 찾는다면 이렇게 스페인에 모든 걸 묻어두고 뉴욕으로 돌아갈 수 있을 것만 같았다.

"너만 무섭니? 나도 무서워. 나도 무서운데 네 생각해서 꾹 참고 있는 거라고. 모수린 너 이럴 거 같았음 처음부터 그냥 경찰에 신고하는 게 맞았어."

윤영의 말에 고개를 푹 숙이고 파스타만 뒤적이던 수린이 포크를 내려놓으며 말했다.

"경찰? 그건 절대 안 돼. 너 알잖아. 우리 아빠, 엄마 없이 나 혼자 키운 거. 우리 아빠 국회의원이잖아. 내가 사람 죽인 거 알려지면 우리 아빠 실업자 될지도 몰라. 그럼 나 돈도 없어질 거고…. 그럼, 그러면… 그래, 내가 돈이 없어지면 너도 불편한 게 많을 거야. 그치?"

금방이라도 울 것 같던 수린이 갑자기 표정을 바꾸며 윤영을 빤히 쳐다보았다. 수린 특유의 초점을 잃은 눈이 갑자기 또렷해져 섬뜩한 느낌을 자아냈다.

"뭐? 너 지금 무슨 말을 하는 거야? 거기서 돈 얘기가 왜 나와? 내가 언제 돈 땜에 너랑 친구한대?"

수린의 비정상적인 말과 표정에 당황한 윤영이 만지작거리던 휴대폰을 테이블에 내려놓으며 경계하는 눈빛으로 수린을 바라보았다.

"아빠가 알면 안 돼. 절대 안 돼. 내가 또 사람 죽인 거 아빠가 아시면 나 버릴지도 몰라. 그럼 난 거지가 되는 거라고. 절대 안 돼."

수린은 고개를 세차게 저으며 몸을 파르르 떨었다.

"또? 너 지금 또, 라고 했니? 예전에도 사람을 죽인 적이 있단 말이야?"

놀란 윤영이 최대한 침착함을 유지하려 노력하며 질문했다.

"자꾸 착한 척하잖아."

별일 아니라는 얼굴로 포크를 든 수린이 파스타를 입안에 가득 넣고 웅얼거렸다.

"착한 척? 누가?"

"김은영도 그렇고 한나리도 그렇고. 걔들 가식 떠는 거 진짜 역겹지 않니? 왜 그렇게 착한 척들을 하는 거야? 재수 없어."

수린이 파스타를 꾸역꾸역 씹으며 씩씩댔다.

"김은영은 또 누군데?"

최대한 자연스러워 보이기 위해 윤영도 놓았던 포크를 집어 새우를 입으로 가져갔다. 윤영은 포크를 든 자신의 손이 떨리고 있다는 사실을 들키지 않기 위해 손에 힘을 꽉 줬다.

"무언 여중 김은영."

"걔가 네 중학교 때 친구야? 수린이 네가… 죽였어?"

"친구 아니야. 그리고 걔는 안 죽었어."

수린이 새우를 잘근잘근 씹고 있는 윤영을 주시하며 태연하게 미소를 보였다.

"걔는 안 죽어? 그럼 김은영 말고 또 다른 사람을 죽였다는 말이야?"

"그땐 죽이려고 한 건 아니었어. 나는 그냥 가두기만 했던 거야.

그렇게 많이 죽을지 몰랐어. 그냥 착한 척하는 거 재수 없어서."

"많이? 많은 사람이 죽었다는 거야?"

윤영은 떨리는 목소리를 숨기려 와인을 벌컥벌컥 들이켰다.

"많겠지."

"몇 명…이나?"

"나도 몰라."

"수린아, 좀 더 자세하게 얘기해 줄 수 있어? 난 네가 어떤 생각을 가지고 있는지 궁금한데."

의대생인 윤영은 수업 시간에 배운 상담 이론을 떠올리며 조심스레 질문했다.

"울 아빠 그래서 나 미국 보낸 건데, 내가 또 사람 죽였다고 하면 이번에는 어디로 보낼지 몰라. 정말 짜증나는 일이야."

파스타를 우악스럽게 입으로 밀어넣은 수린이 윤영과 눈이 마주치자 씩 웃었다.

숙소로 돌아온 윤영은 잠에 들지 못했다. 샤워를 하고 나와 잠든 수린을 바라보며 수천 가지 생각을 했다. 노트북을 열어 수린이 미국으로 오기 직전에 발생했던 무언시 사건에 대한 기사를 모조리 찾아 읽었다. 손이 떨리고 심장이 두근거렸다. 수린이 잠든 사이에 얼른 도망쳐 버리는 게 나을지도 모른다는 생각도 했다. 지금까지 친구로 지냈던 수린과의 좋았던 기억에 괴물 같은 그녀가 안쓰럽게 느껴지기도 했다.

그리고 밤새 고민하던 윤영은 떠오르는 아침 해를 보며 마음을 다잡았다. 우재를 따라 한국에 가서 안정적으로 자리를 잡을 수 있는 방법을 찾은 것만 같았다.

강 국장의 사무실. 소파에 기대 서 있던 정원이 음성 파일이 재생되던 휴대폰의 정지 버튼을 눌렀다. 금방이라도 튀어나올 것 같은 눈동자로 정원을 보던 강 국장이 떨리는 목소리로 물었다.

"모수린인 거야?"

정원이 조용히 고개를 끄덕였다.

"어디서부터 어디까지인 거야?"

"20년 전 무언시 폭발 사고, 12년 전 스페인에서 있었던 한인 여대생 사망 사건, 4개월 전 오월동 진명숙 씨, 최근 차은새까지. 모두 모수린입니다."

"모형택은?"

강 국장의 반응으로 보아 어느 정도 예상한 듯했다. 강 국장에게는 모수린이 그 많은 살인을 저질렀다는 것보다 정원이 이 사실을 방송하려 한다는 게 어쩌면 더 큰 충격인 것 같았다.

"상황을 알고 있었어요. 모수린이 사고를 치고 나면 열심히도 수습했던 것으로 확인되고요. 차은새 용의자였던 김민철의 자살도 모형택이 의심스러워요."

"증거는?"

"일단 무언시 폭발 사고와 스페인 여대생 사건 관련 정보는 어느 정도 확보했습니다. 당시 모형택의 수사 기록이나 모수린의 행적 등 수상하지 않은 게 없어요. 지금부터 내일 생방송 전까지 정리하겠습니다."

"나머지 사건은?"

"차은새 사건 당일에 모수린이 현장에 있었다는 점, 살해 현장에서 발견된 목걸이를 친구 유윤영의 병원에서 훔쳤다는 점 등 어느 정도 윤곽은 잡힌 것 같아요. 진명숙과 김민철 사건은 아직입니다. 일단 내일은 무언시와 스페인 여대생 사건으로 방송할 겁니다."

"여론의 힘을 빌리겠다는 거냐?"

"누구의 힘이라도 빌려야죠. 모형택이 모수린을 숨기기 전에 먼저 모수린을 경찰서 조사실에 앉혀야만 해요. 이 상태로 두면 외국으로 도망갈 게 뻔하고, 다시 묻힐지도 몰라요."

강 국장의 짧은 질문에 정원이 간절한 표정으로 대답했다. 창밖을 향해 뒤돌아선 강 국장이 긴 한숨을 내쉬었다. 말없이 잠시 생각하던 강 국장이 나직하게 입을 열었다.

"서정원, 너 정말 자신 있냐? 모형택은 만만한 상대가 아니야. 한 방에 보내버릴 수 없다면 시작도 해서는 안 돼. 나는 회사 편이지만 내 사람을 희생시키면서까지 회사 편에 설 마음은 없다."

"압니다. 국장님 마음 항상 감사하게 생각하고 있습니다. 실망시키는 일 없을 겁니다."

정원이 강 국장의 등을 향해 깍듯하게 허리를 숙여서 인사 했다.

새벽 2시가 넘은 시간이지만 시사국은 대낮처럼 환하게 불을 밝히고 있었다. 트레이닝복을 입은 김 기자와 한껏 멋을 낸 차림에 은은한 술 냄새를 풍기는 양 작가가 분주히 움직였다. 퇴근 후 각자의 시간을 보내던 두 사람이 정원의 호출을 받고 급하게 회사로

복귀한 것이다. 시사국에 도착한 두 사람은 어떠한 의심도, 불평도 없이 정원의 지시에 따라 일사불란하게 움직였다.

"선배, 그래픽 팀 친구 소개팅 시켜주기로 하고 만든 거예요. 최종 컨펌 해주시면 픽스할게요."

컴퓨터 앞에 앉은 김 기자가 햄버거를 한입 물며 웅얼거렸다.

"응, 바로 볼게. 그리고 김 기자야, 한병문 씨 인터뷰 영상이랑 스페인 촬영 영상도 새로 편집 의뢰 들어간 거지?"

긴 머리를 연필로 틀어 올린 채 열심히 키보드를 두드리던 정원이 고개를 빼꼼히 들고 물었다.

"내일 아침 7시에 시작한답니다. 편집 팀에 일정 끼워 넣느라 완전 애먹었어요."

"그래서 햄버거 두 개 시켜줬잖아."

투덜대는 김 기자의 말을 정원이 장난스럽게 받아쳤다.

"이 시간에 햄버거 먹으면서 일하면 내일 유산소 몇 시간을 더 해야 하는지 모르시죠?"

콜라에 꽂힌 빨대를 쭉 빨아올린 김 기자가 입을 삐쭉거리며 서류를 정리했다.

"방송 무사히 끝나면 유산소 운동할 시간 넉넉히 줄 테니까 오늘은 든든히 먹고 일하자."

"서 선배, 그 말에 책임지는 겁니다. 특종 한번 시원하게 뽑고 돌아가면서 휴가 쓰는 거예요. 그럼 뭐 오늘 하루 밤샘쯤이야 일도 아니죠."

"어머, 진짜죠? 팀장님. 휴가 가려면 이번 방송 진짜 잘 만들어야겠어요.”

김 기자의 말에 양 작가도 거들었다. 정원은 자신을 믿고 따라와 주는 두 사람이 너무 고마워서 코끝이 찡해졌다.

“팀장님, 스페인 제보자 인터뷰 영상이랑 그리스인 친구 영상은 만들어둔 거 그대로 사용해도 될 것 같아요. 한번 체크해 보실래요?”

모니터에 집중하던 양 작가가 고개도 움직이지 않고 큰 소리로 물었다.

“응. 바로 보내줘.”

“옙. 준비되어 있던 원고 최종본도 같이 보낼게요. 보시고 수정 부탁드려요.”

“오케이.”

“문제는 스튜디오예요. 내일 자산 관리 방송 세팅 다 해놓은 바람에 빈 곳이 없는데.”

“그건 걱정 안 해도 돼. 국장님이 정리해 주실 거야.”

그때, 시사국으로 다가오는 발소리와 함께 익숙한 목소리가 들려왔다.

“역시 예상대로 여긴 전쟁터네.”

분주히 일하던 세 사람은 동시에 입구 쪽을 바라보았다. 연예부 팀장, 영선이었다.

“이 몸이 일용할 양식을 가지고 강림하셨도다.”

자신에게 집중된 이목에 신이 난 영선이 양손에 비닐봉지를 든 채 제자리를 빙그르르 돌더니 테이블에 족발과 치킨을 꺼내놓으며 부산스럽게 소리쳤다.

"맥주! 아멘!"

봉지 속에서 술을 발견한 양 작가와 김 기자는 당장이라도 눈물을 쏟을 것 같은 얼굴로 영선을 반겼다.

"선배, 이 시간에 어떻게 온 거야?"

"자려고 누웠는데 내 귀 옆에서 천사들이 속삭이더라고. '서정원 팀 지금 일손 부족해서 다들 고생하고 있어. 잠이 오니? 일 잘하는 주영선이 가서 실력 발휘 좀 해줘.' 막 이렇게. 그래서 지원 나왔다. 나 뭐부터 하면 되냐?"

팔을 걷어붙이는 영선을 보며 정원은 테이블 위의 음식을 다 먹은 것처럼 속이 든든해지는 기분이 들었다.

*

증거품 보관 창고에서 민철의 컴퓨터를 꺼내 온 태헌이 키보드를 보고 있었다. 턱을 괴고 키보드를 멍하니 보다가 이번에는 검지를 펼쳐 한 자 한 자 눌러보기 시작했다. 모니터에 켜져 있던 한글 파일에 명숙진이라는 글씨가 써졌다.

"명숙진? 명숙진이 뭘까? 진, 명, 숙?"

자리에서 벌떡 일어난 태헌이 책상에 엎드려 자고 있던 오 형사의 등을 탁탁 두드리며 소리쳤다.

"오 형사야, 진명숙이었어. 진명숙이었다고."

무거운 눈꺼풀을 다 올리지 못한 오 형사가 비몽사몽 물었다.

"뭐? 갑자기 뭔 소리야? 진명숙 씨가 왜?"

"김민철 비번 말이야. 이게 무슨 뜻일까 엄청 고민했는데, 명숙 진이야. 이게 뭐겠냐? 진명숙이잖아."

흥분한 태헌과 달리 아직 잠에서 덜 깬 오 형사는 어리둥절했다.

"뭐라는 거야? 김민철이 왜 진명숙 씨 이름을 비번으로 써?"

"자, 잘 봐. 김민철과 진명숙, 두 사람은 같은 시기에 무언에 살았어. 김민철은 호적상에 모친이 없었지. 그치? 근데 엄마가 없이 세상에 태어나는 사람은 없어. 진명숙 씨도 호적상에는 아들은 물론 결혼을 한 적도 없어. 근데 진명숙의 친구 정미화 씨도, 모 형택의 비서도 하나같이 진명숙 씨가 아들이 있었다고 해. 그리고 결정적으로…."

"김민철의 비번이 명숙진이다?"

"그렇지."

오 형사가 잠이 번쩍 깬 듯 고함을 치고, 신이 난 태헌은 시원하게 팔을 휘두르며 추임새를 넣었다.

"그럼 태헌이 네 말은, 김민철이 자기를 낳아준 엄마를 죽였을 거라는 거야?"

"절대 아니지. 진명숙과 김민철은 같은 이유로 살해당했다는 말이야."

"어? 맞네. 그럴 수 있겠어. 우와, 태헌아. 나 소름 돋으려고 해. 너 원래 이렇게 똑똑한 놈이었냐?"

"나 원래 겁나 똑똑해."

"하여간 겸손의 미덕을 모르는 자식."

호들갑 떠는 태헌의 모습에 오 형사가 입을 삐죽거렸다.

"이러고 있을 게 아니고, 일단 두 사람이 모수린에게 살해된 이유를 찾아보자."

"그러고 보니까 차은새랑 김민철이랑 둘 다 무언 출신들이잖아. 혹시 차은새도 같은 이유로 살해된 걸지도 모르겠네."

"만약 죽은 세 명이 다 무언시 사고의 비밀을 알고 있었다면…."

눈을 가늘게 뜨고 머리를 굴리던 태헌이 벌떡 자리에서 일어나 재킷을 챙겼다.

"나 좀 나갔다 올게."

"이 시간에? 어디 가는데?"

"공사 일하시는 분들은 원래 아침 일찍부터 움직이시잖아. 지금 가서 좀만 기다리면 만날 수 있겠지."

"공사 일? 누구?"

태헌은 대답 없이 경찰서를 빠져나갔다.

새벽 5시 30분, 태헌은 진명숙의 친구 정미화의 집 앞에서 진명숙과 김민철의 관계에 대해 물어보기 위해 한 시간째 기다리고 있었다. 차에 앉아서 구운 계란을 까던 태헌의 시야에 집을 나서는 중년 여자의 모습이 들어왔다.

"정미화 씨, 안녕하셨어요? 아침 일찍 나가시네요. 하하하."

까던 계란을 툭 내려놓은 태헌이 차에서 내리며 미화를 불렀다.

"어? 형사님. 어쩐 일로…."

미화가 태헌을 알아보고는 머뭇거렸다.

"출근하시는 길이시죠? 어디까지 가세요? 제가 목적지까지 태워드릴게요. 저랑 같이 가시면서 얘기 좀 하시죠."

갑작스러운 태헌의 제안에 잠시 망설이던 미화가 차에 올랐다.

"멀리까지 가시네요. 지하철을 세 번이나 갈아타셔야 하잖아요."

"아… 네. 근데 무슨 일로…."

조수석에 앉은 미화는 긴장한 듯 보였다. 엉겁결에 경찰의 제안을 받아들이기는 했지만 잘 모르는 남자인 태헌을 경계하고 있는 눈치였다.

"지금 제가 모셔다드리면 7시까지는 충분히 도착하시겠어요. 앞에서 간단하게 아침도 드실 수 있겠는데요, 하하하. 아침 식사 안 하셨죠? 일단 계란 좀 드실래요?"

얼굴이 굳은 미화를 안심시키고자 태헌이 너스레를 떨었다.

"저 싸 왔어요. 운전하시면서 김밥 좀 드세요."

미화가 가방에서 도시락을 꺼내 태헌의 앞에 내밀었다.

"우와, 맛있겠다. 잘 먹겠습니다. 하하하. 김밥이 진짜 맛있네요."

태헌이 김밥 세 개를 한 번에 입에 구겨 넣고는 엄지손가락을 치켜들며 웅얼거렸다.

"혹시 예전에 무언역 앞에 김밥 할머니 아세요? 김밥이 엄청 맛있었다는데."

"형사님도 무언 분이세요?"

고향 얘기에 미화가 반색하며 물었다.

"아니요. 저는 무언 사람은 아닌데, 무언을 아주 좋아합니다. 하

291

하하.”

“그러시구나. 근데 무언역 김밥집은 어떻게 아세요? 할머니 김밥은 오래전에 없어졌는데.”

“그 할머니 김밥이 엄청 맛있었다는 얘길 들은 적이 있거든요.”

“그래요? 그 할머니 김밥 진짜 맛있었어요. 특별히 든 건 없는데, 그런 게 손맛인가.”

미화는 예전 추억이 떠오른 듯 슬쩍 미소 지었다. 미화의 긴장이 조금은 풀린 듯 보이자 태헌이 질문을 시작했다.

“혹시 그 손녀도 아세요?”

“차은새요?”

“개인적으로 아세요?”

앞을 보고 운전하던 태헌이 옆자리의 미화를 힐끗 쳐다보며 물었다.

“저는 몰라요. 명숙이 죽기 전에 통화하다가 우연히 차은새가 김밥 할머니 손녀라는 걸 알았어요.”

“진명숙 씨 죽기 전에 차은새에 대한 얘기를 나눴었어요?”

질문하는 태헌의 목소리가 살짝 격앙되었다.

“명숙이한테 오랜만에 연락 온 아들이 있었댔잖아요. 그 아들 친구라고, TV 나오는 예쁜 애라고 하더라구요.”

김밥을 오물거리며 미화가 대답했다.

“친구랬어요? 다른 말은요? 다른 말은 없었고요?”

“글쎄요, 친구라는 것 말고 특별히는….”

“아들에 대해서도 다른 말은 없었어요? 아들 이름이나 사진 같은 건요?"

"그냥 아들이라고 해서 이름은 몰라요. 그 당시에 저는 명숙이랑 통화만 했었으니까 사진도 못 봤고요."

애써 기억을 더듬어보던 미화가 기억난 듯 목소리를 높였다.

"아, 맞다. 소방관이라고 했어요. 아들이."

"소방관이요?"

놀란 태헌이 급브레이크를 밟자 눈을 동그랗게 뜬 미화가 물었다.

"왜 그렇게 놀라세요? 형사님 아시는 분 중에 비슷한 사람이라도 있어요?"

"제가 아는 분이랑 비슷한 것 같아서요."

"네? 명숙이 아들을 안다고요? 정말이세요? 명숙이가 평생을 아들 생각하면서 얼마나 가슴 아파했었게요. 지금이라도 명숙이 아들을 찾으면 얼마나 좋아. 아들이 제사라도 지내주면 명숙이 한이 좀 풀릴 텐데, 명숙이 죽은 건 아는지 몰라."

죽은 친구가 떠오른 미화는 눈시울을 붉히며 안타까워했다.

"확실한 건 아닙니다. 제가 생각하는 그분을 만나볼 수 있는 상황이 아니라서요. 직접 확인할 수도 없거든요."

"그럼 명숙이도 죽었으니 알 길이 없겠네요. 그 웬수 같은 애아버지라도 연락이 닿으면 모를까."

"애아버지요?"

태헌은 머리를 한 대 맞은 듯 정신이 번쩍 들었다.

"그 남자요. 명숙이 아들 아부지. 서울에 있다면서 명숙이 죽은

후에도 코빼기도 안 나타나는 것 좀 봐요. 또 어디 기원에나 기웃
거리고 있겠죠.”

미화가 민철의 아버지를 떠올리며 이를 부득부득 갈았다.

“기원이요?”

“25년 전에도 그렇게 바둑에만 미쳐 있었다던데 그 버릇 어디
개 주겠어요? 아들 뺏기고 평생 가슴속에 한을 품고 산 명숙이가
지금 죽었는지 살았는지도 모르고 아직도 있는 돈 없는 돈 다 긁어
서 기원에나 다니고 있겠죠.”

태헌도 민철의 아버지 행방을 찾았었다. 민철의 사망 직후, 어
린 시절 민철이 살던 무언까지 내려가서 행방을 알아보았지만 어
디에도 민철 아버지의 흔적은 찾을 수 없었다. 장례식 이후로는 생
각도 안 하고 있었는데, 태헌은 미화가 말하는 민철의 부친이자 명
숙의 웬수 같은 그 남자를 찾으면 둘의 관계를 확실히 밝힐 수 있
을 거라는 생각에 머릿속이 맑아지는 기분이 들었다.

미화를 일터에 내려준 태헌이 오 형사에게 전화를 걸었다.

“오 형사야, 김민철 아버지 행방 좀 찾아야겠다.”

“김민철 아버지? 아들 장례식에도 안 나타난 사람을? 그때 너
그분 찾는다고 무언에도 가지 않았었어?”

“서울시에 있는 기원들 좀 뒤져보자. 오늘 중으로 어떻게든 찾
아야 해.”

태헌이 내비게이션에 기원을 검색해 보며 말했다.

“서울에 있대? 오늘 중으로? 서울시에 기원이 몇 갠데….”

“일단 서두르자. 급하다.”

전화를 끊은 태헌은 가장 가까운 기원을 향해 핸들을 돌리며 생각했다. 서울에 있는 모든 기원들을 뒤져서 사람하나 찾으려면 최소 며칠은 걸릴 것이다. 그를 찾는다고 해도, 위치를 파악하고 만나기까지는 꽤 오랜 시간이 걸릴지도 모른다.

'오늘 오아뉴 방송 전에 그들의 관계를 풀어야 하는데….'

태헌이 답답한 마음에 핸들을 쾅 내리쳤다.

＊

홀로 시사국 컴퓨터 앞에 앉아 있던 정원이 모니터 아래 시계를 확인했다. 6시 20분. 5시경에 생방송 준비를 거의 마무리한 후 김 기자는 사우나로, 양 작가와 영선은 숙직실로 잠시 눈을 붙이러 갔고, 시사국에 남은 정원은 원고를 곱씹고 있었다. 정원이 뭉친 어깨를 두드리고는 기지개를 크게 켜던 그때, 태헌에게서 전화가 왔다.

"기자님, 지저스랑 연락됐어요?"

흥분한 태헌의 목소리가 들려왔다.

"아니요. 그 이후에는 연락이 안 닿고 있어요. 무슨 일 있으세요?"

"아무래도 진명숙이랑 김민철이 모자 관계인 것 같아요."

"김민철이 진명숙의 아들이라고요?"

태헌은 민철의 컴퓨터 비밀번호와 미화에게 들은 이야기를 정원에게 알려줬다. 그리고 민철의 아버지가 서울에 거주하고 있을 가능성이 크다는 것과 그가 예전부터 바둑을 좋아해서 기원을 중심으로 수소문해 보면 행방을 찾을 수 있을지도 모른다는 설명도 덧붙였다.

"기자님 아는 기원 없어요?"

"서울시에 기원이 한두 개가 아닐 텐데…."

"그러니까요. 기원들 다 뒤지는 건 일도 아니지만 지금은 시간이 없다는 게 문제네요. 이럴 때 지저스랑 연락이라도 되면 얼마나 좋아요. 그 양반이라면 금방 찾을지도 모르는데…."

그때 정원의 머리를 스치는 곳이 한 군데 있었다. 신임동 PC방. 그 아래층에 기원이 있었다.

'지저스는 그날 왜 날 거기로 불렀던 걸까?'

잠시 고민하던 정원이 입을 열었다.

"주소 찍어줄게요. 혹시 모르니 거기 한번 가보실래요?"

"어딘데요?"

"지저스가 저한테 가보라고 했던 곳이 있어요. 신임동 PC방이요. 근데 제가 갔을 때 거긴 이미 문을 닫은 곳이었고, PC방 아래층에 기원이 있었어요. 그게 이런 뜻이었을까요?"

"그게 정말이에요? 일단 주소 찍어줘요. 지금 바로 출동해 보겠습니다."

"저도 출발할게요."

정원이 한 손으로 가방을 챙기며 전화를 끊으려는데 태헌이 덧붙였다.

"밥 안 먹었죠? 잠도 안 잤을 거고? 저 지금 차 좀 막히기 시작했으니까 기자님은 일단 아침부터 드시고 출발하세요. 이 시간에는 기원도 문 안 열어요. 그리고 잠을 못 잘 땐 밥이라도 든든히 먹어야 하는 거예요. 밥을 잘 먹어야 사건도 해결하고, 멱살도 잡고 할 거 아닙니까? 꼭이요. 아침 먹고, 거기서 만납시다."

꼬르륵. 신기하게도 위치를 전송한 정원의 배에서 큰 소리가 울렸다. 요동치는 배를 부여잡은 정원은 태헌의 말이 떠올라 피식 웃음이 났다.

"그래, 밥을 먹어야 힘내서 싸우지."

힘차게 자리에서 일어난 정원이 구내식당으로 향했다.

[정원아, 출근하면 잠깐 만날 수 있어? 나 지금 방송국 앞이야.]

뜨끈한 누룽지 몇 숟갈을 뜨고 서둘러 구내식당을 나서던 정원이 메시지를 확인하고는 그 자리에 멈춰 섰다. 며칠 만에 온 우재의 메시지였다. 엘리베이터를 타고 잠깐 고민하던 정원이 1층 버튼을 눌렀다. 정문 앞에 우재의 차가 비상 깜빡이를 켠 채 정차해 있었다.

"밤새웠어?"

정원이 조수석 문을 열고 자리에 앉자 까칠한 얼굴을 확인한 우재가 말을 걸었다.

"왜 온 거야?"

"이번 주에 오아뉴 방송 안 하잖아. 무슨 일이 그렇게 많은 거야?"

우재가 걱정 가득한 표정으로 정원을 물끄러미 바라보았다.

"할 거야. 방송."

단호한 정원의 대답에 멈칫하던 우재가 다시 입을 열었다.

"정원이 네가 방송하면 윤영이 누명 벗을 수 있는 거니?"

우재의 말에 앞만 바라보던 정원이 몸을 틀어 앉았다.

"그 얘기가 하고 싶었니? 애인 누명 벗겨달라고? 그냥 경찰서로 찾아가지 그래. 그 자신은 없었어? 유윤영이 누명 쓰는 건 싫은데 가족들 눈치 보여서 직접 나서지는 못하고, 그래서 지금 나한테 부탁하는 거야? 이러려고 나 찾아온 거야?"

"미안하다. 정원아."

우재가 고개를 떨궜다.

"우재 씨 참 못났다. 나 배신한 거 생각하면 피가 거꾸로 솟지만, 그보다 더 소름 끼치는 건 당신과 관련된 모든 여자들이 다 불쌍하게 느껴진다는 거야. 유윤영, 당신이랑 짜고 날 기만한 그 말도 안 되는 여자까지 내가 왜 동정해야 해? 당신은 유윤영을 겨우 그렇게 생각했어? 일말의 책임도 없는 그런 가벼운 관계 때문에 나를 이렇게 기만했어? 너희 그 질긴 사랑이 겨우 이 정도라면 3개월 만나고 결혼한 나는 너한테 대체 얼마큼이라는 뜻이니? 당신은 뭐가 그렇게 쉽고 뭐가 그렇게 두려운 거니."

정원의 목소리는 차분했지만 분노로 떨리고 있었다.

"그런 거 아니야. 너도 나한테 소중해. 정말이야."

"나도 소중해? 그럼 한나리는? 한나리는 또 뭐야? 한나리도 좋아했었잖아. 그럼 한나리 죽인 범인 찾는 거 도와야 하는 거 아니니? 차은새는! 다 소중했을 거 아니야. 근데 그 소중한 사람들이 널 만나고 있던 중에 죽었는데도 어떻게 넌 숨어만 있니? 그렇게 죽은 게 나였어도 당신은 꽁꽁 숨기만 했을 거야. 난 네가 바람을 피웠던 것보다, 유윤영이랑 내 집에서 밥해 먹고, 내 침대에서 뒹굴었다는 사실보다 그게 미치도록 괴로워. 무서워."

정원의 볼을 타고 눈물이 흘러내렸다.

"내가 봤어. 내가 차은새 죽어 있는 거 봤어. 피 흘리면서 누워 있는 거 내가 봤었다고."

정원이 손바닥으로 흐르는 눈물을 닦으며 말했다.

"정원아, 너 그게 무슨 말이야?"

우재가 죄인처럼 숙이고 있던 고개를 번쩍 들었다.

"이미 죽어 있었지만, 나 그거 모른 척했던 것 땜에 미치도록 괴로웠어. 그거 다 털어낼 거야. 오늘 내가 방송 강행하면 모형택이 그 사실로 나를 물고 늘어지겠지. 그치만 괜찮아. 내가 잘못한 거 맞잖아. 내가 그 여자 죽어 있는 거 뻔히 보고도, 내 커리어에 문제 생길까 봐 그냥 나와버렸어. 너무 무서워서. 그래서…."

정원은 가슴속에 곪아 있던 응어리가 폭발해 고함을 쳤다. 그렇게나 감췄던 진실을 왜 지금 얘기하는지, 그 상대가 하필이면 왜 우재인지, 스스로도 이해가 되지 않았다. 어쩌면 방송에서 모든 것을 밝히기로 한 후, 머뭇거리는 스스로를 다잡기 위한 발악이었을지도 모른다.

"정원아, 미안해. 내가 미안해."

눈물 흘리는 정원을 껴안기 위해 우재가 팔을 뻗었지만 정원이 뿌리치며 말했다.

"미안하다고만 하지 말고 12년 전에 본 거, 알고 있는 거 나한테 다 얘기해."

"괜한 짓일지도 몰라."

우재가 답답한 듯 말했다.

"뭐?"

"오늘 모수린 출국할 거야."

"뭐라고? 어떻게 알았어?"

"오아뉴 방송 시간 전에 출국할 거라고."

흘러나오던 정원의 눈물이 뚝 하고 멈춰버렸다.

"생각보다 빨리 도착했네요."

신임동 주차장에 주차를 마치고 운전석의 문을 열자 기다리고 있던 태헌이 정원을 맞았다.

"출국 시간 확인해 봤어요?"

정원이 차에서 내리며 물었다. 두 사람 다 마음이 급해 보였다.

"저녁 10시 비행기예요."

우재와 헤어진 정원은 곧장 신임동으로 향하며 태헌에게 전화를 걸었다. 통화로 소식을 들은 태헌이 수린의 출국 일정을 확인해 둔 것이다. 발걸음을 재촉하던 정원이 답답한 듯 긴 머리를 쓸어 올리며 물었다.

"모수린이 탄 비행기가 하늘로 뜨고 나면 오아뉴가 방송을 시작하겠네요. 출국 금지를 신청할 수 있는 방법이 없을까요?"

성큼성큼 정원과 보폭을 맞추던 태헌이 대답했다.

"모수린의 아버지가 누군지 몰라서 하는 말이에요? 지금 이 나라에 모수린을 출국 금지시킬 사람은 아무도 없어요."

"그럼 방법은 하나네요."

"방법이 있어요?"

"방송 시간을 바꿔야죠."

정원의 대답에 태헌이 급히 걷던 걸음을 멈췄다.

"가능한 일입니까?"

"해봐야죠. 방송 준비는 마쳤고 달리 방법이 없잖아요."

정원이 입술을 꼭 깨물었다.

오아뉴 방송 15시간 전, 신임동.

세탁소를 꺾어 골목에 도착한 정원과 태헌은 'PC카페'라는 간판이 있는 허름한 건물을 바라보고 섰다. 정원이 혼자 이곳에 왔던 그날 밤과 달리 골목은 생기가 있었다. 셔터를 활짝 연 1층의 우유 보급소는 직원들이 들락거렸고, 셔터 앞에 일렬로 세워져 있던 오토바이들도 모두 배달을 나갔는지 보이지 않았다.

"여기 혼자 왔었다고요?"

건물 주변을 요리조리 살펴본 태헌이 물었다.

"네, 지저스가 저한테 오는 이상한 문자의 발신지라고 알려줬던 곳이에요. 여기 온 날을 마지막으로 지저스와 연락이 끊겼고요."

"PC방에서는 아무것도 발견하지 못했고요?"

"네, 어둡고 사람도 없었거든요. 버려진 집기들만 굴러다니고 있었어요."

"일단 올라가 봅시다."

고개를 끄덕이던 태헌이 먼지 쌓인 유리문 안쪽 계단을 성큼성큼 올랐다.

"어디 오셨어요?"

1층 계단을 반쯤 올랐을 때, 백발의 남자가 하던 비질을 멈추고는 의아한 표정으로 태헌을 바라보았다.

"여기 2층에 기원 있죠? 거기 왔는데요."

"바둑 두시게? 너무 일찍 오셨어요. 우린 10시는 넘어야 문 여는데."

빗자루를 쥔 손을 들어 손목시계를 확인하던 노인이 계단을 올라오는 정원을 발견하고는 고개를 갸우뚱했다.

"어? 이분 TV에 나오는 분 아니에요? 멱살잡이. 서정원 기자님."

"맞습니다. 안녕하세요."

정원이 고개를 까딱하며 인사했다.

"서정원 기자님이 여긴 어쩐 일이세요? 이야, 방송 잘 보고 있습니다."

오랜 친구라도 만난 듯 노인은 정원을 반겼다.

"기원 원장님이신가요?"

"예, 제가 이 기원 주인인데요. 기자님이 우리 기원에는 어쩐 일로?"

"혹시 이분이 이 기원에 자주 오시나요?"

태헌이 주머니에서 사진 한 장을 꺼내 신기한 눈으로 정원을 관찰하는 노인 앞에 내밀었다. 민철의 유품에 있던 민철 아버지의 사진이었다.

"김 선생? 김 선생을 왜 찾아요?"

코끝에 걸친 안경 너머로 사진을 살피던 노인이 사진 속 민철의 아버지를 알아보았다.

"잘 아시는 분이세요? 혹시 이분 지금 어디 계신지 아십니까? 제가 좀 만나 뵈어야 하는데요."

"김 선생이야 좀 있음 오죠."

"여기로 오신다고요?"

때마침 들려오는 인기척에 정원과 태헌, 노인까지 세 사람은 동시에 계단 아래를 향해 고개를 돌렸다. 계단을 올라오는 중년의 남자를 발견한 노인이 턱으로 그를 가리키며 말했다.

"저기 오시네."

*

오랜만에 운전대를 잡은 형택이 혼자서 사무실로 향했다. 아침 일찍 송 실장의 차가 고장 났다는 연락을 받고는 직접 운전해서 출근을 한 것이다.

"의원님, 나오셨습니까. 안에 손님이 와 계십니다."

"손님이라니, 올 사람이 없는데."

"네? 아침에 의원님께서 저한테 직접 문자를 보내셨잖아요. 손님 오시면 의원님 방으로 모시라고."

"그럴 리가…"

불길한 예감이 든 형택이 사무실 문을 벌컥 열어젖혔다. 문을 열자 창밖을 바라보고 서 있는 젊은 남자의 뒷모습이 보였다. 큰 키, 호리호리한 체격, 검은 옷에 검은 모자를 눌러쓴 남자가 천천히 뒤돌았다.

그놈이다. 형택의 차에 불쑥 나타났던 그놈.

"잘 지내셨습니까? 검사님."

형택과 눈을 맞춘 남자가 방긋 웃어 보였다. 깨끗한 피부, 여자라고 해도 믿을 만큼 선의 고운 이목구비, 선량한 눈매. 그 순간 형택의 머릿속에 20년 전 그가 떠올랐다.

20년 전, 무언 지검 형택의 집무실.

"검사님, 검사님은 아시지 않습니까. 대체 갑자기 왜 이러시는 겁니까."

집무실 문을 세게 열고 들어온 지 공장장이 형택의 책상 앞으로 돌진해 왔다.

"여기서 이러시면 곤란합니다. 돌아가세요."

자리에서 일어난 송 수사관이 그를 밀치며 막아섰다.

"수사관님, 수사관님도 아시잖아요. 사고 전날 제가 파이프를 고친 건 회로가 느슨해져서 그거 죄려는 거였다는 걸요. 제가 설명드렸을 때 검사님도 상황을 다 이해하셨잖아요. 그런데 이제 와서 제가 술을 마시고 파이프에 구멍을 냈다니요. 폭발 사고의 원인이 봉토그룹이라는 건 검사님이 저한테 말씀하신 겁니다."

"돌아가세요. 검사님께서 알아서 잘 수사하실 겁니다."

밀어내는 송 수사관을 뿌리치며 지 공공장이 목소리를 높였다.

"제가 술 취해서 사고를 냈다는 소문이 이미 무언시에 파다하니

304

다. 검사님께서도 인정하신 부분이라고 하던데, 검사님, 이건 얘기가 다르지 않습니까. 우리 공장 사람들 중에 누구도 억울한 사람 없게 수사할 거라고 저한테 약속하셨잖아요. 그날 사건 현장 근처에 있었다는 여학생을 찾아준다고 하셨지 않습니까. 검사님이 분명 그렇게 말씀하셔 놓고 어떻게 하루 만에 얼굴을 바꾸십니까."

"자꾸 이러시면 공무집행방해로 가중처벌될 수 있어요. 정도껏 하시죠."

송 수사관이 질세라 더 크게 소리쳤다.

"검사님, 뭔가 잘못된 겁니다. 이건 뭔가 잘못된 거라고요. 검사님, 검사님."

눈 둘 곳을 찾지 못해 헤매던 형택의 시선이 남자와 마주쳤고, 애써 피하려는 듯 형택은 고개를 돌렸다. 조사관들에게 끌려 나가는 공장장의 선량한 눈동자를 마주한 형택의 눈에 눈물이 맺혀 있었다.

＊

"민철이 때문에 오셨다고요?"

아직 운영 시간이 되지 않은 조용한 기원으로 민철의 부친인 김 선생과 태헌, 정원 세 사람이 함께 들어섰다. 김 선생이 모락모락 김이 올라오는 종이컵을 탁자에 내려놓으며 태헌과 정원의 맞은 편에 앉았다.

"김민철 씨에 대한 소식은 혹시 들으셨나요?"

"죽었잖아요. 우리 민철이."

조심스러운 태헌의 질문에 김 선생이 태연하게 대답했다.

"아셨습니까? 장례식에도 안 오셔서 모르시는 줄 알았습니다."

"누명 쓰고 교도소에 있는 거 도와주지도 못했는데, 그렇게 억울하게 죽은 아들놈 장례식에 얼굴 들고 갈 만큼 낯짝이 두껍진 않습니다. 아비가 돼서는 아무것도 해준 게 없는데 배웅은 해서 뭣하겠습니까."

탁자에 시선을 고정한 김 선생이 퉁명스럽게 말했다.

"김민철 씨가 억울하다고 믿는 이유가 있으세요?"

김 선생의 표정을 살피며 정원이 입을 열었다.

"제가 좀 더 멀쩡한 아비였다면 민철이가 그렇게 허망하게 죽진 않았겠지요. 내가 진작에 지 엄마에 대해 얘기를 해줬으면 달라졌을지도 모르고요. 하필이면 은새 개가 쓸데없는 얘길 해가지고…."

"은새요? 차은새 씨 말씀하는 건가요? 차은새가 김민철한테 하면 안 되는 얘길 했나요? 자세하게 말씀 좀 해보세요."

김 선생의 입에서 나온 의외의 이름에 태헌이 놀라 취조하듯 쏟아대자 옆에 앉아 있던 정원이 부드럽게 말을 바꿔 질문했다.

"차은새 씨랑 김민철 씨가 친한 사이였나요? 언론에는 김민철 씨가 일방적으로 쫓아다녔다고 나오던데요."

"민철이는 스토커가 아닙니다."

고개를 번쩍 든 김 선생이 정원의 말을 가로막고는 눈을 부릅뜨며 말을 이었다.

"은새는 우리 민철이랑 어릴 때부터 한 동네 살아서 저도 잘 알아요. 어릴 때는 은새 그 아이가 똑 부러져서 민철이가 '누나, 누나' 하면서 잘 따랐어요. 민철이가 은새를 좋아한 건 맞지만, 은새도 우리 민철이를 스토킹으로 고소할 만큼 사이가 나빴던 건 아닙니다. 기자님께 악플을 달았던 것도 기자님께 나쁜 마음을 먹어서는 아닙니다. 지 나름대로는 화가 나서….

김 선생은 목이 탔는지 아직 뜨거운 차를 벌컥벌컥 마셨다.

오월동 살인 사건 발생 3개월 전.

"더불어새통당 모형택 대표는 무언 중앙시장을 찾아 20년 전의 끔찍한 악몽에서 벗어날 수 있도록 앞장설 것을 약속했습니다. 모 대표는 이날 상인들과 만난 자리에서…."

민철과 부친은 신임동 골목의 작은 순대국밥집에 마주 앉아 있었다.

"아, 난 모형택 저 새끼 꼬라지 보기 싫어. 제발 TV에 좀 안 나왔으면 좋겠다니까."

식당 벽에 붙어 있던 TV 뉴스 속 형택의 얼굴을 노려보던 민철이 풋고추를 집어 와작와작 씹었다.

"너 또 은새 만났냐?"

김 선생이 국물 속 순대를 들어 양념장에 살짝 찍으며 못마땅한 한숨을 내쉬었다.

"은새 누나가 나랑 만날 시간이 어디 있어? 계속 뮤지컬 연습한다고 바쁘지. 배우가 그렇게 한가한 줄 알아요?"

"너는 은새 걔한테 그렇게 당하고도 아직 연락을 하는 거야? 그러니까 그 말버릇 좀 고치면 얼마나 좋냐. 네가 자꾸 말을 어리바리하게 하니까 은새 같은 애들이 널 만만하게 보고 이용해 먹으려는 거야."

"누군 안 고치고 싶겠어? 아버지 앞에선 편해서 괜찮은데 이상하게 다른 사람들이랑 얘기하면 긴장돼서 말이 자꾸 더듬더듬 나오는 거지. 그리고 당하긴 뭘 당해? 나는 은새 누나 덕분에 엄마도 만나고, 얼마나 좋은데. 아버지도 안 찾아주던 엄마를 은새 누나가 찾아줬잖아. 은새 누나는 내 은인이에요."

"은인은 무슨. 잘 지내다가 스토커로 경찰에 고소하는 게 뭐가 은인이야? 에휴…."

김 선생은 듣는 둥 마는 둥 하며 국물에 코를 박고 숟가락을 움직였다.

"그때는 내가 괜찮다고 해서 고소한 거라니까. 나랑 다 얘기가 끝난 거였어. 근데도 은새 누나는 계속 미안하다고 했었고. 소속사하고 무슨 문제가 있어서 날 스토커로 몰 수밖에 없었대요. 그럴 수도 있지 뭐. 진짜 고소한 것도 아니고 고소하는 척만 한 건데. 나는 피해 본 것도 없어."

"피해 본 게 왜 없어? 경찰서 들락거리고, 만천하에 스토커로 낙인찍혔는데 그게 피해가 아니면 뭐가 피해야? 너 그런 일에 휘말린 사람은 공무원 시험에 합격도 안 시켜줘. 알아?"

숟가락을 탁 내려놓은 김 선생이 분한 듯 씩씩거렸다.

"안 그래. 아버지. 시험에 떨어지는 건 내가 실력이 모자라서지 은새 누나 탓 아니야. 그리고, 나 은새 누나 팬 맞잖아. 내가 누나

팬 중에 일등 맞는데 뭐가 억울해. 내가 누나한테 고소해도 된다고 했다니까. 그 덕에 누나가 엄마도 찾아주고, 얼마나 좋아? 고향 사람끼리 서로서로 돕고 사는 거지.”

아버지의 호통에도 민철은 뭐가 그리 좋은지 은새를 두둔했다.

“그래서? 네 엄마는 만났어?”

“아니, 엄마랑도 그냥 통화만 했어.”

“목소리 들으니 좋디?”

“실감이 안 나던데. 아직도 꿈같고.”

“그렇게 좋으면서 왜 안 만났어? 너 만나기 싫대?”

“아니, 소방관 되면 그때 만나고 싶어서. 소방관이라고 했는데 아직 준비 중인 걸 알면 실망할 거 아니야.”

“실망할 일도 많다. 핏덩이 버리고 간 여편네가 아들이 소방관이면 어떻고 아니면 어떻다고.”

김 선생이 소주를 잔에 부어 들이켰다.

“얼른 시험 합격해서 엄마 그 집에서 그만 나오라고 말하려고. 얼른 나오라고 해야 할 것 같긴 한데… 아니다, 일단 그 전에 엄마한테 알려줘야 하나?”

“그건 또 뭔 소리냐?”

“궁금해?”

“말해봐.”

김 선생이 식탁 위에 놓인 민철의 소주잔에 술을 가득 채우며 물었다. 민철이 소주잔을 들어 깔끔하게 비우고는 몸을 앞으로 당겼다.

"내가 은새 누나 싸이월드 정리해 주다가 일기장을 봤는데 글 쎄, 그 집 딸이….."

"그 집 딸?"

"엄마가 일하는 집 모형택 딸 말이야, 수림인가 수린인가 하는 그 여자."

민철이 소곤거리기 시작했다.

"그 여자가 글쎄….."

2003년 10월 아침.

중학생 은새가 언제나처럼 형택에게 김밥을 가져다주기 위해 검찰청으로 향했다. 은새는 김밥이 든 봉지를 가볍게 흔들며 콧노래를 불렀다. 오늘은 은새가 기다리던 음악 실기시험이 있는 날이었다. 친한 친구들 사이에서 노래 잘한다는 칭찬을 많이 들었던 은새는 반 친구들 앞에서 자신의 실력을 뽐낼 수 있다는 사실에 들떠 있었다. 설레는 마음에 평소보다 일찍 검찰청에 도착해 곧장 형택의 사무실로 향했다. 아무도 없는 검찰청 복도를 지나 형택의 사무실 앞에 도착한 은새는 노크를 하기 위해 가볍게 쥔 주먹을 문 앞에 가져갔다. 문 안쪽에서 미세하게 떨리는 형택의 목소리가 새어 나왔다. 은새는 문을 두드리려던 손을 멈추고 숨을 죽인 채 귀를 기울였다.

"그럼 이제 깔끔하게 정리된 겁니까? 더 이상 뒷말 같은 건 걱정 안 해도 되는 거죠?"

한껏 목소리를 낮춘 형택이 물었다.

"봉토그룹에서 피해자들 합의까지 모두 마쳤다고 연락이 왔으니 이젠 안심하셔도 될 것 같습니다."

은새도 몇 번 들어본 적이 있는 송 수사관의 목소리였다.

"다시는 봉토공장 사건에 대한 의문점들이 나오지 않게 깔끔히 정리하셔야 합니다. 기자들이나 합의를 보지 않으려 했던 봉토그룹 노동자들을 특히 조심하세요. 어디서든 우리 수린이 이름이 나오면 저한테 바로 보고해 주시고요."

"수린이에 대한 의심은 어디에도 없으니 걱정 마십시오."

"저는 자꾸 그날 공장 근처에서 수린이를 봤다고 하는 그 아이가 걸립니다."

'공장? 봉토공장?'

문에 귀를 대고 있던 은새가 더욱 가까이 몸을 붙였다.

"그 아이는 수린이를 다시 본다고 해도 알아보지도 못할 겁니다. 저도 만나서 슬쩍 물어봤는데 그냥 교복 입은 누나라고만 했어요. 수린이가 창고 문을 잠그는 걸 본 것도 아니고요."

송 수사관의 대답에 형택이 소곤대며 물었다.

"확실히 창고 문을 잠그는 걸 본 사람은 없겠죠?"

"무언시를 이 잡듯이 뒤졌습니다. 3년이 지났는데도 나타나지 않는 걸 보면 이젠 정말 없는 겁니다. 수린이가 창고 문을 잠그는 걸 본 사람이 있다면 지금까지 조용히 있을 리가 없지 않습니까. 언론에 알렸건, 검사님을 찾아와서 협박을 했건 문제를 시끄럽게 만들었을 겁니다. 그 사건으로 봉토공장에 불이 난 건 무언시 전체에 모르는 사람이 없는데요."

형택은 대답이 없었다. 사무실 안에는 잠시 침묵이 흐르더니 다시 송 수사관의 목소리가 문을 타고 울렸다.

"이제 슬슬 사직 준비를 하셔도 될 것 같습니다. 더 높은 곳으로…"

문에 귀를 붙인 은새가 침을 꼴깍 삼키는데 복도 끝 사무실의 문이 열리려는 인기척이 들렸다. 김밥이 든 검은 봉지를 손에 쥐고 얼른 계단으로 몸을 움직였다. 그 길로 검찰청을 빠져나온 은새는 김밥 봉지를 가슴에 꼭 안고 무작정 달리며 생각했다.

'봉토공장 사건이 미국에 있는 검사님 딸 때문에 발생한 사건이라는 거지? 그 사건 때문에 우리 반 지영이는 아빠가 돌아가시고, 옆 반 수진이 이모는 병에 걸리셨다는데…. 우리 할머니는 가게 문을 닫고 역 앞에서 김밥을 파는 일만 하시게 됐는데…. 이 모든 게 내가 존경하는 검사님 딸 때문이라니. 선생님께 말씀드려야 할까? 어떡해야 하지?'

그날 은새는 음악 실기시험에서 만점을 받았다. 교실을 가득 메운 친구들의 박수 소리에 가슴이 벅차올랐다.

"은새는 정말 노래에 소질이 있구나. 그런데 음대에 가려면 돈이 너무 많이 들 거야."

안타까운 듯 은새의 어깨를 두드리는 음악 선생님의 말을 들으며 생각했다.

'검사님께서 도와주실 수 있을지도 몰라.'

민철의 아버지에게 이야기를 듣고 기원을 나선 태헌과 정원이 주차장으로 향했다.

"모수린 그 사람은 사이코패스입니까? 기분이 나빠지면 사람을 막 죽인다는 게 뇌 구조가 잘못되지 않고서야 그럴 수가 있겠어요? 너무 어이가 없어서 이젠 놀랍지도 않네요. 모형택 그 인간은 딸이 그 지경이면 제대로 된 치료를 받게 해야지 정상이 아니라는 걸 다 알면서도 방치만 하고 있다는 게 말이 됩니까? 이런 것도 일종의 아동학대 아닙니까? 방치도 모자라서 딸의 범행을 은폐하기 위해 같이 살인을 하고 말이죠. 그냥 정상이 아닌 정도가 아니라 사람을 막 죽이고 다니잖아요. 그러면서 대통령이 되겠다고요? 소가 웃겠네요. 정말."

뚜벅뚜벅 걷던 태헌이 화를 주체하지 못하고 씩씩거렸다.

"모수린이 그냥 출국하게 둘 수는 없는데 어쩌죠?"

대답 없이 앞만 보고 걷던 정원이 복잡한 얼굴로 물었다.

"일단 제가 경찰서에 들어가서 영장 신청해 볼게요. 신청은 하는데 바로 나올지는 장담 못 하겠어요. 보통 사람 같았음 지금까지 모아놓은 증거만으로도 영장이 열 개도 넘게 나올 수 있을 것 같지만… 힘 있는 자의 딸이니…."

태헌이 땅이 꺼져라 한숨을 내쉬었다.

"기자님."

태헌이 말없이 앞만 보고 걷는 정원을 부르자 생각에 빠져 있던 정원이 걸음을 멈췄다.

"호박죽 좋아해요?"

"뜬금없이 호박죽이요?"

갑작스러운 태헌의 질문에 정원이 되물었다.

"잠시만요, 딱 3분만. 3분만 여기서 기다려요."

영문을 몰라 눈만 깜빡이는 정원을 길에 남겨두고 태헌이 골목 안쪽으로 뛰었다. 그러더니 정말 눈 깜짝할 사이에 봉지 하나를 손에 들고는 다시 헐레벌떡 달려왔다.

"3분, 아직 안 지났죠?"

멀뚱히 서 있는 정원의 앞에 도착한 태헌이 숨을 헉헉거리며 물었다. 잠시 가쁜 숨을 몰아쉰 태헌이 손에 든 봉지를 내밀었다.

"방송국 들어가서 드시고 일하세요. 이제 곧 점심시간인데 식사도 안 하고 방송 준비할 것 같아서… 헉헉. 신경 많이 쓸 때는 소화가 잘 되는 음식이 좋대요. 여기 호박죽 유명하거든요. 많이 달지도 않고 맛있어요."

"고마워요. 잘 먹을게요."

"아, 나도 늙었나? 요만큼 뛰었다고 이렇게 숨이 차네요. 이 정도는 단숨에 다녀올 수 있는 거린데… 헉헉."

태헌이 이마에 맺힌 땀방울을 옷소매로 쓱쓱 닦으며 멋쩍게 웃었다.

"경찰서 들어가서 영장 칠 수 있는지 분위기 보고 연락드릴게요. 영장 못 준다고 하면 그냥 가서 잡아 오죠 뭐. 허허."

＊

"당신, 누구요?"

사무실 문을 꼭 닫는 형택의 손이 미세하게 떨리고 있었다.

"저를 알아보신 눈치군요."

창 앞에 서 있던 검은 옷차림의 남자, 지저스가 여유롭게 소파에 앉으며 말을 이었다.

"맞습니다. 20년 전 무언 공장 공장장의 아들이자 검사님 따님이 공장의 창고 문을 잠그고 돌아갈 때 마주쳤었던 그 꼬마."

"원하는 게 뭡니까?"

놀라 자리에도 앉지 못한 형택이 질문했다.

"진실입니다."

"진실이라니요?"

"검사님이 가지고 계신 최초의 사건 파일. 사고의 원인이 술 취한 공장장 때문이 아니라 봉토그룹의 관리 소홀이라는 진실에 대한 증거요."

남자의 말에서 상대가 아직 모든 증거를 가지고 있지는 않다는 걸 눈치챈 형택이 안도하며 책상으로 향했다. 별일 아니라는 듯 벗은 재킷을 옷걸이에 걸고 의자에 앉은 후 책상에 놓인 서류를 만지작거리며 대답했다.

"뭔가 잘못 알고 있는 것 같은데 그런 건 없어요. 그리고 무언공장 폭발 사고와 관련하여 제 수사에 오류가 있었다는 사실은 제가 이미 인정했습니다. 그것 때문에 저는 의원직도 내려놓았고요. 이제 현직 검사들이 알아서 수사를 잘 할 겁니다. 곧 특검팀이 꾸려져서 진상 조사에 들어갈 테니 저한테 말씀하신다고 달라질 건 없습니다. 이만 돌아가세요."

"그럼 제가 특검팀을 찾아가면 되겠습니까?"

"그건 제게 질문하실 내용은 아닌 것 같소만."

지저스가 빙긋 웃으며 묻자 형택이 굳은 얼굴로 대꾸했다. 잠시 뜸을 들이던 지저스가 차분한 목소리로 말을 시작했다.

"제 아버지는 억울하게 누명을 쓰셨죠. 강도 높은 검찰 조사를 받고 집으로 오신 날, 의문의 화재 사고로 돌아가셨습니다. 그때 집 앞 마당에서 놀고 있던 저는 구사일생으로 살아날 수 있었고요. 제 어머니는 그때의 충격으로 지금도 병원에 누워 계십니다."

"안타까운 일입니다. 제가 진상 규명을 제대로 하지 못한 부분에 대해서는 큰 책임을 느끼고 있습니다."

나직한 지저스의 말에 책상에서 일어선 형택이 맞은편 소파에 앉으며 사무적으로 공감했다.

"그날 창고에 갇혀서 나오지 못했던 아버지의 동료도 사고 후유증으로 세상을 떠났습니다. 산재로 아내를 잃은 지 3개월 만이었습니다. 그 두 사람의 혼자 남은 아들은 지금도 온전치 못한 정신을 붙잡고 병원에 있습니다. 당신의 그 미치광이 딸 때문에."

"이보세요. 말씀이 지나치시군요."

'미치광이 딸'이라는 단어에 형택이 거칠게 받아쳤다.

"당신이 그때, 딸에게 제대로 된 벌을 받게 했다면, 그래서 확실한 치료를 받았더라면 달라졌을 수도 있습니다. 같은 반 친구의 안약에 아세톤을 넣는 엽기적인 범죄를 저지른 딸을 방치하지 않았다면, 장난처럼 창고에 한 사람을 가둔 일로 인해 얼마나 많은 사람의 인생이 망가졌는지 알려줬더라면, 그 이후에 일어났던 살인 사건들은 막을 수 있었을지도 모른단 말입니다."

지저스의 말에 형택은 눈을 깜빡이지도, 숨을 쉬지도 않고 지저스를 노려보았다.

"이번에도 따님을 해외로 빼돌리면 이 모든 상황을 해결할 수 있을 거라 생각하십니까?"

"이보세요!"

"당신 딸을 괴물로 만든 게 모형택 당신이라는 생각은 하지 않습니까?"

형택은 대답이 없었다. 두 사람은 그저 빤히 서로의 눈동자만 쳐다보았다.

어디서부터 잘못되었던 걸까, 수도 없이 생각했었다. 처음 아이가 일반적이지 않다는 걸 알았던 그때 바로 치료를 받게 했어야 했다. 일이 바쁘다는 핑계로 아이를 아내에게 미루지 말았어야 했다. 엄마의 죽음 이후 수린이 혼자 남겨졌을 때, 그때라도 적극적으로 아이를 보호했어야 했다. 비상한 머리 때문에 남들과 조금 다를 뿐이라고 생각했던 자신의 딸이 끔찍하게 사람을 해쳤다는 걸 처음 알았을 때, 그때라도 방법을 찾았어야 했다. 형택 스스로가 딸이 정상이 아니라는 사실을 인정할 때까지 너무 오랜 시간이 걸렸다. 그리고 그때는 이미 괴물이 된 딸의 허물을 숨겨주느라 바빴다.

"원하는 게 뭡니까?"

오랜 눈싸움 끝에 마음을 추스른 형택이 먼저 입을 뗐다.

"무슨 생각인지 알아야 나도 당신이 말하는 대로 할지, 아니면 다른 방법을 찾을지 고민을 해보지 않겠소."

여전히 형택의 눈에서 시선을 거두지 않은 지저스가 대답했다.

"오늘 밤, 오아뉴에서 직접 진실을 밝히세요."

"진실이라면…."

형택의 눈빛이 흔들렸다.

"봉토공장 폭발 사고가 발생한 직후 당신이 작성했던 수사 보고서. 폭발 사고의 원인이 술 취한 내 아버지가 아니었다는 진실."

"그거면 되겠소? 지 공장장이 누명만 벗으면 나와의 악연을 끝낼 수 있겠소?"

"모형택, 당신은 지금 나와의 악연을 두려워할 때가 아닌 것 같은데요. 정말 문제의 본질을 모르는 겁니까. 당신이 미치광이 딸의 뒤치다꺼리를 할 수 없는 순간이 오면, 그럼 당신 딸은 고장 난 기관차처럼 폭주할 겁니다."

"말조심하세요!"

"죄의식 없이 닥치는 대로 사람을 죽이다 언젠가는 세상의 돌에 맞아 비참하게 죽게 되겠지요. 당신이 영원히 딸을 지킬 수 있을 거라 생각합니까? 영원히 피해 갈 수 있을 것 같아요? 언젠가 당신이 무너지는 날이 오면 당신 딸은 무사할 수 있을까요?"

지저스도 형택도 한동안 미동 없이 서로를 노려보기만 했다.

"모형택 씨, 잘 아시지 않습니까. 당신이 한 걸음만 삐끗하면 모형택이라는 사람이 가진 힘에 기대 모든 잘못을 눈감아주던 사람들이 당신 딸을 뜯어먹으려 달려들 겁니다. 그땐 겨우 미치광이라는 말로 끝나지 않을 거예요."

"더 이상은 할 말 없습니다. 돌아가시지요."

"신중하게 생각하세요."

방을 나가는 지저스의 뒷모습을 보며 형택은 생각했다.

저 청년의 말이 맞을지도 모른다. 그래서 더 이상 수린을 한국에 둘 수 없다. 오아뉴의 방송 시간은 10시 30분, 수린이 탄 비행기가 하늘에 떴을 시간이다. 만에 하나 모든 사실이 밝혀진다고 해도 수린은 이 나라에 없다. 모든 걸 혼자 짊어지고 갈 수 있는 시간. 수린이 비행기에 탈 때까지만, 그때까지만 버티면 된다. 정말 내 아이를 괴물로 만든 게 자신이라면, 그 괴물을 지켜주는 것도 자신의 몫일 테니까. 형택은 떨리는 손으로 전화기를 잡았다.

"강 국장님, 접니다. 모형택."

오월동 진명숙 살인 사건 2주 전, 형택의 서재.

형택의 책상 앞에 가정부 명숙이 나무 트레이를 들고 얌전하게 서 있었다.

"캬… 쓰다, 써. 내 건강 챙겨주는 사람은 진 여사님밖에 없네."

한약 사발을 단번에 들이켠 형택이 트레이에 놓인 사탕을 입에 넣으며 만족스러운 소리를 냈다. 그 소리에 꼿꼿하게 선 명숙이 겸손하게 웃어 보였다.

"안 그렇습니까. 진 여사님이 아니면 이 홀아비한테 누가 철마다 보약을 챙겨주겠어요. 허허허."

"2주 동안 빠지지 말고 드셔야 해요. 이렇게 봄에 약을 챙겨 드셔야 여름에 더위를 덜 타시잖아요."

"여사님 성의를 생각해서 꼬박꼬박 먹을 테니 잘 챙겨주세요. 사실 나한테는 진 여사님이 해주시는 찌개랑 우리 수린이가 보약인데… 허허허. 수린이가 얼른 시집가서 손주라도 한 명 안겨주면 그보다 좋은 보약이 어디 있겠습니까."

형택은 기분이 좋은 듯 연신 호탕하게 웃었다. 젊어서 사별을 하고 딸을 혼자 키웠던 형택에게 명숙은 가족이나 다름없었다. 수수한 음식 솜씨와 얌전한 성격에 살뜰하게 형택과 수린을 챙기는 마음 씀씀이까지. 게다가 좀처럼 사람에게 마음의 문을 열지 않는 수린과도 모녀 사이처럼 잘 지내온 명숙. 형택에게 명숙은 인생에 손꼽히는 고마운 사람이었다. 그래서 나중에 명숙이 나이가 들어 더 이상 일을 할 수 없게 되면 고급 실버타운에 보내줄 생각까지 하고 있었다.

"의원님."

용무가 끝났음에도 책상 앞에 그대로 선 명숙이 머뭇거리다 형택을 불렀다.

"예?"

시선을 책상 위로 돌렸던 형택이 다시 고개를 들어 명숙을 올려다보았다.

"아, 아닙니다."

"왜 그러십니까? 말씀해 보세요."

"아닙니다. 제가 괜히 실없는 소리를 하려고 했네요."

"진 여사님 실없는 소리 좀 들어봅시다. 말씀해 보세요. 혹시… 뭐 필요하신 거라도 있으세요?"

명숙의 행동이 평소와 다르다고 느낀 형택이 자세를 고쳐 의자에 등을 기댔다.

"아이고, 필요한 거라니요. 저는 그런 거 없습니다."

명숙은 아니라고 하면서도 여전히 트레이를 양손에 든 채 그 자리에 꼼짝 않고 서 있었다.

"듣자 하니 아드님 찾으셨다더니만 취직이라도 도와드려요?"

"아니에요. 의원님, 제 아들 소방관이에요."

싱긋 웃으며 건넨 형택의 질문에 화들짝 놀란 명숙이 고개를 세차게 저었다.

"소방관이요? 아이고, 여사님 아들 잘 두셨네요. 허허허. 여사님 닮아서 똑똑한가 봅니다. 소방관 그게 어디 아무나 할 수 있는 일입니까."

"어디 제가 키웠나요. 저 혼자 컸지."

형택이 제 일처럼 흐뭇해하자 명숙도 어깨를 으쓱하며 미소를 감추지 못했다.

"어느 소방서에 있답니까? 알아봐서 알려주세요."

"의원님 바쁘신데 그런 것까지…."

"여사님도 참. 같이 자식 키우는 부모끼리 서로 도와야지요. 여사님이 지금껏 우리 수린이 친딸처럼 돌봐주시지 않았습니까. 여사님 아들이면 제 아들이나 다름없지요. 허허허. 어느 보직에 있는지 확인해 보고 혹시 제가 도울 일이 있으면 돕겠습니다. 그럴 게 아니라 한번 만나보고 제가 데려와서 일을 시킬까요? 허허허."

손사래를 치면서도 내심 기뻐하는 명숙의 표정을 보며 형택이 덧붙였다.

"큰일 할 놈인지 제가 한번 만나봐야겠어요. 싹수가 보이면 크

ㅋ₁ㅋ

게 키워줘야지요. 좀 모자라다 싶으면 제가 데리고 가르치고요.”

“아이고, 고맙습니다. 무언에서 그 옛날에 죽으려는 저 살려주시고 가족처럼 돌봐주시고…. 저 같은 여자가 뭔 복이 있어서 의원님같이 좋은 분을 만났나 모르겠어요.”

감사한 마음은 명숙도 형택 못지않았다.

20년 전, 동거하던 남자에게 아이를 뺏기고도 어떻게든 살아보려 발버둥을 치다가 도둑 누명을 쓰고 감옥에 들어갔다 나왔을 때, 명숙은 죽으려고 했었다. 그런 명숙을 살 수 있게 해준 사람이 바로 형택이었다. 형택의 집에서 일하는 지난 20년간, 명숙은 단 한 번도 자신이 이 집에서 돈을 받고 일하는 사람이라는 생각을 해본 적이 없었다. 형택은 언제나 명숙을 존중해 주었고, 퉁명스럽긴 했지만 수린도 명숙에게 버릇없게 군 적은 없었다. 생명의 은인이라 믿는 형택을 위해 죽는 날까지 성심껏 집안일과 수린을 돌보기로 마음먹은 명숙이었다.

“어허, 이 모형택이랑 수린이 지금껏 돌봐주신 건 여사님입니다.”

명숙이 눈물을 훔치자 형택이 멋쩍은 듯 더 크게 웃었다.

“아… 의원님.”

돌아서려던 명숙이 뭔가 생각난 듯 다시 몸을 틀었다.

“하실 말씀이 있으신 게 맞구먼요. 뭡니까? 속 시원하게 얘기를 해보세요.”

“아무래도 의원님께 말씀드리는 게 맞는 것 같아서요.”

“예, 예. 편하게 말씀해 보세요.”

크르ㅇ

"수린이요…."

힘들게 말을 꺼낸 명숙이 다시 머뭇거렸다.

"수린이요? 수린이가 왜요?"

형택이 여전히 싱글벙글하며 물었다.

"그냥 떠도는 소문을 가지고 이런 말씀을 드려야 할지 어떨지 제가 참… 그래도 의원님이 아셔야 하니까요."

"소문이요? 우리 수린이 소문이요?"

"…"

"여사님, 수린이 소문이라면 당연히 제가 알아야지요. 말씀해 보세요."

난처한 표정의 명숙이 차마 입을 떼지 못하고 입술을 깨물었다. 20년간 수린을 엄마처럼 돌봐 온 명숙은 걱정되는 마음이 컸다. 수린을 위해서, 명숙은 형택도 알고 있어야 한다고 생각했다. 명숙이 결심한 듯 입을 열었다.

"다름이 아니라 제가 수린이에 대한 이상한 얘기를 들었는데요. 무언 공장 폭발 사고에 대해서…. 무언 출신 뮤지컬 배우 있지요? 의원님께서 후원하셨던 노래 잘하고 인형같이 생긴 애요. 우리 아들이 걔랑 친하게 지내는데."

"무언 공장이요? 은새 말씀이신가요?"

한순간에 형택의 얼굴이 어두워졌다. 아들에게 들은 얘기를 형택에게 전하던 명숙은 수린이 서재 문 앞에서 둘의 대화를 엿듣고 있을 거라고는 생각 못 했다. 그 후로 2주간, 수린이 자신을 해치려는 계획을 세우고 있었다는 사실도 눈치채지 못했다. 그리고, 명숙은 그토록 믿었던 형택이 제 자식을 위해 그녀의 아들마저 죽음으로 내몰 거라고는 상상조차 하지 못했다.

*

오아뉴 방송 5시간 전, 방송국 1층 커피숍.

영선이 전면 유리창 앞 테이블에 자리를 잡자, 커피 트레이를 든 정원이 뒤따라와 앉았다.

"왜 이 자리에 앉아? 의자 너무 높아서 불편하지 않아?"

가져온 커피를 영선의 앞에 놓으며 정원이 물었다.

"너 차은새 사건 담당 형사 기다리고 있는 거 아니야? 이름이 뭐더라? 맞다. 김태헌 경위. 그 사람 도착하는 거 잘 보려면 여기 앉아야지. 그래야 얼른 달려 나갈 거 아니야. 안 그래?"

영선이 음흉한 표정으로 놀리듯 대답했다.

"근데 선배는 표정이 왜 그래? 김 경위는 유윤영 자백 음성 파일 건네주러 오는 거거든."

"음성 파일은 메일로 전달해 줘도 될 것 같은데 왜 꼭 직접 가져다주는 걸까? 나는 그것이 궁금하단 말이야. 새벽부터 둘이 만나서 취재도 같이 했고, 좀 전에 호박죽까지 들려 보내줬으면 됐지 뭘 또 번거롭게 여기까지 온다는 거야? 나는 다른 흑심이 없다면 말도 안 되는 상황이라는 합리적 의심이 드는데. 으흐흐. 만나면 덕분에 나까지 호박죽 잘 먹었다고 꼭 전해줘."

"그런 거 아니거든. 선배도 참, 실없긴. 암만 그래도 나 유부녀다."

ㅋ
ㄹㄹ

재미있다는 듯 히죽히죽 웃는 영선을 향해 정원이 눈을 흘겼다.

　"그래, 너 아직은 유부녀 맞지. 누가 뭐래디? 암튼 정리를 해보자. 모수린이 봉토공장 폭발 사고의 원인이었는데, 그 사실을 차은새가 알고 있었다는 거지? 차은새의 일기장을 본 스토커이자 정원이 너한테 악플 달았던 김민철이 모수린의 비밀을 자기 엄마인 가정부한테 얘기를 했고, 그래서 가정부까지 모수린의 비밀을 알게된 거라고? 결과적으로 가정부를 죽인 것도, 차은새를 죽인 것도전부 무언시 봉토공장 폭발 사고가 세상에 알려질까 봐 모수린이저지른 일이라는 말이지?"

　정원이 고개를 끄덕이자 영선의 표정이 점점 더 구겨졌다.

　"새벽에 방송 준비하면서도 살짝 이해가 안 갔던 부분들까지 이제 다 정리가 된다. 모수린이 그런 끔찍한 일을 저지른 걸 모형택이 알아서 김민철도 죽게 만들었고, 그래놓고는 자기 딸 친구인 유윤영한테 모든 죄를 덮어씌우려고 한다는 거잖아. 이걸 눈물겨운부정이라고 해야 하나? 아님, 사이코패스 부녀라고 해야 하나? 소름 끼친다."

　사건을 곱씹으며 등줄기가 서늘해진 영선이 몸서리쳤다.

　"그럼 이제 방송은 어떻게 하려고? 모수린이 비행기 타고 숨어버리면 골치 아파지잖아. 비행기 뜨기 전에 방송 내보내야 할 텐데."

　"그게 문제야. 오늘을 놓쳐버리면 모형택이 모수린을 영원히꽁꽁 숨겨둘지도 몰라."

　정원이 답답한 한숨을 토했다.

　"하긴 모형택은 잡아서 조사를 한다고 해도, 해외로 튄 모수린을 잡는 건 복잡해지겠네. 그랬다가 또 어디선가 사람을 막 죽여버릴지도 모르잖아. 길에서라도 만날까 봐 무섭다."

"방법이 없을까?"

"강 국장한테는 얘기해 봤어?"

"벌써 얘기해 봤지. 국장님이라고 뾰족한 수가 있겠어?"

골똘히 생각하던 영선의 질문에 정원이 힘없이 고개를 가로저었다.

"일단 경찰 쪽에서도 방법을 찾아보기로 했어. 가능성은 작지만…"

"기우제라도 지내야 하나? 너 아는 용한 무당 없냐?"

"뭐? 무당?"

"비행기라도 못 뜨게 잡아야 할 거 아냐. 공권력으로는 모수린을 잡아둘 수 없으니까 다른 방법을 찾아보는 거지. 태풍이라도 불면 비행기가 못 뜰 거 아니야. 영화 못 봤냐? 굿을 하니까 갑자기 번개가 막 치고…"

"앗! 선배!"

팔을 하늘로 뻗고 굿을 하는 시늉을 하던 영선이 컵을 쳐서 커피가 쏟아졌다.

"어! 거봐. 봤지? 내가 기도 하니까 커피 쏟아지는 거. 크크."

"칠칠맞긴. 가만 있어. 냅킨 가져올게."

테이블 위에 흐른 커피를 보면서도 농담을 멈추지 않는 영선을 흘기며 냅킨을 챙기러 일어나는데, 깔깔거리고 웃던 영선이 창밖을 바라보며 말했다.

324

"야, 근데 저 차 뭐냐? 뭔 속력을 저렇게…."

창밖으로 고개를 돌린 정원의 눈에 카페를 향해 정면으로 달려오는 자동차가 보였다.

"어, 어, 어."

자동차는 그대로 카페로 돌진했다. 유리창이 산산조각 나고, 영선의 몸이 붕 뜨더니 사정없이 튕겨져 날아갔다.

"꺅!"

여기저기서 들리는 비명과 몰려드는 사람들로 한순간에 카페는 아수라장이 되었다.

"선배! 선배!"

정원이 손에 들고 있던 냅킨 뭉치를 내팽개치고 영선에게로 달려가는데 카페 안까지 앞 범퍼를 처박은 자동차가 요란한 엔진음을 내며 후진했다. 피를 흘리는 영선에게서 차로 시선을 돌리자 운전석에 앉아 있는 사람이 보였다. 헝클어진 머리, 초점을 잃은 눈. 모수린이었다. 빠르게 후진하는 자동차 속 모수린에 시선을 고정한 정원의 눈에 방금 차에서 내려 달려오는 태헌의 모습이 들어왔다. 쓰러져 있는 영선과 도망가는 수린의 자동차를 본 태헌은 곧바로 다시 차에 올라타 수린의 차를 쫓았다.

도로를 가득 메운 차들을 뚫고 전속력으로 질주하는 수린의 차를 쫓던 태헌이 양손에 쥔 핸들을 더욱 단단하게 잡았다. 태헌이 브레이크를 강하게 밟자 차 조수석에 펼쳐져 있던 과자 봉지와 부스러기가 바닥으로 나뒹굴었다. 정신없이 달리던 두 대의 자동차들 앞 사거리 신호가 빨간불로 바뀌었다. 그때, 맞은편에서 달려오는 차들 사이로 수린이 갑자기 좌회전을 시도했다. 태헌도 수린을 따라 빠르게 핸들을 틀었다. 경적이 잇달아 울리고 수린의 차가 아슬아슬하게 빠져나가고, 태헌의 차는 맞은편에서 오던 차들에 둘러싸여 도로 가운데 멈춰 섰다.

"에이씨."

태헌이 핸들을 세차게 내리쳤다.

*

오아뉴 방송 3시간 30분 전.

"미안해, 정말 미안해. 선배."

병실에 누워 있는 영선의 옆에서 손을 꼭 잡고 있던 정원이 고개를 파묻었다. 정원은 이 모든 사고가 자신의 탓인 것만 같아 괴로웠다. 커피 한잔하자고 1층 카페로 영선을 불러내지 않았다면, 취재에 너무 욕심내지 않았다면, 정상이 아닌 모수린을 자극하지 않았다면, 죽어 있는 차은새를 보고 도망치지 않았다면…. 그랬다면 영선이 다치지 않았을까? 정원의 눈에서 뜨거운 눈물이 흘러 꼭 잡고 있는 영선의 손에 방울방울 맺혔다.

다행히 영선은 크게 다치지는 않았다. 차가 유리창에 부딪치는 순간의 충격으로 몸이 튕겨나가는 바람에 큰 피해를 면할 수 있었다고 한다. 바닥으로 떨어지며 생긴 팔의 골절과 군데군데 타박상이 있긴 하지만 안정을 취하면 금방 회복될 거라고 간호사가 설명했다. 하지만 다행이라며 넘기기에는 아찔한 사고였다.

'선배도 죽을 수 있었어. 어디서부터 잘못된 걸까. 뭐부터 틀렸 던 걸까. 내가 놓친 건 뭐지.'

정원은 자괴감에 몸서리쳤다.

"야. 서정원."

침대에 머리를 대고 괴로워하던 정원이 영선의 쉰 목소리에 고 개를 번쩍 들었다. 언제 깨어났는지 영선은 정원을 물끄러미 보고 있었다.

"선배, 의식이 좀 들어? 괜찮아? 물 줄까?"

"야, 너 왜 내 손에 침 묻히고 있냐? 내가 아까부터 말하려고 했 는데 드러워 죽겠어."

"틱틱거릴 기운이 있는 거 보니 괜찮은가 보네."

영선이 피식 웃으며 툴툴거리자 정원이 옷소매로 그녀의 손에 묻은 눈물을 닦았다.

"나 죽는다냐?"

"죽긴 왜 죽어. 선배가."

"안 죽는 거 확실해?"

"혹시 죽고 싶었어? 미안하지만 120살 전엔 안 죽는대."

"그럼 됐어. 김 경위님이 모수린 잡았지? 이 한 몸 희생해서 모 수린 그 사이코는 잡았네. 나 상이라도 타야 하는 거 아니야? 크크. 아이고, 웃으니까 삭신이 쑤신다."

장난스러운 영선의 질문에 정원은 한숨을 내쉬었다. 사거리에 서 수린을 놓치고 태헌이 경찰서로 들어갔을 땐 이미 상황이 종료 되어 있었다. 사고 발생 직후, 자신이 TNJ 사옥 교통사고의 가해자라고 밝힌 여자가 경찰서로 찾아온 것이다. 여자는 운전 미숙으로 카페를 들이받고는 놀라서 도망쳤다며 용서를 구했다. 태헌이 여자의 얼굴을 살폈지만, 황당하게도 여자는 모수린이 아니었다. 기가 막힌 태헌이 조작된 상황이라고 소리쳤지만 아무도 그의 말을 들으려 하지 않았다.

잠시 후, 음주도 약물도 하지 않고 그저 운전 미숙으로 사고를 낸 뒤 자수한 여성은 '직진 김 여사'라는 별명으로 순식간에 실시간 검색어를 장악했고, 그녀가 실제 가해자인지 아닌지를 궁금해하는 사람은 어디에도 없었다. 렌터카 회사에 근무하는, 운전이 미숙하고 겁이 많은 평범한 여성이 저지른 대낮의 질주가 되어 그저 황당한 영상으로 SNS 여기저기에 뿌려졌다. 정원의 얘기를 듣고만 있던 영선이 부글부글 끓는 목소리로 입을 열었다.

"뭐? 장난해? 그럼 나 죽지도 않는데 넌 여기서 왜 이러고 있냐? 이럴 시간 없는 거 아니야?"

"선배….."

"얼른 가. 너 오늘 방송이잖아. 가서 방송 준비해야지."

영선이 다그치자 정원이 입술을 꽉 깨물고 고개를 숙였다.

"너 내가 이렇게 당했는데 청승만 떨고 있을 거야? 난 이참에 병원에서 좀 쉬어야겠어. 회사에서 병가 처리해 주겠지? 서정원 너 간호사한테 가서 나 몸에 좋은 영양제 잔뜩 놔달라고 해줘. 아무래도 특종 기자가 부탁하면 더 신경 써주지 않겠냐?"

목이 메어 대답을 못 하는 정원에게 애써 미소 지은 영선이 힘없는 팔을 휘휘 저으며 말을 이었다.

"가. 얼른 가서 그 미친 사이코 도망 못 가게 잡아. 네가 나 대신 혼내줘. 서정원, 난 너만 믿고 좀 자야겠다. 한숨 자고 나면 특종 기자 서정원이 그 또라이 잡았다는 뉴스가 도배되어 있겠지? 나 당하고는 못 사는 성격인 거 너 알지? 그 또라이 잡기 전까지는 병원에 오지도 말어. 알았지? 그러니까 얼른 가. 빨리."

"팀장님, 어떡해요? 생방송 결재 안 났대요. 지금 우리 세팅도 못 하고 있어요."

영선에게 등 떠밀려 이를 악물고 방송국에 도착한 정원에게 양 작가는 청천벽력 같은 소식을 전했다. 반응을 할 수도 없을 만큼 당황한 정원이 곧장 국장실 문을 열었다. 국장실에서는 강 국장이 냉장고에 든 건강식품을 꺼내 상자에 정리하고 있었다.

"뭐 하세요?"

그 모습을 보고 더욱 어이가 없어진 정원이 쏘아 물었다.

"냉장고 정리한다."

강 국장이 짧게 대답했다.

"어떻게 된 겁니까? 정말 이러실 거예요? 지원해 주시기로 하셨잖아요. 오늘 생방 가능하게 해주신댔잖아요."

"할 수가 없게 됐다. 이런 경우 한두 번 겪는 것도 아니고 새삼 그렇게 열 올릴 거 없어."

강 국장의 태연한 대답에 어안이 벙벙해진 정원이 차분하게 물었다. 너무 황당해서 화도 나지 않았다.

"국장님, 모수린 3시간 후면 출국해요. 국장님도 영선 선배 사고 난 거 아시잖아요! 모수린 그 사이코가 미쳐 날뛰는 거 제가 똑똑히 봤어요. 우리 이렇게 당하고만 있어야 하는 거예요? 지금 대체 뭐 하시는 거냐고요. 거의 다 왔잖아요. 증거도 충분하고 방송 준비도 다 마쳤잖아요."

"그러게 말이다. 그게 그렇게 쉽더라. 대낮에 차로 사람을 밀어버려도 10분 만에 다른 사람을 범인으로 몰 수 있을 만큼, 그만큼 쉽더라. 그러니까 지금 너나 나나 이 자리에서 죽어버려도 쉽게 정리가 된단 말이다. 이게 현실이야. 그러니 내가 돌지 않게 생겼냐?"

콧노래를 부르며 냉장고를 정리하는 강 국장은 정신을 놓은 사람 같았다.

"그러니까 오늘은 방송 못 한다. 모형택 의원이 한 주만 방송 미뤄달라길래 알겠다고 했다. 안 그럼 TNJ 전체를 흔들어놓겠다는데 어쩌냐? TNJ에서는 오늘 방송 못 해. 그러니까 너도 그만둬. 주기자처럼 사고당하기 싫으면 몸 사려."

"영선 선배 사고 본인이 냈다고 보도된 '직진 김 여사'. 그 실시간 검색어도 결국 국장님이 만드신 거죠?"

노려보는 정원을 빈 눈으로 올려다본 강 국장이 맥없이 대답했다.

"그래. 나다. 내가 만들었어. 가해자라는 사람은 나타나서 죽을 죄를 지었다고 하고, 경찰은 그 사람이 가해자가 맞다고 하는데 나라고 뭔 용빼는 재주로 증거도 없이 다른 사람이 가해자라고 우기겠냐? 회사에서 시키니까 했다. 난 그거 잘하는 사람이니까. 그러니까 나는 시청률을 위해서 오늘 특집 방송도 하기로 결정한 거고.

뭐 문제 있냐? 방송이란 건 원래 이런 거야. 여기가 무슨 인터넷 방송인 줄 알아?"

"국장님…."

"없어. 할 수 있는 건 아무것도 없다고. 그래서 너도 남몰래 정보원까지 둬가면서 지금껏 취재해 온 거 아니야? 여기 TNJ에서는, 정규 방송에서는 할 수 있는 게 없어."

"국장님! 대체 무슨…."

"나가. 나가라고 서정원. 몇 번을 얘기해야 알아듣겠냐? 너 잘하는 거 있잖아. 나가서 네가 혼자 북을 치든 장구를 치든 알아서 하라고. 여기 TNJ에서는 할 수 있는 게 더 이상 없단 말이다."

정원을 빤히 쳐다보던 강 국장이 소리 낮춰 말했다.

"가라. 시간이 얼마 안 남았다. 가서 지금까지 특종 기자 서정원이 해왔던 대로 다른 사람 힘을 빌려서라도, 조금은 어긋난 방법을 쓰더라도 특종이라면 놓치지 않았던 네 방식대로 그렇게 해. 넌 정의로운 기자니까. 지금 내가 해줄 수 있는 말은 그것뿐이다."

정원을 만나기 몇 시간 전, TNJ 방송국 강인한 국장실.

"오아뉴는 기존 시간에 생방하는 걸로 하고, 자산 관리 특집을 1시간 앞으로 당기는 걸로 하자."

소파에 기대 다리를 꼬고 앉은 강 국장이 차가버섯 음료를 쪽쪽 빨며 말했다.

"아무리 그래도 이미 예고 방송이랑 편성 안내도 다 나간 상황이라 지금 스케줄을 변경하는 건 무리야."

맞은편에서 똑같은 음료를 꿀떡이던 강 국장의 오랜 친구, 편성국장이 인상을 찌푸렸다.

"뭘 그렇게 어렵게 생각하냐? 어차피 제목이 오아뉴 자산 관리 특집이니까 방송 시간을 변경한다는 느낌보다는 특집 방송 시간을 길게 편성하는 걸로 하면 되지 않겠어? 1, 2부로. 상황을 봐서 1부와 2부의 순서를 바꿀 수도 있으니 일단 1, 2부에 대한 세부 정보는 노출하지 말고."

"대체 서정원이가 얼마나 대단한 특종을 준비하고 있길래 이렇게까지 하는 거야?"

강 국장의 집요한 부탁에 편성국장이 씨익 웃으며 눈을 반짝였다.

"두고 보면 자네도 알게 될 거야. 하하하. 그러니까 편성국장이 힘 좀 써줘."

"확실한 거지? 특종도 좋고, 시청률도 좋은데 나한테 피해만 없게 해주라. 얼마나 재밌는 그림을 만들고 있는지 벌써 기대된다. 하여간 서정원 걔는 물건이야, 물건. 그게 다 우리 강 국장 기자 정신 보고 배우는 거겠지? 내 친구지만 너 존경한다. 진짜."

"소주 한잔 살게. 아마 방송 끝나면 네가 나한테 양주 사야 할 거다. 허허허."

두 사람의 대화가 마무리될 무렵, 강 국장의 전화가 울렸다. 발신 번호를 확인한 강 국장이 잠시 머뭇거리는 사이 편성국장은 다 마신 음료를 쓰레기통에 휙 던지고 방을 나갔다.

"강 국장님, 접니다. 모형택."

수화기 너머에서는 화를 억지로 가라앉히고 있는 형택의 목소리가 들려왔다.

"젊은 기자 몇 사람의 객기로 TNJ가 휘청댈 위기에 놓였다면, 그 상황을 바로잡아야 하는 사람은 바로 국장님이 아니겠습니까. 국장님은 아시지요? 저 모형택 쉽게 무너질 사람 아니라는 거. 현명하신 국장님은 알고 계시지 않았습니까. 20년 전부터요."

"…."

강 국장이 대답이 없자 형택은 한마디를 남기고 전화를 끊었다.

"20년 전, 국장님 선택이셨잖습니까?"

굳은 얼굴로 전화기를 귀에 대고만 있던 강 국장이 전화기를 집어 던졌다.

"이 자식이 보자 보자 하니까 어디서 협박질이야?"

열쇠를 꺼내 책상 가장 아래 서랍을 연 강 국장이 낡은 외장하드를 꺼냈다.

20년 전, 무언시.

늦은 밤, 봉토그룹 폭발 사고 취재차 무언에 출장 온 지금의 강 국장, 당시의 사회부 기자 강인한은 무언역 근처 호텔에서 기사를 쓰고 있었다. 담당 검사 모형택의 방에서 우연히 봉토공장 시스템 오류 관련 내부 문건을 손에 넣은 참이었다. 인한은 그 내용을 기사에 담았다. 인한이 송고 버튼을 누르려던 찰나, 휴대전화가 울렸다.

"강 기자님, 저 송 수사관입니다."

전화의 주인공은 좀 전에 인한이 들렀다 온 무언 지검 모형택 검사방의 송 수사관이었다.

"기자님, 저희 방에서 보신 서류, 그거 벌써 내보내신 건 아니시지요?"

차분한 목소리의 송 수사관이 말을 이었다.

"기자님께 드렸던 봉토공장 내부 문건, 그 자료를 취재 자료로 사용하시면 기자님도 난처하실 것 같아 연락드렸습니다. 그거 오보가 될 겁니다. 저희 검사님이 다른 증거를 확보하셔서 수사 방향이 바뀌었습니다."

"이렇게 명백한 증거가 있는데 어떻게 수사 방향이 바뀐 겁니까? 검사님 혼자 하신 건가요?"

송 수사관은 인한의 질문을 피해 답을 내놓았다.

"상부에 보고는 끝났습니다. 혼자 하면 어떻고 둘이 하면 어떻습니까. 원래 사람 자리 바뀌는 건 순식간이지요. 일단 제가 뵙고 자세한 설명도 드리고 재미난 제보도 하려고 합니다. 아까 보신 건 잊으세요. 대신 기삿거리가 될 만한 정보를 하나 드리지요. 무언시장 후보자 비리 관련된 건데요. 제가 특별히 강 기자님께만 알려드리지요. 지금 좀 만나시죠. 묵고 계신 호텔로 제가 가겠습니다."

"시장 후보 비리라고요?"

인한은 알고 있었다. 송 수사관이 제보한다는 시장 후보 비리는 인한이 가지고 있는 봉토공장 내부 문건의 입막음에 대한 대가라는 것을. 전화를 끊은 인한은 잠시 고민했지만 담당 검사가 수사 방향을 바꾸고, 관련 보고도 끝났다면 괜히 일을 시끄럽게 만들 필요는 없어 보였다. 방금 쓴 기사에 미련을 두지 않는다면 새로운 특종거리를 얻을 수 있다는 것도 구미가 당겼다. 인한은 상황 파악이 빠르고 영리한 기자답게 특종을 덥석 물었다.

무언시 봉토공장 폭발 사건은 '시스템 오류 탓'… 검찰 조사 착수

외장하드를 연결해 모니터에 파일을 띄운 강 국장이 멍하니 화면을 응시했다. 스스로를 위해, 회사를 위해, 함께 일하는 선후배들을 위해 적당히 타협하며 살아온 지난날들이 주마등처럼 스쳤다. 강 국장은 혼란스러웠다.

후배 서정원을 특별히 아끼며 칭찬했던 이유는 무엇이었을까. 틈만 나면 특종을 물어오는 남다른 능력이었을까, 세련된 워너비 기자로 시청자를 매료시키는 스타성이었을까, 아니면… 자신과 달리 주변 상황에 타협하지 않는 기자 정신이었을까. 내가 지금 국장의 자리에서 할 수 있는 일은 권력을 가진 자의 만행에 굴복해서라도 회사와 직원들을 지키는 것일까, 지금이라도 정의를 위해 싸우는 것일까.

띠링. 마우스를 만지작거리던 강 국장의 전화에 문자 수신음이 울렸다.

[07754234895135777]

[20년 전 그때처럼 조용히 살아.]

수상한 번호로 온 문자는 고민에 빠진 강 국장을 자극했다. 비겁하다고, 무책임하다고 강 국장을 놀리는 것만 같았다. 문자를 곱씹던 강 국장이 결심한 얼굴로 인쇄 버튼을 눌렀다.

몇 시간 후, 영선의 사고 소식을 전해들은 강 국장은 인터넷 뉴스 팀장을 불렀다.

"직진 김 여사? 오늘만 떠들썩하게 만들어줘. 내일이면 제목이 바뀔 영상이니까."

강 국장은 드디어 시원하게 웃었다.

*

국장실에서 쫓겨난 정원이 맥없이 걸어 나오는데 양 작가가 정원의 팔을 잡아끌었다.

"팀장님, 그럼 이제 우리 어떻게 되는 거예요? 정말 방송 못 하는 거예요? 한병문 씨도 생방송 보실 거라고 아까부터 기다리고 있는데 어떡해요. 정말…."

유리 벽 너머 초조하게 앉아 있는 병문의 뒷모습이 보였다.

'혼자 하라고? 평소 하던 대로? 여기선 못 한다고?'

강 국장은 대체 무슨 말을 하고 싶었던 걸까. 갑작스러운 강 국장의 태도를 이해할 수가 없었던 정원은 아픈 머리를 부여잡았다.

"오늘 아침에 막내가 다녀간 이후로 국장님이 좀 이상해지신 것 같아요. 자꾸 TNJ에서는 못 한다는 말씀만 하세요. 아까도 '서정원 오면 하던 대로 하라고 해. 여기선 못 해.' 막 이러시는 거예요. 아니, 생방송을 TNJ에서 못 하면 대체 어디서…."

"누가 왔다 갔다고?"

강 국장을 흉내 내는 양 작가의 설명에 힘없던 정원이 고개를 번쩍 들었다.

"팀장님 모르셨어요? 막내요. 증발했던 우리 팀 막내 이바른이요. 걔가 아침에 느닷없이 와서는 국장님이랑 한참 얘기 나누다 갔어요. 저는 막내가 팀장님께는 연락을 드렸는지 알았죠. 걔 진짜 회사에 불만이 많아서 그만둔 걸까요? 저한테도 고개만 까딱 인사하고는…."

그리고 그 순간, 정원이 손에 쥐고 있던 휴대폰이 울렸다.

[07754234895135776]

이상한 번호, 지저스의 문자였다.

[옥탑방으로 오십시오.]

더 얘기하려는 양 작가의 어깨를 꽉 잡은 정원의 표정이 밝아졌다.

"양 작가. 나 방송하러 갔다 올게. 이따 연락하자."

"네? 방송이요? 그게 무슨 말씀…."

정신없이 뛰쳐나가며 정원은 생각했다.

'그래. 오늘 꼭 해야만 해. TNJ에서 못 하면 다른 곳에서 하면 되는 거야. 어긋난 방법을 쓰더라도 특종이라면 놓치지 않았던 내 방식대로.'

*

같은 날 아침, TNJ 국장실.

똑똑. 빛바랜 파일을 만지작거리던 강 국장이 의문의 문자에 손을 부들부들 떨고 있던 그때, 노크 소리와 동시에 낯익은 젊은 남자가 문을 열고 들어왔다.

"자네는….."

얼마 전까지 탐사 보도 2팀 막내 기자로 근무하던 남자, 지저스였다. 막내의 얼굴을 알아본 강 국장이 귀찮은 표정을 감추며 지저스를 빤히 쳐다보았다.

"드릴 말씀이 있습니다."

문 앞에 우두커니 선 지저스가 다부진 목소리로 입을 열었다.

"자네, 누군지는 나도 기억하네. 무슨 일인지는 모르겠지만 지금은 내가 좀 바빠서 말이야. 약속을 잡고 다시 오게나."

강 국장이 애써 침착하게 말했다. 평소 같았으면 막내 기자의 회사 생활이나 진로 문제에 대해 기꺼이 상담해 주고는 '인생에서 가장 중요한 건 건강이다. 건강을 위해서는 음식을 잘 챙겨 먹어야 한다'고 일장 연설을 했겠지만 지금은 그럴 상황이 아니었다. 부드러운 말속에 담긴 강 국장의 복잡한 표정과 애쓴 정중한 말투에도 아랑곳하지 않은 지저스가 그의 가까이 걸어가 책상 앞에 섰다.

"바쁘신 줄 알지만, 지금 꼭 드릴 말씀이 있습니다."

"아니, 이 친구야. 다음에 다시 오라니까!"

"제가 무언 공장 공장장의 아들입니다. 그리고 서정원 기자를 이 모든 사건에 끌어들인 장본인입니다."

놀라 대답 없는 강 국장의 앞에 선 지저스가 거침없이 설명을 이어갔다. 지저스는 9년 전, 처음 정원에게 접근했던 사건부터 지금껏 정원이 수집했던 그 많은 특종에 대한 비밀을 얘기했다.

"그럼 진명숙과 차은새가 죽던 날 서정원을 그 자리에 끌어들인 게 자네란 말인가? 일부러?"

입을 꼭 다문 채 듣고만 있던 강 국장이 지저스를 매섭게 노려보았다.

"믿지 않으시겠지만 그건 아닙니다. 모수린이 오월동에서 진명숙 씨를 살해할 계획을 세우고 있다는 걸 알고, 서 팀장님을 그 자리에 보내서 범행을 막고 모수린을 응징하려 했던 건 맞습니다. 그러나 그 계획이 실패했습니다. 차은새 사건은 모수린이 범행을 준비하고 있었다는 것조차 저는 몰랐습니다. 하지만, 서 팀장님이 죽은 차은새를 보고 그 자리를 그냥 나온 상황을 제 작전에 이용한 건 사실입니다."

"이용했다고?"

"서 팀장님이 지치지 않고 사건의 진실에 다가갈 수 있도록 활용했습니다. 그날의 죄책감이 그녀를 쉬지 않고 달리게 하는 데 도움이 되었으니까요."

"뭐? 자네, 아주 무서운 사람이구먼. 지금 자네가 꾸민 일이 서 기자를 힘들게 할 거란 생각은 안 해봤나? 9년 동안이나 서 기자와 연락을 했다면서 사람을 그렇게 이용해 먹어?"

강 국장의 비난에 지저스의 눈빛이 미세하게 흔들렸다. 때론 지저스도 괴로웠다. 1년 전, 정원이 우재와 결혼하려 한다는 걸 알았을 때, 우재의 오랜 연인 유윤영에 대해 알려줘야 하나 수백 번도 넘게 고민했었다. 그러나 정원이 우재의 여자관계로 유윤영과 모수린에 대해서 알게 된다면 무언 사건의 진실을 밝히는 데 변수가 발생할지도 모르기에 차마 알릴 수 없었다.

독하게 마음을 다잡은 지저스가 적당한 때를 찾고 있는 동안, 모형택 부녀에 의해 또 몇 명의 희생자가 발생했다. 차근차근 계획을 세우는 동안 죄 없는 사람들이 죽었고, 희생자가 발생할 때마다 정원은 더욱 힘든 상황에 놓였다. 그 모든 과정을 소리 없이 지켜보던 지저스는 그럴수록 이를 악물고 아버지의 억울한 죽음을 밝혀야 했다. 그래야만 권력의 중심에 있는 모형택과 그의 품 안에서 악마 짓을 일삼는 모수린을 심판할 수 있었기 때문이다. 복잡한 지저스의 표정을 읽은 인한이 다시 입을 열었다.

"하. 하나만 더 묻지, 자네가 서정원을 이용한 이유가 서정원의 아버지 때문인가? 정원이 아버지가 봉토공장 사건 당시 자네 아버지에게 불리한 의견을 낸 교수라서?"

"아닙니다. 서 팀장님 아버지는 밉지만 부모의 죄를 자식이 갚아야 한다고 생각하지는 않습니다."

"그럼, 왜. 왜 서정원이었나?"

강 국장이 참고 있던 화를 토해내듯 소리쳤다.

"가장 기자다운 기자니까요."

손을 부들부들 떨며 노려보는 강 국장을 빤히 쳐다보며 바른이 덧붙였다.

"서 팀장님을 진심으로 아끼신다는 거 잘 알고 있습니다. 지금 서 팀장님에게는 국장님의 도움이 절실히 필요합니다."

"자네가 이런 식으로 서정원 기자를 이용할 거라는 걸 알았다면 처음부터 난 말렸을 거네."

"처음부터 알았다 할지라도 선배는 멈추지 않았을 겁니다. 그게 국장님과 서정원 기자의 차이입니다."

말이 없는 강 국장을 지저스는 가만히 보고 있었다. 한참 후, 차분한 강 국장의 목소리가 숨 막히는 정적을 깼다. 강 국장도 알고 있었다. 아끼는 후배 서정원이 지금 가장 필요로 하는 게 무엇일지.

"변명처럼 들리겠지만 난 TNJ에 피해를 주고 싶지 않아. 일이 이렇게까지 진행된 마당에 모형택을 자극하면 그건 나랑 서정원 기자뿐 아니라 TNJ 전체에도 피해로 돌아올 거야. TNJ는 나 혼자만의 회사가 아니야. 여긴 천 명이 넘는 직원들과 그 가족들의 삶의 터전이자 꿈이야. 봉토공장이 자네에게 그랬던 것처럼, 어떤 아이에게는 이곳이 그런 의미지."

간절한 눈빛으로 바라보는 지저스의 시선을 피하며 강 국장이 말을 이었다.

"나도 자네의 의견에 동의하네. 내가 가장 아끼는 후배 서정원을 이렇게 내버려 둘 순 없어. 자네 말대로 그녀는 가장 기자다운 기자가 아닌가."

강 국장이 책상에 놓여 있던 파일을 들어 지저스의 눈앞에 툭 던졌다. 20년 전 송고되지 못했던 봉토공장 관련 기사와 최초의 사건 관련 서류였다.

"가져가게. 자네가 아니라 존경하는 내 후배 서정원에게 주는 거야."

지저스가 서류를 집어 들자 강 국장이 덧붙였다.

"그리고, 굳이 TNJ가 아니라도 괜찮을 것 같은데. 진실만 알릴 수 있다면 어디라도 상관없지 않은가. 절대 멈추지 않을 거라면 좀 더 확실한 방법을 고민해 보게."

*

모수린 출국 2시간 전, 인천공항 국제선 출국장 앞.

태헌은 오 형사와 둘이서 무작정 공항으로 왔다. 출국하려는 모수린을 강제로라도 붙잡아둘 생각이었다. 공항에는 출국을 준비하는 사람들, 방금 비행기에서 내린 사람들, 마중 나온 사람들로 북적였다.

"태헌아, 진짜 우리 둘이 괜찮을까? 모수린 경호원들 떼로 몰려오는 거 아니야?"

"오 형사 너 태권도 특기생 아니냐? 실력 발휘 좀 해봐."

긴장을 떨치려는 듯 주먹을 꽉 쥔 태헌이 허공에 발차기를 해댔다.

"야, 아무리 그래도 사람 수 많은 걸 어떻게 이기냐? 체육관 친구들이라도 데려왔어야 하는 거 아니었을까? 우리 둘이 엉성하게 난동만 피우다가 공항 경찰에 연행되는 거 아닌지 모르겠다."

"연행 안 되게 해야지. 연행될 사람은 따로 있는데 범인 잡으러 온 경찰이 손 놓고 연행돼서야 되겠어? 명색이 민중의 지팡이가?"

띠리리리. 긴장감을 떨치려 오 형사와 농담을 주고받던 태헌이 전화를 받았다.

"네, 서 기자님. 저 지금 공항에 도착했어요. 모수린은 아직 도착

안 한 것 같아요. 영장은 안 나와서 합법적으로는 힘드니까 일단은 불법적으로라도 붙잡아두려고요."

"저 지금 지저스 옥탑방이에요."

"이제 방송 시간 얼마 안 남았는데 옥탑방에 갔다고요? 무슨 일 있었어요?"

"여기서 방송할 거예요."

놀란 태헌의 목소리 잔뜩 힘이 들어갔지만 정원의 목소리는 가벼웠다.

"그게 무슨 말씀인지…."

"좀만 지나면 알게 될 거예요. 드디어 끝낼 수 있을 것 같아요. 경위님, 저 이제 끊어야 해요. 모수린 꼭 잡아주세요."

전화를 끊은 태헌이 고개를 갸웃거리자 오 형사가 물었다.

"서 기자님 뭐래?"

"모수린 꼭 잡아달라는데?"

"뭐? 새삼스럽긴. 어깨가 무거운데…. 김태헌 너 진짜 뭔 계획이 있긴 한 거냐?"

"우리 오늘 연행될 걱정은 안 해도 되겠다."

태헌이 여전히 얼떨떨한 얼굴로 중얼거렸다.

"방법이 있대?"

"서 기자님이 계획이 있으시단다. 믿어보자."

"믿지, 서 기자님은 믿지. 근데 그거 아냐? 태헌아?"

오 형사가 태헌의 어깨에 손을 얹으며 속삭였다.

"난 사실 요즘 너도 믿는다."

"갑자기 왜 이러냐?"

"김민철 자살하기 전에는 사실 나 너 별로 못 믿었거든? 똑똑하긴 한데 욕심도 너무 많고 이기적이고, 암튼 민중의 지팡이로서는 적합하지 못하다고 생각했었어. 근데 김민철 자살하고 네가 변한 거 보니까 너 진짜 경찰 같더라. 김태헌 경위님, 난 너 믿는다. 내가 존경하는 나의 파트너이자 상사."

"뭐, 인마?"

"너 잘할 수 있다고. 힘내라고."

간지러운 말을 하고는 멋쩍었던 오 형사가 휴대폰을 들어 딴청을 피웠다. 머쓱했던 태헌도 어깨를 으쓱하며 시선을 돌렸다.

"어? 근데 저거 서정원 아니냐?"

공항 전광판 화면이 교체되더니 정원의 모습이 화면을 가득 채웠다. 동시에, 공항의 수많은 전광판과 TV 화면이 차례로 바뀌었다.

"야, 태헌아. 어? 이거, 이거 뭐야?"

휴대폰을 들여다보던 오 형사가 당황한 듯 더듬거렸다.

"이거 봐. 지금 서울 시내 전광판들을 서정원 기자가 점령했대. 실시간으로 사진 올라오고 난리야."

오아뉴의 오프닝 시그널이 울려 퍼지며 정원이 단단한 표정으로 멘트를 시작했다.

"시청자 여러분 안녕하십니까, 오늘이 아닌 뉴스 서정원입니다."

당황한 공항 직원 중 한 명이 채널을 돌려보았지만 TV는 어느 채널로 돌려도 모두 같은 화면이었다.

"얼마 전, 뮤지컬 배우 차은새 씨를 스토킹하다 살해한 후 자살해 세상을 떠들썩하게 했던 김민철 씨를 시청자 여러분은 기억하실 겁니다. 그보다 두 달 전, 살해된 채 발견된 A 국회의원의 가정부 진명숙 씨도 알고 계실 겁니다. 그러면 12년 전 스페인에서 살해된 한나리 씨는 어떨까요? 오늘이 아닌 뉴스는 12년 전부터 최근까지 일어난 일련의 살인 사건들에서 공통점을 발견했습니다. 그리고 우리가 생각하지 못했던 더 과거부터 이어진 사건의 시발점. 그 어두운 그림자를 따라가 보려 합니다."

갑작스러운 정원의 등장에 공항 안 사람들이 웅성거렸다.

"뭐냐? 이 놀라운 상황은? 김태헌 너 알고 있었냐?"

오 형사가 어리둥절한 얼굴로 물었지만 태헌은 대답 없이 화면 속 정원에게 시선을 고정했다.

"먼저 12년 전, 부푼 꿈을 안고 스페인 유학길에 올랐던 한국인 유학생 한나리 씨, 그녀의 그날을 짚어봐야겠습니다."

화면은 스페인의 작은 스튜디오로 바뀌었다. 녹색 책상에 앉아 딸의 사진과 편지들을 늘어놓는 한병문의 모습이 비치더니 뒤따라 그의 인터뷰 영상이 흘러나왔다.

"착한 애였어요. 건축가가 되고 싶다며 열심히 공부해서 교환학생까지 됐어요. 그런데 갑자기 죽었다는 연락이 왔지 뭡니까. 어떤 멕시칸이 강도를 했다고 하는데 나리가 죽었다고 한 그날 이후에도 저한테는 잘 지낸다는 문자가 계속 왔어요. 그 범인이라는 외국인은 한국말은 안녕, 도 뭔지 모르는데 제 딸을 죽이고 휴대폰을 빼앗아 저한테 문자를 보냈겠습니까?"

뒤이어 단발머리의 여자가 쓰레기봉투를 잔뜩 사 갔다는, 한인 슈퍼 손자의 인터뷰 녹취가 흘러나왔다.

"단발머리의 한국 여자. 아시아인이 적은 이곳에서 한나리 씨와 만났다는 아시아인, 저희가 한국인으로 추정하고 있는 사람들은 여러분이 제보 게시판에서 보셨을 이 사람들입니다."

그리고 나리와 우재, 윤영, 수린의 모습이 담긴 축제 날의 흐릿한 사진이 떴다.

"이제 여러분께 스페인에서 한나리 씨가 살해된 후 우연히 녹음된 음성 파일을 하나 들려드릴까 합니다. 녹음 파일에 나오는 이름을 주의 깊게 들어주시기 바랍니다."

"경찰? 그건 절대 안 돼. 너 알잖아. 우리 아빠, 엄마 없이 나 혼자 키운 거. 우리 아빠 국회의원이잖아. 내가 사람 죽인 거 알려지면 우리 아빠 실업자 될지도 몰라. 그럼 나 돈도 없어질 거고… 그럼, 그럼… 그래, 내가 돈이 없어지면 너도 불편한 게 많을 거야. 그치?"

"뭐? 너 지금 무슨 말을 하는 거야? 거기서 돈 얘기가 왜 나와? 내가 언제 돈 땜에 너랑 친구한대?"

윤영과 수린의 앳된 목소리가 공항 가득 울렸다.

"뭐야, 뭐야. 이거 유윤영 원장 목소리 아냐? 나 왜 귀신에 홀린 것 같지? 대체 어떻게 된 거야?"

오 형사와 사람들의 웅성거림이 점점 커졌지만 태헌은 여전히 말이 없었다.

'서정원. 자기 커리어를 박살 낼 생각인가. 저 방송을 지저스의 옥탑방에서 하고 있단 말이야? 대한민국 방송 전체를 해킹한 거야?'

기가 막힌 상황에서도 정원이 걱정된 태헌은 다른 사람들처럼 화면을 흥미롭게만 볼 수는 없었다.

　"아빠가 알면 안 돼. 절대 안 돼. 내가 또 사람 죽인 거 아빠가 아시면 나 버릴지도 몰라. 그럼 난 거지가 되는 거라고. 절대 안 돼."

　"또? 너 지금 또, 라고 했니? 예전에도 사람을 죽인 적이 있단 말이야?"

　"자꾸 착한 척하잖아. 김은영도 그렇고 한나리도 그렇고. 걔들 가식 떠는 거 진짜 역겹지 않니? 왜 그렇게 착한 척들을 하는 거야? 재수 없어."

　윤영의 당황한 목소리와 수린의 태연한 말이 이어졌다.

　"그땐 죽이려고 한 건 아니었어. 나는 그냥 가두기만 했던 거야. 그렇게 많이 죽을지 몰랐어. 그냥 착한 척하는 거 재수 없어서."

　"많이? 많은 사람이 죽었다는 거야?"

　"많겠지."

　"몇 명…이나?"

　"나도 몰라."

　"수린아, 좀 더 자세하게 얘기해 줄 수 있어? 난 네가 어떤 생각을 가지고 있는지 궁금한데…."

　"울 아빠 그래서 나 미국 보낸 건데, 내가 또 사람 죽였다고 하면 이번에는 어디로 보낼지 몰라. 정말 짜증나는 일이야."

　녹음 파일 속 대화에 이어 화면은 지저스의 옥탑방을 비추고, 한 장의 서류를 든 정원이 뚜벅뚜벅 화면 앞으로 걸어 나왔다. 확신에 찬 듯한 정원의 표정은 화면을 지켜보는 사람들을 더욱 몰입하게 만들었다.

"이것은 방금 들으신 대화의 녹취록입니다. 시청자 여러분도 '내가 또 사람 죽인 거 알면'이라는 말을 들으셨나요? 12년 전 한나리를 살해한 걸로 짐작하게 하는 두 여성의 대화 속 또 다른 살인은 어떤 사건이었을까요?"

다시 화면은 인터뷰 영상으로 교체되었다. 동네 주민인 것 같은 할머니의 목소리가 화면 너머 무언을 설명해 주고 있었다.

"여기가 공장 터였지, 원래는. 근데 싹 다 타버리고 절로 옮겨간 겨. 공장장이 불 질렀다잖아. 세상에서 제일 무서운 게 사람이야."

"공장장이 불을 질렀던 게 아니라 시스템 문제라는 얘기가 있던데요?"

할머니에게 질문을 던지는 목소리는 막내 이바른, 아니 지승호였다.

"아니여, 내가 이 동네 토박인데 다들 공장장 때문이랬어. 신문에도 나왔잖아."

다시 화면에는 스캔한 서류가 클로즈업 됐다. 공장장이 봉토그룹으로 시스템 오류에 대해 작성해서 보낸 보고서와 메일이 화면을 가득 채웠고, 정원의 목소리가 내레이션으로 깔렸다.

"우리는 당시의 사고가 정말 공장장의 문제였는지 최초 작성된 사건 파일을 가지고 전문가를 만나보기로 했습니다. 공정성을 위해 회사 이름과 당시 사건에 대해서는 알려주지 않았습니다."

정원의 낮은 목소리가 공항 안팎에 울려 퍼지고, 공항에 있던 모든 사람들의 시선이 화면에 꽂혔다.

형택은 화면을 비추는 사건 파일들에 정신을 차리지 못하고 얼굴이 빨개졌다 파래졌다를 반복하고 있었다.

"서정원! 이게 끝까지!"

형택이 집어던진 골프채에 브라운관이 박살 난 TV는 화가 난 형택을 놀리기라도 하듯 멈추지 않고 소리를 뿜어냈다.

"이건 시스템 오류가 맞아요. 사람이 수동으로 지켜야 돌아가는 시스템으로 공장장이 겨우겨우 사고가 나는 걸 막고 있었다가 한 번 삐끗하는 바람에 사고가 난 건데… 사고 발생 시간에 당직실에는 사람이 없었나요?"

전문가로 초빙된 여자의 얼굴이 부서진 브라운관 속에서 흔들리다 흐려지고 다부진 정원의 목소리가 깨진 스피커를 뚫고 흘러나왔다.

"창고에 갇혀 있었던 당시 직원 이 모 씨. 그는 알 수 없는 이유로 바깥에서 문이 잠겨 창고에 갇혔다고 합니다. 그리고 그 시간 무언여고 교복을 입은 한 여학생을 공장 주변에서 봤다는 제보자가 있었는데요, 그 여학생은 과연 누구였을까요?"

형택은 전화를 들어 거칠게 번호를 눌렀다.

"송 실장! 수린이한테 연락해 봐! 어디쯤 갔는지 빨리 연락해 보라고!"

송 실장의 대답을 듣지도 않고 전화기를 집어던진 형택은 소파에 꺼질 듯이 주저앉았다. TV에서 나오는 정원의 목소리가 웅웅

거리며 형택의 귓가에 맴혔다가 사라지기를 반복했다.

　2000년 봄, 해가 뉘엿뉘엿 지던 어느 날.
　야간 자율학습 시간에 수학 보충 수업이 있는 날이었다. 형택은
그날도 머리가 아프다는 수린을 위해 담임과 통화를 했었다. 학교
에 있고 싶지 않은 딸이 아프다는 거짓말을 한다는 걸 알고 있었지
만 형택에게는 학교 수업보다는 딸의 기분이 더 중요했다. 수린의
작은 표정 변화에도 쩔쩔매는 형택이었지만 아이러니하게도 학교
를 나온 수린이 무엇을 하는지는 전혀 신경 쓰지 않았다.
　보통의 야자를 땡땡이친 학생들처럼 떡볶이를 먹을 친구도 없
고 혼자 노래방에 갈 배짱도 없었지만 그렇다고 반겨주는 사람도
없는 집에 가고 싶지 않았다. 딱히 할 일도 갈 곳도 없어 심심했던
수린은 집까지 걸어가며 뭘 할지 결정하기로 했다. 날씨도 적당하
고 길에 지나다니는 사람도 거의 없었다. 귀에 이어폰을 꽂고 벚꽃
이 눈처럼 날리는 길을 터덜터덜 걷던 수린의 귀에 음악 사이로 거
슬리는 소리가 들렸다.
　야옹. 지나는 길에 있는 공장 앞에 시끄럽게 울어대는 길고양이
가 보였다. 동네 사람들의 생계를 대부분 책임지고 있는 그 공장은
늘 앞에서 담배를 피우는 직원들이나 오가는 화물차들로 북적였
지만 그날따라 조용했다. 수린은 얼핏 공장 설립 기념일로 오늘은
직원들이 대부분 쉰다는 얘기를 들은 기억이 났다.
　야옹.
　"시끄러워…."

다시 한번 울리는 울음 소리에 모처럼 기분 좋은 혼자만의 시간을 방해받아 짜증이 난 수린은 소리가 나는 쪽으로 발걸음을 돌렸다. 봉토공장 입구 화단에서 소름 끼치게 울어대던 고양이는 수린이 다가가는데도 도망치지 않고 더 크게 울어댔다. 무표정한 얼굴로 고양이를 빤히 보던 수린은 재밌는 일이라도 생각난 듯 씨익 웃었다.

고양이 앞에 쪼그리고 앉아 메고 있던 가방을 열어 검은 비닐봉지를 꺼냈다. 학교 앞 슈퍼에서 산 소시지를 손에 든 수린이 껍질을 벗기고 고양이 앞으로 내밀었다. 잠시 경계하는 것 같던 고양이는 수린이 흔드는 소시지 앞으로 살금살금 오더니 빠르게 한 입 베어 먹었다. 수린은 그런 고양이를 보며 살짝 웃고는 바닥에 소시지를 내려놓았다. 고양이는 수린이 바닥에 놓은 소시지에 다시 다가와 정신없이 먹기 시작했다.

"맛있어? 오늘은 밥 주는 사람이 없었나 보네."

다정한 목소리로 말을 거는 수린을 고양이가 올려다보던 그때, 수린은 순식간에 들고 있던 비닐봉지를 들어 고양이 머리에 씌웠다.

꺄아아아앙. 머리에 비닐을 덮어쓴 고양이가 몸을 비틀며 소름 끼치게 울어댔지만 수린은 아랑곳하지 않고 봉지 끝을 더 세게 모아 쥐었다. 버둥거리던 고양이가 앞발로 수린의 손등을 할퀴어 피가 맺혀도 그 꼴이 재밌었던 수린은 어깨를 들썩거리며 웃었다.

"킥킥. 그러니까 내가 시끄럽다고 했지?"

한창 고양이가 버둥거리는 걸 구경하는 수린의 등 뒤에서 남자의 목소리가 들려왔다.

"학생, 학생 지금 뭐 하는 거야?"

당황한 수린이 고양이 목을 조르고 있던 봉지를 내려놓고 벌떡 일어서자 고양이는 재빠르게 달아났다.

"학생, 고양이한테 왜 그래? 장난이 너무 심하네. 어린애도 아니고 다 큰 학생이 그게 뭐 하는 짓이야?"

고개를 푹 숙이고 눈을 바닥으로 내리깐 수린은 아무런 대답도 하지 않았다.

"무언 여고지?"

"…"

"다시는 그러지 마. 학생은 장난이라도 고양이는 얼마나 괴롭겠어."

여전히 고개를 들지 못하는 수린이 앞으로 가지런히 모은 손을 바들바들 떨었다. 그 모습을 본 남자는 떨고 있는 수린의 어깨를 토닥이며 따뜻하게 웃었다.

"공부하느라 힘들지? 아무리 힘들어도 앞으로는 이러지 마. 내가 너무 화내서 미안해. 오늘 학교 일찍 끝난 모양이네, 조심해서 들어가."

남자는 인사를 건네고는 뒤돌아 공장으로 들어갔다. 그 자리에 그대로 선 수린이 천천히 고개를 들자 끌차에서 물건을 들어 창고로 옮기는 남자가 보였다. 그 모습을 지켜보는 수린의 손은 여전히 부들부들 떨리고 있었다. 끌차를 건물 앞으로 가져간 남자는 박스 몇 개를 들고 나오더니 다시 창고로 옮기기를 반복했다. 꼼짝 않고 서서 남자의 행동을 지켜보던 수린의 눈에 창고 앞 나무 의자 위에 놓인 자물쇠가 보였다. 다시 건물에서 물건을 실은 남자가 끌차를 창고 입구에 세운 후 박스를 들고 창고 안으로 들어간 순간, 수린은 창고 문을 닫고 자물쇠를 잠가버렸다.

쿵쿵쿵! 창고에 갇힌 남자가 고함을 치는 것 같았지만 굳게 닫힌 철문 때문에 남자의 목소리는 밖으로 나오지 못했다. 철문을 세차게 두드리는 소리가 수린의 귀에 아까 듣던 음악 속 드럼 연주처럼 리드미컬하게 들렸다. 다시 얼굴에 웃음기가 도는 수린의 손은 더 이상 떨리지 않았다.

봉토공장을 나서는 수린이 다시 귀에 이어폰을 꽂았다. 이어폰에서는 수린이 평소 좋아하던 음악이 흘러나오고 있었다. 살랑 바람이 불자 눈처럼 날리는 벚꽃이 수린의 교복 위로 내려앉았다.

"예쁘네."

수린은 이제 콧노래를 흥얼거리며 걸었다.

'아까 그 고양이는 어디로 갔을까? 아직 소시지도 많이 있는데.'

다시 가방에서 소시지를 꺼낸 수린은 화단 뒤 풀숲을 뒤져보기로 했다. 수린이 풀숲으로 들어가 천천히 걷고 있던 그때, 뒤에서 자전거 소리가 들리더니 초등학교 저학년쯤 된 남자아이가 수린을 앞질러 갔다. 저만치 간 아이는 갑자기 자전거를 세우더니 뒤를 돌아보았다. 아이와 눈이 마주친 수린은 씩 웃어 보였다. 그날 밤 봉토공장이 폭발했다는 뉴스가 전국을 뒤덮었다.

기분 좋은 저녁이었다.

*

공항에서는 태헌과 오 형사, 방송이 시작되며 급하게 출동한 경찰들이 수린을 찾고 있었다.

"검색대 넘어가 버리면 골치 아파. 빨리 찾아야 해."

"근데 여기 사람 너무 많은데."

"오 형사 넌 상황실 가서 공항 카메라 확인해 봐. 난 여기서 찾고 있을게."

오 형사가 상황실로 달려가고 공항 안 여기저기를 뒤지던 태헌의 귀에 익숙한 목소리가 들려왔다.

"이제 다 끝났어. 수린아!"

아래층에서 들려오는 목소리의 주인공은 윤영이었다. 윤영은 캐리어를 잡고 있는 수린의 앞을 가로막고 고래고래 소리를 지르고 있었다. 마치 더 이목을 끌기라도 하겠다는 듯 큰 소리에 공항 안 사람들의 시선이 일제히 수린과 윤영에게 쏠렸다.

"수린아, 끝났어! 나리 네가 죽인 거 맞잖아. 내가 그때 너를 설득했어야 했는데 그렇게 못 했어. 아니 안 했어. 그러니까 지금이라도 솔직하게 얘기해. 응? 제발 부탁이야."

"무슨 소리 하는 거야. 나 가야 해. 보내줘."

수린이 자신을 막아서는 윤영에게서 몸을 돌리며 웅얼거렸다.

"하나만 대답해 줘. 너 정말 나한테 다 뒤집어씌우려고 했어? 정말 그런 거야?"

수린의 손목을 잡은 윤영은 간절한 눈으로 수린을 보고 있었다.

"그런 거 아니지? 다 의원님 생각인 거지? 너까지 그러려고 한 건 아니지?"

"…죽이고 싶다고 했잖아. 그리고 너도 나 이용해 먹었으니 이제 공평한 거 아니야?"

수린의 흐리던 눈이 또렷하게 윤영을 보고 있었다.

2008년, 마드리드 한나리의 스튜디오.

나리와 윤영, 수린은 작은 보조 테이블을 중앙에 놓고 둘러앉았다. 테이블 위에는 나리가 직접 만든 감바스와 포도, 반쯤 남은 위스키병과 치즈들이 놓여 있었다. 나리는 책상 의자에, 윤영과 수린은 침대에 걸터앉은 채 각자의 잔을 손에 들고 세 사람은 비행기에서 윤영의 옆에 앉아 코를 심하게 골던 사람 이야기를 시작으로 각종 코골이에 대한 이야기를 하며 깔깔 웃었다. 이야기를 이끄는 건 주로 윤영이었고 나리가 맞장구를 치면 수린은 듣고 있었다. 특별히 웃기지도 않은 윤영의 이야기에도 크게 웃는 나리를 보던 수린의 얼굴이 점점 굳어갈 때쯤 윤영이 자리에서 일어났다.

"나 잠깐 바람 좀 쐬고 올게. 오랜만에 위스키 마셨더니 좀 취하는 것 같아."

이야기를 나누던 중에도 간간이 휴대폰을 들여다보던 윤영은 문자 알림에 일어나 재킷을 손에 들었다.

"같이 갈까?"

"아니, 넌 여기 나리랑 있어. 나 통화 좀 하고 올게. 아, 그리고 나리야, 수린이 술 너무 많이 마시게 하지 마. 쟤 술 못 마셔."

따라나서려는 수린을 남겨두고 윤영은 곧장 밖으로 나가버렸다. 나리와 수린만 남은 좁은 방 안에는 어색한 공기만 감돌았다. 두 사람은 갑작스러웠던 윤영과 수린의 스페인 여행 이후 두 번째 만남이었지만 그동안 연락을 주고받았던 것도 아니었고, 윤영과 우재 없이 둘만 한자리에 있는 것도 처음이었다. 특히 낯가림이 심하고 잘 웃지 않는 수린은 낯선 사람과 한 공간에 있는 걸 좋아하지 않았다. 정확히는 누군가와 한 공간에 둘만 있는 건 돌아가신 엄마를 제외하고는 윤영이 거의 유일할 정도였다. 잔을 채워 한 번 더 술을 들이켠 수린은 포도씨를 오독오독 씹으며 빈 눈으로 방을 둘러보았다. 서서히 올라오는 술기운에 반쯤 풀린 눈이 점점 더 흐리멍덩해지고 있었다.

"수린아, 괜찮아?"

나리의 질문에도 대답 없이 방 안을 떠돌던 수린의 시선이 책상에 붙은 나리의 가족사진과 아버지 한병문의 편지에 꽂혔다.

　　사랑하는 우리 공주님.

　　오늘 아빠는 우리 공주님 방 대청소를 했단다.

　　옷장 속에 버릴 물건들이 어찌나 많은지.

무표정한 얼굴로 편지와 사진을 빤히 보는 수린을 향해 나리가 말을 걸었다.

"우리 아빠 거의 매일 저렇게 편지 써주시거든. 내가 몇 살인데 아직도 공주님이라고 불러. 그러지 말래도."

나리의 행복한 불평에도 수린은 대답이 없었다.

"수린이 너도 혼자지? 언니, 오빠나 동생 있어?"

"아니."

"너도 혼자 유학하니까 부모님이 엄청 걱정 많이 하시겠다. 고등학교 때부터 유학했다며? 처음 갔을 땐 진짜 걱정하셨겠어."

"아니. 별로. 아빤 내가 한국에 있는 것보다 좋았을걸."

수린의 대답에 무안해진 나리의 얼굴이 붉어졌다.

"아, 그렇구나. 하긴, 나도 사춘기 겪을 때는 부모님이 안 보면 편하겠다는 말 많이 하셨었어. 근데 엄마는 이제 안 그러시는데, 아빠는 여전히 내 걱정 많이 하시는 것 같아. 꼭 목소리는 들어야 한다고 매일 전화하시고 나 처음 교환학생 올 때는 따라오려고 하시는 거 말리느라 애먹었거든. 나도 이제 성인인데 말이야. 하하."

나리가 어색하게 웃으며 수린을 다시 보았다. 나리의 눈빛은 '수린이 넌 어때? 이제 네 얘기도 듣고 싶어'라고 말하는 것 같았다.

"난 엄마 없어. 아빤 나한테 관심도 없고."

여전히 무표정한 얼굴로 수린이 대답했다.

"그렇구나. 미안해, 몰랐어."

나리의 민망하고 슬픈 표정에 수린이 의아한 얼굴로 물었다.

"그게 왜 미안해?"

수린의 질문에 당황한 나리가 빈 접시를 주섬주섬 챙겨 주방으로 걸어갔다.

"아, 아니 그냥…. 내가 괜히 물어본 것 같아서. 뭐 좀 더 먹을래? 이거 전에 우재가 사준 와인인데 이거 마셔볼까? 윤영이는 와인 좋아한다고 했지?"

나리는 와인 오프너를 찾으며 분위기를 바꿔보려 노력했다.

"수린이 너 공부 엄청 잘했지? 너희 학교에서는 그 전공하려면 웬만큼 잘해서는 못 들어간다던데. 고등학교 때 유학 가서 언어 공부하면서 입시까지 준비했으면 진짜 고생했겠다. 대단해. 남자 친구는 없어? 오래 생활했으면 있을 것 같은데."

나리의 두서없는 질문에도 수린은 대답 없이 혼자 분주한 나리를 빤히 쳐다만 보았다. 그런 수린의 표정이 나리는 소름 끼치게 느껴졌다.

"마셔봐. 이거 엄청 맛있다더라."

나리가 꺼낸, 작은 스튜디오와 어울리지 않는 고급 와인잔 역시 우재가 샀을 거라는 걸 수린은 바로 알 수 있었다.

"너 나 동정하니?"

"무슨 말이야?"

"넌 부모도 있고 이런 거 사 오는 남자도 있는데 난 없으니까. 동정하는 거야?"

"아니, 그게 무슨 말이야. 왜 그런 생각을 해. 절대 아니야. 그럴 리가 없잖아. 너처럼 똑똑한 애를 내가 왜…."

"너, 시끄러워."

"아냐, 수린아, 오해하지 마. 난 그런 뜻으로 얘기한 게 아니고…."

"시끄러워!"

수린은 귀에 쟁쟁거리는 나리의 소리를 막으려 들고 있던 위스키 잔을 나리의 머리에 꽂았다.

"악!"

난데없이 날아오는 위스키 잔에 맞은 나리가 비명을 지르며 자리에 주저앉자 수린은 방금 딴 와인병을 연달아 나리의 머리에 꽂아댔다.

"시끄러워. 너 시끄럽다고."

병에 가득 차 있던 와인이 이리저리 튀어 나리의 작은 주방을 붉게 물들였다. 품고 있던 와인을 모조리 토해낸 와인병이 마지막으로 나리의 머리를 치고 깨지는 순간, 나리는 더 이상 비명을 지르지도, 수린의 손을 막지도 않았다. 수린의 얼굴과 사방에는 와인인지 피인지 모를 붉은 액체들이 잔뜩 튀어 있었다.

잠시 주방에 걸린 거울을 본 수린이 싱크대에서 손을 씻고 세수를 했다. 바닥에는 피와 와인으로 범벅이 되어 쓰러진 나리가 소리 없이 누워 있었다. 수린이 그런 나리를 발로 차보았지만 나리의 몸은 힘없이 꼬꾸라질 뿐 움직이지 않았다.

"내가 시끄럽다고 했잖아…."

조용해진 스튜디오 안을 다시 흐린 눈으로 둘러보던 수린이 싱크대 위에 놓인 포도를 마구 뜯어서 우걱우걱 씹었다.

"모수린, 너 뭐 한 거야?"

달콤한 포도를 목구멍 가득 삼켰을 때쯤 윤영의 놀란 목소리가 들려왔다. 수린은 그냥 자기가 술에 취했다고 생각했다.

공항 2층 난간에서 두 사람을 발견한 태헌이 무전을 치며 아래 층으로 내려가는 사이, 어디선가 나타난 송 실장이 윤영을 패대기 쳤다.

"꺄악!"

윤영의 비명이 공항 안을 메우고 있는 사람들의 시선을 집중시 켰다. 주위에서 휴대폰 카메라 작동 소리가 들려왔다.

"저기, 저 여자 아니야? 모형택 딸."

한마디를 시작으로 공항 안에 모인 사람들의 휴대폰 카메라가 일제히 수린과 윤영을 쫓아 움직이기 시작했다.

"어머, 대박. 진짜 도망가는 거야?"

"저 양복 입은 남자가 여자를 때렸어."

주위의 시선은 아랑곳하지 않고 송 실장을 앞장세워 검색대로 향하던 수린이 사람들에 둘러싸였다. 인파를 제치고 뛰어 들어온 태헌이 캐리어를 꼭 쥐고 있는 수린의 손목을 잡아챘다.

"모수린 씨. 당신을 한나리, 진명숙, 차은새 살인 혐의로 체포합 니다. 묵비권을 행사할 수 있고,"

그와 동시에 공항 중앙에 놓인 대형 전광판에서는 정원의 마지 막 멘트가 나오고 있었다.

"서정원의 오늘이 아닌 뉴스의 멱살 한번 잡힙시다. 오늘의 멱살 잡 힐 사람은 바로, TNJ 서정원 기자, 저 본인입니다. 이 자리를 빌려 고백 합니다. 저는 지난 3월 8일, 강남구 소재 리더스팰리스에서 숨진 유명

뮤지컬 배우 차 씨의 시신을 가장 먼저 발견했습니다. 살인 사건 현장을 발견한 사람이라면 응당해야 하는 신고를 미루고, 저는 그 자리를 도망쳐 나왔습니다. 사건에 연루되는 게 두려웠고 후폭풍을 감당할 자신이 없었습니다. 그리고 그 행동은 세상을 밝히는 기자로서, 사회 구성원으로서, 한 명의 인간으로서 할 수 있는 일이 아니었습니다. 당시에 저는 특종에 눈이 먼 괴물이었습니다. 오늘로써 저는 방송을 중단하려 합니다. 차은새 씨 일을 비롯하여 오늘 무단으로 방송을 한 일까지 제가 받아야 할 벌은 겸허히 받겠습니다. 그동안 서정원의 오늘이 아닌 뉴스를 시청해 주신 여러분께 진심으로 감사드립니다."

국장실 소파에 앉아 있던 강 국장은 한숨을 쉬며 TV를 껐다.
"천하의 서정원. 끝까지 꼴통이구만."

방송이 끝난 후, 곧장 경찰서로 향한 정원의 눈에 정문 앞을 서성이는 우재의 모습이 보였다.
"정원아. 역시 여기로 올 것 같았어."
"다 끝났어. 이제 정말 끝이야."
"정원아, 정말 미안해."
우재는 웃는지 우는지 알 수 없는 슬픈 얼굴이었다. 정원을 격려하는 것 같기도 하고 위로하는 것 같기도 한 그 얼굴에 정원이 씁쓸하게 미소 지었다.
"나 우재 씨 정말 사랑했어."
"정원아, 난…"

"이제 가."

정원이 우재의 말을 잘라버리자 다가서려던 우재가 걸음을 멈췄다.

"난 너랑 같이 있고 싶은데 어디로 가란 말이야."

"어디로든 가. 당신이 사랑하는 사람이랑 당신이 편할 수 있는 곳으로 가. 우재 씨, 나랑 있으면서 편하지 않다는 거 알고 있었어. 그러니까 이제 보내줄게."

"정원아…."

"난 지금 너무 편해. 우재 씨도 할 만큼, 할 수 있는 만큼 해봤으면 좋겠어. 그리고 당신도 편해지길 바랄게."

"너는 이제 어떻게 할 거야? 그것만이라도 말해줘."

"글쎄. 일단은 여기. 들어가서 다 얘기해야지."

쓸쓸한 얼굴로 웃으며 경찰서를 향해 걸어 들어가는 정원의 뒷모습을 하염없이 바라보던 우재가 고개를 떨궜다.

*

"의원님, 수린이가 체포됐습니다."

송 실장의 전화를 받고 급히 경찰서로 가는 형택의 머릿속에 몇 개월 전의 일이 지나갔다.

"수린이요? 수린이가 왜요?"

오월동 진명숙 살인 사건 2주 전이었다. 물컵을 들고 서재 앞을 지나던 수린의 귀에 아버지, 형택의 목소리가 들렸다. 숨죽인 수린이 물이 든 잔을 서재 옆 테이블에 놓고 문 사이로 나오는 소리에 귀를 기울였다.

"그냥 떠도는 소문을 가지고 이런 말씀을 드려야 할지 어떨지 제가 참… 그래도 의원님이 아셔야 하니까요."

진 여사의 목소리가 이어졌다.

"제 아들놈이 차은새랑 친구예요. 의원님이 후원하시던 무언 출신 뮤지컬 배우 차은새요. 그 애가 그랬다는데… 아이고, 참. 입에 담기도 민망하네요."

"말씀해 보세요."

"무언 공장 사고를 수린이가 저지른 거라고."

우물쭈물하던 진 여사가 어이없는 한숨을 쉬며 말을 이었다.

"수린이가 그때 공장에서 일하던 이 씨를 창고에 가두는 바람에 사고가 났다는 둥 그래서 의원님이 수린이를 급하게 유학 보낸 거라는 둥, 그런 말도 안 되는 얘기를 했나 봐요. 의원님이 걔한테 베풀어주신 은혜가 얼만데 그런 소리를 하고 다닌대요? 차은새 걔 그렇게 안 봤는데 아주 맹랑한 것이 조심하셔야겠어요."

"은새가 그 얘기를… 아니, 그게 무슨 말이랍니까!"

다행히 놀라서 튀어나온 본심을 진 여사는 눈치채지 못한 것 같았다. 문 뒤에서 귀를 대고 있던 수린은 당황해 횡설수설하는 형택의 목소리를 듣고 있었다.

"어디서 헛소문을 들었겠죠. 의원님 음해하려는 사람들이 만든 얘기겠지만 혹시라도 의원님이나 수린이에 대한 소문이 문제가 될까 봐서 제가 신경이 쓰여 잠이 안 오지 뭐예요. 제 아들도 걱정하는 눈치고. 아무래도 그 애 입장에선 한 번도 뵌 적은 없지만 제가 의원님 댁에서 오래전부터 일한다는 거 알고 있으니까 의원님이나 수린이도 가족 같은 거고…. 그동안 못 만나고 살았지만 이번에 연락 닿고 보니까 애가 심성이 참 착하더라구요. 혼자서도 잘 큰 것 같아요."

진 여사의 말이 끝난 서재에는 잠시 정적이 흘렀다. 서재 문고리를 잡은 수린이 문을 열고 들어갈까 생각하는 찰나, 형택의 호탕한 웃음소리가 들려왔다.

"허허, 여사님도 참. 여사님이 저희 집에 있던 게 20년인데 그동안 그런 소문이 뭐 한두 개였습니까. 새삼스러울 것도 없으니 신경 쓰지 마세요."

서재 문고리를 쥐고 있던 수린의 손에 힘이 풀렸다. 곧장 2층에 있는 방으로 올라간 수린은 잠시 생각에 잠겼다.

"왜 걱정하는 척은 하고 난리야…."

장승처럼 방 안에 우뚝 서 있던 수린은 책상 위에 놓인 컴퓨터 마우스를 움직였다. 꺼져 있던 화면이 다시 켜지자 수린은 이어폰을 귀에 꽂고 좀 전까지 보고 있었던 동영상의 재생 버튼을 클릭했다.

[사람의 다양한 급소]

동영상 속 유튜버는 미해결 살인 사건들과 그 피해자들에 관한 이야기를 하며 어떻게 하면 사람이 빨리 죽는지에 대한 설명을 장황하게 떠들고 있었다. 영상을 보는 수린의 눈이 빛나더니 입꼬리가 올라갔다.

그리고, 수린의 등 뒤에는 그녀가 놓고 온 물 잔을 들고 서 있는 형택이 있었다. 영상에 집중한 수린은 아버지가 방에 들어왔다는 것조차 눈치채지 못했고, 형택은 딸이 무슨 동영상을 보는지는 알 수 없었지만 모니터에 비친 눈빛이 묘하게 이상하다는 건 느낄 수 있었다. 물 잔을 든 형택은 딸에게 말을 걸려다 소름 돋는 기분에 다시 서재로 발을 돌렸다. 그리고 2주 후, 수린이 자신의 차를 몰래 타고 나간 걸 알아챈 형택이 송 실장과 함께 수린의 뒤를 밟아 오월동에 도착했을 때는 이미 급소가 찔려 죽은 진 여사를 수린이 보란 듯 전시해 놓고 간 후였다.

경찰서로 향하는 차 안에서 형택은 끊임없이 사건을 무마해 줄 수 있는 사람들에게 전화를 걸었지만 그들 중 전화를 받는 사람은 아무도 없었다. 태연하게 사람을 죽였다고 말하는 수린의 목소리가 전국으로 방송을 탄 이상 형택을 도와주려고 나설 사람이 없을 거라는 건 짐작할 수 있었다. 잔뜩 욕을 내뱉으며 주차장으로 들어선 형택은 몰려 있는 방송국 차와 기자, 카메라맨 무리를 보고 아차 했다. 공항에서 유력 대선후보의 딸이 체포가 되고 대한민국에서 가장 잘나가는 앵커가 살인 사건을 목격한 후 도망쳤다는 양심고백을 했는데 기자들이 곳곳에 포진할 거라는 생각을 하지 않았다니. 형택이 내려야 할지 차를 돌려야 할지 고민하는 순간, 차 안에 앉아 있는 그를 알아본 기자가 소리쳤다.

"어! 모형택 의원이다!"

순식간에 수십 대의 카메라가 우르르 몰려와 형택의 차를 에워

쌌다.

"의원님, 따님이 가정부를 죽였다는 건 알고 계셨습니까?"

"차은새 씨도 모수린 씨가 죽인 겁니까?"

"의원님이 입막음으로 따님의 친구인 유 씨 병원 자금을 댔다는 게 사실입니까?"

기자들이 창밖에서 창문을 두드리며 질문을 쏟아냈다.

"의원님, 창문 좀 여세요!"

형택은 창문을 열지도 기자들의 질문에 답을 하지도 않았다. 차를 돌려 주차장을 빠져나가는 그의 차를 카메라가 쫓아 나왔지만 형택은 마지막까지 꾹 다문 입을 열지 않았다.

기자와 카메라들이 형택의 차에 모여 있는 동안 정원은 누구의 이목도 끌지 않고 경찰서 안으로 들어갈 수 있었다. 돌아서는 형택의 차를 보며 정원은 자신의 아버지를 떠올랐다.

'딸 생각해서 그나마 여기까지 온 성의가 가상하다고 해야 하나.'

곧장 태헌에게 갈까 하던 정원은 걸음을 돌려 민원실로 향했다.

"저, 차은새 씨 살인 사건 목격자입니다. 진술하고 싶은데요."

＊

강남 경찰서 조사실에 태헌과 수린이 마주 보고 앉았다.

"이제 그만 다 털어놓으시죠."

체념한 듯 텅 빈 눈으로 태헌을 가만히 응시하던 수린이 입을 열었다.

"얘기하면 얼른 끝나요?"

"말씀 안 하시면 끝없이 길어지겠죠. 지은 죄가 워낙 많으시니…."

태헌의 차분한 어투에 눈동자를 굴리던 수린이 감정 없는 표정으로 진술을 시작했다.

차은새 살인 사건 당일 오후.

우재가 은새와 다투고 사무실을 나선 후 윤영이 은새와 만나기 몇 분 전이었다. 수린의 차가 리더스팰리스 주차장으로 들어섰다. 상담 예약이 있는 날은 아니었지만 근처에 온 김에 잠시 윤영에게 들렀다 가려던 참이었다. 각종 공사 차량이 주차된 지하 1층과 입주민 전용 주차 공간으로 보이는 지하 2층을 지나 지하 3층에 주차를 한 수린이 엘리베이터에 올랐다. 12층 버튼을 누르자 엘리베이터가 잠시 움직이더니 이내 지하 2층에 멈췄다. 이어서, 빨간 드레스 위에 하얀 코트를 걸친 여자가 양손으로 커다란 박스를 들고 올라탔다.

"죄송하지만 14층 좀 눌러주시겠어요?"

박스를 들고 있어 손이 자유롭지 못한 여자의 요청에 수린은 14층 버튼을 눌렀다.

"혹시, 수린 언니?"

빨간 드레스를 입은 여자가 박스 옆으로 조그만 얼굴을 내밀며 아는 척을 했다.

"수린 언니 맞죠? 언니 되게 오랜만이다."

호들갑스러운 목소리에 얼굴을 힐끗 본 수린은 그제야 그 여자가 차은새라는 걸 알 수 있었다.

"…"

초점 없는 눈으로 멍하게 은새를 쳐다보는 수린을 향해 은새가 환하게 웃으며 말했다.

"저 모르세요? 저 은새예요, 언니. 의원님 댁에 갈 때 몇 번 뵀는데 인사드린 적은 없는 것 같아요."

"…"

"이 건물에는 어쩐 일이에요? 검사님은 잘 계세요? 저 이 건물에 이번에 입주했어요. 잠깐 시간 있으시면 차 한잔하고 가요, 언니. 지금 인테리어 중이라 저 혼자 있거든요. 오늘은 공사도 안 해서 조용해요. 저 되게 맛있는 커피 선물 받았는데 놀다가 가요."

상대가 대답을 하거나 말거나 은새는 특유의 친화력으로 웃으며 수린에게 말을 걸었다.

"지금은 좀…"

"아쉽다. 언니랑 얘기해 보고 싶었는데. 검사님 안부도 듣고 싶구. 여기는 무언 사람도 잘 없어서 오랜만에 고향 사람 만나니 엄청 반갑네요."

조잘조잘 말하는 은새의 높은 목소리가 시끄러웠던 수린이 고개를 돌리는데 엘리베이터 내부에 붙은 안내문이 눈에 들어왔다.

리더스팰리스 입주자 여러분께 알려드립니다. 현재 본 건물은 내부 인테리어 공사 마감 중으로 지하 주차장, 메인 출입구를 제외한 공간은 공사 마감 후 CCTV 설치 예정입니다. 입주민 여러분께서는 각 호실 보안에 각별히 신경 써주시기 바랍니다.

"제 아들놈이 차은새랑 친구예요. 의원님이 후원하시던 무언 출신 뮤지컬 배우 차은새요. 그 애가 그랬다는데… 아이고, 참. 입에 담기도 민망하네요."

"수린이가 그때 공장에서 일하던 이 씨를 창고에 가두는 바람에 사고가 났다는 둥 그래서 의원님이 수린이를 급하게 유학 보낸 거라는 둥, 그런 말도 안 되는 얘기를 했나 봐요. 의원님이 걔한테 베풀어주신 은혜가 얼만데 그런 소리를 하고 다닌대요? 차은새 걔 그렇게 안 봤는데 아주 맹랑한 것이 조심하셔야겠어요."

안내문을 보자 진 여사와 형택의 대화가 생각났다. 수린은 아빠의 당황하던 목소리를 떠올렸다.

'이제 진 여사는 없는데….'

그때 엘리베이터가 12층에 도착하고, 아쉬운 얼굴로 내리는 은새를 말없이 보고 있던 수린이 몸을 틀어 열림 버튼을 눌렀다.

"저… 은새 씨?"

시큰둥하던 수린이 말을 걸자 은새가 반색하며 대답했다.

"은새라고 불러요, 언니."

"그럼 은새야. 저… 몇 시까지 혼자 있어? 놀러 갈게."

에필로그

6개월 후, 무언 신문사 앞.

"일찍 오셨네요."

밖에서 누군가를 기다리고 있던 정원이 다가오는 사람을 반갑게 맞았다.

"차 막힐까 봐 일찍 출발했는데 하나도 안 막혀서 오면서도 좀 당황스럽더라고요."

"근데 손에 든 그건 또 뭐예요?"

태헌의 손에 든 까만 봉지를 가리키며 정원이 웃었다.

"아, 이거. 지방 신문사로 쫓겨난 우리 서울내기 기자님이 먹고 싶어 할 것 같아서 특별히 준비한!"

봉지를 꼭 쥐고 뜸을 들이던 태헌이 장난스러운 얼굴로 입구를 펼쳤다. 컵라면과 냉동식품들이 커다란 봉지에 가득 들어 있었다.

"태헌 정식!"

"여기도 편의점 있거든요."

혀를 끌끌 차면서도 정원은 앞장서서 건물 안 탕비실로 태헌을 안내했다.

"모수린은 어떻게 되고 있어요?"

"한나리, 진명숙까지는 털었는데 차은새는 자기 아니라고 발뺌하고 있어요. 본 적은 있는데 커피만 마셨다나. 목걸이는 그때 떨어뜨린 것 같다네요. 그것도 오래가진 못할 거예요. 범행에 사용된 흉기를 모수린 옷장 안에서 찾았거든요. 그리고 무언 공장 건은 아예 처음부터 다시 수사가 시작될 것 같습니다. 더 이상 모형택의 외압이 통하지 않는 세상이 왔으니 진실이 밝혀지는 건 시간문제 겠죠?"

"다행이네요."

"그래서 설 감독은 이제 미국으로 아예 간 겁니까?"

"아직이요. 유 원장 아직 경찰 조사 중이니까 그거 끝나면 같이 갈 것 같아요."

정원의 담담한 대답에 태헌이 더 열을 내며 따졌다.

"불륜이었잖아요. 그걸 그냥 그렇게 이혼해 주면 어떡합니까?"

"집도 받았고 차도 받았고 돈도 받았고. 뭐, 그 정도면 호사스러운 시골 신문사 생활할 수 있는데 얼른 끊어버려야지 뭐 하려고 질질 끌겠어요. 약 오르다 못해 안쓰럽기까지 한 전남편에 대한 나쁜 기억은 얼른 잊어버리고, 이제 저는 맘 편한 일만 하고 살렵니다. 저 너무 아등바등 살았거든요. 이 동네에서 제일 큰 뉴스가 뭔지 아세요? 저 아랫동네에서 키우는 소가 세쌍둥이를 낳은 거예요."

한결 가벼워 보이는 정원의 미소에 태헌은 괜히 컵라면을 북북 뜯었다.

"아니, 참나. 뭐 좋은 일 했다고 싱글벙글이야. 기자님 진짜 성격 이상해요. 옛날이 나았던 것 같아."

"그럼 뭐 울어요? 지금 울까?"

"옛날 서 기자님도 울지는 않았을 겁니다."

웃으며 정수기에서 뜨거운 물을 받던 정원이 문자를 확인하고는 손을 멈췄다.

"왜요?"

김밥을 하나 입에 넣던 태헌이 걱정되는 표정으로 물었다.

"꽁꽁 숨어 있던 개자식을 찾았대요."

"개자식요? 어떤 개자식요? 누가 찾아요?"

"경위님, 죄송한데요, 혼자 드세요. 저 얼른 좀 다녀올게요."

태헌의 질문이 들리지 않는지 정원은 서둘러 가방을 챙겼다.

"네? 어딜요? 어디서 온 문자길래 그래요?"

"지저스요."

탕비실을 나서는 정원의 대답에 태헌이 먹던 김밥을 급하게 챙기며 따라나섰다.

"네? 지저스요? 아, 아. 기자님, 같이 가요!"

오늘이 아닌 뉴스 2 특종을 보도합니다

2022년 11월 30일 초판 1쇄 발행

지은이 뉴럭이
펴낸이 박시형, 최세현

책임편집 김혜정   **디자인** 정아연
마케팅 이주형, 양근모, 권금숙, 양봉호   **온라인마케팅** 신하은, 정문희, 현나래
디지털콘텐츠 김명래, 최은정, 김혜정   **해외기획** 우정민, 배혜림
경영지원 홍성택, 이진영, 김현우, 강신우
펴낸곳 팩토리나인   **출판신고** 2006년 9월 25일 제406-2006-000210호
주소 서울시 마포구 월드컵북로 396 누리꿈스퀘어 비즈니스타워 18층
전화 02-6712-9800   **팩스** 02-6712-9810   **이메일** info@smpk.kr

ⓒ 뉴럭이(저작권자와 맺은 특약에 따라 검인을 생략합니다)
ISBN 979-11-6534-652-2(03810)

쌤앤파커스(Sam&Parkers)는 독자 여러분의 책에 관한 아이디어와 원고 투고를 설레는 마음으로 기다리
고 있습니다. 책으로 엮기를 원하는 아이디어가 있으신 분은 이메일 book@smpk.kr로 간단한 개요와 취
지, 연락처 등을 보내주세요. 머뭇거리지 말고 문을 두드리세요. 길이 열립니다.